Los impunes

Los impunes

RICHARD PRICE

Traducción de
Óscar Palmer Yáñez

LITERATURA RANDOM HOUSE

El papel utilizado para la impresión de este libro ha sido fabricado a partir de madera procedente de bosques y plantaciones gestionadas con los más altos estándares ambientales, garantizando una explotación de los recursos sostenible con el medio ambiente y beneficiosa para las personas. Por este motivo, Greenpeace acredita que este libro cumple los requisitos ambientales y sociales necesarios para ser considerado un libro «amigo de los bosques». El proyecto «Libros amigos de los bosques» promueve la conservación y el uso sostenible de los bosques, en especial de los Bosques Primarios, los últimos bosques vírgenes del planeta.

Papel certificado por el Forest Stewardship Council®

Título original: *The Whites*
Primera edición: enero de 2016

© 2015, Richard Price
Todos los derechos reservados, incluidos los de reproducción
de una parte o de la totalidad por cualquier medio
© 2016, de la presente edición en castellano para todo el mundo:
Penguin Random House Grupo Editorial, S. A. U.
Travessera de Gràcia, 47-49. 08021 Barcelona
© 2016, Óscar Palmer Yáñez, por la traducción

Printed in Spain – Impreso en España

ISBN: 978-84-397-3085-9
Depósito legal: B-25751-2015

Compuesto en La Nueva Edimac, S. L.

Impreso en Cayfosa (Barcelona)

RH30859

Penguin
Random House
Grupo Editorial

Para mi asombrosa mujer, Lorraine Adams
En mi barrio todavía jugamos...
En mi barrio todavía rezamos...

Para mis sublimes hijas, Annie y Genevieve

Para mi madre, Harriet, y mi hermano, Randolph Scott

En recuerdo de Carl Brandt (1935-2013)

Y en recuerdo de mi padre, Milton Price (1924-2008)

¿Quiénes pensaron que no oirían a los muertos?
¿Quiénes pensaron que podrían arrinconar
a aquellos que ya no son, que en otro tiempo
fueron?

STEPHEN EDGAR, «Nocturno»

La investigación de una muerte constituye una gran responsabilidad y, como tal, jamás deberá permitir que ninguna persona lo aparte de la verdad ni de su compromiso personal para asegurarse de que se hace justicia. No solo por los fallecidos, sino también por la familia que les ha sobrevivido.

VERNON GEBERTH,
Investigación práctica de homicidios (4.ª ed.)

1

Billy Graves conducía por la Segunda Avenida de camino al trabajo cuando le intranquilizó el gentío: la una y cuarto de la madrugada y aún había más gente entrando que saliendo de los bares, y tanto los que iban como los que venían debían abrirse paso a empujones entre las oscilantes camarillas de fumadores medio ebrios que se apelotonaban justo delante de las puertas. Billy odiaba las leyes antitabaco. Solo creaban problemas: ruido de madrugada para los vecinos, espacio suficiente para que los bronquistas apiñados en la barra pudieran liarse al fin a puñetazos y una plaga de radiotaxis y limusinas fuera de servicio que tocaban el claxon para atraer posibles pasajeros.

Era la noche de San Patricio, la peor del año para la Guardia Nocturna del DPNY, el puñado de inspectores comandados por Billy responsable de hacer frente a todos los delitos graves cometidos en Manhattan, de Washington Heights a Wall Street, entre la una y las ocho de la mañana, cuando no había divisiones en activo en ninguna de las comisarías de distrito. Había otras noches pésimas, como Halloween y Nochevieja, pero San Patricio era la más desagradable; su violencia, la más tosca y espontánea. Pisotones, objetos contundentes, puños… más puntos que cirugía, pero con ocasionales muestras de muy mala intención.

Una y cuarto de la madrugada: aquella noche, como siempre, los avisos podían llegar a cualquier hora, pero la experiencia le había enseñado que la franja crítica, sobre todo en un día festivo regado con alcohol, era la que iba desde las tres, cuando los bares y los clubes nocturnos empezaban a cerrar, desalojando a toda la clientela al mismo tiempo, hasta las cinco, cuando incluso las bestias más pardas perdían el fuelle y se internaban dando tumbos en el olvido. Por otra parte, siendo la ciudad la que era, Billy nunca sabía exactamente cuándo volvería a reencontrarse con su almohada. Las ocho de la mañana podían sorprenderle en una comisaría local, dejando por escrito para el turno de día el resumen detallado de una agresión con agravante mientras el infractor o bien seguía campando a sus anchas o bien roncaba en el calabozo; podían sorprenderle en la sala de urgencias del Harlem Hospital, del Beth Israel o del St. Luke's-Roosevelt, entrevistando a familiares y/o testigos mientras esperaba a que la víctima estirara la pata o superase el trance; podían sorprenderle recorriendo una escena del crimen al aire libre, con las manos en los bolsillos, hurgando entre la basura con la punta de los pies en busca de casquillos; o, o, o, si el Espíritu de la Paz andaba por el vecindario y el tráfico en dirección a Yonkers era fluido, podía incluso haber llegado a casa a tiempo de llevar a sus hijos al colegio.

Incluso en el turno de madrugada había policías vehementes, pero Billy no era uno de ellos. Si algo esperaba de cada noche era más que nada que el caos nocturno de Manhattan fuese en su mayor parte indigno de la atención de su brigada, quedándose en simples delitos menores que pudieran dejar en manos de las patrullas.

—Hombre de Seúl, cómo va eso —dijo arrastrando las palabras mientras entraba en el 24/7 coreano de la Tercera Avenida, situado en la acera de enfrente de la jefatura.

Joon, el dependiente nocturno con gafas de carey pegadas con cinta aislante, comenzó automáticamente a reunir la ración nocturna habitual de su cliente: tres bebidas energéticas Rockstar de medio litro, dos sobres de gel isotónico Shaolin y una cajetilla de Camel light.

Billy abrió una lata de Go antes de que fuese a parar a la bolsa.

—Demasiada mierda de esa cansar aún más —le sermoneó como de costumbre el coreano—. Como bumerán.

—Sin duda.

Mientras buscaba la Visa, el monitor de seguridad situado junto a la caja registradora captó a Billy en toda su gloria: fornido como un jugador de fútbol americano, pero encorvado de hombros, el rostro pálido y los ojos vidriosos de agotamiento rematados por medio rastrillo de pelo prematuramente canoso. Solo tenía cuarenta y dos años, pero en una ocasión aquella mirada de celofán arrugado, combinada con la postura de un insomne de campeonato, le habían permitido entrar al cine con descuento de jubilado. Con sobresueldo o sin él, el hombre no está hecho para entrar a trabajar después de la medianoche. Y punto.

La jefatura de la Guardia Nocturna, en el segundo piso de la comisaría del Distrito Quince, compartida con la división de Homicidios de Manhattan Sur que la ocupaba durante el día, parecía un cruce entre una atracción de feria y un depósito de cadáveres. Era un inhóspito revoltijo de mesas metálicas grises iluminadas por fluorescentes y con separadores de plástico animadas con fotos autografiadas de Samuel L. Jackson, Derek Jeter, Rex Ryan y Harvey Keitel que compartían espacio con fichas de sospechosos, estampas familiares y espeluznantes instantáneas tomadas en escenas del crimen. Un acuario de cristal de dos metros, medio lleno de peces gato cual tiburones en miniatura, dominaba una de las paredes de hormigón; una bandera estadounidense de tamaño embajada cubría la otra.

No vio a ninguno de los miembros habituales de su brigada: Emmett Butter, actor a tiempo parcial, tan novato en la unidad que Billy aún estaba por permitirle encabezar alguna investigación; Gene Feeley, que a finales de los ochenta formaba parte del equipo que había acabado con el imperio del crack de Fat Cat Nichols, llevaba treinta y dos años en el Cuerpo, era propietario de dos bares en Queens y seguía allí únicamente para sacarse la pensión máxima; Alice Stupak, que trabajaba de noche para poder estar con su familia durante el día; y Roger Mayo, que trabajaba de noche para poder evitar a su familia durante el día.

No era raro que la sala estuviera desierta treinta minutos después de haber tenido lugar el relevo, dado que a Billy no le importaba dónde pasaran el turno sus inspectores siempre y cuando respondieran al teléfono cuando los necesitaba. No le veía ningún sentido a obligarles a pasarse la noche entera sentados a sus mesas como si estuvieran castigados en el colegio. Pero a cambio de aquella libertad, si cualquiera de ellos –con la excepción de Feeley, que tenía tantos contactos de la vieja escuela en el n.º 1 de Police Plaza que podía hacer o dejar de hacer lo que le viniera en gana– dejaba de responder a su llamada, aunque solo fuera una vez, quedaría expulsado de la brigada sin que baterías descargadas, caídas en el retrete, peleas callejeras, robos, el Apocalipsis o la Segunda Venida sirvieran como excusa.

Tras dejar la bolsa del supermercado en su diminuto despacho sin ventanas, Billy salió de la sala y recorrió el corto pasillo hasta la centralita, atendida por Rollie Towers, alias el Ruedas, un muchacho grandote cual Buda vestido con pantalones de chándal y sudadera de la John Jay, cuyo enorme trasero asomaba por ambos costados de su silla Aeron con cinchas mientras dribblaba las llamadas entrantes y desviaba como un portero las peticiones de intervención de la Guardia Nocturna desde diversos escenarios del crimen.

–Mire, sargento, mi superior aún no ha llegado –dijo Rollie saludando a Billy mediante un asentimiento de cabeza–, pero puedo adivinar lo que va a decir. Nadie ha salido herido, el tipo ni siquiera está seguro de que fuese una pistola. Yo me limitaría a tomarle declaración y esperaría hasta mañana a que lleguen los de la Quinta Brigada, por si acaso se ajusta a algún tipo de patrón que ya estén investigando, ¿le parece? Tampoco es que nosotros podamos hacer gran cosa en este caso. Sin problema… sin problema… sin problema.

Colgó y se volvió hacia Billy.

–Sin problema.

–¿Alguna novedad?

Billy alargó una mano hacia los Doritos de Rollie, luego se lo pensó mejor.

–Tangana en el distrito 3-2, dos mujeres armadas con pistolas, una en la acera, la otra en el asiento trasero de un taxi. A una distancia de, a lo sumo, un par de metros. Seis disparos en total y, ojo al dato, ninguna de las dos tiene un solo rasguño. Toma exhibición de puntería.

–¿El taxi iba en marcha?

–Al parecer se estaban persiguiendo por los Eisenhower. Una de las tipas se sube al coche y le dice al taxista que salga cagando leches, pero el tío en cuanto ve la pistola salta del vehículo y echa a correr hacia Senegal, probablemente ya esté a medio camino en estos momentos.

–Pies para que os quiero.

–Butter y Mayo están ahora en la comisaría del 3-2 viendo cómo Annie Oakley y Calamity Jane duermen la mona.

–¿Y el taxista? Ahora en serio.

–Lo han encontrado a ocho manzanas de allí, intentando trepar a un árbol. Se lo han llevado para tomarle declaración, pero solo habla wólof y francés, así que están esperando a un traductor.

–¿Algo más?

–No, señor.

–¿Y a quién me han encasquetado?

Billy temía las incorporaciones voluntarias, una colección siempre cambiante de inspectores del turno diurno ávidos de horas extras que cada noche engrosaban las mermadas filas de su brigada, a pesar de que la mayoría no servía para nada pasadas las dos de la madrugada.

–Supuestamente hay tres, pero a uno se le ha puesto malo el niño, el otro fue visto por última vez en una fiesta de jubilación en el Noveno, por lo que convendría averiguar si está en estado de presentarse, y haría bien en echarle un vistazo a lo que nos ha enviado Central Park.

—¿Está aquí? No he visto a nadie.

—Mire debajo de la alfombra.

De vuelta en la sala de la brigada, el voluntario, Theodore Moretti, se escondía a plena vista encorvado con los codos sobre las rodillas frente a la mesa más alejada de la puerta.

—Estoy en el aire —siseó para su móvil—, ahora mismo me estás respirando, Jesse. Te rodeo por completo…

Moretti, bajo y achaparrado, tenía el pelo negro y liso peinado con la raya exactamente en el medio y unos ojos de mapache que conseguían que los de Billy parecieran claros y diáfanos en comparación.

—¿Qué tal?

Billy se plantó junto a él con las manos en los bolsillos, pero antes de que pudiera presentarse como su oficial superior, Moretti se levantó, salió de la sala y regresó al cabo de un momento, todavía al teléfono.

—¿De verdad crees que podrás librarte de mí tan fácilmente? —le dijo Moretti a Jesse, la afortunada en amores, algo que permitió a Billy reconocerlo por lo que era y descartarlo en consecuencia.

Aunque el dinero era la principal motivación para quienes se incorporaban de manera puntual a la Guardia Nocturna, de vez en cuando algún inspector se presentaba voluntario no tanto por las horas extras como porque simplemente le era útil para sus acosos.

Dos menos cuarto de la madrugada… El ruido de neumáticos rodando sobre una calleja secundaria llena de bombillas rotas sonó como una bolsa de palomitas alcanzando el clímax en el microondas. Eran las consecuencias de un encontronazo programado entre los Skrilla Hill Killaz, del bloque Coolidge, y los Stack Money Goons, del Madison, que se había saldado con el envío de cuatro críos al St. Luke's para que les pusieran puntos, uno de ellos con una esquirla de cristal clavada en la córnea como una vela en miniatura. A saber de dónde habrían sacado las bombillas.

Cuando Billy y Moretti salieron de su sedán, la Unidad de Grupos Juveniles Organizados 2-9 —seis jóvenes con anorak y bambas de caña alta— ya estaba practicando detenciones, poniéndoles los grilletes de lazo a los pandilleros tendidos boca abajo como quien ata gavillas de trigo. El campo de batalla había quedado flanqueado por dos niveles de mirones: en la acera, docenas de vecinos del barrio, unos cuantos de ellos, a pesar de la hora, con niños a remolque; por encima de sus cabezas, una cifra similar de personas asomadas a las ventanas de los gastados inmuebles de renta baja que se alzaban a ambos lados de la estrecha calleja.

Con su cráneo afeitado y pantalones vaqueros cortados a la altura de la pantorrilla, como un matón de patio de colegio múltiples veces repetidor, el OI de la unidad, Eddie López, se acercó a Billy con una docena de grilletes de lazo todavía sin usar colgando de las muñecas como brazaletes.

—Ambas pandillas llevan toda la semana echándose mierda mutuamente en Facebook. Deberíamos haber llegado aquí antes que ellos.

Billy se volvió hacia Moretti.

—Empieza a tomar declaraciones a los chavales en Urgencias, que te lleve alguien de la Unidad de Grupos Juveniles.

—¿En serio? No dirán una mierda.

—Aun así… —Billy lo azuzó con la mano, pensando: «Un muerto que me quito de encima».

Desde el otro extremo de la manzana, emergiendo de la oscuridad rodeada de árboles como un carnívoro en embestida, apareció un baqueteado taxi que no frenó hasta encontrarse prácticamente encima del festival de arrestos. Una mujer de cuarenta y tantos años en bata brincó del asiento trasero antes de que el vehículo se hubiera detenido del todo.

—¡Dicen que mi hijo podría quedar tuerto!

—Siete dólares —dijo el taxista, sacando una mano por la ventanilla.

—Ya empezamos —le susurró López a Billy antes de apartarse de él—. Señora Carter, con todos los respetos, nosotros no le hemos pedido a Jermaine que estuviera aquí a las dos de la madrugada cazando Skrillas.

—¡Y usted cómo sabe lo que estaba haciendo en la calle!

La luz de las farolas convirtió sus gafas de montura al aire en discos de pálido fuego.

—Porque lo conozco —dijo López—. No es la primera vez que trato con él.

—¡Le han dado una beca para estudiar en el Colegio Universitario Sullivan County el año que viene!

—Me alegro, pero una cosa no quita la otra.

—Lo siento, Charlene —dijo una de las vecinas, bajándose de la acera—, sin ánimo de ofender, pero aquí todas sabemos que tú eres tan responsable como el muchacho que ha arrojado el cristal.

—¿Perdoooona?

La cabeza de la señora Carter retrocedió bruscamente cual martillo de pistola.

—¿Siete dólares? —repitió el taxista.

Billy le dio un billete de cinco y luego le pidió que saliera marcha atrás.

—Te oigo hablar en todas las reuniones de la asociación de vecinos —dijo la mujer—, siempre lo mismo, «Mi hijo es un buen chico, no es un pandillero de verdad, es el entorno, son las circunstancias», pero aquí el agente tiene razón. En vez de leerle la cartilla a tu hijo, continuamente estás buscando maneras de excusarle, así pues ¿qué esperabas?

La madre del muchacho se quedó petrificada con los ojos como platos; Billy, sabiendo lo que se avecinaba, la agarró del brazo justo cuando lanzaba un puñetazo hacia la mandíbula de la otra mujer.

Una oleada de murmullos y chasquidos de lengua recorrió a la multitud. Un cigarrillo salió volando e impactó en el hombro de Billy, pero en un entorno tan reducido resultaba imposible adivinar contra quién había ido dirigido realmente, así pues, *c'est la guerre.*

Mientras retrocedía para quitarse las cenizas de la chaqueta deportiva, sonó su móvil: Rollie el Ruedas.

—Jefe, ¿recuerda las Olimpiadas del 72?

—La verdad, no.

—¿La masacre de Munich?

—Vale…

—Uno de los nuestros estuvo allí, ayudó a ganar la plata en cuatrocientos metros relevos. ¿Horace Woody?

—Vale…

—Vive en las Torres Terry, en Chelsea.

—Vale…

—Acaba de llamar una patrulla, le han robado la medalla. ¿Quiere que nos encarguemos nosotros? Podría acabar siendo mediático y además Mayo está sentado en su mesa hablando solo otra vez.

—Entonces envíale a Urgencias del St. Luke's para que tenga vigilado a Moretti, que se asegure de que no roba escalpelos o algo.

—¿Y el caso del medallón sustraído?

López le miró por encima de la cabeza de un Money Stacker de trece años esposado.

—Eh, ¿sargento? Podemos encargarnos del resto sin problemas.

—Dile a Stupak que se reúna allí conmigo —dijo Billy al teléfono—. Voy para allá.

El caso parecía una nadería, pero nunca había conocido a un atleta olímpico.

Las Torres Terry eran un complejo de doce plantas de renta limitada levantado bajo el auspicio de la Ley Mitchell-Lama en los aledaños de la Veinte Oeste; es decir, un peldaño por encima de los alojamientos de protección oficial, lo que significaba menos ascensores permanentemente fuera de servicio y hedores no tan feroces en los pasillos. El 7G era un apartamento pequeño, agobiante y desordenado, los platos de la cena seguían sobre la mesa a las tres menos cuarto de la madrugada. Horace Woody, bien entrado en los sesenta pero bendecido por el ADN con el físico de un adolescente larguirucho, se hallaba de pie en mitad del angosto salón, en calzoncillos y con los brazos en jarras. La tirante piel del pecho tenía el color de un buen abrigo de pelo de camello, pero sus ojos eran guindas y su aliento a licor dulce tan intenso como para que a Billy le rechinaran los dientes.

—No es que no sospeche quién puede haber cogido la condenada baratija —dijo Woody arrastrando las palabras y mirando malhumoradamente a su novia, Carla Garrett, apoyada contra un viejo mueble de televisor cubierto por botellas de licor de esotéricas formas y fotos arrugadas en marcos de plexiglás.

De mirada seria y realista, debía de tener la mitad de años que él y era tirando a gruesa. La jovial y resignada torsión en la comisura de sus labios confirmó la corazonada de Billy sobre la intrascendencia de la denuncia, en el peor de los casos una disputa doméstica a cámara lenta, pero en realidad no le importó, fascinado como estaba por la extraordinaria lozanía del anciano.

—Algunas personas —dijo Woody— pretenden quitarle toda la vida a la vida.

Llamaron discretamente a la puerta principal; después, Alice Stupak, metro sesenta y dos, pero con la constitución de un armario ropero, entró con soltura en el apartamento. Su rosácea crónica y el flequillo corto y anaranjado siempre le traían a Billy a la cabeza la imagen de un Peter Pan alcohólico y marcado por las batallas.

—¿Qué tal estamos todos esta noche? —bramó con alegre autoridad Stupak. Después, dirigiéndose como un misil hacia el niño problemático—: ¿Y usted, caballero? ¿Está pasando una buena velada?

Woody retrocedió entornando los ojos con desaprobación, una expresión que Billy ya había visto suscitada por Alice, sobre todo, pero no exclusivamente, en sus repentinamente perplejos interlocutores masculinos. Pero por temible que resultara para algunos su contemplación, Billy sabía que padecía de un perpetuo mal de amores y que se pasaba la vida suspirando por tal o cual inspector o bombero, camarero o portero, dominada siempre por la desesperación de que todos aquellos novios en potencia asumieran automáticamente que era bollera.

—¿Señora? —dijo Stupak, asintiendo en dirección a la novia de Woody—. ¿Qué hacemos aquí?

Carla Garrett se apartó del televisor y se dirigió con parsimonia hacia la parte trasera del apartamento, curvando un dedo en dirección a Billy para que la siguiera.

El cuarto de baño iluminado por leds resultaba ligeramente claustrofóbico; frascos y tubos sin cerrar de productos para el cuidado de la piel y el cabello se acumulaban sobre el borde tanto de la pila como de la bañera, toallas usadas colgaban hasta del último pomo, barra y gancho disponibles, y había pelos caídos en lugares que indujeron a Billy a apartar la mirada. Mientras la novia de Woody escarbaba en el interior de una colmada y olorosa cesta para la ropa, el móvil de Billy sonó: Stacey Taylor por tercera vez en dos días. Su estómago dio un pequeño vuelco de alarma cuando canceló la llamada tal como había hecho con las anteriores.

—¿La tienes ahí? —ladró Woody desde el pasillo—. Sé que la tienes ahí.

—Limítese a seguir viendo la tele —llegó la voz de Stupak a través de la puerta cerrada.

Cuando la novia volvió a incorporarse junto al cesto, sostenía la medalla de plata entre las manos; tenía el tamaño de un platillo de café.

—Verá, cuando bebe demasiado le da por empeñarla con idea de empezar una nueva vida. Ya lo ha hecho algunas veces ¿y cuánto cree que le dieron por ella?

21

—¿Un par de miles?

—Ciento veinticinco dólares.

—¿Puedo cogerla?

A Billy le decepcionó su ligereza, pero de todos modos sintió un leve cosquilleo.

—Verá, Horace es majo la mayor parte del tiempo, desde luego los he conocido peores, solo se pone así cuando echa mano del licor de cereza, ¿sabe? Para el alcohol es más goloso que un crío. En serio, podría comprar una buena botella de coñac de cincuenta dólares o de Johnnie Walker etiqueta negra y dejarla sobre la mesa que ni le romperá el precinto. Pero ¿cualquier cosa que sepa a caramelos morados? Cuidadín.

—¡Quiero mi maldita medalla! —chilló Woody desde un rincón más alejado del apartamento.

—Caballero, ¿qué le acabo de decir? —La voz de Stupak perdió todo su tonillo con el enfado.

—Empezar una nueva vida… —musitó la novia—. Todas las casas de empeño del vecindario me tienen en llamada rápida por si aparece. Joder, si lo que quiere es largarse, yo misma le prestaré el dinero, pero esto de aquí es un pedazo de historia estadounidense.

A Billy le cayó bien, simplemente no conseguía entender por qué una mujer tan lúcida no tenía la casa más limpia.

—Entonces ¿qué quiere que hagamos?

—Nada. Siento que les hayan enviado a ustedes. Normalmente sube algún agente de la comisaría, más que nada porque en otro tiempo fue un atleta famoso, y jugamos al «dónde la habrá escondido esta vez», pero usted es inspector y me avergüenza que le hayan importunado con esto.

Cuando abrieron la puerta del baño, Woody volvía a estar en el salón, repanchingado sobre el sofá forrado de vinilo, viendo la MTV con el volumen apagado, los ojos gelatinosos convertidos en rendijas.

Billy dejó caer la medalla sobre su pecho.

—Caso resuelto.

De camino a los ascensores con Stupak, comprobó la hora: las tres y media. Noventa minutos más y las probabilidades de acabar con bien la noche estarían a su favor.

—¿Tú qué dices?

—Usted es el jefe, jefe.

—¿Finnerty's? —dijo Billy, pensando: «Qué diablos, imposible no celebrarlo»; pensando: «Solo un traguito».

—Siempre he querido ir a Irlanda —le gritó Stupak por encima de la música al guapísimo y joven camarero—. El año pasado hice las reservas y todo, pero como dos días antes del vuelo mi compañera tuvo apendicitis.

—Siempre puedes coger el avión sola, ¿no? —respondió él no sin cierta cortesía, mirando por encima del hombro de Stupak para saludar con la mano a dos mujeres que justo entonces entraban por la puerta—. Es un país muy acogedor.

Y eso fue todo, el camarero se inclinó por encima de la barra para besar a las recién llegadas, dejando que Stupak se ruborizara sobre su cerveza.

—Yo tampoco he estado nunca en Irlanda —dijo Billy—. O sea, ¿para qué? Si ya me paso el día rodeado de irlandeses.

—No debería haber dicho «compañera» —dijo Stupak.

El móvil de Billy sonó. Gracias a Dios no era el Ruedas, sino su esposa. Salió apresuradamente a la calle para que ella no oyese el bullicio y empezara a hacerle preguntas.

—Hey… —redujo el tono de voz como hacía siempre que ella lo llamaba tan avanzada la noche—. ¿No puedes dormir?

—No.

—¿No te has tomado el Traz?

—Creo que se me ha olvidado, pero ahora ya no puedo, tengo que levantarme dentro de tres horas.

—¿Y si te tomas medio?

—No puedo.

—Está bien, solo… en fin, no es la primera vez, en el peor de los casos el de mañana será un día pesado, pero tampoco te vas a morir por eso.

—¿Cuándo piensas llegar a casa?

—Intentaré escaparme un poco antes.

—Odio esto, Billy.

—Lo sé. —Su móvil vibró de nuevo; Rollie Towers en la línea dos—. Espera un momento.

—Lo odio de veras.

—Solo un segundo… —Después, cambiando de línea—: Qué hay de nuevo.

—Justo cuando pensabas que era seguro volver a entrar en el agua.

—Vete a la mierda, ¿qué tienes?

—Feliz día de San Patricio —dijo el Ruedas.

Cuando Billy llegó acompañado de la mayor parte de su brigada a Penn Station y accedió a la larga y grasienta galería inferior que conectaba los trenes de cercanías del Ferrocarril de Long Island con los andenes del metro al otro extremo de la estación, se encontró con que los primeros agentes en llegar a la escena, tanto policías de Tránsito como guardias del FDLI de paisano, habían asumido el control de la situación mucho mejor de lo que podría haber esperado. Al no estar seguros de qué parte del reguero de cien metros de sangre proteger, habían optado por acordonarlo en su totalidad con cinta y cubos de basura, como una pista de eslalon. Milagrosamente también habían sido capaces de reunir a la mayoría de los embriagados juerguistas que se encontraban bajo el tablero de información esperando para regresar a casa en el momento en que se había producido la agresión, acorralándolos en una sala de espera ásperamente iluminada y alejada del andén principal. Echando un rápido vistazo al interior de la sala, Billy vio a la mayoría de sus testigos potenciales sentados sobre duros bancos de madera, roncando con la boca abierta y las barbillas apuntando hacia el techo, como hambrientas crías de pajarillo.

—Parece que acuchillaron a la víctima aquí, debajo del tablero, echó a correr y perdió el fuelle justo antes de llegar al metro —anunció Gene Feeley con la corbata desanudada y colgandera, como Sinatra en el último bis.

A Billy le sorprendió ver allí a Feeley y más aún que hubiera sido el primer inspector en responder a la llamada. Por otra parte, no dejaba de ser propio de él, pues el veterano normalmente desdeñaba cualquier caso a menos que implicara como mínimo a tres fiambres o un policía muerto, material de primera plana.

—¿Dónde está el cadáver?

Billy pensó que tendría suerte si llegaba a ver a sus hijos a la hora de la cena.

—Siga el camino de baldosas amarillas —dijo Feeley, señalando las huellas de un marrón rojizo que trazaban el camino como ensangrentadas marcas para aprender a bailar—. Este acaba en el libro de recortes, eso sí puedo decírselo.

Llegaron junto a los tornos del metro justo cuando un expreso procedente del norte entraba en la estación, descargando en el andén a más jaraneros como una cuba. Insinuándose, riendo, tropezando y haciendo sonar vuvuzelas, todos ellos asumieron que el finado de los ojos como platos estaba simplemente borracho, salvo dos inspectores de mediana edad de la Científica que habían optado por ir hasta la escena del crimen en metro, cargados con sus maletines de técnico forense que les hacían parecer vendedores de morralla a domicilio.

Billy agarró a un agente de Tránsito que pasaba por allí.

—Escuche, por el momento no podemos permitir que sigan parando trenes. ¿Puede llamar a su superior?

—Sargento, esto es Penn Station.

—Sé dónde estamos, pero no quiero una recua nueva de borrachos pisoteando mi escena del delito cada cinco minutos.

La víctima yacía sobre un costado, el cuello y el torso comprimidos como los de un jorobado, la pierna y el brazo izquierdos estirados como si pretendiera tocarse la mano con la punta de los pies. A Billy le pareció como si el tipo hubiera intentado salvar el torno de un brinco, se hubiera desangrado a mitad del salto quedando inmovilizado en esa postura y hubiera muerto en el aire para luego desplomarse como una piedra.

—Parece un saltador de vallas recortado de una caja de Wheaties —dijo Feeley, y después se alejó.

Mientras uno de los técnicos de la Científica empezaba a extraer la cartera de los vaqueros en otro tiempo azul celeste de la víctima, Billy dejó de compararla mentalmente con un cuerpo en movimiento preservado en lava y se fijó por primera vez en su cara. Veintitantos años, ojos azules abiertos como platos en expresión de sobresalto, cejas arqueadas y finas como un pincel, piel blanca como la leche y pelo negro como el alquitrán, femeninamente atractivo hasta un extremo perverso.

Billy lo miró de hito en hito, pensando: «No puede ser».

—¿Se llama Bannion?

—Un momento —dijo el técnico, extrayendo el carnet de conducir de la víctima—. Eso es, Bannion. Nombre de pila...

—Jeffrey —dijo Billy. Y después—: Que me folle un pez.

—¿De qué me suena ese nombre? —dijo el técnico de la Científica, sin un verdadero interés en la respuesta.

Jeffrey Bannion... Billy se planteó telefonear inmediatamente a John Pavlicek, después recordó la hora y decidió esperar al menos hasta el amanecer, aunque era posible que a Big John no le hubiera importado que le despertasen en aquel caso.

Ocho años antes, el cadáver de un muchacho de doce años llamado Thomas Rivera había sido encontrado debajo de un sucio colchón en la cabaña del árbol de sus vecinos de City

Island, los Bannion. Había muerto apaleado y la ropa de cama que lo cubría tenía salpicaduras de semen. John Pavlicek, compañero de Billy en Anti-Crimen a finales de los noventa, pero inspector asignado al Grupo Especial de Homicidios del Bronx en el momento del asesinato, se hizo cargo del caso cuando el cuerpo fue hallado por un perro detector de cadáveres tres días después de la desaparición del muchacho.

Eugene, el hipertrofiado e intelectualmente discapacitado hermano pequeño de Jeffrey Bannion, reconoció haberse pajeado –la cabaña del árbol era su lugar predilecto para ello–, pero dijo que cuando descubrió al muchacho este ya estaba muerto. Jeffrey, que entonces tenía diecinueve años, le contó a Pavlicek que se había pasado el día guardando cama enfermo y que Eugene le había confesado ser el autor del crimen. Sin embargo, cuando la policía le apretó las clavijas a Eugene, el joven no solo se aferró a su versión de los hechos, sino que, al margen de todos los ardides y camelos utilizados por los inspectores de Homicidios, fue completamente incapaz de especular sobre cómo pudo llegar Thomas Rivera hasta la cabaña y cuál podría haber sido el objeto utilizado como arma. Además, no tenía sentido que un quinceañero con tan pocas luces pudiera ocultarles nada.

Pavlicek sospechó desde el primer momento del mayor de los Bannion, pero no consiguieron desmontar la historia de su enfermedad, de modo que Eugene, un chaval blanco, grandote y torpón que tendía a asestar puñetazos de manera indiscriminada cada vez que se alteraba, acabó en el reformatorio Robert N. Davoren en Rikers, caldo de cultivo de Bloods, Ñetas y MS-13, donde fue incorporado a la población reclusa sin que se le realizara la evaluación psiquiátrica pertinente. Su asesinato, cuando únicamente llevaba cinco días encarcelado, sumó casi tantos titulares como los del crío al que supuestamente había matado.

A los pocos días, a pesar de las enérgicas protestas de Pavlicek en contra, el caso Rivera quedó «cerrado por arresto», imposibilitando formalmente la prolongación de las investigaciones. Poco después de aquello, Jeffrey Bannion hizo las maletas y fue pasando por las casas de varios parientes de fuera del estado. Al principio, Pavlicek intentó tragarse el sapo volcándose en otros casos –aunque nunca perdió el contacto con los padres de Thomas Rivera ni dejó de estar al tanto del paradero de Bannion–, pero cuando supo, a través de contactos, que se habían producido dos agresiones a jóvenes preadolescentes, una en cada uno de los pueblos en los que Jeffrey había estado residiendo en aquel momento, sin que ninguna de las investigaciones condujera a un arresto, su obsesión por cazar al muchacho regresó en todo su apogeo.

Con el tiempo, Bannion acabó regresando a Nueva York para compartir casa con tres amigos en Seaford, Long Island. Pavlicek, siempre a su zaga como Javert, solicitó la colaboración tanto de la comisaría del Distrito Siete, en la vecina Wantagh, como de la Jefatura Superior del Condado de Nassau, pero o bien Jeffrey estaba manteniendo limpias las narices o bien se había vuelto aún más escurridizo con la edad. Lo último que habían sabido de él –y lo más agraviante– era que había presentado la solicitud para servir como agente auxiliar en los departamentos de policía de una docena de localidades de Long Island, recibiendo ofertas para iniciar el período de instrucción en tres de ellas.

–Mi supervisor quiere saber cuánto tiempo debemos mantener la estación cerrada –dijo el agente de Tránsito al regresar.

–Iremos todo lo rápido que podamos –replicó Billy.

–Dice que quiere toda la sangre fregada antes de las cinco y media, y lo mismo va por la retirada del cadáver. Es la hora a la que empezamos a recibir pasajeros a mansalva.

Limpiar la escena o preservarla… Limpiarla o preservarla… Alguien se quejaría; siempre hay alguien que se queja.

Mientras otra turba descendía trastabillando sobre Penn Station procedente del último tren 2, una adolescente se quedó un segundo observando con ojos saltones a Bannion, intercambió una mirada interrogativa con su novio y después se volvió bruscamente para vomitar sobre el andén, añadiendo su ADN a la mezcla.

—Mala noche para esto —dijo el agente de Tránsito.

De vuelta en la mugrienta galería, Billy estudió la extensión acordonada. Además de la sangre todavía en proceso de coagulación, la escena del crimen —un estercolero de envoltorios de caramelo, vasos de plástico, alguna que otra prenda de ropa, una botella de licor rota y apenas sujeta por el adhesivo de su etiqueta— revelaba demasiado y a la vez nada.

Mientras los inspectores de la Científica seguían embolsando y fotografiando, y los agentes de Tránsito, del FDLI y de su misma brigada recorrían la sala de espera, circulando entre los semiinconscientes testigos potenciales como una cuadrilla de enfermeras, Billy se percató de que uno de los viajeros dormidos tenía lo que parecían ser manchas de sangre en su jersey de los Rangers.

Se sentó a su lado en el banco de madera. El chico tenía la cabeza tan echada para atrás que parecía que le hubieran cortado la garganta.

—Eh, tú. —Billy le dio un leve codazo.

El chico salió de su estupor meneando la cabeza como un dibujo animado justo después de ser golpeado con un yunque.

—¿Cómo te llamas?

—Mike.

—Mike ¿qué?

—¿Qué?

—¿Cómo te has manchado de sangre, Mike?

—¿Yo? —Todavía moviendo la cabeza a un lado y a otro.

—Tú.

—Dónde… —Mirándose el jersey. Después—: ¿Eso es sangre?

—¿Conoces a Jeffrey Bannion?

—¿Que si lo conozco?

Billy esperó. Un segundo… dos…

—¿Dónde está? —preguntó el muchacho.

—Entonces ¿lo conoces? ¿A Jeffrey Bannion?

—¿Y qué si es así?

—¿Has visto lo que ha pasado?

—¿Qué? ¿De qué está hablando? ¿Qué es lo que ha pasado?

—Lo han apuñalado.

El chico se levantó bruscamente.

—¿Qué? ¡Los mato, joder!

—¿A quién?

—¿Qué?

—A quién quieres matar.

—¿Cómo coño voy a saberlo? A quien sea que lo haya hecho. Usted déjemelos a mí.

—¿Lo has visto?

—Que si he visto qué.

—¿Cuándo viste a Jeffrey por última vez? ¿Dónde estaba, con quién?

—Es como un hermano para mí.

—¿Con quién estaba?

—Y yo qué sé. ¿Acaso soy su putita?

—¿Su qué? ¿Dónde vives?

—Strong Island.

—Más específicamente.

—Seaford.

—¿Quién más estaba contigo? Señálame a tu cuadrilla.

—¿Mi cuadrilla?

—Quién, entre los aquí presentes, en esta sala de espera, iba contigo esta noche, señálame a todos los que estuvieran volviendo contigo a Seaford.

—No soy un chivato.

—Te estoy preguntando quiénes son sus amigos.

Mike giró la cabeza como si estuviera en una torreta oxidada, reparando en la mitad de los adormilados pasajeros que lo rodeaban.

—¡Hey! —bramó—. ¿Os habéis enterado de lo que ha pasado?

Nadie se volvió hacia él.

—¿Alguno llevaba algo encima esta noche? —preguntó Billy.

—¿Se refiere a marihuana?

—Me refiero a un arma.

—Cualquier cosa es un arma.

—¿Cómo dices que te has manchado de sangre?

—¿Qué sangre? —dijo el muchacho, tocándose la cara.

—¿Alguno de tu cuadri...? ¿Has visto a alguien discutir esta noche?

—¿Esta noche? —El chico parpadeó—. Esta noche salimos de marcha.

Billy decidió enviarlo junto a todos los demás a Midtown South para que durmieran la mona hasta que pudieran ser interrogados de nuevo. Imaginaba que las declaraciones no le aportarían nada. También estaba bastante seguro de que, después de que medio litoral hubiera pisoteado la escena del crimen como una manada migratoria de bestias salvajes, las pruebas forenses serían igualmente inútiles. Prefería apostar por las cámaras de seguridad.

Puso al tanto de la situación al capitán de su división —el cual se puso automáticamente a parpar como un pato, como si Billy hubiera matado personalmente a Bannion—, colaboró un rato con los agentes de Tránsito en la galería y con los inspectores del FDLI bajo el tablero de información, y después, rezando por el plano del millón, subió las escaleras hasta la abarrotada sala en la que estaban instalados los monitores solo para averiguar por boca del técnico de servicio que el disco duro en el que se había cargado todo el metraje de seguridad había resultado dañado hacía algunas horas debido a un derramamiento de café y que el único modo de salvar las imágenes era enviarlo a un centro de recuperación de datos, proceso que podía demorarse días, cuando no semanas.

De nuevo en la planta baja y necesitando que un miembro de su brigada supervisara el transporte de testigos, Billy se encaminó hacia Feeley, pero se detuvo en seco cuando lo vio cotorreando con un subinspector de pelo canoso, probablemente intercambiando recuerdos de la época en que fueron juntos en pos de Pancho Villa. Salió en busca de Stupak y la encontró delante de un puesto de *calzone* protegido por una verja antidisturbios entrevistando a un empleado de mantenimiento. Tan pronto como le explicó su cometido, la mirada de Stupak buscó por reflejo a Feeley.

—¿Qué? —farfulló—. ¿El general Grant está demasiado ocupado preparándose para Gettysburg?

A nadie le agradaba tener a Feeley en la brigada, pero nadie lo desaprobaba en mayor grado que Alice, que odiaba tanto la red de contactos y privilegios de la vieja guardia como a los escaqueados en general. También había un elemento personal: a pesar de sus dieciséis años en el cuerpo, siete de ellos en Servicios de Emergencia y tres con el Equipo de Captura de Fugitivos Violentos, el viejo cabrón se regodeaba en seguir dirigiéndose a ella de vez en cuando como «muñequita».

Tras la marcha de Stupak, Billy lidió con otra crispada llamada de su capitán de división, seguida de una del jefe de brigada de Midtown South. Después, a las siete de la mañana, con la escena del crimen asegurada y ningún posible testigo en condiciones de hablar, Billy decidió escabullirse a Yonkers lo justo para llevar a sus hijos al colegio.

A esas horas el tráfico dirección norte en la Henry Hudson Parkway era venturosamente fluido y a las ocho menos cuarto entró en su calle. Al llegar a casa vio a Carmen subida a una escalera de metro ochenta delante de la puerta del garaje, intentando extraer una pelota de baloncesto deshinchada que había quedado encajada entre el aro y el tablero y que llevaba allí desde enero, cuando empezó a hacer demasiado frío para que los chicos jugaran.

—Dale con un palo, Carm.

—Ya lo he intentado. Está demasiado encajada.

Sentado al volante en un semitrance de agotamiento, Billy contempló cómo su esposa intentaba desatascar la pelota mientras el sol de la mañana teñía de un tono gélido el poliéster de su blanco uniforme de enfermera.

Carmen era su segunda mujer. La primera, Diane, una arteterapeuta afroamericana, lo había abandonado a consecuencia de unas muy publicitadas protestas después de que Billy hubiera disparado accidentalmente y de manera casi fatal a un niño hispano de diez años en el Bronx. Siendo ecuánimes, la bala que fue a impactar contra el crío había atravesado antes a su objetivo designado, un gigante puesto hasta las cejas de PCP y armado con una cañería de plomo ya ensangrentada. Al principio, Diane, que en aquel momento solo tenía veintitrés años —dos menos que Billy—, intentó capear el temporal a su lado, pero después de que los periódicos empezaran a explotar la noticia y un reverendo del Bronx con un grueso álbum de recortes de prensa organizara una vigilia de repulsa de un mes de duración alrededor de su casa en Staten Island, fue desmoronándose gradualmente hasta que finalmente decidió abandonar el barco.

Billy conoció a Carmen cuando trabajaba con la Brigada de Identificación en la oficina del forense, a la que lo habían destinado desde Anti-Crimen como una suerte de exilio interno tras el tiroteo. Ella estaba allí aquel día para identificar a Damián Robles, el que hasta su sobredosis de treinta y seis horas antes había sido su marido.

A pesar de su adicción a la heroína, Robles era un profesional de las artes marciales y tenía un físico ridículamente bien esculpido, y a Billy le avergonzó reconocer que, dos días después de muerto, el tipo seguía teniendo mejor aspecto que él en el mejor momento de su vida.

En cualquier caso, el muerto al hoyo y el vivo al bollo, por lo que veinte minutos después de haberla visto por primera vez, mientras permanecían el uno junto al otro, observando el cadáver a través de una larga ventanilla rectangular, se lanzó sin paracaídas y dijo:

—¿Qué hacía casada con un zarrapastroso como ese?

Pero en vez de arañarle la cara o poner el grito en el cielo, ella respondió calmadamente:

—Pensaba que era lo que me merecía.

Al cabo de un mes cada uno estaba dejando ropa en el apartamento del otro.

Al cabo de un año estaban avisando a sus amigos para que reservaran la fecha.

La atracción inicial de Carmen por él, o al menos eso pensó en su momento, fue de manual: viuda repentina se topa con policía protector caído del cielo. Billy siempre había sentido debilidad por cualquier variación del «ay, mi héroe» con las que se había ido encontrando ocasionalmente, pero lo cierto fue que se enamoró de Carmen puramente por su físico y su sonoridad: los enormes ojos rodeados de rímel corrido en su rostro con forma de corazón, la piel del color de una tostada poco hecha, y aquella voz… perezosa y cazallera cuando le apetecía y respaldada por una risa fácil y profunda que a él lo embriagaba de placer. El deseo estuvo ahí desde el principio, pero todos los demás elementos de largo recorrido —confianza, ternura, apego, etcétera— únicamente habían llegado con el tiempo.

Tampoco era que vivir con ella hubiese sido coser y cantar. Sus cambios de humor eran feroces y tenía proclividad a las pesadillas salvajes y a hablar en sueños, despertándolo a menudo con llorosas súplicas semicoherentes en las que rogaba que la dejaran en paz. Y lo que en un principio él había considerado un deseo temporal por tener una figura protectora en su vida, se fue metamorfoseando con los años en un río de necesidad visceral —y en mayor medida inarticulada— por él, una avidez que Billy nunca llegó a comprender pero a la que respondió con todo su ser. Las exigencias de Carmen nunca lo agotaban; tenía algo que le impelía a querer ser la mejor versión posible de sí mismo. La adoraba, adoraba estar a la altura de sus necesidades, adoraba que lo que siempre había considerado para su vergüenza una personalidad plana y una insípida imperturbabilidad pudieran acabar siendo la roca en el proceloso mar de la vida de otra persona.

Aun así, Carmen escondía en su interior algo que Billy nunca había llegado a descubrir. A veces se sentía como un caballero con la misión de proteger a una doncella de un dragón que solo ella podía ver, así que prestaba atención a las palabras que pronunciaba en sueños, cuando sus sobrecogidas diatribas iban perdiendo la coherencia y se acercaban, quizá, al meollo de la cuestión, pero como no era un individuo particularmente analítico, sus estudios secretos no lo condujeron a nada. Y teniendo en cuenta que se había criado en un hogar donde le habían enseñado a aceptar a las personas tal como eran, sin hacer preguntas, un hogar donde el rasgo de personalidad más valorado por encima de cualquier otro era la paciencia de nivel apache, Billy habría preferido morir antes que preguntarle a bocajarro a su esposa desde hacía doce años, a la madre de sus dos hijos: «¿Quién eres tú?».

—¿Dónde están los locos de la supervivencia? —dijo desde el coche.

—¿Los vas a llevar tú? —preguntó Carmen.

—Sí, pero he dejado un fiambre en Penn Station, así que tengo que volver enseguida.

—Puedo llevarlos yo.

—No, solo he preguntado dónde…

—¡Declan!

Los insomnes párpados de Billy aletearon doloridos: el primer recurso de Carmen para encontrar a alguien siempre era gritar.

Intentando ganar un último latido de inactividad, dejó que su mirada vagara hacia el porche delantero, donde la banderola verde de nailon atestada de tréboles y duendecillos, colocada por Carmen para conmemorar San Patricio, flameaba al viento un día después de caducada, aunque Billy sabía que para la hora de la cena habría sido sustituida por la banderola de Pascua, con sus conejitos y huevos multicolor sobre un fondo azul eléctrico.

—Ya voy yo a buscarles —dijo finalmente, saliendo del coche como un hombre con prótesis de cadera.

El interior de la casa presentaba un laberíntico y acogedor desbarajuste, un botín de guerra en juguetes para niños y artículos deportivos, desperdigado por la sala de estar, que sepultaba el gastado sofá de brocado y las dos butacas a juego; una gran cocina-comedor amarilla con su mesa «rústica» de madera pintada perpetuamente cubierta de facturas, circulares, condimentos y algún que otro sombrero o guante desparejado; tres dormitorios de finas paredes que pedían a gritos una nueva capa de pintura; y un estudio desnivelado que por algún motivo siempre olía a champiñones. Y allá donde uno mirase, ejemplos de la obsesión de Carmen por las horteradas rústicas: calabazas y mazorcas de maíz indio —reales, en cerámica o papel maché— sobre todas las superficies disponibles, máximas del saber popular grabadas en placas colgadas con cadenitas, molinetes comprados en puestos de mercados hortelanos, lecheras pintadas en óvalos de madera y suficientes cuadros de corrales, cabañas con techos de paja y solitarios caminos rurales como para llenar un museo de postales Hallmark.

A Billy en ocasiones todo aquello le provocaba dentera, pero teniendo en cuenta la infancia y pubertad de su esposa en el Bronx asolado por el crack de finales de los ochenta, sus últimos años de adolescencia en el tristemente célebre sector East Metro de Atlanta, y su actual empleo como enfermera de triaje en el club del cuchillo y la pistola que era la sala de Urgencias del St. Ann, no se veía con ánimos de cuestionar su gusto para la decoración. De hecho, no podía importarle menos el aspecto que tuviera la casa, siempre y cuando a ella la hiciera feliz. Lo único que a él le importaban eran sus libros, y en las abarrotadas estanterías del estudio acumulaba novelas criminales escritas principalmente por ex policías, volúmenes de autoayuda para encarar la jubilación, memorias deportivas y un puñado de guías inmobiliarias que le había endosado John Pavlicek, el cual estaba empeñadísimo en contratarlo para que le ayudara a dirigir su imperio de inmuebles tan pronto como Billy presentara los papeles.

Mientras buscaba a los críos, Billy dio con su hijo de seis años, Carlos, sentado sobre el borde de su litera vestido completamente de camuflaje, observando a su abuelo de setenta y ocho años dormido bajo una de sus colchas de La patrulla-X. El padre de Billy era un antiguo jefe de divisiones locales, todavía recordado con cariño, que se había labrado un nombre pateando las calles como miembro de la Patrulla de Acción Táctica, también conocida como los antidisturbios, durante la época de manifas y el «que arda todo» de finales de los sesenta. En la actualidad, sin embargo, el anciano tendía a confundir a sus dos nietos con Billy y a pensar que aún seguía viviendo en su primera casa de Fordham Heights con su difunta esposa. Además, a menudo se levantaba en mitad de la noche para meterse en otras camas que no eran la suya, bien en la de alguno de los niños o bien en la de Billy y Carmen, haciendo del uso del pijama una obligación para todos.

—Vamos, hijo.

—¿Se va a morir el abuelo? —preguntó Carlos con calma.

—Hoy no.

Declan, de ocho años, vestido también de camuflaje desde la gorra hasta las botas, estaba de rodillas en el salón, intentando sacar a su conejo de debajo del sofá con un palo de hockey, mientras el acurrucado y aborregado animal siseaba y estornudaba como un dragón de Komodo.

—Dec, déjalo estar.

—¿Y si muerde un cable de la electricidad?

—Entonces cenaremos conejo. Vamos.

Justo cuando al fin estaban saliendo de casa, sonó el móvil de Billy. Era nuevamente el capitán de división, por lo que se encerró en el coche antes de que los críos pudieran entrar y echarle a perder la jugada.

—Diga, jefe.

—¿Dónde estás?

—En Midtown South, preparando el informe y esperando a que reviva alguno de los testigos.

—¿Por qué les has permitido que limpien?

—Porque por Penn Station pasan cincuenta mil personas al día.

—Es la escena de un crimen.

—Repito, es Penn Station. El cruce de caminos del mundo occidental.

—¿Qué trabajas, en Radio Free America? ¿Desde cuándo es Tránsito quien decide lo que hay que hacer?

—Esta vez tenían razón. —Después añadió—: En mi opinión.

—¿Qué hay de la grabación de seguridad?

—Fallo informático.

—Fallo informático.

—Han enviado el disco duro a la Unidad de Respuesta de Asistencia Técnica.

—¡Papá! —gritó Declan, golpeando la ventanilla del coche.

—¡Billy! —Carmen se acercó con la pelota de baloncesto congelada—. ¿Qué diablos haces? ¡Van a llegar tarde!

—¿Quién es esa? —preguntó el capitán de división.

—Jefe, uno de los testigos acaba de darnos un nombre. Ya le llamo más tarde.

Tras haber dejado a los niños en la escuela, Billy volvió a la ciudad, redactó su resumen detallado para los inspectores del turno de día en Midtown South —el marrón quedaba ahora en sus manos—, informó a un par de superiores, le dio largas a un reportero de crónica negra, esquivó una unidad móvil de televisión y volvió a meterse en el coche. Cuando finalmente regresó a casa por segunda vez a la una de la tarde, su padre y Millie Singh, su supuesta asistenta, estaban en el salón viendo *Esposas de la Mafia: Chicago*, sin que ninguno de los dos diera muestras de haberle oído llegar.

Millie apenas sabía manejar una fregona, cocinaba platos indocaribeños de un picante que fundía la garganta y tenía tendencia a echarse siestas en horas de trabajo, pero en su día había sido la única en el paisaje lunar que pasaba por ser su barrio con los redaños necesarios para declarar en un asesinato de pandilleros, a consecuencia de lo cual acabó durmiendo en la bañera para protegerse de los disparos que cada noche entraban por sus ventanas hasta que Billy y los demás la trasladaron a uno de los edificios recién renovados de Pavlicek. Diez años más tarde, aproximadamente al mismo tiempo que al padre de Billy le diagnosticaban los primeros síntomas de demencia senil, la hija adolescente de Millie se marchó a Trinidad para vivir con su padre y ella perdió su empleo en Dunkin' Donuts. Contratarla como asistenta había parecido una buena idea entonces y, para ser justos con Millie, los críos la adoraban, ella adoraba a su padre y tenía un carnet de conducir válido. Además, a Carmen le gustaba encargarse personalmente de la limpieza de la casa, si es que lo que hacía podía merecer tal nombre.

Billy entró en la cocina, se preparó medio vaso de tubo con vodka y zumo de arándanos —lo único capaz de hacerle dormir a esas horas— y se dirigió al dormitorio. Guardó la Glock 9 en el estante superior del armario, detrás de una caja de zapatos llena de viejos extractos bancarios, y con un último estallido de energía telefoneó a Pavlicek para contarle lo de Bannion.

—Hey.

—Me he enterado —dijo Pavlicek.

—¿Qué te parece? —dijo Billy, metiéndose en la fresca barca del amor que era su cama.

—Que después de todo Dios existe.

—La escena era bastante estrambótica.

—También me he enterado.

—¿Quién te lo ha dicho?

—Rumores de la caleta.

—¿Lo saben los Rivera?

—Les he llamado esta mañana.

—¿Cómo se lo han tomado?

—Él con aplomo. Ella, no tanto. Pensaba ir luego a City Island para verlos.

—Bien.

Billy notaba los ojos como pozos de arena.

—Quiero que me acompañes.

—John, estoy durmiendo.

—Has visto el cadáver de ese cabronazo. Puede que necesiten hacerte preguntas.

—Venga, es un asunto privado entre ellos y tú.

—Billy, te lo estoy pidiendo.

Billy hizo una gárgara con el último trago de su copa y masticó un pedazo de hielo.

—Que sea a eso de las seis, acabo de meterme en la cama.

—Gracias.

—Me debes una.

—Después podemos recoger a Whelan e ir directamente al restaurante.

—¿La cena es esta noche?

—Sí, señor.

—Vale, déjame dormir.

—Eh —insistió Pavlicek—, ¿cuál es la palabra más engañosa del idioma inglés?

—Resolución.

—Un puro para el caballero —dijo Pavlicek, después colgó.

Se le había olvidado por completo la cena, la reunión que mensualmente celebraban en un asador los autodenominados Gansos Salvajes, siete jóvenes policías con una media de tres años en el Cuerpo cuando llegaron a Anti-Crimen a finales de los noventa; un equipo muy compenetrado que había obtenido manga ancha en uno de los peores distritos del East Bronx. De los siete, uno se había mudado a Arizona después de la jubilación y otro había fallecido a causa de su hábito de tres cajetillas diarias, dejando un núcleo duro de cinco: Billy, Pavlicek, Jimmy Whelan, Yasmeen Assaf-Doyle y Redman Brown.

En aquella época jugaban en otra liga, tan preternaturalmente sobrados de iniciativa que en ocasiones llegaban a los conflictos dos pasos por delante de los implicados; además eran decatletas que perseguían a su presa por patios y apartamentos, a través de las azoteas, subiendo y bajando escaleras de incendios, internándose en masas de agua. Muchos policías administraban palizas como castigo por haberles obligado a correr, pero para los GS la persecución era un estimulante y, después del arresto, a menudo trataban a sus detenidos como a miembros de un equipo rival derrotado en la cancha. Se consideraban una familia y extendían automáticamente su abanico familiar a aquellos vecinos del barrio que les resultaban simpáticos: los propietarios de ultramarinos, bares, barberías y garitos de comida para llevar, pero también los corredores de números –pues en lo que a ellos respectaba la rifa de los números era tan antigua como la Biblia–, unos cuantos porretas de la vieja escuela y un puñado de restauradores que ocultaban salas de matutes en el piso de arriba o en el sótano donde los GS podían beber de gorra o jugar un rato a los dados.

En lo que a bienes sustraídos se refería, los tratantes de mercancías caídas de los camiones a menudo ofrecían al DPNY descuentos de cortesía en cualquier tipo de producto, desde mochilas infantiles a trajes de diseño y herramientas de bricolaje. Una copa aquí, un casquete rápido allá, un pulóver de cachemira rebajado… Ninguno de los Gansos Salvajes aceptaba dinero en efectivo, exigía comisiones ni perdía el civismo. Aunque periódicamente se les exigía que llevaran a cabo redadas con su obligatoria visita al calabozo, por lo general toleraban la presencia de las putas razonablemente discretas y, como valor añadido, simpáticas. Los yonquis no violentos podían seguir en las calles y ser usados como informadores. Los camellos, sin embargo, eran presa válida.

Y si algún miembro de la familia resultaba herido a manos de un mal elemento —una chica de la calle con el ojo morado o un dedo roto tras sufrir un encontronazo con don Chulo P. McCarra, un Ganso Salvaje atacado por la espalda con una bola de pintura o un balín, un propietario de casino o de ultramarinos asaltado por los borricos locales—, los GS caían sobre los responsables como un solo hombre para dar comienzo al reparto de tundas. Lo importante era la familia; cumplían con las exigencias de su trabajo, pero realmente daban la cara por aquellos a los que consideraban «merecedores» de ello, dando por hecho que siempre iba a haber algunas personas del East Bronx, como en otras partes, como en todas partes, intentando colocarse como vía de escape, buscando algo de amor al margen, persiguiendo un sueño de prosperidad garrapateado en números sobre un pedazo de papel arrugado. No todos los policías compartían una actitud igual de tolerante hacia los extravíos del barrio, pero los Gansos Salvajes, a ojos de la gente a la que protegían y en ocasiones vengaban, recorrían las calles como dioses.

Las buenas y las malas noticias fueron que el alto rendimiento de su trabajo policial les situó en el carril rápido a la placa dorada. En menos de cinco años, todos los GS originales habían sido ascendidos a inspectores. Irónicamente, fue Billy, el más joven e inexperto del grupo, el primero en dar el salto. Después del doble tiroteo que le valió una mención de honor y a la vez un comité de evaluación civil, el departamento, en una de sus típicas bofetadas con guante de seda, decidió ascenderlo para apartarlo de la circulación; en su caso, en el sótano del depósito de cadáveres, ya que la Brigada de Identificación, como cualquier otra, estaba compuesta principalmente por inspectores.

En última instancia, algunos GS acabaron siendo mejores inspectores que agentes de a pie; otros entraron en declive con la placa dorada. Algunos descubrieron dones que nunca habían utilizado; otros perdieron la oportunidad de aprovechar los dones que siempre habían tenido.

Y fue también como inspectores, repartidos por diversas unidades a lo largo y ancho de la ciudad, cuando todos, igual que Pavlicek tras vérselas con Jeffrey Bannion, acabaron conociendo a sus impunes particulares, aquellos que habían burlado a la justicia tras cometer crímenes obscenos en su jurisdicción, encaminando hacia la jubilación a sus obsesionados perseguidores con una caja de expedientes escamoteados que escrutaban por la noche en sus despachos y sótanos y continuaban cotejando mediante visitas extraoficiales —al omitido cajero del deli donde el asesino se tomó un café la mañana del crimen, al primo del norte del estado que nunca había sido adecuadamente entrevistado tras la última conversación telefónica que mantuvo con la víctima, a la anciana vecina que se había subido a un Greyhound para marcharse a vivir con sus nietos de Virginia dos días después del baño de sangre acontecido al otro lado de la pared de su sala de estar—, sin olvidarse nunca, nunca jamás, de telefonear a los cónyuges, hijos y padres de los asesinados: en el aniversario del crimen, el día del cumpleaños de las víctimas, en Navidad, aunque solo fuera para mantener el contacto, para recordarles a los supervivientes que les prometieron un arresto aquella sangrienta noche de hacía tantos años y que todavía seguían empeñados en cumplirlo.

Nadie había pedido que aquellos crímenes tomaran posesión de un espacio en sus vidas, nadie había pedido que aquellos asesinos asediaran continua y arbitrariamente sus psiques como brotes de malaria, nadie había pedido sentirse tan desvalidamente apresado por la garra de aquel macabro estudio perpetuo que no les dejaba otra opción salvo la de persistir y persistir. Pero allí estaban todos ellos: Pavlicek eternamente rondando a Jeffrey Bannion; Jimmy Whelan tras la pista de Brian Tomassi, el líder de una pandilla callejera de blancos que en los días posteriores al 11-S había perseguido a un muchacho paquistaní hasta provocar su atropello; Redman Brown acechando a Sweetpea Harris, asesino de un baloncestista de instituto con futuro universitario que le había hecho quedar mal en una pachanga improvisada en el patio; Yasmeen Assaf-Doyle siempre tras el rastro de Eric Cortez, delincuente de poca monta de veintiocho años que había apuñalado hasta la muerte a un alumno de secundaria larguirucho y miope porque se le había ocurrido dirigirle la palabra a su novia de catorce años en el colegio.

Y el propio Billy, durante su primer año de regreso a la superficie como inspector de distrito tras haber pasado demasiados en el subsuelo como un hongo entre los muertos, encadenado para toda la eternidad a Curtis Taft, asesino de tres mujeres en una sola noche: Tonya Howard, la joven de veintiocho años que acababa de romper con él; su sobrina de catorce años, Memori Williams, que por puro azar se había quedado a dormir en su casa la noche que Taft decidió vengarse de su ex; y Dreena Bailey, la hija de cuatro años de Tonya, fruto de una relación anterior. Tres disparos, tres asesinadas y otra vez a la cama; Curtis Taft era, en lo que a Billy respectaba, el más desalmado de los impunes, aunque lo mismo habría dicho cada uno de los desventurados cazadores si le hubieran preguntado por su respectivo.

Veinte años después de que hubieran tomado las calles como un comando de asalto, casi todos ellos habían cambiado de vida. Redman recibió durante una toma de rehenes un disparo que le atravesó las caderas, se jubiló con tres cuartos de pensión por baja médica y se hizo cargo de la empresa de pompas fúnebres de su padre en Harlem. El pendenciero de Jimmy Whelan solicitó la anticipada antes de que pudieran despedirlo para convertirse en portero de fincas itinerante, viviendo de año en año en varios de los mejores sótanos de la ciudad. Yasmeen, incapaz de adaptarse a la mentalidad jerárquica de las comisarías, se despidió y aceptó un cargo de subdirectora en el departamento de seguridad de una universidad del bajo Manhattan, donde obtuvo un cinturón negro en echar pestes de sus nuevos jefes. Pavlicek, que ya apuntaba maneras cuando todavía vestía el uniforme, estaba demasiado ocupado haciéndose rico. Solo Billy, el benjamín del grupo, continuaba en el Cuerpo. No tenía ningún motivo para no hacerlo: tal como declaró su padre alzando su copa la noche que Billy se graduó en la academia: «A la salud de Dios, que tuvo que ser un genio absoluto para inventar este trabajo».

Una hora después de su conversación telefónica con Pavlicek, Billy estaba soñando con Jeffrey Bannion –desnudo y a la deriva en una fuente de cristal gigantesca llena de ponche rojo– cuando uno de los niños llegó a casa de la escuela dando tal portazo que cualquiera habría dicho que lo perseguía una manada de lobos. Un momento después, oyó que Carlos le chillaba a su hermano «¡Te has rendido, así que gano yo!», seguido de Carmen gritando: «¡Qué os tengo dicho sobre chillar en casa!».

A pesar de todo, Billy consiguió volver a quedarse dormido otra media hora, hasta que las sábanas se movieron con un frufrú y Carmen, desnuda, le acarició la nuca con los labios a la vez que extendía la mano izquierda y la hundía en sus calzoncillos. Billy estaba tan cansado que pensó que igual se moría, pero la mano de Carmen en su polla era la mano de Carmen en su polla.

–En tres días nos han traído a tres críos con heridas de bala –le susurró ella al oído–. Resulta que el segundo chaval le disparó al primero después de que este hubiera disparado contra uno de su pandilla; el tercero le disparó al segundo en represalia y el mejor amigo del segundo le disparó al tercero por el mismo motivo. Como en unos Juegos Olímpicos del cretinismo. ¿Hay vida ahí abajo o qué?

–Dame un segundo, ¿quieres?

Después de doce años todavía se lo montaban bastante bien, pensaba él, haciendo el amor dos veces por semana con cierta regularidad. Y parecían estar ganando peso al mismo ritmo, lo cual tampoco estaba mal; a Carmen todavía le quedaba bien el biquini, aunque Billy ya no se quitaba la camiseta cuando iban a la playa. Al principio no hubo ninguna posición ni fantasía sexual proscrita entre ellos, pero a medida que fueron cogiéndose confianza mutua se dieron cuenta de que parecía ser el clásico misionero, precedido por un poquito de esto y un poquito de aquello, lo que siempre acababa empujándolos a los dos a tomar eufóricamente por asalto la nevera en busca de su siguiente diversión.

—¿Entonces? —dijo Carmen.

Y en una oleada de amodorrado optimismo, Billy decidió que, después de todo, a lo mejor no necesitaba dormir aquella semana.

MILTON RAMOS

El borracho que iba esposado en el asiento de atrás había perdido tres mil dólares apostando en la Final Four de la liga universitaria de baloncesto y tras decidir que la culpa la había tenido el rostro de su mujer había procedido a transformárselo.

—La locura de marzo. De ser tú, esa sería mi defensa —dijo el compañero de Milton sin darse la vuelta.

—Que la follen y que te follen a ti también.

—¿Sabes qué? No cambies de actitud, porque a los jueces les encanta ver un arrepentimiento sincero.

—¿Y tú qué eres? —dijo el borracho, escrutando con los ojos entornados a Milton, que conducía en silencio.

—¿Perdón? —replicó este, buscando los ojos del tipo en el espejo retrovisor.

—¿Sabes lo que es un sudaca? —El borracho se inclinó hacia delante, irradiando malicia avivada por el alcohol, indagando—. Una mezcla de español, indio y negro. O lo que es lo mismo, de grasiento, salvaje y mono. Los juntas a los tres y lo que te sale es un puto gorila unicejo. Tú.

Milton detuvo el coche junto al parque Roberto Clemente, después apagó el contacto. Se quedó sentado un momento con las manos en el regazo, las palmas vueltas hacia arriba.

—¿Podemos no hacer esto? —preguntó su compañero con cierta resignación.

—Oook, oook —desde el asiento trasero.

Milton abrió el maletero tirando de una palanca situada debajo del volante, salió y se dirigió hacia la parte trasera del vehículo.

—¿Qué coño hace? —preguntó el borracho.

—Cállate —dijo el otro policía, en tono enfadado y a la vez ligeramente deprimido.

La puerta trasera se abrió abruptamente y Milton sacó al prisionero del coche agarrándolo del codo. En la otra mano llevaba una porra extensible y una toalla con manchas de grasa.

—¿Qué coño haces?

Sin responder, Milton obligó a caminar a su prisionero hacia el interior del parque hasta que encontró lo que le pareció un lugar adecuado. Ni demasiado abierto ni demasiado reducido y con ramas lo suficientemente bajas como para agarrarse a ellas.

—¿Qué haces?

—Al suelo, ¿por favor?

—¿Qué?

Milton le golpeó en el pecho y el borracho se encontró de repente tirado boca arriba sobre la hierba, con los hombros ardiendo debido al impacto contra el suelo con las manos esposadas a la espalda.

—Por el amor de Dios, tío, ¿qué haces? —dijo casi suplicando, en un tono de voz repentinamente mucho más cercano a la sobriedad que apenas unos minutos antes.

Milton sabía que nunca debería haber recibido una placa dorada. Fue una recompensa desacertada por hallarse en el lugar equivocado en el momento equivocado: una barbería durante un atraco en su vecindario del Bronx, cuando dos gilipollas armados con sendos calibres 38 irrumpieron mientras él se hallaba enterrado bajo toallas, capas y crema de afeitar. El local era un conocido punto de entrega para los corredores de números, presa fácil. Cuando los ladrones le volaron la rodilla a uno de los barberos, Milton hizo girar su silla y empezó a disparar desde debajo del peinador de poliéster, que de inmediato se prendió fuego. Para cuando su barbero consiguió apagar la llameante capa, Milton tenía quemaduras de segundo grado en el brazo y el muslo derechos.

Ambos atracadores sobrevivieron, uno herido en la garganta, el otro en el rostro, pero pasaron directamente del Misericordia al complejo de detención. El alcalde y el comisario jefe fueron a visitar a Milton a la unidad de quemados de aquel mismo hospital, donde el CJ le hizo entrega de su placa de inspector delante de las cámaras.

La pregunta que le hicieron fue: «¿Adónde quieres ir destinado?».

Adónde. Lo que quería era que lo mandasen a cualquier lugar donde pudiera esconderse.

A él lo que le gustaba era salir a patrullar. La calle era su coto privado: justicia de la frontera, ojo por ojo, obtención de información mediante palizas extracurriculares. Iba a ser un inspector pésimo y lo sabía: ni era demasiado perspicaz para seguir las pistas documentales ni particularmente paciente o sutil en la sala de interrogatorios, y además, cuando se le provocaba, poseía un carácter volublemente violento y sin embargo calculador.

Desde el tiroteo en la barbería había pasado por siete distritos en cinco años. Belicoso e inepto, fue una carga para cada una de sus brigadas hasta que aterrizó en la 4-6 en el Bronx. Antes incluso de que Milton se hubiera incorporado, su teniente recibió el mensaje de que estaba haciendo un trabajo estupendo con el inspector Ramos y que todo el mundo se lo agradecía; se acabaron los traslados. El nuevo superior de Milton tomó la astuta decisión de incluirlo en la brigada antirrobos, que contaba con una media de treinta y cinco casos al mes, todos ellos difíciles de resolver. Pero incluso en aquel mundo de Eeyore caracterizado por las bajas expectativas, Milton consiguió pasarse tres años sin realizar un solo arresto, momento en el cual lo nombraron supervisor de avisos nocturnos; su labor consistía en llegar a las ocho de la mañana y repartir las denuncias acumuladas desde la medianoche del día anterior entre los demás inspectores que iniciaban el turno, un trabajo enclaustrado al que solo le faltaba un gorro de asno.

Pero tras una larga temporada en aquel purgatorio la llegada de un nuevo teniente lo devolvió a la brigada, y seis meses más tarde no había un infractor conocido en todo el 4-6 que no hubiera aprendido a temer la frase «Salga del coche, ¿por favor?», habitualmente pronunciada con una apacible y casi distraída monotonía.

Milton cogió la toalla sucia y la dobló cuidadosamente hasta formar una gruesa tira. A continuación se puso a horcajadas sobre el borracho y extendió la toalla transversalmente sobre su garganta. Abrió al máximo la porra extensible y la colocó en el centro de la toalla. Apoyando con cuidado el pie derecho sobre el extremo más estrecho, presionó la barra de acero contra uno de los costados de la garganta del tipo. Después, agarrándose a una rama para mantener el equilibrio y modular la presión, colocó el otro pie sobre el mango de la porra, de modo que todo su peso cayera sobre la nuez; dicho peso fluctuaba entre los ochenta y los ochenta y cinco kilos dependiendo de la época del año y de qué festividad acabara de pasar.

Los ojos repentinamente saltones del borracho adquirieron una rojez húmeda y dorada, y el único sonido que fue capaz de proferir fue un débil gorjeo, como el de un pollito recién nacido en una granja cercana.

Al cabo de aproximadamente unos treinta segundos, Milton se bajó de la porra, primero un pie y después el otro, a continuación se acuclilló y retiró la gruesa toalla de debajo; el cuello no tenía ni una sola marca. Volvió a colocar la toalla sobre la garganta del tipo y nuevamente extendió la porra justo en el centro.

—¿Una vez más?

El borracho negó con la cabeza, hasta el débil gorjeo había desaparecido.

—Vamos… —Milton se irguió cuan largo era, volvió a equilibrarse sobre ambos extremos de la porra y empezó a balancearse de lado a lado—. Por si acaso nunca volvemos a vernos.

2

Mientras cruzaban el puente Triborough en el elefantiásico Lexus color crema de Pavlicek, Billy tuvo la impresión de que podría ponerse de pie en el asiento del pasajero sin llegar a rozar el techo. Para su propietario, sin embargo, el enorme todoterreno era una necesidad. Pavlicek era casi tan grande como para merecer su propio código postal; metro noventa y cinco de altura, la cabeza del tamaño de un casco de buzo, el torso de un levantador de pesas y manos que en una ocasión, debido a una apuesta, habían aplastado una patata cruda. Incluso con la cara y la complexión ligeramente suavizadas por la jubilación y la prosperidad, su presencia seguía induciendo a comportarse a todos cuantos lo rodeaban, incluido Billy. Hombre grande, coche grande, vida a lo grande.

En opinión de Billy, de toda la cuadrilla original, Pavlicek era el que mejor había abordado el juego de la jubilación. Cualquier poli que se haya trabajado un distrito será capaz de indicar hacia dónde fluye el dinero, pero el genio de Pavlicek en los noventa fue darse cuenta de adónde no estaba llegando: a los vacíos y destechados cascarones de ladrillo rojo convertidos en fumaderos de crack, a los diezmados inmuebles sin ascensor, a los ruinosos palacios fantasma de la clase obrera que alcanzaron su apogeo en los años cuarenta, si es que alguna vez llegaron a alcanzarlo. Se los había ido comprando uno por uno a los desesperados propietarios o bien directamente al Ayuntamiento a cambio de saldar un total renegociado de impuestos atrasados más los gravámenes, pagando al principio una media de siete mil quinientos dólares y nunca más de cincuenta mil, cuando, más tarde, otros especuladores empezaron a entrar en el mismo juego. Y tras haber completado la adquisición, a Pavlicek se le daba bien desalojar los edificios, repartiendo dinero primero y violencia después entre los okupas y yonquis que todavía no habían abandonado el gallinero una vez completada la venta.

Al principio, Pavlicek en persona se encargó de hacer todo el trabajo sucio, aunque raras veces necesitaba ir más allá de presentarse de improviso al amanecer exhibiendo la funda de su revólver reglamentario o un bate de béisbol. A medida que sus propiedades fueron aumentando en número, empezó a contratar a otros para que llevaran a cabo aquellos desahucios improvisados, como los llamaba él; principalmente a polis expulsados del Cuerpo por haber aceptado sobornos, golpear a prisioneros o cosas aún peores, desesperados por ganarse un jornal aunque fuera de la manera más turbia ahora que habían perdido tanto las placas como las pensiones.

Una vez desaparecidos los alborotadores y los haraganes, Pavlicek rehabilitaba rápidamente los inmuebles y los ocupaba con gente decente —siempre había gente decente—, cortejando en particular a los mayores con pensión de la Seguridad Social u otro tipo de ingreso fijo, así como a aquellos en condiciones de disponer que el Ayuntamiento o sus bancos ingresaran de manera directa el alquiler en la cuenta de su empresa. El resultado fue que a los cinco años de haberse jubilado, Pavlicek era el propietario de veintiocho edificios castigados pero relativamente libres de infracciones en Washington Heights y el Bronx, tenía una casa en Pelham Manor del tamaño de un petrolero y una fortuna personal valorada en treinta millones de dólares.

Pero si la fortuna le había sonreído, la pérdida lo había afligido: después de tres años de matrimonio relativamente feliz, su esposa, Angela, había intentado ahogar a su hijo entonces de seis meses en el estanque de su patio trasero. Cuatro meses más tarde, después de que le dieran el primer alta en la clínica psiquiátrica Payne-Whitney, volvió a intentarlo.

Diecinueve años más tarde, seguía ingresada, de un tiempo a esta parte en una residencia privada en Michigan, no demasiado lejos del hogar de sus padres en Wisconsin. Pavlicek seguía llorando su pérdida y seguía odiándose a sí mismo por no haber sido capaz de apreciar su dolor y su locura en su momento. Por lo que Billy sabía, seguían casados.

—¿Alguna vez has salido del país? —preguntó Pavlicek mientras pasaban por delante del Centro de Psiquiatría Forense, también conocido como la Fábrica de Sombreros, en Wards Island.

—No —dijo Billy, intentando divisar a algún preso dopado con Thorazine a través de las ventanas enrejadas—. Mi padre estuvo varias veces en Inglaterra, un período de servicio en Vietnam.

—Eso fue él. Además, la guerra no cuenta.

—Una vez fui a Puerto Rico con Carmen a ver a su abuela.

—Puerto Rico forma parte de Estados Unidos. Además, visitar a la familia no cuenta.

—Entonces podemos decir que llevo cuarenta y dos años sin levantar el culo del asiento. ¿Adónde quieres llegar a parar, don Importante?

—¿Alguna vez te he contado mi viaje a Amsterdam con John Junior?

—¿Has estado en Amsterdam?

—Hace cuatro años me invitaron a dar allí una charla en una conferencia sobre remodelación urbana y quise llevarle conmigo. Junior tenía dieciséis años y es una ciudad que más o menos tiene su punto, así que va y me dice: «Te dejo que me lleves a Amsterdam...».

—¡Te dejo!

—«... te dejo que me lleves si cuando estemos allí te fumas un peta conmigo. Nick Perlmutter fue con su padre el año pasado y me contó que agarraron un ciego juntos». Me dice: «Eh, al menos así sabrás con quién me estoy colocando».

—No serías capaz.

—Perdona, ¿nunca te has pillado un colocón?

—¿Con mis hijos?

—Tus hijos son pequeños, Billy. Luego la cosa cambia, es como intentar contener una corriente de agua con las manos. Créeme.

—Eso no quiere decir que tengas que fumar con ellos.

Pavlicek se encogió de hombros.

Ligeramente escandalizado, Billy no dijo nada.

—El caso es que llegamos allí, fuimos directos al coffee shop más cercano y nos sentamos en la terraza, con vistas a una *platz* o como se diga. Junior, fardando de su habilidad para leer el menú de los canutos como si fuera una carta de vinos, nos pide uno supuestamente suave, le damos un par de caladas y nos pega el subidón. Al principio fue divertido, intentamos sacarnos una foto juntos y no fuimos capaces, agarrando la cámara de mil maneras, partidos de la risa, superfumados. Al final, una señora holandesa que estaba en el bar se apiadó de nosotros, salió y nos hizo el favor. Dos idiotas norteamericanos colocándose en Amsterdam, lo nunca visto. Seguimos descojonándonos durante más o menos media hora cuando de repente se nos vino encima la paranoia, patapum. Una hora entera sin poder hablar, allí sentados preguntándonos cómo diantres vamos a encontrar el hotel, Prinzengracht, Schminzenstrasse, dónde está la casa de Anna Frank, si somos malos medio judíos si pasamos de visitarla y cómo vamos siquiera a conseguir levantarnos de la silla. Así horas. Hasta que al final Johnnie se vuelve hacia mí y me dice: «Bueno, parece que no ha sido una de mis mejores ideas, ¿verdad?». Se volvió a casa al día siguiente. La ciudad en realidad no tiene mucho más y a mí no me quedó más remedio que quedarme porque tenía las charlas. Me sentía fatal… Quiero decir, vale, tienes razón, ¿qué clase de gilipollas condescendiente tiene que recurrir a una cosa así para ganarse el favor de su hijo? Pero ¿sabes qué? Una semana más tarde, cuando por fin volví a casa, Johnnie había pegado en la puerta de su habitación ampliaciones de todas las fotos que nos sacó aquella señora holandesa y que me aspen si no se nos veía felices. Y ahora, siempre que… Sirve para echarse unas risas siempre que surge el tema en una conversación. Entre las fotos y el modo en que lo contamos, es como si, al cabo de un rato, fuéramos un dúo cómico. Y olvidas, o al menos yo había olvidado, lo mal que nos sentimos cuando, en fin…

Billy oyó en la voz de Pavlicek un sollozo ahogado que no supo cómo interpretar, por lo que guardó silencio hasta que llegaron a su destino, veinte incómodos minutos más tarde.

Los Rivera, como todos los residentes de City Island, vivían en una de las pequeñas calles que manan de la única avenida que atraviesa los tres kilómetros de isla como una columna vertebral desde el puente de acceso hasta el estrecho de Long Island. Su casa, una maltrecha construcción victoriana, se alzaba al final de la calle Fordham, donde el rumor del oleaje resultaba audible desde todas las habitaciones. La familia tenía dos vistas: el estrecho, a la altura en la que Nueva York y Connecticut se encuentran bajo las aguas, y las ruinas de la casa de la acera de enfrente, detrás de la cual, a menos de treinta metros de distancia, fue hallado hacía cinco años el cuerpo de su hijo Thomas, tirado y descoyuntado. La casa estaba siendo demolida por sus nuevos propietarios, los muros colapsados en una masa violenta, astilladas vigas de madera asomando en todas direcciones como una expresión abstracta de su notoriedad.

Ray Rivera, veinticinco kilos más gordo que la noche en que descubrieron el cadáver de su hijo, estaba de pie sobre su césped con Billy y Pavlicek, fumando un pitillo tras otro y contemplando los escombros. Su mujer, Nora, se encontraba en algún lugar en el interior de la casa, sin duda al tanto de su visita, pero reacia a salir. A Billy le dio la impresión de que la mayor parte de la nueva obesidad de Rivera parecía localizada en la cara y en la parte superior del cuerpo, en vez de en el estómago: en las múltiples capas de ojeras, en la carne caída de su amplio pecho, en el encorvamiento de sus gruesos hombros. Billy había observado aquella misma transformación en otros padres que debían sobrellevar a diario la muerte violenta de un hijo. Al cabo de unos pocos años el peso emocional tenía la capacidad de asexualizar visualmente a una pareja hasta tal punto que acababan pareciéndose más que si hubieran llegado juntos a nonagenarios.

—¿Sabe? Tengo sentimientos muy encontrados acerca del derribo de ese montón de mierda. —Rivera tosió y esputó sobre el canto de su carnoso puño, dio otra calada—. No puedo dejar de pensar que a lo mejor están destruyendo pruebas o que quizá un pedazo de su alma todavía sigue ahí.

—Ahí dentro no queda nada de él, Ray —dijo Pavlicek—. Sé que lo sabe.

Billy vio movimiento detrás de una ventana del segundo piso en casa de los Rivera: Nora, observando la acera de enfrente durante horas, día tras día.

—La gente nos preguntaba que por qué no nos mudábamos a otro lugar, pero habría sido como abandonarle, ¿entiende?

La ventana se abrió de repente y Nora Rivera se asomó con la cara encendida, graznando:

—¡Que se hubieran mudado ellos!

Pavlicek levantó una mano para saludar.

—Hola, Nora.

La ventana se cerró con un estampido de escopeta.

—¿Sabe? Conozco a gente, de haberlo deseado en cualquier momento podría haber hecho ciertas llamadas. Una vez hasta telefoneó un tipo para ofrecerse. Pero si hubiera querido ver muerto al tal Jeffrey, yo mismo me habría encargado de hacerlo.

—Usted no es así, Ray.

—O sea, ¿pueden hacerse una idea de la cantidad de veces que he llegado a sentarme ahí en el porche con una pipa en la mano? Siempre bebía hasta disuadirme.

—¿Quiere preguntarme alguna cosa sobre Jeffrey Bannion? —se ofreció Billy.

Rivera ignoró la pregunta.

—El año pasado asistimos a la convención nacional de Custodios de la Memoria, Johnny vino con nosotros —dijo señalando a Pavlicek con la cabeza—. Tenían varios talleres y seminarios y participé en un grupo de apoyo para padres con hijos asesinados. —Rivera dio otra húmeda calada a su cigarrillo—. Y un tipo, un viejo motero de Texas, contó que había presenciado la ejecución del asesino de su hijo en Huntsville. Dijo que no le supuso ninguna diferencia. Se sintió decepcionado. Pero no estoy del todo seguro de que ese hubiera sido también mi caso.

—Ray —dijo Pavlicek con amabilidad—, tenemos que irnos.

—Nuestro párroco dice que Jesucristo quiere que todos intentemos perdonar, pero les diré una cosa: ¿estos últimos años? Estoy con el Dios de los judíos.

Se encontraron con Jimmy Whelan en el vestíbulo del edificio donde vivía y trabajaba como portero, un desvencijado inmueble de antes de la guerra con una hundida entrada en forma de H en la avenida Fort Washington. A aquella hora los aromas a comida de tres continentes descendían por el hueco del ascensor como una neblina.

Whelan se conservaba bien para sus cuarenta y seis años; esbelto, levantador de pesas ocasional, con una buena mata de pelo moreno, narizota y el exagerado bigote de un pistolero. Lo cual no se apartaba demasiado de la realidad: en el momento de su jubilación ostentaba el récord de haberse visto involucrado en más tiroteos justificados que cualquier otro agente en activo del DPNY. Durante el tramo final de su carrera, fue trasladado a la Unidad de Investigación Científica, uno de los destinos en los que menos probabilidades existían de que un inspector pudiera encontrar motivos para desenfundar el arma, pero incluso así consiguió verse involucrado en una refriega cuando se topó con un atraco en curso en una tienda a las tres de la madrugada mientras iba a comprar café a dos manzanas del doble homicidio que estaba siendo analizado por su equipo de técnicos forenses en el sector New Lots de Brooklyn.

Aquella noche lo encontraron vestido con una cazadora de cuero con solapas color cereza y unos vaqueros pata de elefante, ladrándole delante de sus geriátricos ascensores a un inquilino de piel acaramelada, bigotillo y ojos ligeramente orientales que llevaba un macuto colgado del hombro como si acabara de desembarcar.

—¿Qué estás haciendo? —dijo bruscamente Whelan.

—¡Compartiendo la alegría! —respondió el otro con voz cazallera y casi a gritos.

—¿La alegría? ¿Estás loco? Enciérrate ahora mismo en casa.

—¡Qué tal, caballeros! —dijo el tipo, volviéndose hacia Billy y Pavlicek y tendiéndoles la mano libre—. Esteban Appleyard.

Whelan se alejó bruscamente, negando con la cabeza, como cansado de tratar con un idiota.

—¿Qué lleva ahí dentro? —preguntó Billy.

Appleyard abrió su macuto, que estaba lleno de frasquitos de perfume Rihanna Rebelle, coñac Alizé VS en botellitas de cuarto y cajetillas de cigarros White Owl envueltas en celofán.

—Cojan un purito —invitó Appleyard con una gran sonrisa.

—No fumo —mintió Billy.

—Os espero en el coche —farfulló Pavlicek, girándose con tanta brusquedad que casi chocó con Whelan, que regresaba airadamente a por Appleyard.

—¿Dónde está el dinero?

—Me harán una transferencia a la cuenta.

—¿Cuándo?

—No lo sé.

Whelan se volvió hacia Billy.

—Este tipo acaba de ganar diez millones a la lotería, ¿puedes creerlo?

—¿En serio?

Billy sabía que la irritación de Whelan no tenía nada que ver con la envidia. A pesar de su trayectoria como pistolero, Jimmy se tomaba muy en serio su trabajo de portero y era proclive a regañar a los miembros más ingenuamente auto-destructivos de lo que él consideraba su rebaño.

Uno de los ascensores se abrió con un gemido y una mujer con la cabeza envuelta en un pañuelo africano salió cargada con una colada de ropa plegada entre los brazos. Appleyard metió la mano en su macuto y sacó un frasquito de perfume.

—Para ti, chiqui.

—No uso —dijo ella en tono cortante, tan enfadada con él como Whelan.

—Dame un beso.

—Deberías mudarte lejos de aquí —replicó ella retrocediendo ante su aliento de alta graduación—. Todo el mundo se ha enterado.

Mirando hacia el vestíbulo, despojado de prácticamente todo el mobiliario original y de sus espejos de los años veinte, a Billy le sorprendió ver que Pavlicek seguía en el edificio, desplomado sobre el único sofá, con la cabeza hundida entre las manos, como demasiado agotado para llegar a la calle.

—¿Tienes coche? —le preguntó Whelan a Appleyard.

—Me voy a comprar uno. Me gusta el Maybach ese, como el que se ha pillado Diddy. En un bonito marrón chocolate.

—Pero ¿tú sabes conducir?

—Me pasé catorce años conduciendo un camión de reparto por las pollerías hasta que me dispararon aquella vez.

Se bajó de un tirón el cuello del jersey para mostrar la cicatriz en su clavícula.

Whelan sacó un juego de llaves y se las metió a Appleyard en el bolsillo.

—¿Sabes cuál es mi coche?

—¿El Elantra? —Appleyard sorbió por la nariz—. Ni muerto me monto yo en eso.

—Sube a tu piso y haz la maleta. Coge mi coche y vete una semana a mi cabaña en Monticello. Piénsate bien dónde quieres vivir y qué quieres hacer con tu vida, porque si te quedas aquí, te van a comer vivo.

La mujer asintió para mostrar su acuerdo.

—Nah, tío —replicó Appleyard con un aspaviento—. La gente me conoce.

—Exacto. Dentro de tres días, alguien vendrá a buscarme para quejarse de que sale un mal olor del 5D. No quiero encontrarte con un destornillador clavado en la oreja después de que un cocodrilo de tres piernas te haya estado torturando para sonsacarte el PIN de la tarjeta.

—Ya, bueno. —A Appleyard se le escurrió el macuto; las botellitas de coñac y perfume tintinearon sobre el suelo de piedra pulida—. Yo no lo creo.

Finalmente la inquilina africana se marchó, atravesando el vestíbulo hacia la puerta principal. Pavlicek ni siquiera levantó la mirada cuando ella le rozó las rodillas con su voluminosa bata al pasar junto al sofá.

—Y deja de repartir esa mierda o no sobrevivirás ni dos días. ¿Se puede saber qué te pasa?

—¿Cuánto quieres a cambio de la cabaña y el coche? —preguntó Appleyard, comprobando que no se hubiera derramado nada dentro del macuto—. Porque sé que algo querrás.

—¿Por una semana? —dijo Whelan, mirando de soslayo hacia el techo—. Mil quinientos.

—Y se supone que debe preocuparme que sean los demás quienes me tanguen, ¿eh?

—Súbelo a dos mil e iré contigo.

—¿Ahora quieres cobrarme por llevarte a tu propia cabaña? ¿Hay televisor?

—Por supuesto.

—¿Y supermercados?

—No, todo el mundo camina a gatas y come hierba.

—¿Bares?

—Mantente alejado de los bares.

—No, prefiero quedarme aquí —dijo Appleyard, devolviéndole a Whelan las llaves—. Es mi bloque.

—Vale, mira —dijo Whelan—, te vendo el coche por mil doscientos.

—No creo —rió Appleyard, después se echó nuevamente el macuto al hombro y desapareció pasillo abajo, llamando puerta por puerta.

Mientras se dirigían por fin a la calle y Pavlicek se unía a ellos en silencio, sonó el móvil de Billy, otra vez Stacey Taylor. Billy canceló también aquella llamada.

Collin's Steak House estaba en el barrio financiero, en una pequeña calleja de adoquines flanqueada por características casas de comerciante del siglo XIX y viejas whiskerías con nombres de poeta irlandés; un conjunto preservado como en una antigua bola de nieve, empequeñecido y rodeado por un anillo futurista de torres de oficinas. Fueron los primeros en llegar y el propietario, Stephan Cunliffe, un emigrado de Belfast que por mandato sanguíneo adoraba a los policías y a los escritores, les llevó una bandeja de chupitos de Midleton antes incluso de que hubieran podido sentarse.

—*Sláinte* —dijo Cunliffe, levantando un vaso él también.

A pesar de su ascendencia irlandesa, Billy podría haberse pasado perfectamente el resto de su vida sin volver a oír aquel brindis en particular.

—¿Va a venir el señor Brown?

—Redman tiene un velatorio esta noche —dijo Billy.

—¿Y la adorable señorita Assaf-Doyle?

—Como de costumbre, llegará cuando llegue.

Que fue veinte minutos más tarde, abatiéndose sobre la mesa como un soplo repentino, con sus enormes ojos oscuros, el pelo azabache húmedo y repeinado hacia atrás como si acabara de salir del gimnasio y envuelta, como siempre, en su característico abrigo hippie de piel de becerro adornado con bordados vagamente tibetanos y nudos de botón.

—¿Dónde está el mío? —dijo Yasmeen, observando los vasos vacíos.

Cunliffe chasqueó los dedos y una nueva ronda apareció como si el camarero hubiera estado todo el rato esperando detrás de él.

—¿Mi trabajo esta semana? —dijo Yasmeen quitándose el abrigo—. Una chica india alojada en uno de los colegios mayores pierde la virginidad con un miserable del Village, resulta que el tipo grabó el acontecimiento y ahora amenaza con enviarle una copia a sus padres si ella se niega a seguir abriendo las piernas, así que me ha tocado ir a su picadero de mierda para acojonarlo vivo. Soltad a los perros de la guerra, ¿verdad? Ah, y hoy me han puesto a investigar la desaparición de un jersey. En cualquier caso, *besaha.* —Se bebió el chupito. Después—: Bueno, Billy, ¿he oído que te ha tocado el caso Bannion?

—A las cuatro de la madrugada.

—Penn Station, un marrón de tres pares, ¿verdad? ¿Alguna pista?

—A estas horas pregúntales a los de Midtown South. Yo solo soy el portero de noche.

—¿Alguna vez habéis visto esa peli? Casi pido que me devuelvan el dinero.

—¿Qué peli? —dijo Whelan.

—En cualquier caso, un brindis por Bannion —dijo Yasmeen alzando su segundo vaso—. Cuando las cosas malas les suceden a las malas personas.

—¡Salud!

—Primero Tomassi, ahora Bannion —dijo Yasmeen—. Es como si la justicia hubiera empezado a echar miraditas por debajo de la venda.

—¿Es correcto decir «salud» cuando se brinda por un muerto? —dijo Whelan—. ¿O se sobreentiende que es a la salud del que brinda?

—Espera un momento. —Billy levantó una mano—. ¿Brian Tomassi? ¿Qué le ha pasado?

—¿Lo dices en serio? —preguntó Whelan—. ¿No lees los periódicos?

—Tú cuenta.

—¿Conoces ese tramo de la Pelham Parkway junto al centro comunitario, donde Tomassi y su pandilla persiguieron a Yusuf Khan hasta que lo atropelló un taxi?

—Sí. ¿Y…?

—A pie de pava de allí, un poco más hacia el sur, Tomassi, a las dos de la madrugada, baja del bordillo ciego de anfetas y se fusiona en cuerpo y alma con el autobús 12.

—¿Cuándo?

—El mes pasado.

—¿Así sin más?

—Así sin más.

Riendo, Billy asintió en dirección a Whelan.

—¿Lo empujaste tú?

—Habría sido capaz, bien puedes creerme.

Billy recordó el día siguiente, cuando Whelan le contó la manera en la que el aterrorizado Khan, huyendo a la desesperada a través de una vía de cuatro carriles, había sido atropellado por un coche tuneado que circulaba a cien por hora; el sonido del impacto fue tan brutal que hizo saltar las alarmas de los vehículos en varias manzanas a la redonda.

—Eh, ¿qué fue lo último que le pasó a Tomassi por la cabeza justo después de que lo atropellara el autobús? —preguntó Yasmeen.

—Su culo —gruñó Pavlicek. Eran las primeras palabras que pronunciaba desde que se habían sentado—. Joder, si vais a empezar con los putos chistes malos…

Una vez más, Billy se percató de que parecía al borde de las lágrimas.

—¿Te encuentras bien, grandullón?

—¿Yo? —Pavlicek se animó con exagerada rapidez—. ¿Sabes lo que estaba haciendo hoy cuando te he llamado? Recorrer uno de mis inmuebles con una exorcista. Contraté a un maestro albañil chino para que me lo vaciara. Su cuadrilla entra en el edificio y a los quince minutos salen todos diciendo que está embrujado y que ni de coña piensan volver a entrar. Así que he contratado a una exorcista.

—Los chinos son lo peor —dijo Yasmeen—, son supersupersticiosos.

—¿Alguna vez habéis visto que un chino se suicide? —añadió Whelan—. No creen en las soluciones rápidas e indoloras.

—¿De dónde has sacado a una exorcista? —preguntó Billy.

—Lleva una tienda para fumetas cerca de mi casa. Es practicante de la wicca y se saca un sobresueldo como cazafantasmas.

—¿Es auténtica?

—Sabe lo que se espera de ella y monta un número convincente. Llega cargada con linternas, humidificadores, campanillas de viento, discos de Enya…

—A quién vas a llamar…

—Lo único es que ellos tienen a sus dioses y nosotros a los nuestros.

—¿Nosotros tenemos dioses?

Esperaron a que Pavlicek continuase, pero parecía haber perdido el interés en su propia historia.

—Entonces ¿ha funcionado o no? —preguntó Billy.

—¿Qué?

—El exorcismo.

—Es un proceso en curso —dijo Pavlicek, desviando la mirada.

—Oye, Billy, ¿qué tal la familia? —Yasmeen, mirándole a los ojos (no entres al trapo) antes de echarse al coleto su tercer o quizá cuarto chupito.

—Bien, ya sabes. Bueno, mi padre no es que esté mejorando, pero…

—Mi padre intentó convencerme una vez para que le dejase venirse a vivir con nosotros. Metí su culo en una residencia antes de que hubiera terminado de pronunciar la primera frase.

—Eres toda corazón, Yazzie —dijo Whelan.

—¿Qué quieres decir con eso de que soy toda corazón? Era un psicópata. Solía emborracharse y quemarnos con cigarrillos. Tengo corazón. ¿Por qué siempre te empeñas en hacerme sentir mal?

—Yasmeen, era una broma.

—No, no lo era —dijo ella arrastrando las palabras. Después, tras una pausa excesivamente larga—: Puto Whelan. Siempre consigues que me sienta mal. ¿Qué te he hecho yo a ti?

A continuación procedió a sumirse en uno de sus legendarios enfurruñamientos, y Billy sabía por experiencia propia que existía una buena posibilidad de que no volvieran a oírla pronunciar palabra en toda la velada.

Yasmeen era la única mujer que conocía Billy capaz de igualar los cambios de humor de su esposa. Las dos eran incluso físicamente similares, aunque el color de Yasmeen provenía de su padre sirio y de su madre turca, por lo que verse continuamente interpelada como «mami» en la calle y abordada automáticamente en español había acabado resultándole tan angustioso como para llegar a solicitar en más de una ocasión el traslado a otro distrito más elegante. Pero era una amiga feroz, capaz de cantarle las cuarenta a su primera esposa en mitad de la calle, justo delante de los manifestantes que la habían empujado a abandonarlo después del tiroteo —bueno, quizá aquella no fue la mejor de las ideas—, y después, años más tarde, cuando Carmen estaba atravesando una racha particularmente mala, de quedarse con sus hijos durante todo un verano hasta que su esposa se hubo recuperado.

Así que Billy estaba dispuesto a aceptar cualquier tipo de comportamiento tempestuoso por su parte, pero con Yasmeen adustamente cerrada en banda y con Pavlicek camino de un malhumorado coma, la mesa había adoptado de repente la energía de una bajada de tensión.

—¿Puedo contaros una cosa? —empezó Billy, intentando llenar el vacío—. Ahora que hablas de exorcismos, nunca le he contado esto a nadie porque me daba vergüenza, pero cuando llevaba seis meses intentando pillar a Curtis Taft, Carmen me convenció para que consultara con una médium.

—Venga ya. —Whelan, adoptando el papel de interlocutor sensato.

—Una anciana italiana en Brewster. Para entonces estaba tan desesperado que… El caso es que la llamé, fui a su casa y os juro que era clavadita a Casey Stengel. Hola, qué tal, gracias por recibirme. Entro en el comedor y tiene las paredes cubiertas con cartas de agradecimiento de diferentes departamentos de policía de todo el país, puede que unas cuantas de Canadá, incluso una de una ciudad alemana. Impresionaba bastante, hasta que te acercabas y leías una: «Ha sido puesto en mi conocimiento que quizá es posible que haya prestado usted cierta ayuda en el homicidio aún por resolver de fulanito de tal. Gracias por su dedicación y entusiasmo. Sinceramente, Elmo Butkus, comisario de policía de French Kiss, Idaho». De todos modos ya estaba allí, así que me siento en el sofá; ella, en una mecedora. Me había indicado que llevase algún objeto de las víctimas, así que le doy un pasador para el pelo de la niña de cuatro años, Dreena Bailey, el iPod de Memori Williams y la Biblia de Tonya Howard. Le cuento lo que creo que sucedió, que Taft llegó allí poco antes del amanecer, tres disparos y adiós, otra vez a casa a meterse en la cama con su novia todavía dormida.

»La anciana me dice: "De acuerdo, le explicaré cómo funciona esto. Yo me voy a quedar aquí sentada pensando en lo que me acaba de contar, empezaré a experimentar cierta agitación y diré cosas, palabras sueltas, una frase. Quiero que lo anote usted todo. Cualquier cosa que diga". Y después añade: "¿Esas cosas que voy a decir? No sabré lo que significa ninguna de ellas, son como piezas de un rompecabezas y es usted quien debe armarlas, ¿de acuerdo? El inspector es usted, no yo, ¿de acuerdo?".

»Le dije que de acuerdo.

»"Ah, y por cierto", dice ella, "nunca le cobro a la policía por ayudar, es mi deber cívico, lo único que pido a cambio es una carta suya escrita en papel oficial de su departamento agradeciéndome la ayuda".

»Le digo: "Sí, claro, sin problema, empecemos, empecemos". La anciana se balancea en la mecedora, frotando el pasador de Dreena, y empieza a largar: "Cuatro años, pobrecita niña, nunca tuvo la menor oportunidad, nunca volverá a ver a su madre ni a jugar a la comba, ese malvado comepollas, ese puto... ¡MANTEQUILLA!".

»Casi salto por la ventana del grito que pegó, pero anoté: "Mantequilla". La mujer continuó: "Qué clase de escoria despiadada le arrebataría la vida a... ¡AGUA CORRIENTE!". Vale, lo apunto, "agua corriente". O sea, cualquier lugar del mundo está cerca de una corriente de agua: un río, un fregadero, una alcantarilla, vamos a ver, ¿lo dice en serio? Entonces se pone a hablar de Memori. "Una chica de catorce años, toda la puta vida por delante, qué cerdo depravado, qué miserable pedazo de mierda, qué... ¡NEUMÁTICOS!".

»Vale, "neumáticos".

»"Les roba la vida a tres jovencitas y después ¿qué hace? Se vuelve a casa y se mete otra vez en la cama con su nueva novia, como si únicamente se hubiera levantado a mear, ¿puede imaginar qué tipo de mujer debe de ser esa zorra estúpi...? ¡RETRETE ROTO!"

»Os juro por mis hijos que cuando dijo aquello, "retrete roto", casi me meo encima.

—¿Sí? —Whelan era, al parecer, su único oyente.

—Escuchadme bien —dijo Billy, inclinándose hacia delante—. Los cadáveres fueron encontrados por el nuevo novio de Tonya Howard cuando volvió a casa a las cinco, unas seis horas más tarde, por lo que cuando llegamos nosotros el rígor mortis ya estaba bastante avanzado. Encontramos a Memori y a Tonya en el salón y pensamos que aquello era todo, pero cuando abrí la puerta del cuarto de baño... —Billy se pasó una mano por la boca reseca—. Veréis, cuando Taft vivía con Tonya, cada vez que quería castigar a la pequeña siempre se la llevaba al baño, y allí fue donde la llevó también aquella mañana para matarla. Y después de haberle disparado, metió su cabeza hasta los hombros en la taza del váter. Como he dicho, el rígor estaba bastante avanzado, de modo que no pudimos sacarla, así que tuvimos que usar una almádena para romper la porcelana. «Retrete roto», dijo la señora. No me preguntéis cómo.

—Y luego, ¿qué pasó?

—La llevé al barrio y dejé que entrara en el piso, a ver si era capaz de captar alguna cosa más.

—¿Lo hizo?

—No.

—¿Qué dijo cuando vio el retrete roto?

—Solo asintió, en plan «Ya se lo dije».

—También acertó en lo del agua corriente —dijo Whelan—, si quieres ponerte picajoso.

—Supongo que sí.

—¿Escribiste la carta?

—Estoy en ello.

—El problema con el hermano pequeño —dijo Pavlicek de repente, hablando para sus manos entrelazadas—, ¿el que fue al reformatorio? Es que la gente verdaderamente imbécil es la más difícil de interrogar, porque no son capaces de darse cuenta de cuándo les tienes arrinconados. «Los forenses dicen que fue asesinado con un palo de golf, Eugene. ¿Hay algún palo de golf en la casa?»

»"No lo sé."

»"Pues hemos encontrado uno."

»"Vale."

»"Tenía tus huellas dactilares."

»"Vale."

»"Entonces ¿cómo es posible que no sepas que había un palo de golf en la casa?"

»"No lo sé."

»"¿Te gusta jugar al golf?"

»"No."

»"Entonces tengo que volver a preguntártelo: ¿cómo han acabado tus huellas dactilares en el mango?"

»"No lo sé…"

Pavlicek tomó aliento, paseó la mirada entre sus manos y su vaso de chupito intacto.

—Recuerdo que intenté sacar de sus casillas a Jeffrey, así que le pregunté: «No debe de ser fácil vivir con un hermano subnormal». ¿Sabéis lo que me dijo? «Debería usted probarlo.»

Agarró su Midleton y se lo echó al coleto.

—Un verdadero encanto —farfulló, después volvió a encerrarse en sí mismo.

Ni una sola vez mientras contaba su historia había levantado la mirada hacia sus amigos, consiguiendo que Billy se preguntase si quizá el asesinato de Bannion le había dejado profundamente afectado, como un Ahab con depresión posparto en caso de que el autor le hubiera permitido matar a la ballena y volver a casa con su familia.

—Que te den por culo con tu «Soy toda corazón» —espetó Yasmeen, repentinamente borracha y llorosa—. ¿Por qué siempre tienes que hacerme sentir tan mal?

Antes de que Whelan pudiera responder, ella se ladeó hacia Billy y le susurró arrastradamente al oído «A veces todavía puedo saborearte», después apoyó la frente sobre la mesa y se quedó dormida.

—Creo que, para Jeffrey —dijo Pavlicek sin dirigirse a nadie en particular—, lo de Thomas Rivera, su hermano Eugene, fue como doblar una servilleta. —Después, con voz pastosa—: Si había alguien que se lo merecía… ¿verdad?

Billy y Whelan se miraron inexpresivamente antes de levantar la vista hacia el camarero, que por fin había llegado para repartir las cartas y enumerar las recomendaciones.

Aquella noche el primer aviso para Billy no llegó hasta poco antes del amanecer, una agresión en una floristería en un castigado tramo de Broadway norte, donde Harlem daba paso a Hamilton Heights, un barrio cuya rudeza quedaba compensada por sus sobrecogedoras vistas del río Hudson, que parecía brincar para ir al encuentro de la encumbrada avenida. Teniendo en cuenta lo intempestivo de la hora, Billy escogió como compañero a Roger Mayo, un fumador empedernido de ojos hundidos y pecho palomo que llevaba ocho años en la Guardia Nocturna sin abrir apenas la boca, un misterio para el resto de la brigada que ignoraba por completo de dónde venía o adónde regresaba cuando terminaba el turno. Pero Mayo también era un noctámbulo nato, alguien de quien Billy podía tener la seguridad de que no caería dormido sobre el regazo de un sospechoso en pleno interrogatorio a las seis de la mañana, una hazaña nada baladí.

Mientras intentaban llegar a la acera sorteando los coches patrulla aparcados en doble y triple fila, pasaron frente a las puertas traseras abiertas de una ambulancia en cuyo interior vieron a una joven y oronda latina con un collar de marcas de dedos alrededor de la garganta.

—¿Cómo está? —le preguntó Mayo a un enfermero.

—Cabreada.

Dejando a Mayo para que le tomara la declaración, Billy se dirigió a la escena del crimen, la floristería, un local estrecho y destartalado, con molduras de madera podrida y mordisqueada por el viento alrededor de la puerta y del único escaparate. La zona de exposición tenía el techo bajo y un suelo de linóleo resquebrajado, y sobre la cámara frigorífica casi vacía de flores sobresalía un altillo de construcción rudimentaria que gemía y crujía bajo el peso de varios pares de pies, ahogando casi por completo el jazz melódico que brotaba desde detrás de una hilera de flores de Pascua y un expositor giratorio con tarjetas de felicitación.

Tras subir una pequeña escalera de madera de pino sin tratar, Billy se encontró en un dormitorio de tres paredes, similar a una celda, repleto de policías y médicos que obstaculizaban su visión del agresor, Wallice Oliver. Era un septuagenario descamisado de aspecto frágil y perilla de faraón que resollaba asmáticamente, sentado sobre el borde de una estrecha cama. La toalla que llevaba alrededor del cuello le hacía parecer un boxeador geriátrico.

Mientras un enfermero le metía a Oliver en la boca un espirómetro para medir su capacidad pulmonar, Billy hizo inventario de su entorno. En un rincón, un saxofón dorado expuesto sobre su soporte; en otro, una mesa desgarbada con el tablero forrado de hule cubierto por un puñado desperdigado de frascos de pastillas, una botella de aceite de oliva, un anj, un crucifijo y una estrella de David. Pegadas a las paredes con celo había dos fotografías de Oliver de joven, una sobre el escenario junto a Rahsaan Roland Kirk, en la otra actuando con la Sun Ra Arkestra.

Billy se abrió paso entre los uniformes hasta llegar a la cama.

—¿Quiere explicarme qué ha sucedido?

—Ya lo he contado todo.

`Oliver se echó hacia atrás para poder levantar la mirada hacia Billy.

—Solo una vez más.

—Apareció un día, poco antes de San Valentín. —Hizo una pausa para darle un tiento a su inhalador de Primatene Mist—. Una chica joven, dijo que estaba buscando una planta para regalársela a su madre, echó un vistazo pero no compró nada, se marchó, regresó una hora más tarde y me preguntó si necesitaba una ayudante, pero, francamente, el negocio apenas me da lo justo para vivir, ¿sabe usted? De modo que se vuelve a marchar y luego, aquella noche, aparece por tercera vez, llama a la puerta justo cuando estaba apagando las luces, entra, se pone de rodillas, se la mete en la boca y me dice: «Papi, si me dejas vivir aquí, podrás tenerme siempre que quieras». En menos de lo que canta un gallo vuelvo a ser un hombre, pero esa mujer es el diablo y mi vida se ha ido a la mierda. Estaba casado con una maestra de escuela, teníamos una bonita casa, todo lo abandoné para encerrarme aquí con ella bajo un techo de dos metros. Ya ni puedo enderezar la espalda. Y no me importa confesarle que soy capaz de aguantar muchas ruindades solo por volver a sentir que se me pone la polla tiesa, pero ¿las cosas que me ha dicho esta noche? —Oliver agachó la cabeza y se masajeó los dedos cerosos y ambarinos—. Nunca en mi vida me había sentido tan herido por unas palabras.

Una hora más tarde, con la luz del amanecer acentuando la desolación de la calle, Billy abandonaba la escena cuando oyó sonar su móvil. Era Stacey Taylor de nuevo, esta vez un mensaje de texto:

se k stas evitando mis llamadas no lo hagas +

MILTON RAMOS

—Ni siquiera voy a preguntarte quién efectuó el disparo porque sé que no has visto nada, ¿verdad?

Milton estaba hablando con un pandillero de la avenida Shakespeare, sentado con el cráneo vendado en una camilla de ruedas trabadas en la sala de primeros auxilios de la unidad de Urgencias del St. Ann.

—¿Dónde está mi ropa? —dijo la víctima, agachando la cabeza y culebreando en un intento por ver más allá de Milton, plantado a menos de treinta centímetros de su cara en el reducido espacio cerrado con cortinas—. Llama a la maldita enfermera.

Milton guardó silencio un momento, observando desapasionadamente cómo la piel desgarrada por el roce de una bala en la sien de Carlos Hernández empezaba a inflamarse de mala manera, forzando a la gruesa gasa a elevarse lentamente como un suflé ensangrentado.

—¿Sabes qué? —dijo al fin—. No me lo digas. Ocúpate tú mismo de solucionarlo o dale a quienquiera que haya sido la oportunidad de terminar el trabajo, porque, ¿sinceramente? —Milton cerró bruscamente su bloc de notas—, me la pela por completo.

—Ah, ya veo. Psicología inversa.

—De verdad que no. Cuando digo que me la pela, soldadito, te lo digo de corazón. Me conformo con que no la liéis cerca de un parque infantil o de una cancha de baloncesto, es lo único que pido.

Milton nunca le había visto el sentido a involucrar desde un primer momento a los inspectores en las investigaciones de tiroteos entre pandilleros, sabiendo que la Unidad de Inteligencia Urbana del 4-6, que prácticamente se tuteaba con todos los jóvenes morlocks que pululaban por el barrio, ya habría reunido a sus informadores. Por la tarde no solo estarían peinando las calles en busca del tirador sino también amedrentando a las dos cuadrillas rivales –Shakespeare Arrasa y Creston Lo Más– para disuadirles de cualquier tipo de represalia y/o contraataque. Lo cierto era que, apenas dos horas después de haber recibido el disparo, Carlos era ya historia pasada y lo único que ahora le interesaba a cualquiera era minimizar la inevitable escabechina que se avecinaba.

–Te diré lo que haremos –dijo Milton, inclinándose para apoyar una mano sobre la rodilla desnuda de Carlos–. Dame un nombre y obtendrás una tarjeta de «Salga libre de la cárcel», de mi cuenta.

–No estoy en la cárcel.

–Hoy no.

–¿Te gusta poner la mano ahí?

–Preferiría ponértela en el cuello.

Milton se dio la vuelta para marcharse.

–Se supone que tienes que dejarme tu tarjeta –dijo Carlos.

–Lo haría, pero me quedan pocas.

Psicología, los cojones.

Tras salir al área de recepción, Milton pasó junto a la enfermera latinoamericana encargada del puesto de triaje y recorrió el pasillo central de la sala de espera, sumida en un sobrecogedor silencio a pesar de que todos los bancos estaban ocupados. Alargando la mano hacia el pulsador de pared que abría la puerta de la calle, Milton dudó, repentinamente abrumado por la poderosa sensación de haber olvidado algo importante, la misma sensación que al intentar recordar los nebulosos detalles de un sueño intenso una vez despierto. Se palmeó el cuerpo

–pistola, bloc de notas, cartera, llaves… estaba todo–, después se dio la vuelta y desanduvo sus pasos, pasando junto al puesto de triaje y llegando hasta la puerta de la sala de primeros auxilios antes de detenerse en seco y regresar por donde había venido, esta vez en ángulo para poder echarle un buen vistazo a la enfermera sin que esta se percatara.

De pie en la penumbra, la observó y después siguió observándola más atentamente aún, saliendo de su ensoñación únicamente cuando percibió que ella empezaba a percatarse de su presencia, momento en el cual agachó la cabeza y se marchó sin apartar la mirada del suelo hasta que se encontró de nuevo en la calle, donde la repentina luz del sol incrementó su desmedida sensación de desconcierto.

No fue hasta algunas horas más tarde, todavía aturdido mientras redactaba su informe sobre Carlos Hernández, cuando Milton recordó la identificación prendida al uniforme blanco de enfermera y cogió un cuaderno para anotarlo con mano atolondrada:

C GRAVES

Queriendo estar a solas con su hallazgo, se refugió disimuladamente en la sala de descanso. Ignorando a los dos inspectores que dormían boca arriba, casi exánimes en rincones opuestos del fétido cuartucho sin ventanas, se sentó en el borde de un camastro sin hacer e intentó recapitular.

C Graves. La «C» la tenía controlada. «Graves», supuso, era su marido.

–Carmen Graves –dijo, tomándole la talla.

Así pues: casada. Había pasado página, tenía una carrera y probablemente un par de críos.

Había pasado página.

Bastaba para arrebatarte el aliento.

3

Cuando entró en casa a las ocho de la mañana, Billy se encontró a su padre y a sus dos hijos sentados a la mesa de la cocina comiendo gofres congelados; Billy Senior en pijama, los niños, como de costumbre, con su uniforme de Libertad Duradera, completo desde las placas militares hasta las botas de paracaidista de tamaño infantil.

–Veréis, en la universidad, los estudiantes se hicieron fuertes en dos edificios, en uno los negros, ya sabéis, los afroamericanos, y en el otro los radicales blancos, los suburbanos, como los llamábamos nosotros –estaba contando su padre–. No creo que hubiera mucha confianza mutua, al menos los negros no se fiaban de los blancos. Y después de dos días allí plantados esperando a que nos dieran la orden, mi jefe en la PAT, Charley Weiss, cogió el megáfono y dijo: «Tenéis quince minutos para evacuar el edificio o entraremos a por vosotros».

–Papá –dijo Billy.

–Y claro, los… los afroamericanos ya tenían mucho recorrido a sus espaldas, de modo que sabían a lo que se exponían, así que se limitaron a vociferar un poco desde las ventanas de las aulas y después salieron prácticamente sin dar ningún problema. Pero ¿los suburbanos? Nunca se las habían tenido que ver antes con la policía, para ellos era una gran aventura: «¡Venid a buscarnos, cerdos!».

–¿Cerdos? –preguntó Carlos levantando la mirada de su gofre.

–Papá.

—Y cada vez que teníamos que entrar en algún sitio por la fuerza, Charley Weiss siempre me ponía al frente del primer asalto. «Enviad al grandote», solía decir. Disturbios, apagones, manifestaciones… «Enviad al grandote.»

—El grandote —susurró Declan con el rostro resplandeciente.

—Así que entramos y entramos a saco. Fue desagradable y más tarde algunos de nosotros nos sentimos asqueados al respecto, pero aquel día partimos varias crismas…

—Papá…

—Algunos de aquellos críos se echaron a llorar y nos suplicaban que parásemos, pero para entonces te encuentras en tal estado, tienes tanta tensión acumulada debido a la espera, el corazón te palpita con tal fuerza…

—Eh, niños…

—Derribé a un chaval que intentó robarme la radio, le di en las costillas con la porra tal como nos habían enseñado, duele horrores, podéis creerme. Acaba tirado en el suelo, me mira y dice: «Señor Graves, pare, por favor, pare…». Le echo un buen vistazo al chaval y me… Tienes que estar de coña. Resulta que era el hijo de la pareja a la que le habíamos comprado la casa cuando nos mudamos a la isla. Una pareja muy agradable. Un crío muy agradable también. Debía de haberlo visto por última vez unos cuatro años antes, cuando él tenía catorce o quince, pero aquel día nos reconocimos, ya lo creo que sí.

—¿Te sentiste mal, abuelo? —Otra vez Declan, la historia era un tanto compleja todavía para Carlos.

—Pues sí, así fue. Empecé a gritarle: «¿Por qué diablos me has cogido la radio?». Y él: «¡No lo sé! ¡No lo sé!». Lo ayudé a levantarse, lo escolté hasta el exterior del edificio, le hice doblar la esquina hasta llegar a la avenida Amsterdam y le dije que fuera a Urgencias en el St. Luke, que se perdiera.

—Mi mamá trabaja en Urgencias —dijo Carlos animadamente.

—Intenté convencerme de que aquellos críos se lo merecían, de que estaban intentando socavar lo que nos hacía una gran nación, pero sí, me sentí mal. Aquel día me sentí mal.

Sabiendo que lo peor había pasado, Billy dedicó su atención al café, maravillándose, como siempre que oía aquella historia, ante el hecho de que cuando su padre finalmente se jubiló del Cuerpo, veinte años después de aquellos malogrados encierros, su primer empleo como civil fuese director de seguridad estudiantil en aquella misma universidad.

–Bueno –dijo Billy Senior levantándose–, tengo que ir al banco a recoger a vuestra abuela.

Declan miró a Billy, después a su abuelo.

–Yayo –dijo en un tono no carente de cariño–, la abuela está muerta.

Billy Senior se detuvo en la puerta y se volvió hacia la mesa.

–Qué cosa tan poco bonita has dicho, Declan.

Billy observó a su padre salir al camino de entrada y subirse al coche, del que no tenía las llaves, sabiendo que se quedaría sentado en su interior hasta olvidar por qué estaba allí y después volvería a entrar en la casa.

Arriba en el dormitorio, Billy escondió su Glock, se quedó en calzoncillos y se dejó caer sobre la cama. Luchando contra el sueño, se quedó mirando fijamente al techo hasta que alcanzó a oír acercándose por la calle la vieja tartana con los amortiguadores rotos de Millie, marcando el inicio de su jornada laboral consistente en hacerse pasar por una asistenta y, lo más importante de todo, en ver la televisión con el padre de Billy. Se sentaba tan cerca de él como fuera posible sin llegar a saltar sobre su regazo y le acariciaba continuamente el brazo mientras comentaba lo que estaba pasando en la pantalla, todo en un esfuerzo por mantenerlo anclado en el presente, una tarea que se estaba volviendo progresivamente más exigente.

Tal como suelen suceder estas cosas, su padre había acabado convertido en una especie de hijo para Billy, el cual estaba decidido a profesarle el mismo trato paterno que en su día recibió de él: con paciencia, humor cuando era capaz de permitírselo y una infinita tolerancia hacia sus debilidades mentales. Cuando

Billy era pequeño, su madre se había limitado a ejercer de madre, llevando a cabo las tareas requeridas sin caer exactamente en la indiferencia, pero siempre más pendiente de criar y educar a sus hermanas, ya que, a sus ojos, dos de tres ya daban trabajo de sobra. Como padre, Billy Senior había sido parco pero constante, no mucho más expansivo que su esposa pero, en cualquier caso, una presencia poderosamente reconfortante en la vida de su hijo. Cuando estaba en casa, estaba en casa con todas las de la ley –una habilidad que Billy todavía no había conseguido dominar con su familia–, y nunca se dejó engañar a la hora de cribar las excusas de su hijo respecto a cualquier tipo de tropiezo, desde suspender Español y Biología hasta sus curdas cerveceras adolescentes o peleas a puñetazos en el aparcamiento de White Castle. Raras veces castigaba y, en un barrio en el que la mitad de los padres parecían tratar a sus hijos conflictivos como piñatas, nunca con las manos. Pero lo más importante para Billy fue que su padre acudió a todos sus partidos de fútbol americano, desde los de alevines y las liguillas callejeras hasta los universitarios, sin que jamás se le ocurriera ponerse a chillar desde la línea de banda con la cara colorada ni criticar las jugadas de su hijo. Recordaba una mañana de sábado, cuando jugaba en la liga juvenil del condado de Nassau y fue relevado de su posición de quarterback, después de haber guiado al equipo hasta obtener un parcial de 3-0 a mitad de temporada, porque el entrenador se empeñó en sacar a jugar a su hijo, a pesar de que era atléticamente inferior; su padre intentó razonar con el tipo, pero cuando se dio cuenta de que la conversación era fútil, se limitó a encogerse de hombros y se alejó con los ojos brillantes, al borde de las lágrimas.

En Hofstra, donde Billy estuvo estudiando dos años gracias a una beca para jugar al fútbol, su padre siguió presente en las gradas, asistiendo a la mayoría de sus partidos fuera de casa —incluso en viajes con estancia de una noche a Orono, Maine, y Burlington, Vermont—, hasta que todo acabó en la primavera de su segundo año, cuando Billy fue detenido por vender marihuana en el colegio mayor. Su padre tiró de cualesquiera que fueran sus contactos en el Departamento de Policía de Hempstead para impedir que Billy fuera arrestado formalmente, pero no quiso intervenir en modo alguno cuando la Universidad de Hofstra decidió darle la patada. Y cuando Billy llegó a casa el día de su expulsión, desolado y demasiado avergonzado como para solicitar el perdón de sus progenitores, su padre, decidiendo que la autoflagelación de su hijo era castigo suficiente, simplemente le preguntó qué pretendía hacer con su vida. Cuando Billy no fue capaz de hallar una respuesta, ni aquella primera noche ni a la siguiente, fue entonces y solo entonces cuando le sugirió la academia de policía.

Cuando Billy volvió a bajar a las tres de la tarde, le sorprendió encontrarse con el hermano pequeño de Carmen, Víctor Acosta, y su marido, Richard Kubin, juntos de pie en un rincón de la cocina. Aunque solo tenía dos años menos que su hermana, Víctor apenas parecía haber cumplido la edad reglamentaria para votar, un efecto debido, en opinión de Billy, no tanto a su baja estatura o a su físico disparatadamente musculoso, como a su permanente expresión de viveza —ojos grandes y alerta bajo unas cejas arqueadas y casi triangulares, los labios ligeramente separados—, que le daba el mismo aspecto que si estuviera permanentemente intentando captar una voz lejana portadora de noticias importantes.

—Hombre, ¿qué tal? —farfulló Billy, avergonzado de seguir en pijama.

—Hey —dijo Víctor en tono inexpresivo, estrechándole la mano sin mirarlo a los ojos.

—¿Te encuentras bien? —preguntó Billy, sorprendido ante la inusitada seriedad de su cuñado, como una fotografía en negativo de sí mismo.

—Muy bien.

—Hola, ¿cómo estás? —dijo Billy tendiéndole la mano a Richard; mayor, con una expresión menos impaciente, un tipo más sosegado (nada de gimnasios para él) que tendía a quedarse en segundo término en todo lo que tenía que ver con la familia de Víctor.

—Bien —dijo Richard como deseando marcharse, pero sin querer ofender a nadie.

—¿Dónde está Carmen?

—Aquí.

Una tercera voz inexpresiva, esta vez la de su esposa; de pie detrás de él, justo en el rincón opuesto de la cocina, los brazos cruzados sobre el pecho, los ojos clavados en el suelo.

—¿Qué ha pasado?

—Nada —contestó Carmen sin levantar la mirada.

—¿Nada? —dijo Víctor con brusquedad.

—Qué ha pasado —repitió Billy dirigiéndose a los hombres.

—Vamos a adoptar —dijo Víctor—. Eso es todo.

Carmen bufó por la nariz y siguió estudiando las baldosas.

—Solo hemos venido a compartir la buena noticia —añadió Richard, en un tono de voz tan equilibrado que Billy no consiguió dirimir si estaba siendo sarcástico.

—No, me alegro por vosotros —dijo Carmen, desplazando la mirada hacia el patio trasero—. De verdad.

Billy siguió a la pareja por el camino de entrada hasta su viejísimo Range Rover.

—Uau, así que adoptáis —esforzándose por encontrar algo que decir—. ¿De dónde?

—Brasil —dijo Víctor.

—Brasil, vaya. ¿Niño? ¿Niña?

—Uno de cada.

—¿Gemelos?

—No está permitido separarles —dijo Richard abriendo la puerta del conductor.

Mi marido… Billy nunca había considerado tener ningún problema con el matrimonio gay, pero todavía no podía entrarle del todo en la cabeza que un hombre pudiera pronunciar esas dos palabras.

—¿Le has dicho a tu hermana que son dos?

—Lo habría hecho —dijo Víctor—, pero me ha dado miedo que su corazón no fuera capaz de soportar tanta felicidad.

—En cualquier caso, es fantástico, maravilloso —dijo Billy. Después añadió, a modo de disculpa—: ¿Queréis que os organicemos un *baby shower* o algo?

Al menos aquello les hizo sonreír.

Cuando volvió a entrar en casa, Carmen seguía encajada en su rincón de la cocina.

—¿Qué diablos te pasa?

—Heather tiene dos papás —farfulló ella, desviando la mirada.

—No lo entiendo, tu hermano viene a verte con un notición, ¿y ni siquiera eres capaz de darle un abrazo o algo?

—Parece que no —dijo Carmen desafiante, pero con lágrimas asomándole a los ojos.

—Qué tal si me cuentas lo que te pasa.

—¿Por qué siempre crees que tiene que pasar algo? —replicó ella bruscamente, después salió de la cocina, subió las escaleras, entró en el dormitorio y cerró la puerta.

Y ahí lo dejaron. Ahí era donde siempre lo dejaban cada vez que la conversación giraba en torno a Víctor y, si Billy quería ser sincero, en torno a muchas otras cosas también.

A las cinco de la tarde, Billy entró en Pompas Fúnebres Familia Brown, en el bulevar Adam Clayton Powell. La capilla, una simple sala de estar ligeramente peripuesta, iluminada con fluorescentes y amueblada con sillas plegables, estaba sumida en una humareda de marihuana y llena hasta la bandera. Un pandillero de veintidós años conocido en la calle como Hi-Life, tiroteado en represalia de una represalia anterior, yacía en su ataúd en una esquina frontal de la capilla de cara a sus compadres, la mayoría de los cuales llevaban gigantescas camisetas conmemorativas con una foto de Hi-Life sentado en la escalera de un portal. Una segunda instantánea plastificada y unida a una cadena de cuentas colgaba de sus cuellos como un pase de acceso al backstage.

Recorriendo el pasillo creado por un tabique de contrachapado que separaba la capilla de una hilera de cubículos de oficina, Billy pasó frente al anciano padre de Redman, que jugaba al póquer electrónico recostado en una silla en el primer cubículo. En el segundo, la quinta esposa de Redman, Nola, de veintitrés años, estaba echada en un camastro leyéndole un libro con su acento costamarfileño al séptimo u octavo hijo de Redman, Rafer, una criatura con una sonda de alimentación gastrointestinal insertada en el estómago. Y luego, por fin, en el último cubículo, Redman en persona, encorvando su metro noventa y cinco sobre la mesa para sorber una ración de fideos chinos directamente del envase; a su espalda, una estantería metálica alta y estrecha repleta de urnas de cartón con cenizas no reclamadas que llevaban acumulándose desde los años noventa.

—Mira quién aparece —dijo Redman, tendiéndole una mano de dedos disparatadamente largos sin levantarse de la silla, debido a la bala que cinco años antes le había atravesado ambas caderas.

—Por el amor de Dios —dijo Billy, aventando con la mano el humo de chronic que impregnaba el ambiente.

—Pagan como cualquier otro.

—¿Has oído hablar de los fumadores pasivos?

—Eso solo son historias.

—Una conspiración, vaya.

—Tú lo has dicho, no yo.

—¿Como los cinturones de seguridad?

—El gobierno no es quién para decirme cómo ir en mi coche. Si me rompo los huesos, es problema mío.

—No me pises.

Un crío vestido con una camiseta de Hi-Life que le cubría hasta las bambas entró en el cuarto y después volvió a salir sin supervisión alguna.

—¿Qué tal la cena de anoche?

—No es por hacerme el gracioso —dijo Billy—, pero parecía un funeral.

—No por culpa de Bannion, espero. Deberíais haber rodeado la manzana pegando brincos a lo Riverdance.

—¿Qué quieres que te diga? No hubo buen rollo.

—¿He oído que estaba completamente desangrado?

—Nunca había visto nada igual. Al parecer, se quedó seco en pleno salto y cayó al suelo a plomo, como el letrero de una tienda.

—Desangrado... Eso me facilita el trabajo.

—El mío no. Dejó un reguero de sangre más largo que el de una ballena arponeada.

Una anciana, vestida también con una camiseta de Hi-Life, recorrió el pasillo tosiendo como si fuera a escupir los pulmones. Los dos observaron cómo descorría una pesada cortina al final de la galería y se topaba de repente con un cadáver sin piernas tendido sobre una mesa de acero inoxidable, como una montaña de masa para un bizcocho de ciento treinta kilos con una jeringa metálica de veinte centímetros encajada en la mandíbula a través de una comisura de la boca abierta e inmóvil.

—Oh.

—El cuarto de baño está cerca de la entrada —dijo Redman—. Al otro lado.

—Oh.

La anciana se dio la vuelta y se alejó sin mirarles.

—Tengo que poner una puerta —dijo Redman, reanudando su cena.

Rafer, ahora metido en un tacatá de Elmo, entró velozmente en el cubículo de su padre y tuvo que ser interceptado antes de que acabara estrellándose contra la estantería de las cenizas.

—Echa el freno, hombrecito —dijo Redman, haciendo una mueca debido al movimiento brusco.

A Billy le dolía verlo tan frágil; poco después de haber entrado en el Cuerpo, Redman le había salvado la vida agarrándolo con una sola mano después de que Billy cayera al vacío desde una escalera de incendios oxidada en una quinta planta mientras intentaban irrumpir en el piso de un traficante de caballo a través de la ventana de su dormitorio. Redman, que subía detrás de él, se hallaba un piso más abajo y agarró a Billy de un brazo, interrumpiendo su caída y sosteniéndolo a pulso mientras sus pies pataleaban a doce metros sobre la acera hasta que pudo agarrarse a algo con la otra mano. El recuerdo de aquella caída abortada todavía era capaz de sentarlo bruscamente en la cama a las cuatro de la mañana.

—¿Mejora algo? —preguntó Billy, señalando a Rafer con la cabeza y llevándose de manera inconsciente una mano al estómago.

—No.

Redman nunca había tolerado la cháchara intrascendente, de modo que a Billy no se le ocurrió nada más que decir al respecto.

—¿Ves a ese moreno calvorota de ahí? —dijo Redman señalando a un hombre esbelto de mediana edad, sentado en la capilla con pajarita y un traje blanco económico pero impecable, cuyo cráneo brillaba bajo la chabacana lámpara de araña como si se lo hubiera lustrado con cera para coches—. Antoine Davis-Bey. La sanguijuela que consiguió que Sweetpea Harris se fuera de rositas.

—Luché contra la ley y la ley perdió —dijo Billy, preparándose para otra diatriba contra Sweetpea.

—¿Sabes que lo vi la semana pasada? A Harris, digo. Vino aquí al funeral de un colega y tuvo la desfachatez de acercarse a mi mesa para preguntarme cómo estaba, ¿te lo puedes creer? «¡Inspector Brown! ¿Qué tal va esa pierna, todavía le duele?» —Redman se apartó de su cena con disgusto—. Ha estado en el trullo un par de veces desde que mató a Salaam, pero tengo entendido que la última vez fue lo suficientemente astuto como para declararse toxicómano y evitó la trena a cambio de ingresar en una clínica de desintoxicación, aunque habrá quien diga que pasarse ocho horas al día sentado en círculo oyendo las imprecaciones de hasta el último idiota de turno es peor que seis meses en una gabarra prisión.

En opinión de Billy, Redman, a pesar de su implacable empeño por llevar ante la justicia al iracundamente homicida Sweetpea Harris, no estaba tan obsesionado con su impune como lo estaba con la víctima, Salaam Pridgen. Igual que el propio Redman en sus tiempos, Salaam había sido, ya a los quince años, un fenómeno del baloncesto en su instituto cortejado por los cazatalentos de las universidades; un crío delgadísimo y veloz como un guepardo que, tal como le contaba Redman a cualquiera dispuesto a escuchar, tenía la salida más explosiva que él hubiera visto en su vida. Inspector en Harlem en el momento del asesinato, que había tenido lugar ocho años antes, Redman llevaba viendo jugar al muchacho desde que este iba a noveno: con Rice, con los Gauchos e incluso, de vez en cuando, en pachangas callejeras improvisadas en cualquier parte, desde el parque Marcus Garvey a canchas de una sola canasta en el patio de una escuela de primaria de medio pelo.

Redman no tenía ningún problema en contarle aquellas cosas a todo el mundo, incluidos los cadáveres mudos que adecentaba a diario para el sueño eterno, pero solo Billy y unos pocos más sabían que además de interesarse por el crío había albergado sentimientos hacia la madre de Salaam. En aquella etapa de su vida, Redman se encontraba entre matrimonios y entabló amistad con ella yendo a ver los partidos de su hijo. Durante una temporada dio la impresión de que la amistad fuera a conducir a algo más, pero la muerte de Salaam la transformó de mujer inteligente y vigorosa con ganas de comerse el mundo en una tartamuda de mirada muerta que tardaba una eternidad en responder al sonido de su propio nombre.

—¿También representabas a ese bandarra de mierda? —le gruñó Redman a Antoine Davis-Bey, que había aparecido de repente en la puerta del cubículo.

—Negro y pobre —dijo Davis-Bey, guiñándole un ojo a Billy.

—Negro y pobre, ¿eh? Eso de ahí es un ataúd de ocho mil dólares y su gente lo ha pagado en efectivo.

—A veces se sube, a veces se baja; a ver qué tal les van las cosas dentro de seis meses —dirigiéndole un segundo guiño a Billy, como si chinchar a Redman fuera un concepto de la diversión compartido por todos.

—¿Sabes cómo llaman a cuatrocientos abogados encadenados y arrojados a un volcán? —dijo Redman.

—A ver, chicos —dijo Billy.

—Permite que te pregunte —replicó el abogado consultando la hora en su gigantesco reloj de pulsera—, y esos ocho mil dólares ¿en qué bolsillo están ahora?

—¿Y si te agarro de la pajarita, te la retuerzo un par de veces alrededor del cuello, la suelto y vemos cómo das vueltas por toda la habitación?

—Oh, por el amor de Dios —dijo Billy—, sois iguales que mis críos.

—Ha empezado él —dijo Bey, guiñándole el ojo por última vez y antes de salir.

Mientras observaba cómo se alejaba, Billy dirigió una mirada hacia la capilla y vio que uno de los dolientes subía al púlpito; tenía tres dientes de oro y una gorra azul de los Giants.

—Hi-Life… Lo bueno de Hi-Life es que era un bromista, joder, siempre estaba con sus bromas. Como cuando se quejaba de que se le enfriaban los dientes, ¿verdad?

—Puto Sweetpea —dijo Redman, ofreciéndole un fideo chino a su hijo entubado—. Sigo esperando que algún día alguien lo llene de plomo.

—¿Aún vive en el barrio?

—En el 118 de la Ciento veintidós Oeste, tercero izquierda, aunque tengo entendido que se pasa la mayor parte del tiempo con su «prometida» en el Bronx.

—Bueno, si al Bronx se le da bien algo es hacerle daño a la gente —dijo Billy—. Ya tendrá su merecido.

El móvil de Billy sonó mientras iba de la funeraria al coche.

—Tengo aquí tu placa —dijo el marido de Yasmeen, Dennis Doyle—. Estaba debajo de nuestra cama, se te debió de caer anoche cuando la trajiste a casa. ¿Quieres pasarte a por ella?

Antes de responder, Billy dedicó un segundo a analizar minuciosamente todas las modulaciones en la voz de Dennis, en busca, como siempre, del más ligero tono de enfado.

—¿Hola? —dijo Dennis.

No había arista alguna que Billy pudiese detectar. Nunca la había y eso le volvía loco.

—Iré ahora mismo.

«A veces todavía puedo saborearte»… Las últimas palabras que le había dedicado Yasmeen en el restaurante, susurradas nuevamente en su oreja justo antes de perder el conocimiento con los brazos en torno a su cuello, mientras Billy la recostaba completamente vestida sobre su cama. Había acabado demasiado ebria para conducir después de la catastrófica reunión de la noche anterior, y como Dennis, sargento en la brigada antirrobos del 4-6, tenía el turno de cuatro a medianoche, Billy asumió la responsabilidad de llevarla a casa, medio subirla en brazos hasta su piso y acomodarla en su cama con el mayor de los recatos, como si Dennis hubiera estado observándoles a través de una cámara oculta.

Los tres se conocían desde su paso por la academia, cuando, sin saberlo, tanto Dennis como Billy estuvieron saliendo con ella a la vez. Dennis estaba enamorado, Billy, no. Siguieron así cinco meses, sin que ninguno de los dos muchachos sospechara nada, hasta la Nochevieja de 1994, cuando Yasmeen entró en Gordon's, un bar para polis cercano a la academia, y tanto él como Dennis se dirigieron simultáneamente hacia ella. Billy captó la situación al vuelo y rápida y silenciosamente se hizo a un lado, dejando que Dennis se arrojara ignorante en brazos de Yasmeen, mientras los tristes y versados ojos de esta se clavaban en los suyos por encima del hombro de Dennis. Y así acabó la cosa: sin rencores, ha sido divertido, te mereces lo mejor.

Dennis le pidió matrimonio en el bar aquella misma noche cuando los dos estaban como una cuba y las camareras recorrían a trompicones el húmedo y mal iluminado local repartiendo cervezas gratis directamente de las cajas de plástico. Al principio Yasmeen dijo que no, dijo: «¿A quién coño se le ocurre proponerle matrimonio a una chica respetable en un tugurio para polis bolingas a las cinco de la mañana?». Dennis se tomó tan a pecho su pésimo don de la oportunidad que se echó a llorar y, para estupefacción de Billy, fueron aquellas lágrimas idiotas las que convencieron a Yasmeen. De acuerdo, dijo finalmente mientras acariciaba los cabellos de Dennis. Claro, casémonos. Billy lo vio todo desde la barra y pensó que se trataba de la pedida de mano más patética que hubiera visto en su vida; Dennis ni siquiera había llegado a bajarse del taburete.

Pensó que no durarían ni un año, pero allí seguían, veinte más tarde: dos niñas, un adosado de tres dormitorios más terraza con vistas al Hudson en Riverdale y una casa de verano en Greenwood Lake, al norte del estado.

—Bueno, ¿cómo se encuentra? —le preguntó Billy a Dennis, sentado frente a él en el salón.

—Ya lo ves —respondió Dennis, señalando con el mentón hacia la puerta cerrada del dormitorio al final del pasillo, donde el caído abrigo hippie tibetano de Yasmeen seguía hecho un ovillo delante de la puerta como un despeluchado perro guardián dieciocho horas después de que Billy la hubiera dejado allí dentro.

»Mira —le dijo Dennis, inclinándose hacia delante sobre el borde de su sofá—, siento lo de anoche y te agradezco que la trajeras a casa, pero ayúdame a entenderlo: ¿qué coño pasó?

—Eh, lo único que puedo decirte es que se puso a privar a dos manos tan pronto como entró por la puerta. No sé, a lo mejor enterarse de lo de Bannion le ha removido por dentro todo el asunto Cortez.

—Joder, espero que no. Te lo juro, ¿vivir con ella cada vez que le da la vena con eso? Es como un reinado del terror, les chilla a las niñas, a mí, primero no consigue dormirse y después es incapaz de despertarse, primero no puede comer ni un bocado y después es incapaz de parar. Intenté que se fumara un canuto, pero ni eso ayudó.

—¿Y ahora le ha dado por beber así?

—Está atravesando un bache.

—¿A qué le llamas un bache?

—¿Puede que dos meses?

—¿Cada noche?

Dennis abrió y cerró las manos.

—Eso no es un bache, son cuarenta acres y una mula.

—Estoy hablando con ciertas personas al respecto —dijo Dennis.

—Pero ¿se ha olvidado de Cortez?

El impune de Yasmeen, Eric Cortez, había sido —y, por lo que Billy sabía, seguía siendo— todo un perla, un hombre adulto que cinco años antes le había hundido un cuchillo en el corazón a un muchacho de trece, Raymond del Pino, al parecer por haber hablado en la cafetería del colegio con la novia de catorce años de Cortez.

Solo eso ya habría sido lo suficientemente horroroso, pero además Cortez había telefoneado a su joven víctima veinticuatro horas antes del crimen solo para contarle lo que le iba a hacer. La brigada de Yasmeen rápidamente averiguó la existencia de la llamada gracias a los amigos de la víctima y para poder empezar a levantar un caso contra Cortez careciendo por completo de testigos necesitaban hacerse con su móvil. Pero cuando se presentaron en el piso del asesino con una orden de incautación del teléfono, Cortez, despatarrado en su sofá con su novia medio retrasada, echó un vistazo al documento, se rió y dijo:

—Ese no es mi número.

Y no lo era. En su precipitación por pedirle al juez que firmara la orden, Yasmeen había transpuesto accidentalmente dos de los dígitos. Apenas tardaron dos horas en regresar al apartamento con la orden adecuada, pero para entonces Cortez había destruido el objeto de sus deseos y, con él, el caso. Cortez seguía libre para obrar a su antojo mientras Yasmeen, amargada por el sentimiento de culpabilidad, se había pasado cinco años golpeándose la cabeza contra la pared en busca de nuevas maneras de cazarlo.

Dennis se levantó del sofá y sacó dos cajas archivadoras de debajo de una pequeña mesa. La última vez que Billy las había visto, estaban a rebosar con expedientes, documentos judiciales y cuadernos de notas relacionados con el asesinato de Raymond del Pino, exactamente igual que el día que Yasmeen se retiró y se las llevó de extranjis de la comisaría, mientras el resto de su brigada le sostenía abierta la puerta de la calle sin caber en sí de gozo. Pero ahora únicamente contenían facturas, talonarios, útiles de escritura y sellos.

—¿Tienes idea de lo feliz que me sentí el día que la vi tirar toda esa mierda?

—¿Cuándo fue eso?

—Hace unos pocos meses, salgo del ascensor y me la encuentro volcándolo todo por el conducto del incinerador. No podía creer lo que veían mis ojos. —Dennis miró de soslayo hacia el abrigo tirado junto a la puerta—. Esperaba que ahí hubiera acabado todo.

—Mira, si te sirve de consuelo, anoche no fue la única que se portó como un fenómeno de feria.

—Billy, Yasmeen no es un fenómeno de feria.

—No, eh, oye, sabes que no lo digo en plan… Ahora en serio, ¿Pavlicek? Fue como si hubiera alguien caminando por dentro de su cabeza con una linterna.

—Bueno, es comprensible, teniendo en cuenta lo de Bannion.

—¿Tú crees? Te diré una cosa, si en vez de a Bannion hubieran mandado al otro barrio a Curtis Taft… ¿Estás de guasa?

—Bueno, Pavlicek se toma las cosas de otra manera.

—Y una mierda. ¿No te ha contado nunca Yasmeen lo del día que nos encontramos a tres Ñeta Junior atados y con un balazo en la cabeza en un apartamento de Southern Boulevard? Escoria, vale, pero seguían siendo niños. ¿Y sabes lo que hizo Pavlicek? Nos invitó a todos al Jimmy's Bronx River Cafe.

—La gente cambia.

—Si tú lo dices...

Detrás de la puerta del dormitorio, Yasmeen llamó a su marido con la voz rota.

—Bueno, ¿y cómo va la Guardia Nocturna? —preguntó Dennis, intentando ignorar los gemidos suavemente entrecortados.

—Ya sabes: tranquilo, ocupado, tranquilo, ocupado. ¿Qué tal las niñas?

—Bien, ¿los tuyos?

—Cualquier cosa es un arma —dijo Billy mientras los gritos de Yasmeen iban cobrando fuerza.

—Lo mejor es tener hijas —gruñó Dennis, levantándose al fin con reticencia para dirigirse al dormitorio—. Lo peor que hacen es excluirse mutuamente.

Momentáneamente a solas, contemplando por la ventana Nueva Jersey al otro lado del río, Billy se permitió el lujo de recordar a Yasmeen en los tiempos anteriores a aquella noche en Gordon's, cuando Dennis apagó inadvertidamente el interruptor de su diversión. Se entendieron bastante bien durante los meses que estuvieron juntos, haciendo todas las cosas habituales que suelen hacer las parejas cuando empiezan a salir, pero a grandes rasgos lo que les unía era el sexo. Ambos se juraron mutuamente haber sido el mejor polvo de su vida, lo cual tampoco es mucho decir cuando los dos sois veinteañeros de familia católica y trabajadora; todo el repertorio erótico de Billy consistía en meterla a la mayor velocidad posible, retirarla parcialmente a la mayor velocidad posible y repetir la maniobra en caso de ser necesario. En aquella época, Dennis era, en lo sexual, más rancio aún que cualquiera de ellos dos; en su despedida de soltero le confesó a Billy, su padrino, que sabía que Yasmeen no era virgen cuando pidió su mano, pero que la amaba demasiado como para no perdonárselo.

Dennis salió del dormitorio como un cirujano con malas noticias. Por milésima vez en los últimos veinte años, Billy se preguntó si estaba enterado de lo suyo y simplemente nunca había dicho nada.

—En fin…

Billy se levantó lentamente y cogió su chaqueta.

—¿Seguro que no te apetece un café, un chupito o lo que sea? —dijo Dennis, señalando hacia la cocina.

—No, gracias.

—¿Estás seguro?

—En serio, tengo que seguir la ronda.

Rindiéndose, Dennis volvió a sentarse en el sofá.

—Debería haberte llevado yo la placa.

—No te preocupes —dijo Billy, dirigiéndose hacia la puerta de entrada.

—Simplemente no quería dejarla sola en estas condiciones, ¿sabes?

—Lo entiendo perfectamente.

—Solo espero que no empiece a volverse otra vez loca con lo de Cortez, ¿sabes lo que te digo? —Dennis miró a Billy como si no estuviera allí—. Simplemente no podría vivir con eso.

La noche únicamente trajo consigo salidas de escasa importancia, siendo la más destacada el aviso de que había dos mujeres despedazándose con hachas o espadas delante de un colegio mayor en la Universidad de Nueva York; al final resultó ser una pelea de borrachas entre dos Xenas que salían de una fiesta de disfraces y se habían liado a golpes con sus hachas de gomaespuma. A las siete y media de la mañana, Billy iba de camino a casa y casi había llegado a su desvío cuando recordó qué día era y, con el corazón encogido, tomó un cambio de sentido para dirigirse de nuevo hacia la ciudad.

Carmen veía a dos terapeutas, una de ellas una rolliza ex monja que, patrocinada por la sede 1.146 de la Asociación de ATS y Practicantes a Domicilio, iba rotando por los hospitales del Bronx como un juez del tribunal de circuito. Tenía una consulta improvisada en el sótano del St. Ann que apestaba ligeramente al depósito de cadáveres situado en el extremo opuesto del pasillo, un olor excesivamente familiar que parecía subrayar la actitud de Billy hacia sus sesiones quincenales compartidas, sobre todo cuando se programaban a una hora tan temprana.

–Tiene que comprender –dijo Carmen– que Víctor, cuando era niño, no era capaz ni de mantener mojados sus monos marinos, ¿y ahora quiere tener un hijo? Se le morirá en menos de un mes.

–Joder –dijo Billy–, ¿estás oyendo lo que dices? Ni siquiera pareces tú misma.

–¿Puede desarrollar esa idea, Billy? –dijo la terapeuta en su tono ligeramente sedante.

–Sí, Billy, ¿puedes desarrollar eso?

–Carm, es tu hermano, ¿por qué estás siempre tan cabreada con él?

–¿Por qué está él siempre tan cabreado conmigo?

Billy renunció.

–Vale –dijo la terapeuta–, abordemos primero su pregunta, Carmen. ¿Por qué está su hermano siempre tan enfadado con usted?

–No lo está –dijo Billy.

–Deje que ahora hable ella.

–Ya se lo he dicho un millón de veces –dijo Carmen–. Cuando Víctor tenía doce años, tuve que irme a vivir a Atlanta con mi padre y él se sintió abandonado. Te lo he contado un millón de veces.

–«Tuve que» implica que no tuviste elección.

–Mi padre estaba enfermo.

–Se había vuelto a casar. Tenía una mujer –dijo Billy, esperando y recibiendo un gesto de advertencia de la terapeuta.

–Su esposa era poco menos que retrasada –dijo Carmen–, igual que él.

–Así que ¿una chica de quince años «tuvo» que dejar atrás toda su joven vida en el Bronx: madre, hermano, estudios, amigos...

—No tenía ningún amigo.

Salvo Víctor, Billy lo sabía. Su mujer siempre le había dicho que en aquella época su hermano pequeño era su único amigo en el mundo; «como uña y Carmen», era su manera de definirlo.

—... dejar atrás a todas sus personas queridas para poder estar con un hombre que abandonó a su familia cuando ella era tan pequeña que ni siquiera era capaz de recordar su aspecto?

—Intervinieron otros elementos —dijo Carmen—, eso también te lo he dicho.

—Sí, así es, pero a lo mejor ha llegado el momento de empezar a explorar de una vez por todas algunos de esos «otros elementos».

La sala quedó sumida en un silencio tenso y Billy evitó la mirada de su mujer, con la esperanza de que acabara diciendo algo, cualquier cosa, acerca de lo que él había acabado considerando su Huida a Atlanta.

—¿Se sentiría más cómoda si su esposo abandonara la sala?

Carmen se encogió de hombros.

Y así permanecieron los tres, escuchando el chirrido de las ruedas de las camillas en el pasillo durante un minuto entero o más, hasta que Carmen abrió al final la boca:

—No me gusta ese Cymbalta que me ha recetado. Me pone demasiado frenética, además me parece que me impide tener orgasmos.

—Por el amor de Dios, Carmen.

Billy se ruborizó, no tanto por vergüenza como afligido por su mujer.

Después, mientras se dirigían en silencio al aparcamiento del St. Ann, cada uno hacia su propio coche, Billy recordó haberle preguntado una vez a Carmen por qué no había comentado con su terapeuta una cuestión relevante relacionada con sus hijos. Su respuesta —«Porque eso es personal»— le había hecho reír de tal manera que los ojos se le anegaron de lágrimas.

MILTON RAMOS

Rosa de Lima.

Hijas de Jacob.

Diez minutos en cualquiera de aquellas instituciones y tenía la impresión de estar respirando a través de una pajita estrujada. Visitar ambas en el mismo día le hacía sentir como una foca apaleada.

Primero aquella puta escuela: estaba allí para una especie de día del padre trabajador, balanceándose nerviosamente con el ceño fruncido, de pie frente a dos docenas de alumnos de tercero, mientras la atractiva profesora laica permanecía en la parte trasera del aula con la nariz enterrada en papeles, ni escuchándolo ni dirigiéndole siquiera alguna mirada ocasional mientras él farfullaba las alegrías de su empleo.

Y aquellas preguntas...

¿Alguna vez ha matado a alguien?

No.

(A uno, pero se lo tenía bien merecido.)

¿Puedo ver su pistola?

No llevo.

(No, no puedes ver mi condenada pistola.)

¿Alguna vez ha estado en casa de mi tío?

¿Quién es tu tío?

Rubén Matos. Vive en la avenida Sherman.

Sí, una vez.

(Como poco.)

¿Cuánto dinero gana?

Lo suficiente como para pagar aquí la matrícula.

¿Alguna vez se enfada con Sofía?

Nunca.

(Nunca.)

¿Por qué está tan gorda?

Milton miró a su hija, que lo observaba con ojos resignados sentada de cara al resto de la clase, después nuevamente al crío que le había hecho la pregunta.

¿Y tú por qué eres tan feo?

¿De verdad está muerta su mamá?

Sí.

¿Cómo murió?

¿Oiga? Esto dirigiéndose a la medio monja de la cabeza gacha, al fondo de la sala. ¿Qué está haciendo ahí atrás, fumando crack?

Esa no ha sido una pregunta agradable, Anthony, dijo ella sin levantar la mirada.

¿Cuál es su equipo favorito?

Los Red Sox.

Buuuu…

¿Le gusta Big Papi?

Yo soy Big Papi.

Y de nuevo: ¿Alguna vez ha matado a alguien?

He dicho que no.

(A dos, pero se lo tenían bien merecido. Tres.)

Y ahora aquí, en la Residencia Asistida de Ancianos Hijas de Jacob, con su atmósfera impregnada de olor a salchichas cocidas y desinfectante, los arreglos de cuerda de Mantovani flotando por los pasillos como haloperidol musical, ancianos sentados a solas en el vestíbulo con la mirada perdida, llenando a Milton de ira hacia los desertores de sus hijos. Antes de que hubiera podido llegar a los ascensores, y no por primera vez, una anciana que le confundió con un tal José de mantenimiento, le preguntó cuándo iba a pasarse a arreglarle el radiador.

Su tía Pauline tenía una pequeña habitación individual –al menos había podido proporcionarle eso– y mientras peroraba interminablemente sobre una ensalada hawaiana gomosa que le habían servido la semana anterior, Milton permaneció sentado en el sofá estudiando los objetos que adornaban su sala de estar: un cuenco lleno con frutas de papel maché dorado y plateado, un par de manos moldeadas en yeso a tamaño natural en posición de rezar, dos –cuéntalas–, dos menorás de cerámica, una cornamenta de carnero acristalada y fijada a la pared, y una lámina enmarcada de un violinista flotando sobre un gueto inclinado. La tía… perdón, la *tante* Pauline había preservado la fe, aunque solo fuera por el componente sentimental, no como su hermana, la madre de Milton, que se había casado con un portorriqueño para mortificar a sus padres. Por otra parte, su padre se había casado con su madre también para mortificar a los padres de ella. Fue una unión nacida en el infierno y aunque la desaparición esta-vez-definitiva de su viejo cuando Milton tenía diez años no fue motivo de celebración, tampoco fue un golpe tan inesperado como para desequilibrar a nadie.

–Entonces ¿no has traído a Sofie? –preguntó Pauline.

–Sofía. Hoy tiene clase. La traeré este fin de semana.

Sentada delante de él en un gigantesco butacón, con las manos entrelazadas sobre su vientre de timbal, su tía siguió la mirada de Milton hacia las fotos enmarcadas de sus familiares fallecidos, repartidas sobre las mesas auxiliares y las repisas de las ventanas.

–Hablo con ellos continuamente –dijo ella.

–Yo también.

–En plena noche, a veces me despierto y veo a mi hermana de pie en un rincón.

–Yo los veo a todos.

–Tu hermano era un cielo.

–¿Cuál de ellos?

Aunque ya lo sabía. Little Man había sido el favorito de todos.

–Aquel día acabó con tu madre.

—También acabó con mi otro hermano.

—¿Quién, Edgar?

—Sí —dijo él lentamente—, tu sobrino mayor.

—Edgar siempre fue muy hosco.

Milton se levantó y dio unos pasos alrededor de la mesita del café para tranquilizar sus nervios.

—Cuidaba de nosotros, tía Pauline. Mi madre, con sus problemas de circulación, apenas si era capaz de salir de casa la mitad del tiempo.

—Tú también eras bastante hosco entonces. Los dos lo erais. Pero ahora mírate, un hombre hecho y derecho que no se olvida de su familia.

—La familia lo es todo.

—No consigo que mis propios hijos vengan a visitarme, pero tú eres puntual como un reloj.

Por supuesto que sí. Pauline lo había acogido durante tres años, justo después de que la masacre a cámara lenta hubiera llegado a su fin. Salir del Bronx para irse a vivir en su casa de Brooklyn probablemente le había salvado la vida.

Milton respiró profundamente antes de cambiar de tema.

—Tía Pauline, cuando en aquella época venías a visitarnos, ¿recuerdas a una chica de nuestro edificio que se llamaba Carmen? ¿Portorriqueña, de unos quince años?

—¿Carmen?

—Puede que en compañía de Little… de Rudy.

—Carmen…

—Delgaducha, ojazos, larga melena.

—Espera, Carmen. Del piso de abajo. Su madre se llamaba Dolores.

—Eso. ¿Alguna vez la viste con Rudy?

—¿A Dolores?

—A Carmen.

—¿A qué te refieres? ¿Saliendo juntos?

—A cualquier cosa: agarrados de la mano, dándose un beso, quizá discutiendo.

—Dolores también tenía un hijo. ¿Willy? ¿William?

—Víctor. Pero atengámonos a Carmen.

—Decían que era un poco, ya sabes, de aquella manera, el chico. No es que a mí me importara.

—Tía Pauline —dijo Milton, haciendo un aspaviento con la mano—, Carmen. ¿Alguna vez la viste con Rudy?

—No lo recuerdo.

—Haz un esfuerzo.

—Ojalá pudiera.

—No te preocupes.

De todos modos, había sido un tiro a ciegas.

—¿Por qué preguntas por Carmen ahora de repente?

—Por nada. —Milton se encogió de hombros, intentando mantener un tono de voz lo más despreocupado posible—. Me ha parecido cruzarme con ella. Probablemente fuese otra persona.

Pero ¿era ella de verdad? Oh, sí, sin lugar a dudas. ¿Cómo iba a olvidar jamás aquellos grandes ojos del color del té, de comisuras caídas y mirada triste como la de las muchachas perdidas y rodeadas de llamas en las postales del *ánima sola* que le enardecían cuando era pequeño? Incluso estuvo encaprichado de ella durante un tórrido momento cuando su familia se mudó al edificio, un recuerdo sensorial ahora tan mortificante y desgarrador para él que le entraban ganas de arrancarse el cerebro.

Milton miró de reojo el reloj quemado por el sol situado sobre la cabeza de Pauline: las dos y media, la hora del té. Fue a la nevera, sacó una botella de dos litros de zinfandel Gallo Family y llenó para ella un vaso hasta el borde.

—Mira que empezar a darle al frasco a los setenta y cuatro años —dijo Pauline, su frase habitual cada vez que él hacía los honores.

—No te hará daño.

—¿Por qué tu hermano y tú siempre llamabais Little Man a Rudy?

—Porque ningún miembro de la familia había pasado nunca del metro setenta, después llega Rudy y de repente estira hasta el uno noventa.

—No lo entiendo.

Los ojos de Milton se nublaron como un día gris.

—¿Qué fue de Dolores? —preguntó Pauline.

—Oí que tuvo cáncer —dijo Milton—, unos dos años después de…

¿Después de qué? ¿La tragedia? Odiaba esa palabra, apestaba a… ¿qué? ¿Destino? ¿Inevitabilidad? Chorradas. ¿Lágrimas y volverse con el rabo entre las piernas? Que te jodan. ¿Rendirse a los misterios del Gran Mysterian?

Rendirse; qué otra cosa puedes hacer.

Muchas.

—Y nunca encontraron a los malnacidos que lo mataron —dijo ella.

—No, no los encontraron, *tante* Pauline. —Milton se levantó, esta vez para marcharse—. Y nunca lo harán.

4

Cuando Billy llegó al escenario del doble tiroteo en el Lower East Side, justo enfrente de las torres Alfred E. Smith, ambas víctimas, conscientes y al parecer más cabreadas que traumatizadas, estaban siendo trasladadas en camilla hacia distintas ambulancias mientras un público mixto de chavales que salían de las discotecas y gente del barrio sacaba instantáneas con sus iPhones.

—¿Alguno parece que vaya a palmarla? —le preguntó a Stupak.

—Lo dudo. Antes de que llegara usted estaban los dos aullando de lo lindo.

—¿Sabemos algo del tirador?

—Los tiene delante de usted —dijo Mayo.

—¿Cuál de ellos?

—Los dos.

—¿Sí?

—Parece que caminaban en sentidos opuestos por la calle Oliver —dijo Stupak— y han decidido atracarse mutuamente al mismo tiempo. Ha quedado registrado en cámara y hemos recuperado las armas.

—Espía contra espía, solo que en este caso los dos son negros —dijo Mayo; después, habiendo cubierto su cuota de palabras nocturna, se retiró a la esquina a fumar.

—Así que mi pregunta, jefe, es la siguiente —dijo Stupak—: ¿son víctimas o perpetradores?

Billy se lo pensó un momento.

—Son *perpétimas*.

—¿Es que les parece divertido? —saltó una joven hispana con los ojos relucientes de furia.

—Hola, ¿cómo está usted? ¿Conoce a alguno de estos dos individuos? —preguntó Stupak relajadamente. Su interlocutora se esfumó en dirección a las Smith—. ¿Puede traerla de vuelta, por favor? —le solicitó a un agente de uniforme.

El móvil de Billy vibró en el interior de su chaqueta deportiva, era otro mensaje de Stacey:

puedes porfa responder mis llamadas porfa
es el único modo de ke pare

La conocía lo suficiente como para saber que era cierto y que había llegado el momento de agarrar el toro por los cuernos. Para prepararse, entró en un supermercado veinticuatro horas y salió dándole tragos a un Turbo Tea.

—Eh, soy yo.

—Alabado sea, está vivo.

—Lo siento, tenía el teléfono…

—No, no, ni lo intentes.

¿Era la bebida energética la que hacía que el cigarrillo le supiera tan bien o era justo al revés?

—Bueno, qué pasa, ¿estás bien?

Como de costumbre, después de haber estado buscando todos los argumentos posibles para no devolver las llamadas de Stacey, ahora que de verdad estaba hablando con ella fue incapaz de recordar por qué motivo se empeñaba tanto en evitarla.

—Sí, pero tengo que contarte una cosa —dijo ella.

—Qué.

—Desayuna conmigo. Es una larga historia.

—Adelántame el titular.

—Tú desayuna conmigo.

—Stacey…

—Te alegrará haberlo hecho. Bueno, quizá «alegrar» no sea la palabra adecuada.

Justo ahí estaba el motivo.

Cinco horas más tarde, Billy estaba sentado en su coche aparcado frente a la caja de hojalata que era el diner de Mount Vernon en el que iba a departir con Stacey Taylor. Se fumó un pito, después otro, retrasando todo lo posible el momento de la reunión. Ver a Stacey siempre le suponía una experiencia dolorosa, el equivalente psíquico de regresar al campo de batalla con tu antiguo enemigo años después del baño de sangre que os dejó marcados a ambos, con el anhelo de estrechar lazos pero incapaz de librarte del regusto amargo que todavía te corroe el fondo de la garganta.

En 1997 Stacey era una joven reportera del *New York Post*, una recién llegada con ganas de comerse el mundo que hizo presa en el notorio tiroteo de Billy en el Bronx, intentando labrarse una reputación como periodista investigando el rumor de que estaba colocado cuando apretó el gatillo. Respaldada por dos testigos independientes, ambos dispuestos a declarar públicamente que habían visto a Billy esnifar coca en la parte trasera de un bar de la avenida Intervale una hora antes del tiroteo, así como por otros dos testigos que corroboraron la información aunque fuese *off the record*, Stacey presentó con vehemencia el artículo ante sus editores, pregonando su minuciosidad a la hora de comprobar la fiabilidad de sus fuentes y después bombardeándolos con informes de abusos policiales en la zona, pruebas circunstanciales tan fáciles de reunir para ella en las calles como margaritas en el parque.

Al final no habría hecho falta que se esforzara tanto. Una semana antes, el *Daily News* se había adelantado al *Post* con el suicidio de un teniente de policía retirado en un motel de Queens para yonquis, y los editores de Stacey estaban ansiosos por volver a ponerse en cabeza. La noticia apareció en primera plana dos días seguidos, por lo que, cuando quedó refutada poco después, todos los implicados salieron escaldados, pero ninguno más que Stacey. Al final todo se redujo a la fiabilidad de las fuentes: preocupada porque pudieran robarle la exclusiva debido al laborioso proceso que suponía un meticuloso cribado de sus antecedentes, Stacey optó por saltarse ese paso.

El verdadero análisis de las fuentes –llevado a cabo, para mayor bochorno, por el *Daily News*– reveló que uno de los testigos nombrados era el hermano de un traficante de heroína enchironado por Billy, mientras que el otro ya había realizado alegaciones falsas contra policías en dos ocasiones anteriores como desquite por haber sido arrestado repetidas veces en aquel distrito. En cuanto a los otros dos que solo quisieron hablar *off the record*, nadie había vuelto a verles desde que el artículo llegó a los quioscos.

Sorprendida en flagrante mentira y careciendo de pruebas reales que respaldaran su versión de los hechos, la noticia quedó rápidamente enterrada, aunque nunca llegó a ser retractada. En menos de una semana Stacey se encontró en la calle al tiempo que la historia detrás de su historia se convertía a su vez en noticia, dando pie a numerosos artículos en periódicos de todo el país empeñados en hacer examen de conciencia y a no pocas mesas redondas.

Vilipendiada por haber mancillado sin vacilar la buena reputación de un policía para incrementar la propia, emocionalmente deshecha por su caída en desgracia e incapaz de sustentarse aunque hubiera elegido plantar cara, Stacey regresó a casa de sus padres en Rochester. Con ayuda de su padre, se convirtió en la copropietaria de un puesto ambulante de comida que bautizaron My Hero y mantenían aparcado de manera más o menos permanente frente al complejo de dormitorios de la Universidad Estatal de Nueva York en Brockport. Después de dos años dedicándose a preparar bocadillos a jornada completa en aquel lloviznoso exilio, sufrió otro varapalo cuando sus padres fallecieron en una colisión con una ambulancia en un cruce a tres manzanas de su casa. Stacey se pasó las dos primeras semanas después del funeral encerrada a solas en casa de sus padres con la esperanza de recibir una visita de ultratumba; después, la puso en venta. Algunos meses más tarde, gozando de una relativa prosperidad gracias a lo obtenido con la venta, una pequeña herencia y el dinero recibido a cambio de su participación en My Hero, regresó discretamente a la ciudad.

Incapaz de encontrar trabajo como reportera pero dispuesta a explotar las habilidades que había desarrollado como tal, se reinventó como investigadora privada, ganando lo justo para alquilar un piso de un dormitorio en un edificio sin ascensor cercano a la Universidad de Columbia. Durante una temporada se aferró a la esperanza de regresar algún día a la prensa, pero ese sueño ilusorio terminó el día que aceptó una invitación para hablar en un seminario sobre Ética y Ambición en la facultad de Periodismo de la universidad, una experiencia que la hizo sentirse como un cadáver aún consciente siendo diseccionado por estudiantes de medicina en una clase de anatomía.

En vez de disfrutar con la justicia poética de su caída en desgracia, Billy sintió ambivalencia... no, realmente sintió lástima por Stacey, ignorando en gran medida que había intentado labrarse una carrera a costa de manchar su nombre. De hecho, fue él quien dio el primer paso, enviándole un correo electrónico un año después de que ella hubiera regresado a la ciudad; desde entonces, habían ido entablando gradual y cautelosamente amistad. Por su parte, Stacey se había sentido asombrada y abochornada por su falta de rencor y jamás se le pasó por la cabeza que la amable apertura de Billy pudiera estar motivada por ninguna otra razón más allá de una clásica compasión cristiana.

Cuando Billy reunió finalmente el valor para entrar en el diner, la divisó de inmediato sentada en un reservado del fondo —pasados ya los cuarenta, demasiado delgada, demasiado vino, demasiada televisión nocturna–, baqueteando un cigarrillo sin encender contra la mesa de formica y leyendo el mismo diario que le había dado la patada dieciocho años antes por informar equivocadamente sobre Billy y el tiroteo. Llevaba un jersey de canalé de cuello vuelto que la hacía parecer aún más huesuda y acentuaba su postura ligeramente escoliótica. Se había recogido con una goma el pelo, de un rubio tan ceniciento que resultaba imposible distinguir hasta qué punto había encanecido, en una corta cola de caballo, y sus ojos siempre atentos se desplazaban, como de costumbre, con una presteza ligeramente excesiva, como si se muriera de ganas por algo que no podía tener. En otro tiempo fue una chica de oro y había acusado su caída con fuerza.

–Hola, ¿qué tal? –dijo Billy al sentarse.

–La carne es tan dura que ha salido del plato y le ha dado una paliza de muerte al café, que es demasiado flojo para defenderse.

–No me digas.

–El negocio de la investigación privada es una mierda. Odio a las personas que me contratan y odio a las personas a las que quieren encontrar.

–Te entiendo.

–Nunca le presentes una orden judicial a un tipo mientras está friendo beicon. Levanté el brazo para protegerme la cara y eché a perder un estupendo abrigo North Face.

–Menos mal que era un día frío –dijo Billy suavemente. Y después, deseando ir al grano–: Entonces…

–He vuelto a escribir.

–¿Cobrando?

–No mucho, pero sí.

–Me alegro por ti.

Aquello podía demorarse un buen rato.

–Estoy escribiendo una columna de sexo en internet.

–¿Una qué?

–Para un e-zine, *Matterhorn*.

–¿Qué es un e-zine?

—Da igual. Mi seudónimo es Lance Driver.

—¿Un hombre?

—Un hombre que aconseja a otros hombres.

—Uau, eso es…

—Ayer le expliqué a un patán que si tu novia quiere meterte un dedo en el culo no significa que crea que eres marica.

—¿No?

—Significa que es curiosa, que quiere conocer tu cuerpo.

—Vale —dijo Billy—. ¿Cómo de hondo?

Stacey encendió finalmente el cigarrillo, le dio una rápida calada y después lo apagó antes de que pudieran arrestarla.

—Pongo el límite en el primer nudillo.

—Vale —removiéndose en el asiento—. Entonces ¿qué era lo que querías contarme?

—Me he echado novio.

—¿Ah, sí?

—Tengo cuarenta y cinco años y tengo novio. Él tiene cincuenta y siete y tiene novia. O sea, qué cojones, ¿no?

Fuera lo que fuese lo que tenía que contarle, la estaba poniendo muy nerviosa, aunque llamar nerviosa a Stacey era como llamar húmeda al agua. Cuando se encontraba en aquel estado era una crueldad azuzarla.

—Y tu novio, ¿a qué se dedica?

—Es el editor de *Matterhorn*.

—¿Se porta bien contigo?

—Esa es una pregunta muy considerada.

—¿Sí? ¿No?

Stacey apartó la mirada.

—No le hace ascos al vino.

—¿Cuánto?

—Dos botellas, puede que un poco más. Es un borracho cariñoso, pero hacia el final de la velada es como estar hablando con un niño pequeño.

—¿Has intentado meterle en AA?

—No deja ni que le lleve al Triple A.

—Te perderá.

—Lo que hará será morirse.

—Amenázale con abandonarlo.

—No quiero.

—¿Amenazarle?

—Abandonarlo. Hacía ocho años que no tenía novio. Me gusta volver a preocuparme por el aspecto que tengo. Me gusta dormirme agarrada.

—Parece que tienes un problema, Stace.

El camarero apareció al fin, con su pelo rojo canoso peinado en cortinilla y el delantal subido hasta el esternón.

—Prueba la tortilla de mermelada de uva —tosió Stacey—. Es excelente.

—Solo café. —Después, volviéndose hacia ella—: No es que no me alegre de verte, pero ¿por qué estoy aquí?

—¿Estás preparado?

Billy esperó.

—¿Recuerdas que Memori Williams tenía una hermana gemela?

—Shakira, ¿verdad?

Billy cogió uno de los cigarrillos de Stacey; aquello no prometía nada bueno.

—Shakira Barker. Cómo dos gemelas pueden tener distintos apellidos es algo que nunca entenderé.

Billy volvió a ver aquel sofá de la sala de estar, la cabeza de Memori en el regazo de Tonya Howard, el orificio de entrada justo encima del ojo derecho, como una frambuesa reventada.

—Lo último que supe de Shakira era que le iban mejor las cosas —dijo desesperanzado—, estaba yendo a clases de maternidad en la Children's Initiative.

—Ya, bueno. —Stacey tomó aliento—. Ahora ya no.

Billy la miró de hito en hito: «Por esto es por lo que desvío tus llamadas, por esto es por lo que yo…».

—Qué ha pasado.

Cuando Stacey terminó su relato, Billy tenía la mirada clavada en su ceniciento café, la mandíbula dislocada por la rabia.

—Necesito que encuentres a una persona por mí —dijo.

—Ya lo había pensado. —Stacey le pasó un folio deslizándolo sobre la mesa—. Aquí está tu caballo.

Billy leyó en diagonal el documento y descubrió que Curtis Taft seguía trabajando para la misma empresa de seguridad que lo tenía empleado en el momento del triple homicidio y ahora residía en Co-op City, en el Bronx, aunque si alguien quería encontrarlo esa semana no sería en el trabajo ni en su casa, sino en el Columbia Presbyterian, donde se estaba recuperando de una operación de úlcera perforada.

—Gracias por esto —dijo levantando el folio.

Stacey se encogió de hombros, luego apartó la mirada y Billy percibió la desazón que seguía corriéndole por las venas debido a aquella lejana debacle que había acabado con su carrera.

—En serio —dijo Billy, con una desazón idéntica a la suya, pues Stacey había tenido razón desde el principio: cuando disparó la bala que acabó con la vida de un hombre para después entrar por la entrepierna del niño de diez años que se encontraba detrás de él, iba encocado hasta las cejas.

Aquella noche todos los GS lo estaban, un hecho que mantendrían en secreto hasta el día de sus muertes.

—Bueno, señor Taft, ¿qué tal nos encontramos hoy?

La voz de Billy burbujeó con ímpetu inducido por la rabia al retirar la cortina que se curvaba en torno a la cama de hospital. La visión de su impune le hizo vibrar con una oleada de energía entumecida, sus ojos desbordaron luz.

—Oh, otra vez tú —gimió Curtis Taft, ladeando su rolliza cabeza.

Billy no podía creerlo: el tipo casi había doblado su tamaño desde los asesinatos, tenía el torso tan hinchado que sus brazos parecían aletas.

Taft intentó alargar el brazo para pulsar el botón de llamada, pero Billy lo agarró de la muñeca.

—Así que una úlcera perforada, ¿eh? Caray, tenía entendido que podía pasar por fumar, pero ¿fumar tú? Joder, si no recuerdo mal hasta te niegas a comer en platos de plástico, ¿no es verdad? Siempre cuencos de piedra, incienso por todas partes, un obseso del mi-cuerpo-es-mi-templo. Así pues, mi teoría es —clavando un dedo en el suave montículo de vendas que cubrían el estómago de Taft—: ¿esto de aquí? Para mí que son Tonya y las niñas empezando a darte tu merecido.

—No sé de qué me estás hablando, Graves, vete a tomar por culo de aquí.

Intentó pulsar nuevamente el botón, pero esta vez Billy lo arrancó de la pared.

—¿Qué pasa ahí? —gritó un anciano al otro lado de la cortina.

Billy pasó al otro lado del separador y subió el volumen del televisor suspendido del techo.

—Bueno —dijo dejándose caer sobre un costado de la cama de Taft—, ¿te has enterado de lo que le ha pasado a Shakira, la hermana gemela de Memori Williams?

—¿Quién es Memori? —dijo Taft. Después, ladrando hacia su compañero de cuarto—: Eh, llama a una enfermera.

—Oh, vamos, tienes que acordarte de Shakira, ¿el típico patito feo? Bueno, pues el patito feo mató la semana pasada a una muchacha de dieciséis años, atravesándole los pulmones con un cuchillo de cortar pan en Jersey City, ¿te lo puedes creer? Ahora mismo está en el reformatorio de Hudson County, pero acabará en el Instituto Correccional de Clinton para Zorras Psicóticas Comedoras de Niños, eso suponiendo que aún les queden plazas, ya que en caso contrario la ingresarán en Bellehaven, esa galería temporal para mujeres que han montado en Sparta, aunque la Unión por las Libertades Civiles está intentando que la clausuren debido a todas las violaciones. Ya veremos.

—No conozco a ninguna Shakira. —Después, mientras intentaba incorporarse, ladró—: Te he dicho que llames a la puta enfermera.

Billy lo volvió a tumbar de un empujón. Taft torció el gesto por detrás de la barba recortada.

—Y, vale, Memori era de armas tomar, eso es innegable: se peleaba en el comedor, hacía pellas, se escapaba de casa, andaba continuamente con chicos… Pero Shakira jamás causó ningún problema, tenía catorce años y nunca la habían besado; se sabía todas las respuestas en clase, pero era demasiado tímida para levantar la mano. Sin embargo, tan pronto como mataste a su hermana…

—Nunca he matado a nadie, y lo sabes.

—… tan pronto como mataste a su hermana, de repente va y se une a la pandilla de las Black Barbies, la pillan intentando pasar por el detector de metales una cuchilla escondida en la boca, le arroja una silla a una profesora. Finalmente la envían a una asistente social, que le pregunta: «Kira, ¿se puede saber qué te ha pasado?». ¿Sabes qué le contestó ella? «Bueno, alguien tiene que ser mi hermana.»

—Graves, a ti lo que te cabrea es ser tan inútil que no pillarías ni un puto resfriado. Los maderos como tú os limitáis a agarrar al primer negro que pasa con la esperanza de que acabe colando. Bueno, pues esta vez te salió el tiro por la culata, ¿eh?

—En cualquier caso, Curtis, aquello fue hace cinco años. Ahora, la muchacha es una asesina de diecinueve años con dos hijos a su cargo que se ha jodido la vida todo cuanto se la podía joder. Probablemente habría sido mejor que hubiera estado en el piso aquella mañana y le hubieras metido una bala en la cabeza a ella también, porque ahora mismo lo único que le espera es una muerte a cámara lenta. Así pues, en lo que a mí respecta, están todas ahí dentro —le clavó nuevamente un dedo en la panza suturada—, todas esas mujeres cabreadas, royéndote el interior. Y cuando finalmente te abran en canal para ver qué fue lo que acabó contigo, ¿sabes lo que van a encontrar? Mordeduras, hijo de puta, nada más que mordeduras.

—Déjate ya de chorradas —dijo Taft, en tono más circunspecto, ensanchando ligeramente los ojos.

—Dime que no las sientes —insistió Billy—. Mírame y dime que no las sientes.

Tocándose cautelosamente el estómago como si algo fuera a salir despedido de su interior, Taft miró a Billy a los ojos, sin ofrecer resistencia, después de tantos años ninguna resistencia. El corazón de Billy se aceleró buscando la manera de aprovechar la ocasión.

—Tuviste una educación religiosa, ¿verdad? Recuerdo haber entrevistado a tu hermana, dijo que todos la tuvisteis.

—Y qué —dijo Taft precavidamente.

—Entonces ¿crees en Dios?

—¿Quién no cree en Dios?

—¿Te sabes la Biblia?

—Partes —dijo Taft, acariciándose todavía con la palma.

—¿Recuerdas el Evangelio según san Lucas? Jesús se encuentra con un hombre con tantos demonios en su interior que cuando le preguntó cómo se llamaba... ¿Recuerdas lo que respondió el hombre?

—Legión —dijo Taft sin parpadear.

—Legión, eso es. Legión. Todo un puto batallón. Y a eso es a lo que te enfrentas tú también.

Taft apartó la mano de su vientre y la apoyó sobre la cama, después se quedó inmóvil.

—Tanto tú como yo sabemos que el único modo de sacarte de dentro a esas perras enfurecidas antes de que puedan terminar lo que han empezado es abriendo tu corazón y confesando lo que sucedió aquel día. Dilo ahora mismo, dímelo a mí, y ellas desaparecerán en un santiamén.

Taft siguió mirándolo, redondeando paulatinamente la boca hasta formar un dónut, mirando y mirando hasta que aparentemente vio lo que quería ver en los ojos de Billy, aquel pequeño estremecimiento...

—Graves —de repente su voz volvía a ser la de siempre—, tengo más posibilidades de machacarte en los tribunales por acoso que tú de ponerme una puta multa por aparcamiento indebido. ¿Dónde está esa condenada enfermera?

Billy sacó de un tirón la almohada de debajo de la cabeza de Taft y la sostuvo a escasos centímetros de su cara.

–¿Sabes lo fácil que sería mandarte al otro barrio ahora mismo?

–Pero saben que estás aquí –dijo Taft, apartando la almohada con una fuerza sorprendente en un hombre recién salido del quirófano–. Así pues, ¿qué vas a hacer, eh? Estamos en un edificio público, ¿vas a matarme? ¿Matarás también al de la cama de al lado? ¿Qué vas a hacer? Que te jodan.

–Hola, ¿va todo bien por aquí? –La enfermera habló desde la puerta, en tono cordial pero con autoridad.

–No pasa nada, solo se ha alterado al verme así –dijo Taft.

–Se pondrá usted bien –dijo ella, sin dejarse engañar–. ¿Ha terminado su visita, caballero? Creo que su amigo…

–Necesita descansar –terminó Billy por ella. Después, inclinándose sobre Taft como para despedirse, susurró–: Nunca podrás librarte de mí.

Y salió del cuarto.

Incapaz de abandonar el hospital, Billy recorrió el vestíbulo principal de un extremo a otro, en ocasiones marchando de nuevo hacia la habitación de Taft solo para refrenarse a medio camino, hasta que al final un guardia de seguridad se le acercó para echarle un ojo. Mostrándole la placa, Billy farfulló algo acerca de un policía enfermo, el segurata retrocedió con recelo y después perdió rápidamente el interés.

Entonces Billy la vio: la esposa de Taft, alta y dignamente obesa, empujando a una cría de dos años en un carrito sobre el suelo moteado por la luz del sol. Automáticamente Billy se dirigió hacia ella y luego le cortó el paso.

–Hola, Patricia, ¿verdad?

La mujer se detuvo en seco y lo miró de hito en hito, sin terminar de identificarle.

–Bill Graves, estuve en su boda.

Ella retrocedió, se irguió aún más y blindó su rostro.

—Le recuerdo.

Como para no hacerlo. Cuando se enteraron de que Taft iba a casarse, menos de un año después de los asesinatos, Billy y Whelan, que de todas maneras estaba a punto de retirarse, se vistieron de traje y se colaron en la boda. Justo después de que el cura preguntara si alguien tenía alguna objeción, Billy canturreó: «Sí, yo: que ese cabrón es un triple asesino de niños. Lo hizo una vez, volverá a hacerlo».

Aquel día se llevaron una paliza de órdago; la mitad de los presentes en la boda, tanto hombres como mujeres, eran funcionarios de prisiones emparentados sanguíneamente con Taft, pero mereció la pena solo por echar a perder la ceremonia. O quizá no, ya que fue aquel incidente lo que motivó el traslado de Billy a la Guardia Nocturna, su segundo destierro al inframundo, pues la mayoría de los jefes consideraban que trabajar regularmente las madrugadas era un castigo únicamente inferior al pelotón de fusilamiento.

—Bueno —dijo Billy afablemente—, solo quería saber qué tal les van las cosas a los dos, ¿todos felices?

—No tiene ningún derecho a abordarme —replicó ella con la voz igual de agarrotada que su postura.

—Solo quería preguntarle: ¿alguna vez se despierta su marido en plena noche bañado en sudor y gritando a pleno pulmón? Sabe de lo que le hablo, ¿verdad?

La mujer avisó con la mano al mismo guardia de seguridad de antes, pero Billy volvió a mostrarle la placa sin mirar siquiera en su dirección y este se retiró nuevamente a su puesto.

Billy se sintió ligero como una pluma, atolondradamente espontáneo.

—¿Qué tal es como padre? —Señaló el carrito con un movimiento de cabeza; su tercer hijo, por lo que tenía entendido—. Apuesto a que es un ferviente defensor de la disciplina.

La mujer intentó escabullirse, pero Billy, para su propia sorpresa, le cortó el paso.

—Una última pregunta sobre sus hábitos en la cama: ¿alguna vez se levanta, digamos, a eso de las seis de la mañana y regresa una hora más tarde, ligeramente agotado, quizá ligeramente manchado de sangre? Simple curiosidad.

—Trabajo en Christian Outreach —dijo ella, con la voz repentinamente ronca y llorosa—. Yo ayudo a la gente. No tiene derecho a hablarme así.

Era verdad, no lo tenía; repentinamente sonrojado, Billy se dio la vuelta sin pronunciar ni una sola palabra más y se marchó.

Mientras cruzaba a grandes zancadas el vestíbulo hacia la salida, Billy se sobresaltó al ver que Pavlicek entraba por una de las puertas giratorias con movimientos de sonámbulo, atravesando los oblicuos rayos de sol hacia los ascensores con los ojos descentrados y relucientes.

—¡John!

—Hey —dijo Pavlicek con voz átona, volviéndose hacia Billy como si se hubieran visto apenas una hora antes.

—¿Qué haces aquí? —La voz de Billy todavía burbujeaba por la adrenalina.

—Mi médico tiene aquí su consulta.

—¿Te encuentras bien?

—Sí, solo he de hacerme unas pruebas.

—Unas pruebas ¿de qué?

—Tengo el colesterol por las nubes.

—¿Sí? ¿Qué te ha recetado, Lipitor? ¿Crestor?

—Vytorin.

—Jimmy Daly también lo toma. Dice que le ha salvado la vida.

—Dímelo a mí.

—No habrás venido por casualidad a ver a Curtis Taft —preguntó Billy en voz baja y precavida.

—¿Curtis Taft trabaja aquí? —Pavlicek parpadeó.

Billy se tomó un momento, después:

—Está ingresado. Acabo de echarle las manos al cuello.

—Todavía dándole por culo, ¿eh? —Pavlicek habló sin estar allí, oteando por encima del hombro de Billy como en busca de peces más gordos que pescar.

—¿Te encuentras bien?

—Te lo acabo de decir.

—Me refiero a por lo demás.

—Es un día complicado. Llego tarde a una reunión.

—¿Una reunión aquí?

Billy no estaba seguro de si todavía continuaba demasiado alterado como para seguir el hilo de la conversación o es que de verdad esta estaba escorando por sí sola.

Llegó un ascensor, Pavlicek le dio la espalda a Billy en silencio y entró.

—Eh, ¿cómo se llama tu médico?

—¿Por…? —dijo Pavlicek, que le sacaba una cabeza a todas las demás personas en la cabina.

Billy se palmeó el corazón.

—No eres el único.

—Mejor búscate otro —dijo Pavlicek mientras las puertas se empezaban a cerrar—. Tampoco es que el mío sea tan bueno.

El muchacho yemení de dieciséis años estaba tirado de espaldas, con los brazos abiertos en cruz, observando con el ojo que no le había reventado una cartulina pegada en el techo: AL CARAJO EL PERRO — CUIDADO CON EL DUEÑO. Sobre el mensaje, la caricatura de un macarra con barba de un par de días apuntaba con un pistolón directamente al espectador; la circunferencia de la boca del cañón era casi tan grande como la cabeza del tipo. El verdadero tirador —que había matado accidentalmente a su mejor amigo mientras le enseñaba para fardar la pistola que su padre guardaba escondida bajo la caja registradora— también se hallaba en el suelo, sentado al final de un pasillo de productos alimenticios. Con los ojos vidriosos y llorando, estaba siendo interrogado por Alice Stupak, que, acuclillada sobre los jamones, intentaba sonsacarle con amabilidad su versión de los hechos.

Mientras Billy recababa junto al escaparate las impresiones del primer agente uniformado que se había presentado en la escena, Gene Feeley entró en la tienda acompañado de un joven que no era policía, el cual dio un respingo al ver el cadáver.

—En su día, el índice de homicidios en este barrio era tan elevado, Jackie, que el distrito tuvo que ser dividido en dos solo para poder seguirle el ritmo a los cadáveres —explicó Feeley—. Pero aquellos tiempos ya pasaron, o al menos eso dicen, aunque a mí no se me ocurriría pasear desarmado por estas calles más de lo que se me ocurriría hacerlo si viviera en Irak.

—¿Qué hay, Gene?

Por lo que Billy sabía, aquella era la noche libre de Feeley.

—El hijo de mi hermana ha de escribir una redacción para su clase de periodismo. Se me ha ocurrido echarle un cable.

—No me digas —respondió Billy, pensando: «El tío nunca aparece cuando debería y ahora le da por aparecer cuando no».

—Tío Gene —dijo el muchacho fijándose en la caricatura del pistolero justo encima del cadáver—. Mira eso.

—Ponte ahí —dijo Feeley, cogiendo el iPad de su sobrino—. Te sacaré una foto para que la tuitees en Facebook.

—A lo mejor deberíais esperar a que acaben —dijo Billy.

—No hay problema, Billy —dijo uno de los técnicos forenses acuclillado junto al cadáver, levantándose y cogiéndole el iPad a Feeley—. Venga, Gene, ponte ahí con el chico.

Un momento después, el propietario de la tienda entró por fin atolondradamente en el local, con los bajos del pijama asomando por debajo del dobladillo de los pantalones y esgrimiendo su permiso de armas como un amuleto mágico. Evitando mirar tanto al chico muerto como a su hijo, pasó de largo junto a Billy para dirigirse a Feeley, que parecía el más veterano entre los policías allí reunidos.

—Hable con ella —dijo Feeley, señalando con el pulgar a Stupak, que en aquel momento regresaba hacia la parte delantera de la tienda.

—¿Que hable conmigo? ¿Y tú qué problema tienes? —rezongó ella—. ¿Se te ha fundido el sonotone?

—Vigila esa boca —dijo Feeley, dirigiéndose a la puerta.

—¿Adónde vas? —graznó Alice, abriendo los brazos en falso ademán de perplejidad.

—Tengo cosas que hacer.

—Cosas que hacer, ¿dónde? —estalló Alice—. Estás aquí y aquí es donde debes estar, así que ¿qué tal si nos dejas jodidamente boquiabiertos a todos haciendo por una vez tu puto trabajo?

—Alice —dijo Billy, conteniéndola.

—Será mejor que hable con ella —le dijo Feeley a Billy.

—¿Que hable conmigo?

La puerta de entrada se cerró con un campanilleo.

—Alice…

—¿Que hables conmigo?

—Tranquilízate, hoy tiene la noche libre.

—¿Ah, sí? —dijo ella, agarrando al propietario de la tienda del brazo y guiándolo hacia una esquina neutral—. ¿Cómo notas la diferencia?

MILTON RAMOS

Estaba sentado en su estudio. Ahora tenía un estudio, impregnado de un olor a humedad que había sido incapaz de erradicar, pero un estudio en cualquier caso. Cuando era niño ni siquiera sabía qué era un estudio. Y no solo tenía un estudio: tenía una casa, una condenada casa, pues era el único propietario de una vivienda de dos pisos y tres dormitorios en falso «falso Tudor». Por supuesto, el barrio era tan mierdoso que se había visto obligado a cercar todo el exterior con vallas de hierro decorativas, por lo que ahora parecía una jaula para pterodáctilos, pero era suya, ganada y pagada con el sudor de su frente. Y tenía a Sofía, sentada a su lado, viendo *Pocahontas* por segunda noche consecutiva. Debía de haber visto aquella película setenta y cinco veces; un número como poco equiparable al de *Blancanieves*, *La sirenita*, *La bella durmiente*, *Mulan* y todas las demás. Pero Milton nunca se aburría, porque lo que hacía en realidad era observar cómo Sofía veía la película.

Tenía su misma complexión, la misma que su fallecida madre, lo que le aseguraba una buena ración de torturas en el patio del colegio. Cuando Milton fue en su momento objeto de bromas, estas llegaron rápidamente a su fin después de que el jefe de la pandilla perdiera dos de sus recién estrenados dientes delanteros contra una barra de hierro en los columpios. Pero Sofía era una niña y Milton no tenía ni idea de cómo se suponía que debían lidiar las niñas con aquella clase de crueldades, de modo que noche tras noche tras noche le dejaba que viera historias de jóvenes delgadas y atractivas rescatadas por chicos guapos de las garras de sus atormentadores. Todo un padre del año.

Corpulento, rápido y falto de compasión; esa había sido su reputación ya desde niño. Al margen de su familia, todo el mundo le había tenido siempre miedo; en la escuela, más tarde en las calles y más tarde aún en el Cuerpo, a pesar de que nunca había provocado una pelea en su vida. Falto de compasión, falto de sentido del humor, falto de personalidad. Pero, aunque no lo demostrara, amaba con intensidad, a su madre, sus dos hermanos, su esposa, todos desaparecidos ya. Y ahora a aquella cría, la cual —afortunadamente, le parecía a Milton— aún era un bebé cuando murió su madre.

—Dame un sorbo —dijo Sofía, señalando con la cabeza la copa de Chartreuse amarillento que Milton tenía en la mano.

—Olvídalo.

—Quiero un poquito —canturreó ella con voz aguda y suplicante, el mismo ritual de cada noche.

—Es medicina, te lo tengo dicho.

—Estoy malita. —Sofía agachó la frente para apoyarla en el brazo de su padre—. ¿Por favor?

Milton mojó un dedo en la copa y lo pasó por la lengua de su hija.

—Es hora de acostarse, sube a tu cuarto.

—Llévame a caballito.

—No puedo, me duele la espalda —dijo él, haciendo una mueca.

—A lo mejor es que has tomado demasiada medicina.

Milton hizo otra mueca, esta vez genuina.

—Venga, que Marilys te está esperando. Yo subiré más tarde.

Moviéndose como Cristo en el vía crucis, Sofía se encaminó a regañadientes hacia la escalera, apoyando primero un pie y después el otro en todos y cada uno de los peldaños, gimiendo como una anciana antes de subir al siguiente. Primero un pie, después el otro, su marcha de protesta de todas las noches.

—Venga, sube.

Milton puso el canal ESPN y después cogió la hoja de papel amarillo rayada que había dejado sobre la mesita del café, manoseada de manera tan obsesiva a lo largo del día que había empezado a ennegrecerse en los pliegues. La dejó en su regazo sin abrir.

Intentó concentrarse en los últimos cinco minutos del partido de los Nets contra los Thunder, pero su pensamiento voló, como solía sucederle a menudo cuando se había tomado unos tragos, hacia la madre de Sofía, Sylvia, víctima siete años atrás de un atropello en Bronx Park East por parte de un conductor que se dio a la fuga, justo delante del hospital geriátrico en el que trabajaba para un radiólogo.

Si tuviera que describir en dos palabras su matrimonio de ocho años, si pudiera viajar en el tiempo y reescribir su pastel de bodas, Milton escogería, en glaseado azul celeste, las palabras «suficientemente buenos»; como en suficientemente buenos compañeros, suficientemente buenos amantes, suficientemente buenos padres. «Suficientemente buenos», tanto que si Dios o una pitonisa le hubieran dicho, al poco de empezar su relación, que Sylvia iba a seguir siendo su compañera hasta el fin de sus días, Milton no se habría quejado. Solo que los días de Sylvia habían tocado a su fin antes que los suyos.

Marilys Irrizary, señora de la limpieza de Milton y madre suplente de Sofía cinco días a la semana, tenía una manera muy distintiva de desplazarse; titubeante y, a ser posible, en la mayor de las penumbras, como saliendo del cuarto de un bebé afectado por un cólico. Pero era una guatemalteca baja, maciza y de pies anchos, por lo que Milton siempre podía oír sus movimientos desde cualquier rincón de la casa.

La mujer entró en el estudio y se colocó detrás del sofá, justo a su espalda.

—Te está esperando.

—Enseguida subo.

Milton se terminó el Chartreuse sin volverse a mirarla.

—He acabado todo lo que he podido, pero todavía queda ropa en la secadora.

—¿Te marchas a casa?

Marilys se inclinó por encima de su hombro para recoger la copa vacía de la mesa; en el ambiente aún flotaba la dulce aspereza del licor.

—Podría quedarme.

La mayoría de los testigos del homicidio imprudente, el atropello, no se había puesto de acuerdo ni en la marca ni en el modelo, ni mucho menos en el color del vehículo. Solo un anciano aportó una descripción de la matrícula, que según él procedía de fuera del estado y tenía el dibujo de un árbol que separaba los números en dos bloques delante de un sol poniente azul y anaranjado.

—O podría marcharme.

Cuando fue a visitarlo de tapadillo dos días más tarde, Milton le preguntó al incierto testigo cómo era posible que se acordase del árbol que dividía los dígitos delante de una puesta de sol azul y anaranjada y sin embargo no hubiera sido capaz de recordar ninguno de los números o letras de la matrícula.

3-T-R a la izquierda del árbol, le dijo el anciano. Le había venido a la cabeza aquella misma mañana mientras estaba en el lavabo.

¿Marca y modelo?

Un Accord o un Camry, ya que para él ambos coches eran como dos gotas de agua; negro, puede que gris.

Lógicamente, Milton no era uno de los inspectores asignados al caso y aquella visita habría bastado para que lo suspendieran por entorpecer la investigación de la brigada local, aunque probablemente sus superiores habrían hecho la vista gorda, teniendo en cuenta las circunstancias atenuantes, el desgaste emocional, la inmensa pena, etcétera. En cualquier caso, mantuvo en secreto su hallazgo referente a la identificación parcial de la matrícula.

Un piso más arriba, la puerta de entrada se abrió y a continuación se cerró, seguida de un tintineo de llaves en la cerradura: Marilys se volvía a casa.

Tres semanas después de la charla de Milton con el testigo, un hombre de mediana edad con el carnet de conducir retirado yacía en su lecho de muerte en el Memorial Hospital del condado de Cherokee tras haber sufrido heridas de gravedad en un accidente de tráfico. El individuo en cuestión, Aaron Artest —el cual, aunque residía en Queens, había regresado inesperadamente a Union, su ciudad natal de Carolina del Sur, más o menos al mismo tiempo que se celebraba el funeral de Sylvia—, les contó a los investigadores que un viejo sedán oxidado y con las lunas ahumadas se había situado justo al lado de su Accord gris —matrícula 3TR-AMT7— mientras conducía solo por la carretera 150. El anónimo conductor mantuvo su vehículo a la par durante aproximadamente un minuto, como para asegurarse de que tenía la atención de Artest, antes de sacar por la ventanilla del pasajero una escopeta, algo que, naturalmente, inspiró a Artest a salir zumbando. Después, a pesar de que los había llevado a revisar no hacía ni siquiera un mes, el día que salió de Nueva York, sus frenos fallaron por algún motivo.

—No, no disparó —declaró Artest a la policía. Después añadió—: Parecía un Nova, no, esperen, un Caprice, un momento, a ver. —Y luego sus últimas palabras—: Denme un minuto.

Milton apagó el televisor sin apercibirse del resultado final, recuperó su copa, se sirvió otro Chartreuse y después, finalmente, desplegó la hoja sobre su regazo; los nombres y direcciones en ella anotados se retorcían como anguilas.

Carmen Graves, ATS, Hospital St. Ann.
Sgto. insp. William Graves, Guardia Nocturna Manhattan.
Tuckahoe Road, 684 - Yonkers.
Declan Ramón, 8. Carlos Eammon, 6.
Esc. Inmaculada Concepción; c/ Van der Donck, 24 - Yonkers.

Corpulento, rápido y falto de compasión.

Lo único que podía argumentar en su defensa era que su hermano mayor había sido peor.

Procedentes de dos pisos más arriba, empezó a oír al fin los plañideros gritos de su hija reclamando su presencia. No tenía ni idea de cuánto tiempo debía de llevar llamándolo, las adormiladas pero insistentes oscilaciones en la voz de Sofía llegando a sus oídos como la sincopada sirena de una ambulancia marciana.

5

Fue una de aquellas madrugadas providenciales en las que Billy conseguía meterse en la cama media hora antes de que Carmen tuviera que levantarse, percibiendo al levantar la colcha el calor corporal que salía a su encuentro como si hubiera abierto la puerta de una panadería, dejándolo a la vez alerta y somnoliento. Todavía dormida, Carmen rodó para pegarse a él, apretando un ardiente pecho contra sus costillas y rozando descuidadamente con un muslo no menos candente el frontal de sus repentinamente ridículos calzoncillos. Pero aún seguía roncando suavemente y, teniendo en cuenta que los críos debían de estar a punto de caer al asalto sobre el campamento base, Billy consideró que haría mejor concentrándose en los rizos rebeldes de su pelo que se le habían metido por la nariz. Fue todo cuanto pudo hacer para no estornudar.

—Entonces ¿te has calmado ya con lo de Taft? —le preguntó Carmen treinta minutos más tarde.

—Sí, pero creo que quiero hacer eso.

Billy la contempló desde la cama mientras se ponía el uniforme.

—Deberías —dijo ella, dándole la espalda para cepillarse el pelo.

Billy oyó a sus hijos salir disparados de sus dormitorios como si alguien hubiera gritado «Bombas fuera».

—Pero ¿por qué debería?

Carmen inspiró.

–Porque quieres hacerlo. Porque así te sentirás mejor. Porque es buen karma.

–Tampoco es que estemos forrados.

–Bueno –Carmen se estaba poniendo rímel, lo que en opinión de Billy equivalía a pintar de negro el carbón–, tampoco vivimos precisamente debajo de un puente.

Algo lleno de líquido se hizo añicos en la cocina sin que ninguno de los dos reaccionara.

–Entonces ¿de verdad piensas que debería?

–Pienso que quieres que te dé permiso o algo así.

–No necesito tu permiso.

–Estoy de acuerdo.

–Entonces debería hacerlo, ¿verdad?

–Quién es.

–Billy Graves, busco a la señora Worthy.

Al oír su monótono y municipal acento irlandés al otro lado de la puerta, y probablemente asumiendo que se trataba simplemente de otro inspector de homicidios del condado de Hudson, Edna Worthy –la abuela de Martha Timberwolf, la muchacha asesinada por la hermana gemela de Memori Williams, aunque en opinión de Billy la responsabilidad recayera en Curtis Taft– gritó «Está abierto», permitiéndole la entrada en su piso de Jersey City sin prácticamente apartar la mirada del televisor.

Al parecer se ganaba unas perras como ama seca, pues tres críos de acogida subvencionada rondaban como gatos por su sobrecalentada sala de estar, a pesar de que, vieja y rolliza como era, apenas si tenía fuerzas para levantarse del sofá.

–¿Puedo sentarme? –preguntó Billy.

Ella señaló vagamente hacia la parte izquierda de la habitación, donde no había una silla ni nada que se le pareciera.

A primera vista, la señora Worthy –el mando a distancia en una mano, un móvil en la otra– no parecía afectada en lo más mínimo por la catastrófica pérdida sufrida hacía apenas dos días. Billy atribuyó su indiferencia a una vida longeva y llena de tragedias; tampoco era la primera vez que observaba aquella especie de falta de reacción en otras personas. Pero después se fijó en el semicírculo de fotos en marcos de plástico cuidadosamente dispuestas sobre la mesa sembrada de Cheerios frente a la anciana, en las que la chica asesinada devolvía la mirada de su abuela desde todas las edades −como recién nacida, en su confirmación, con el birrete y la toga en su instituto−, siempre con expresión sombría y melancólica, como si hubiera conocido su destino desde el día en que nació.

−Martha era la única sangre que me quedaba −dijo al cabo de un rato la señora Worthy, inclinándose para recoger a una nena que se había puesto a su alcance−. Ahora ella también ha desaparecido.

−Lo lamento mucho −dijo Billy.

−Me ayudaba a cuidar de estos críos, ¿cómo me las apañaré ahora? Esto no es un hotel, pero debería haber visto donde los tenían antes.

−Lo lamento −repitió él, observando de refilón una mesa para jugar a las cartas cubierta con las sobras de media docena de guisos de condolencia protegidos con papel de plata.

−Bueno, ahora tendrán que volverse todos. Salvo quizá esta de aquí. −Levantó a la cría que tenía en el regazo como si fuera un gatito−. Se parece un poco a Martha, puede que crezca hasta ser capaz de darme algo de conversación, pero será una carrera reñida entre su desarrollo y mi mengua.

−Y que lo diga.

−Entonces ¿qué quería saber que no le haya contado ya diez veces a los demás inspectores? −preguntó la señora Worthy, sacudiéndole unas migas de encima a la chiquilla.

−En realidad nada. Solo he venido para ofrecerme a ayudarla con el entierro, en fin, en caso de que lo necesite.

La señora Worthy le miró por fin directamente a la cara, reflejando la luz con sus gafas de ojo de gato.

−¿Es usted policía o no? Porque si no lo es, pienso llamarles de inmediato −dijo, mostrando la tarjeta de visita dejada por el último individuo vestido con chaqueta deportiva que se había presentado en su casa antes que Billy.

Cuando Billy entró en Pompas Fúnebres Familia Brown, Redman, envuelto en su delantal de trabajo, estaba en medio de su salón convertido en capilla exhibiendo del esternón para arriba a un hombre de unos cincuenta y tantos años ante una pareja de parientes más jóvenes. Ni a tres metros de distancia, el hijo de Redman, asegurado con velcro a su tacatá, veía *Bob Esponja* en una pantalla plana de cincuenta y cuatro pulgadas a un volumen desquiciadamente elevado, aunque a nadie parecía molestarle.

—No se parece a él —dijo el hombre de la pareja.

—¿Vio en qué estado estaba cuando me lo trajeron aquí? —preguntó Redman.

—Solo digo que...

—Si quiere, puedo volver a dejarlo tal como estaba —le guiñó un ojo a Billy.

Este se acercó furtivamente al televisor y bajó el volumen. Algunos minutos más tarde, descontentos pero no muy seguros de qué hacer al respecto, los parientes salieron de la funeraria sin despedirse.

—Bueno, ¿qué hay? —preguntó Redman, retirando la sábana que cubría la parte inferior del cadáver para revelar un pañal improvisado con una bolsa de basura Glad para capturar cualquier fuga de fluido de embalsamamiento.

—Quiero que entierres a alguien para mí.

—A quién.

—Una víctima de asesinato, dieciséis años, su familia no tiene ni un chavo.

La esposa de Redman, Nola, entró con una bolsa de plástico llena de ropa: traje marrón, camisa blanca, corbata, calcetines y zapatos; el traje y los calcetines todavía llevaban la etiqueta con el precio de Theo's, La Casa de los Descuentos para el Hombre.

—¿Dónde está ahora?

—Bueno, vivía en Jersey City.

—Entonces ¿en el depósito del condado de Essex?

Redman empezó a tirar de los pantalones para hacerlos pasar por encima del pañal de plástico. El esfuerzo perló su rostro de sudor.

—Supongo.

—Eso es fuera del estado.

—¿Y...?

—Que cuesta extra.

—¿Quieres mi tarjeta para el peaje?

Redman incorporó el cuerpo hasta dejarlo sentado para que Nola pudiera introducir los brazos en la camisa, mientras su hijo rodaba por la habitación mordisqueando un menú de comida para llevar.

—¿Cuánto quieres gastar?

—¿Y yo qué sé? —dijo Billy—. ¿Cuánto cuesta?

—Depende del féretro, la madera, el forro, el nicho, el funeral. Asumo que querrás un párroco, algún tipo de celebrante, portadores, limusina y coche fúnebre hasta el cementerio, ¿has escogido cementerio? —Esperó a que su mujer terminara de abotonar la camisa—. Después está la recogida, la preparación del cuerpo, la ropa para el entierro en caso de necesitarla, flores, programas impresos, ¿quieres algunas de esas camisetas conmemorativas? Conozco a un tipo que las hace, después está el grabado de la lápida, la parcela, la apertura, el cierre, el certificado de defunción...

—Te estoy pidiendo que me eches un cable, ¿vale?

Redman metió trabajosamente los faldones de la camisa en los pantalones, levantando para ello el cadáver de la camilla con una sola mano, y después se apartó para secarse la frente mientras su esposa colocaba y anudaba la corbata.

—¿Quién es para ti esa cría? —preguntó.

—Daños colaterales de Curtis Taft. Es una larga historia.

Redman miró a su esposa para mantener una discusión de negocios no verbal que se cortó en seco cuando Nola salió corriendo para contener a su hijo, que amenazaba con volcar el carrito de los cosméticos, una encrespada selva de pelucas, tarros con maquillaje, pinceles, cuchillos de paleta y bastoncillos de algodón.

—Podría organizar algo por siete mil —dijo al fin.

—Siete. ¿Estás fumado?

—¿Prefieres seguir preguntando en esta calle? En las siguientes dos manzanas tienes otras cuatro funerarias, si cualquiera de ellas te hace una oferta más baja acabarán metiéndola en una caja de cereales y llevándola al cementerio en el autobús.

—No tengo siete mil.

—Te lo pregunto otra vez, ¿quién es ella para ti?

Mientras Redman y Nola le ponían los calcetines y los zapatos al difunto, Billy les contó toda la historia, desde la muerte de la hermana gemela de Shakira Barker y la prolongada, lenta y pesadillesca transformación de esta en asesina hasta llegar a su víctima, Martha Timberwolf, tendida sobre una plancha metálica al otro lado del Hudson sin nadie que pudiera enviarla al descanso eterno.

—Lo haré por seis —dijo Redman—, y pierdo dinero.

Nola se agarrotó ligeramente, pero no dijo nada.

—Gracias, de verdad.

—¿Puedes pagar por adelantado?

—Sin problema.

—¿Puede ser en efectivo?

Redman acercó rodando el carrito del maquillaje y colocó una silla junto al cadáver.

—Si lo prefieres así…

—Porque eso me sería de ayuda.

—Ayúdame a ayudarte —dijo Billy, observando cómo Redman se ponía unos guantes de goma, metía una mano en el caos del carrito y sacaba un tubo de Superglue.

Tras extender unas finas líneas de pegamento sobre las palmas heridas del fallecido, fue extendiéndolas cuidadosamente con el dedo para cubrir toda la piel.

—¿Qué haces? —preguntó Billy.

—¿Esto? Si no pongo algún tipo de adhesivo sobre las heridas defensivas y la gente empieza a agarrarle las manos durante el funeral, alguno podría llevarse a casa un recuerdo.

Billy esperó un momento, después cambió de tema.

—¿Has visto a Pavlicek recientemente?

—Se pasó por aquí hace unas semanas para ver qué tal le iba a mi hijo.

—¿Cómo estaba?

—¿Mi hijo?

—Pavlicek.

—¿A qué te refieres?

—No estoy seguro, hoy me lo he encontrado en el Columbia Pres.

—¿Ah, sí? ¿Qué hacía allí?

—Dice que se está tratando el colesterol.

—No me sorprende, ¿y a ti?

—Parecía un zombi. Te lo juro por Dios, últimamente, cada vez que lo veo, es como si anduviera colocado con una droga distinta. Dime que eso es por el colesterol alto.

—Lo único que sé —dijo Redman, tapando con cuidado el tubo de Superglue— es que los hombres tan grandes no pueden comer lo que les dé la gana.

—Así pues, el testigo, supuesto testigo, al que usted entrevistó, Michael Reidy… ¿lo recuerda?

Sentado delante de la mesa de Elvis Pérez, un inspector alto con cuello de buitre que investigaba el asesinato de Bannion en Midtown South, Billy intentó recordar el rostro del borracho manchado de sangre o kétchup en la sala de espera de Penn Station.

—Más o menos —dijo.

—Bueno, pues lo hemos perdido.

—Perdido.

—Tenemos la dirección que anotó usted en su informe, pero no está allí y tampoco responde a su móvil, por lo que me preguntaba si recordaba algo que hubiera podido decirle o que oyera usted por casualidad que no hubiera quedado registrado en sus notas.

—¿Sabe a cuántas personas interrogamos aquella noche?

Pérez dejó caer un lápiz sobre la mesa y contuvo un bostezo. Tenía esa expresión de párpados caídos que sugería que nunca había llegado a recuperarse de la agotadora experiencia de nacer.

—Entonces ¿en qué punto se halla ahora mismo la investigación? —preguntó Billy.

—En punto muerto, más bien.

Billy señaló la carpeta marrón que descansaba sobre la mesa de Pérez junto a una estatuilla de escayola de san Lázaro.

—¿Puedo?

Incluso en las fotos más sanguinolentas de los forenses, Bannion conservaba su llamativa belleza de «irlandés negro», el cadáver más atractivo que había visto Billy desde el primer marido de Carmen.

—El forense dice que la herida era serrada —explicó Pérez, echando hacia atrás su silla de oficina para frotarse la parte interior del muslo con el dorso de una mano—. El perpetrador no era cirujano, pero sabía dónde cortar.

—¿Y no sabemos nada de él?

—Mucho. Era bajo alto negro blanco gordo delgado, llegó volando en un monopatín y se marchó en silla de ruedas. ¿Es una broma? El tipo podría haber medido dos metros, llevar turbante, barba y un AK, gritar «muerte a Estados Unidos» y todos los presentes lo habrían atribuido al delirium trémens.

—¿Y las cintas?

—Por fin hemos recuperado la grabación del pasillo sur, pero lo único que muestra es a Bannion corriendo hacia el metro después del ataque. La cinta que de verdad necesitamos, la del tablero de anuncios, aún la estamos esperando. La URAT dice que aún podría llevarles varios días, varias semanas o para siempre. Tanto equipo de última tecnología para que un gilipollas derrame el café. He ahí un buen ejemplo de estallido contra gemido.

—¿De qué?

—Olvídelo. ¿Quiere ver lo que tenemos?

Pérez introdujo el disco en su ordenador mientras Billy aguardaba de pie detrás de él, ignorando el zumbido de su móvil.

Al principio, el tramo de galería capturado por la cámara entre los andenes del Ferrocarril de Long Island y la entrada del metro parecía desierto; el suceso había acontecido fuera de campo y las granulosas imágenes de nada y de nadie evocaban lo intempestivo de la hora. Pero, de repente, allí apareció Bannion trazando apresuradas eses, mientras la sangre amorataba sus vaqueros azul claro y sus zapatos chorreantes iban dejando huellas oscuras y líquidas, hasta que se detuvo con gesto desconcertado frente a los tornos y empezó a hurgar en la cartera —¿buscando qué, su tarjeta del metro?—, manoseándola con torpeza para luego, tal como había especulado Billy en el lugar de los hechos, intentar salvar abruptamente la barrera, perdiendo repentinamente el fuelle en pleno salto como si lo hubiera alcanzado un rayo y desplomándose directamente sobre el torno antes de caer al suelo.

—No le faltan momentos entretenidos —dijo Pérez—, pero todo lo importante sucedió al otro lado.

—¿Y cuánto dice que tardará esa cinta?

Pérez se encogió de hombros.

Estrictamente hablando, la Guardia Nocturna ya había completado su labor: dejarlo todo preparado para el turno de día y pasar al siguiente delito de madrugada. Eran simplemente demasiados cada noche, cada semana, cada mes, como para seguir la pista de crímenes anteriores —o incluso conservar la curiosidad sobre ellos— y a la vez ser capaz de concentrarse en los que seguían llegando. Las investigaciones de la Guardia Nocturna, le dijo a Billy en una ocasión un jefe veterano, eran como lágrimas individuales en un ataque de llorera.

Aun así…

—¿Me haría un favor? —preguntó Billy—. ¿Podría avisarme cuando se la envíen?

Aquella noche le endosaron a otro extraño individuo dispuesto a realizar un turno en la Guardia Nocturna, Stanley Treester, de la Unidad de Enlace ADN; cuando Billy entró en la sala de Urgencias del Metropolitan para supervisar la investigación de un rutinario navajazo, se lo encontró sentado sobre el borde de una camilla observando con gran intensidad a un hombre mayor de ojos llorosos abrigado con una manta. El anciano, ajeno a la presencia de Treester, tenía la mirada fija en el vacío.

—He metido la pata —dijo el paciente sin dirigirse a nadie en particular.

—¿Quién es?

—Me ha parecido reconocerle de cuando era crío —dijo Treester, sin desviar los ojos del rostro del otro hombre.

—¿Y es quien pensabas?

—No.

—He metido la pata —repitió el anciano.

—¿Tiene algo que ver con la investigación?

—No.

—Entonces…

Billy estuvo a punto de decirle que volviera al tajo, pero después se lo pensó mejor.

—Y voy a ir al infierno.

—Le vendo mi billete —dijo Billy antes de alejarse en busca de su crimen.

La investigación del navajazo quedó resuelta en unos cinco minutos: el samaritano que había llevado a la víctima al hospital confesó tan pronto como Mayo le mostró su placa. La versión real de los hechos había estado protagonizada por dos hermanos, una botella de Herradura, una partida de dominó y una navaja.

La llamada de Stacey Taylor entró mientras el perpetrador estaba siendo esposado. Billy, agradeciendo que no se tratase del Ruedas con otro aviso, respondió de inmediato.

—Son las cuatro de la mañana, lo sabes, ¿verdad?

—Lo siento, ¿te he despertado? —replicó ella.

—¿Qué hay?

—Nada. Solo quería saber cómo te había ido hoy con Taft.

—He metido la pata. He aparecido allí de improviso sin ningún tipo de plan y he metido la pata.

—Ya, bueno, solo eres humano.

—Pero quiero que sepas que agradezco tu ayuda.

—Eh, así es como trabajamos.

Todavía al teléfono, Billy sufrió un lapso momentáneo, rememorando el último par de días: Bannion, Taft, la señora Worthy, pero sobre todo John Pavlicek, entrando erráticamente en el Columbia Pres como si alguien le hubiera golpeado en la nuca con un calcetín lleno de monedas.

—¿Hola? —dijo Stacey.

—Hey, lo siento. —Billy volvió al presente—. Deja que te pregunte: ¿qué tal se te dan los registros hospitalarios?

—¿Qué hospital?

—Columbia Pres.

—Conozco a un tipo que trabaja allí.

—¿Sí? ¿Quién?

—Si te lo digo tú también lo conocerías.

—Necesito que investigues para mí a un paciente externo.

—Quién.

Billy dudó.

—John Pavlicek.

—¿El que estaba contigo en los Gansos? ¿Qué le pasa?

—Eso es lo que me gustaría saber.

—¿Sabes a quién está viendo?

—A uno que le trata el colesterol. O eso dice él.

Billy oyó a Stacey prender un cigarrillo y luego exhalar la primera y estimulante bocanada de humo.

—Está bien.

—¿Cuánto cobras por un trabajo de este tipo?

—¿Cuándo he aceptado tu dinero?

El sentimiento de culpabilidad de Billy le contorsionó la cara.

—A lo mejor deberías empezar a hacerlo.

Treinta minutos más tarde, justo cuando salía del hospital, su móvil volvió a sonar: Yasmeen con el bajón de una borrachera a deshoras. Su voz sonaba a franela mojada.

—Solo llamaba para decirte que lo siento mucho.

—¿Por…?

—Por lo de la otra noche, acabé como una cuba, ¿vale? Ni siquiera sabía que me llevaste a casa hasta que Dennis me lo contó al día siguiente.

—Oh, vamos, ¿cuántas veces…?

—Dennis es buen tío, ¿sabes? De verdad que lo es.

—Bueno, para eso es tu marido…

El silencio al otro lado de la línea sonó a respuesta equivocada.

—En cualquier caso, son las cuatro y media de la mañana, ¿no crees que deberías…?

—¿Quieres saber una cosa? —le interrumpió ella—. La hermana mayor de Raymond del Pino acaba de tener a su segunda hija, ¿y sabes cómo la ha llamado? Yasmeen Rose. Me ha dicho que es porque fui la única que nunca renunció a intentar detener a Eric Cortez.

—Bueno, bien por ella —dijo Billy, buscando en su bolsillo las llaves del coche—. Y bien por ti.

—Bien por mí —farfulló Yasmeen—. Esa chiquilla está maldita, puedes creerme.

MILTON RAMOS

El 2130 de la avenida Longfellow, un inmueble de seis plantas sin ascensor en el todavía semicutre East Bronx, tenía más de cien años de antigüedad, pero había sido construido por artesanos recién descendidos del barco, por lo que, a pesar de que cuando Milton nació allí ya era un estercolero —el mosaico de azulejos del suelo desconchado como la sonrisa de un mendigo manchado de orín, las paredes festoneadas con desgastados pegotes de yeso y un directorio acristalado que enumeraba, como un padrón de fantasmas, los nombres de inquilinos judíos y portorriqueños muertos tiempo ha—, todavía conservaba algunos toques de elegancia propios del viejo mundo. Pero ahora, de pie en el vestíbulo más de veinte años después de haber huido en pos de la seguridad del apartamento de su tía Pauline en Brooklyn, a Milton le sobrecogió ver lo que había sido de su primer hogar en la tierra, vaciado y rehabilitado de la manera más chabacana posible, reemplazando las viejas paredes doblemente enlucidas con sus molduras de corona por láminas de pladur; los suelos de piedra multicolor por baldosas cerámicas prefabricadas; las antiguas y combadas contrahuellas de mármol por madera de pino pintada; y los apliques de cristal ambarino de los pasillos por plafones de entrecortada fluorescencia.

—Aquí dentro apesta —dijo Sofía, de pie a su lado bajo los abollados buzones de aluminio.

—No digas «apesta», di que huele mal —dijo Milton. Después, señalando las escaleras con su bate Rawlings Pro de ochenta y seis centímetros y madera de arce (porque nunca se sabe), añadió—: Las guapas primero.

Un bate de béisbol es una herramienta versátil. Tal como aprendió Milton siendo todavía un adolescente, un golpe moderado en las espinillas basta para que un camello de mierda comparta contigo su estrategia para mantenerse económicamente a flote, la cual se resume en gran medida en tangar a Fulano para pagarle a Mengano y después tangar a Mengano para buscar nuevos proveedores. Un segundo estacazo convencerá al camello para que te revele quiénes son su Fulano y Mengano más recientes. Y si un día más tarde descargas con fuerza razonable la parte ancha del bate sobre los nudillos extendidos tanto de Fulano como de Mengano, ya que ambos estaban empeñados en matar al pequeño estafador, averiguarás los nombres de los asesinos enviados a cumplir el encargo. Después, una vez has llevado a los auténticos ejecutores hasta un apartamento desocupado, atados de pies y manos con cinta americana —no les taparás la boca con otro pedazo de cinta hasta que intenten convencerte de que no los mates contándotelo todo, incluida la verdad—, podrás desfogarte y marcarte un gran derbi hasta que las paredes, el techo y tus ropas estén salpicadas de sangre.

A Sofía le costaba mucho esfuerzo subir escaleras —«Me gusta llegar todo lo alto que pueda», le había explicado en una ocasión a Milton, «porque así lo único que me queda por hacer es bajar»— y cuando alcanzaron el tercer piso empezó a flaquear. Pero él era paciente con ella igual que lo había sido durante toda su infancia cada vez que ascendía aquellas mismas escaleras con su madre mórbidamente obesa, cuyo mantra para las penalidades, «Qué mundo este, Milton, qué mundo este», le hacía estremecerse de terror.

4B, anunció Sofía. ¿Quién vivía aquí?

La señora Sánchez, era una mujer muy agradable.

¿Agradable?

Sí.

4C. Quién vivía aquí.

Los Klein.

¿Eran agradables?

Eran viejos.

Las puertas de cada piso, antaño de madera de roble, eran ahora gruesas planchas de metal pensadas para resistir un asedio, y sus números, en otro tiempo piezas de latón atornilladas, simples calcomanías compradas en una ferretería. Pero a Milton no podían importarle menos aquellos ultrajes a la memoria, ya que en última instancia la información que proporcionaban era la misma que hacía veinte años y, se mirara como se mirase, las puertas y sus números siempre seguirían contando la misma historia.

4D. ¿Quién vivía aquí?

Si la dejaba, Sofía enumeraría todos y cada uno de los apartamentos del edificio. Pero, en cierto modo, para eso estaban allí. Milton se había llevado consigo a su hija en aquel vía crucis personal como vacuna frente a las peores partes de sí mismo, como recuerdo vivo y tangible de todo lo que tenía que perder si se permitía, en aquel momento de la vida, dejarse arrastrar por su naturaleza.

4D. Quién…

Los Carter.

¿Eran agradables?

Eran correctos. Tenían un hijo retrasado.

¿Qué quiere decir retrasado?

Que no estaba bien de la cabeza.

¿Qué?

Estúpido, pero no era culpa suya.

Sofía meditó aquello un momento. Después: ¿Cómo se llamaba?

Michael.

¿Se burlaban de él los demás niños?

Algunos.

¿Tú lo hacías?

No.

¿Y el tío Edgar?

No.

¿Y el tío Rudy?

A veces podía ponerse desagradable, pero solo era un crío.

¿Os enfadabais con él tú y el tío Edgar cuando lo hacía?

Solo era un crío.

¿Se enfadaba con él la abuela Rose?

La abuela no se enfadaba con nadie.

¿Había más niños retrasados en el edificio?

No, pero uno de los chavales era gay.

¿Besaba a otros?

Imagino.

¿Cómo se llamaba?

Víctor.

¿Se burlaban de él los demás niños?

Oh, sí.

¿Y tú?

No. Es más, una vez que unos chicos mayores se pusieron a darle empujones afuera en la calle, me aseguré de que no volvieran a meterse con él.

¿Cómo lo hiciste?

No te preocupes por eso.

4E. ¿Quién vivía aquí?

Una chica, Inez. No recuerdo el apellido.

¿Era agradable?

Supongo.

¿Te gustaba?

No me desagradaba.

¿Querías casarte con ella?

No.

4F. ¿Quién vivía aquí?

Adivina.

Tú.

Y la abuela Rose y Edgar y Rudy.

¿Podemos entrar?

Ahora hay otras personas dentro.

Al margen de cuántas familias hubieran vivido detrás de aquella puerta desde que la familia Ramos dejó de existir, al margen de lo a menudo que hubieran sido derribadas y reconstruidas las habitaciones y las paredes en nombre del alojamiento asequible, el 4F siempre estaría embrujado, y a Milton no le costaba nada imaginarse a algunas de aquellas personas que vivieron posteriormente allí despertándose y llorando en plena noche sin que existiera para ello ningún motivo al alcance de su comprensión.

Si uno elegía considerarla así, la muerte de Little Man no había sido sino un macabro caso de confusión de identidad. El camello en cuestión, tal como cualquier residente en el edificio podría haberles dicho a los hombres enviados para liquidarlo, vivía en el 5C.

Así pues, ¿por qué –se sintió impelido a preguntarles Milton aquel día a los asesinos en el apartamento vacío– fuisteis al 4F?

Fue entonces cuando le hablaron de la muchacha mohína sentada en los escalones de entrada, doña Información.

Describidla, dijo Edgar.

Así lo hicieron y los hermanos Ramos intercambiaron una prolongada mirada de estupefacción.

¿La chica del tercero?, le dijo Milton a Edgar. Después, volviéndose hacia sus prisioneros, inmovilizados y tirados boca abajo en el suelo: ¿Ella fue quien os dijo que vuestro camello vivía en el 4F? ¿Estáis seguros?

Levantando la cabeza para mostrar sus rostros relucientes, arqueando las espaldas, lo juraron por todos los ángeles del firmamento. ¿Cómo iban ellos a saberlo? Les habían enviado allí sin especificarles el apartamento.

¿Y le dijisteis el nombre del camello? Milton seguía sin poder creerlo.

Lo juramos por nuestras madres…

Y ella dijo 4F…

Sí. Sí. Sí.

Ahora lloran, gruñó Edgar, dándose golpecitos con el bate contra la pantorrilla.

Bueno, ¿sabéis quién más vive en el 4F?, preguntó Milton, alzando su bate por detrás de la oreja, trazando pequeños pero no del todo perezosos círculos con la punta. Nosotros. Sus hermanos.

Sofía bajó hasta el descansillo del tercer piso. Milton la seguía, dando golpecitos inconscientes contra las paredes mientras descendía.

3D. Quién vivía aquí.

No lo sé.

3E. Quién vivía aquí.

No lo sé.

3F. Quién vivía aquí.

«Respira…»

El chico gay.

¿Víctor? Quién más.

Su madre.

Cómo se llamaba.

Dolores.

Quién más.

«Respira…»

Su hermana.

Cómo se llamaba.

No lo recuerdo.

¿Te gustaba?

Más tarde, tras una larga ducha, Edgar y él llamaron a la puerta del 3F y se encontraron cara a cara con la madre de Carmen.

Dónde está.

La respuesta —Atlanta— dejó a Milton descolocado durante veintitrés años. Lo mismo podría haber acabado siendo cierto en el caso de Edgar, de no ser porque los asesinos muertos tenían amigos. Su hermano mayor solo vivió una semana más. Su madre, con el corazón roto, solo otra semana después de aquello.

¿Querías casarte con ella?

Tarareando inconscientemente, Milton apoyó el mango del bate contra la mirilla del 3F: Adivina quién es.

¡Papá!

Qué.

¿Querías casarte con ella?

Casarme con quién. Después: No me acuerdo. Después: ¿Sabes qué? Tienes razón, aquí dentro apesta, vámonos a casa.

Mientras reemprendían el descenso hacia el vestíbulo, Milton se imaginó a su inmensa y resoplante madre cruzándose en algún momento con Carmen en las escaleras; la chica delgaducha con los ojos de mártir probablemente se habría visto obligada a retroceder hasta el descansillo más cercano para que la señora Ramos tuviera suficiente espacio para pasar, intercambiando sonrisas cohibidas, la de su madre con un deje de humillación.

—A qué viene eso de llamarme «papá» —preguntó Milton mientras abría la puerta del coche—. ¿Qué ha pasado con «papaíto»?

—Es una palabra para críos. Los niños se burlan de ti si la dices.

—Tienes que aprender a plantar cara, Sofía —saltó él bruscamente—, o de otro modo esos niños no van a parar nunca y esa facilidad tuya para dejarte pisar te hará desgraciada hasta el día que mueras, ¿me has entendido?

No hubo respuesta. Bueno, ¿qué diablos se suponía que iba a decir la cría?

—Lo siento, no pretendía gritar.

—No pasa nada —dijo Sofía en aquel tono suyo resignado que conseguía que a Milton le entraran ganas de arrancarse el corazón para dárselo de comer a los pájaros.

Una hora más tarde, después de haber dejado a su hija en la escuela, Milton se encontraba sentado en su coche a media manzana de distancia de la casa en Yonkers, lo suficientemente lejos para no llamar la atención de nadie, pero lo suficientemente cerca para observar.

Tenían una casa; él tenía una casa. Tenían hijos; él tenía una hija. Graves tenía una placa dorada; bueno, pues él también.

Milton era viudo, pero ninguno de los allí presentes había tenido nada que ver en eso. Así pues, ¿por qué además de todo lo demás, de todo lo que tenía derecho a sentir, también sentía en aquel preciso momento envidia? Cómo coño se atrevía Carmen a llevar una vida normal. Qué clase de aberración con hielo en las venas era ella para seguir adelante como si nada, para llevar una vida como la de los demás.

Antes incluso de que su hermano y él hubieran apaleado a dos hombres hasta la muerte a una edad en la que únicamente deberían de haber estado pensando en deportes, música y jamonas, a Milton ya le costaba sentirse «normal» cuando se miraba en el espejo. Siempre se había considerado una especie de bestia milagrosa, entrenada para caminar erguida e imitar el habla humana. Pero después de aquel día, un día principiado por ella, nunca volvió a pensar ni por un momento que pudiera pertenecer a cualquier otra especie salvo la suya propia.

Vio al anciano salir e inclinarse lentamente para recoger del césped un periódico enrollado y, a pesar de su fragilidad, Milton lo caló intuitivamente como un jefe de la vieja escuela, pues todavía desprendía cierto aire de sobria autoridad. Después, una hora más tarde, una mujer india de mediana edad, probablemente su cuidadora, salió al porche para fumarse un pitillo. No vio ni rastro de Carmen (probablemente en el trabajo), sus hijos (probablemente en la escuela) o su marido. Sabiendo que Graves estaba destinado en la Guardia Nocturna, Milton asumió que o bien se encontraba en el interior durmiendo o bien –lo más probable, teniendo en cuenta que el único coche en el camino de entrada era un Civic de mierda que sin duda pertenecía a la cuidadora– le habían endosado algún recado matutino.

La cuestión era, ahora que por fin la había encontrado después de tantos años, con la misma seguridad con la que encontró al paliducho del Estado de la Palmera que le había arrebatado a su esposa, hacia dónde iba a encaminar –iban a encaminar todos ellos– sus pasos. En el pasado, al margen de qué tipo de acciones hubiera acometido en nombre de sus muertos, el sufrimiento por él infligido siempre había tenido una duración limitada, mientras que su propio sufrimiento únicamente se había intensificado, haciendo a posteriori que Milton se sintiera más solo, más desolado, más infrahumano que nunca. Para él, equilibrar la balanza siempre había sido como golpear hasta la muerte con las manos desnudas a un hombre con la cara y el cuerpo recubiertos de clavos. Y en aquel preciso momento, en aquella coyuntura de su vida, la idea de volver a pasar por todo eso le resultaba insoportable, con un costo mental, cuando no físico, imposible de sobrevivir.

«Pues déjalo estar.»

«No puedo.»

«Entonces encuentra otro modo.»

«Encuentra otro modo.»

6

Debería haber sido divertido, pensó Billy, pero no lo era. Cuandoquiera que te convocan para mantener una charla sobre tu hijo con el psicólogo de la escuela, «divertido» es lo último que se te pasa por la cabeza. Aun así...

Al parecer, el día anterior Declan había empujado a un niño que se había estado burlando de él, estampándolo de cara contra el borde de la puerta abierta de una taquilla. La herida había sido mínima —después de todo tenían ocho años—, pero corrió algo de sangre y se habían roto unas gafas. De modo que, ahora, Carmen y él se encontraban sentados en un aula vacía hablando con un joven que no podía llevar más de uno o dos años fuera de la facultad y que preguntaba cosas como si el parto de Declan había sido complicado, si «empleaban» cualquier tipo de disciplina física en casa, si por cualquiera de ambas partes existían antecedentes familiares de...

—¿Y si sencillamente le decimos a Declan que le pida perdón al otro crío y le pagamos las gafas? —le interrumpió Billy afablemente.

—Serían gestos apropiados, sin duda, pero creo que...

—¡No! —La palabra salió volando de la boca de Carmen como una orden para un lobo al tiempo que ella se incorporaba violentamente en la silla—. A santo de qué viene preguntar por mi parto y cómo se atreve a preguntarnos si pegamos a nuestros hijos, si tenemos locos en la familia. Soy enfermera, soy una sanadora; mi esposo es inspector en la policía de Nueva York, protege a la gente. Eso es lo que somos y eso es lo que hoy no estamos haciendo porque estamos aquí perdiendo el tiempo discutiendo chorradas con usted.

—Carm —dijo Billy en vano.

—Y no, mi hijo no le va a pedir perdón a ese cabroncete, y no, tampoco le vamos a pagar las gafas. ¿Sabe quiénes deberían hacerlo? Usted y toda esta maldita escuela, porque si alguien tiene la culpa de lo que pasó ayer, son ustedes, por organizar ese absurdo y aburrido espectáculo con los planetas, todos esos pobres críos disfrazados como albóndigas con papel de plata: «¡Hola! ¡Soy Mercurio! ¡Hola! ¡Soy Saturno!». Y saben, lo saben, que un pobre niño va a tener que salir y decir «¡Hola! ¡Soy Urano!». Por el amor de Dios, usted es loquero, ¿de verdad no sabe lo humillante que es eso? Y por supuesto que ese niño va a ser objeto de burlas y más burlas, y si tiene un mínimo de coraje, como lo tiene mi hijo, va a llegar un momento en que se le hinchen las narices y responda.

El psiquiatra, más perplejo que intimidado, consultó su bloc de notas, hizo ademán de ir a coger el bolígrafo y después se lo pensó mejor.

—Y como se les ocurra intentar expulsarle o incluso levantar un solo dedo para castigarlo iremos derechitos a nuestro abogado y después a los periódicos. ¿Cómo de estúpidos cree que se sentirán sus profesores de ciencias cuando se difunda la historia? ¿Es que no ven las noticias? Urano ya ni siquiera es un planeta.

Dicho esto, se levantó y se marchó, dejando allí a Billy para limar asperezas.

—Yo en realidad no llegué a ver la obra —dijo él con afabilidad—, pero creo que no le falta razón.

Cuando Billy alcanzó a Carmen en el aparcamiento de la escuela supuso que seguiría furibunda, pero en cambio la encontró al borde de las lágrimas.

—Dime que no acabo de cagarla —le rogó ella, agarrándolo de la mano—. Es solo que paso mucho miedo por ellos, ¿entiendes? Dime que no la he cagado.

Cuando Billy se despertó a las cuatro, el patio trasero era una colmena: Declan y Carlos mantenían un duelo con bates de plástico, Millie fumaba como un carretero detrás del único árbol, y su padre, ajeno a todo cuanto sucedía a su alrededor, leía un libro apoltronado en una de las sillas de jardín de fibra de vinilo. Después de volver al dormitorio para ponerse las zapatillas, Billy llamó a Carmen al hospital para ver cómo seguía de ánimos, se preparó un café, se echó por encima la camisa de la noche anterior para protegerse del fresco y salió al exterior.

En el rato que le había llevado prepararse, los chicos habían cambiado la esgrima por el fútbol americano: cada exagerado lanzamiento en imitación de Super Ratón acababa con el lanzador tirado en el suelo, y cada recepción, sin importar lo alto que hubiera llegado la pelota, motivaba un salto en plancha, como si en realidad Dec y Carlos estuvieran más interesados en revolcarse por el suelo que en llegar algún día a la NFL. Y, a pesar de que su destreza juvenil como quarterback no solo le había aportado una adolescencia medio decente sino también el acceso gratuito a una universidad de primera división, a Billy no podía importarle menos que sus hijos acabaran siendo deportistas de élite, bailarines de ballet o locos de la informática, siempre y cuando aprendieran la importancia de no dejarse llevar nunca por el pánico tras recibir un puñetazo en la cara.

Dejando su taza sobre un escalón, Billy se subió los pantalones del pijama, acercó a rastras otra silla de armazón de aluminio y se sentó junto a su padre. El anciano se había quedado medio amodorrado con un arrugado ejemplar de *Los poemas de guerra de Thomas Hardy* en el regazo. Una pila de manoseadas ediciones en rústica descansaba a sus pies sobre la hierba y Billy no necesitó ni mirarlas para saber cuáles eran varios de los libros: los poemas completos de Rupert Brooke, de Wilfred Owen, de W. B. Yeats, Alan Seeger, Robert Graves y Siegfried Sassoon. Puede que Walter de la Mare.

El abuelo de su padre, que era marine, había fallecido en un ataque con gas en la ofensiva de Meuse-Argonne en 1918;

para su hija, la madre de Billy Senior, que contaba a la sazón nueve años, la ausencia de su padre mártir pasó a ser una presencia permanente y sobrenatural. Como resultado, su padre, criado junto al fantasma de un hombre al que nunca conoció, había estado, desde que Billy tenía memoria, obsesionado con la Gran Guerra y particularmente con la literatura originada por esta.

Cuando con cincuenta y ocho años pasó a ser director de seguridad estudiantil en la Universidad de Columbia, Billy Senior, aprovechando una de las ventajas de su nuevo puesto, empezó a acudir a clase como oyente. El primer año estudió varias asignaturas introductorias; de nivel intermedio, el segundo; avanzadas, el tercero. Nunca participaba en los debates ni se presentaba a los exámenes, pero completó por su cuenta todas las lecturas obligatorias, pasando desapercibido año tras año. Después, deseando ponerse a prueba en su cuarto año, escribió un ensayo sobre la obra del soldado-poeta Isaac Rosenberg y lo entregó sin esperar en realidad que el profesor fuese a leerlo y mucho menos a levantarlo por encima de su cabeza en el aula una semana más tarde para preguntar: «¿Quién es William Graves?».

Aquel mismo profesor, tirando de contactos en el extranjero, le consiguió una beca para asistir al seminario Literatura y la Gran Guerra que se celebraba todos los veranos durante tres semanas en Oxford o Cambridge, Billy nunca era capaz de recordar cuál de las dos. Aquel julio, Billy Senior acudió a clase mientras la madre de Billy paseaba sin rumbo fijo por la ciudad o realizaba excursiones de un día al sur de Inglaterra en el único viaje que hicieron juntos fuera de Estados Unidos. Un verano después de que su madre falleciera, el padre de Billy regresó a Inglaterra por su cuenta, el primero de once peregrinajes en solitario hasta que llegó un momento en el que dejó de ser capaz de viajar sin supervisión.

De entre todos los logros alcanzados por su padre tras haber dejado el DPNY —director de seguridad en una de las principales universidades, otro tanto en el hospital Mount

Sinai y en la Sociedad Histórica de Nueva York—, ninguno había impresionado tanto a Billy como ver a aquel quincuagenario que dejó de estudiar nada más acabar el instituto infiltrándose en las sesudas clases de una de las universidades más elitistas del país para educarse por su cuenta, entregándose a la erudición tal como muchos otros hombres de su misma edad y condición se entregaban a los nietos y la televisión.

Volcando el culo del café sobre la hierba, Billy se inclinó para coger el volumen de Yeats, lo hojeó lentamente y vio la exquisita pero extrañamente ilegible caligrafía de su padre en prácticamente todas las páginas.

—¿Qué tienes ahí? —preguntó Billy Senior, emergiendo del pozo de alquitrán.

—Solías leérmelo cuando era niño, ¿te acuerdas? «La segunda venida» me acojonaba vivo.

—¿Qué tal si me devuelves el favor?

—¿Quieres que te lea yo a ti? —Billy paseó la mirada por el patio—. ¿Con mi don para la declamación? Igual podrías pedirme que baile break.

Billy Senior se incorporó ligeramente, abrió los ojos.

—Recuerdo que estuve destinado en el Bronx una temporada a finales de los setenta, cuando empezaron a popularizarse aquellas fiestas callejeras con platos y disc-jockeys que rascaban los discos, todo el mundo giraba sobre cajas de cartón y declamaba versos jactanciosos…

—Deberías oír algunas de las rimas de tu nieto —dijo Billy.

—… y, en menos de lo que canta un gallo, no había crío con radiocasete portátil que no anduviera calle arriba, calle abajo berreando malos pareados.

—Todavía sigue siendo más o menos así.

—Mira, no quiero sonar como un viejo cascarrabias blanco y tampoco voy a decir que no valorase el efecto positivo que en ciertos aspectos tuvo todo aquello sobre aquellos barrios, es solo que… ¿estéticamente? Lo odiaba.

—Bueno, no todos pueden ser Sam Cooke.

—El rhythm and blues no tiene nada de malo, amigo mío. Algunos de aquellos cantantes eran auténticos bardos.

Billy tuvo que sonreír. El sustantivo «bardo» siempre había sido la mayor expresión de elogio empleada por su padre, sinónimo de «sublime» y apenas un peldaño por debajo de «divino».

—Papá, ¿te acuerdas de mi amigo Jerry Hart? Cuando terminó segundo en Fordham, volvió a casa y le dijo a su padre que quería ser poeta. ¿Sabes lo que le respondió el señor Hart? «Cualquiera capaz de escribir un poema es capaz de comerse un rabo.» Disculpa la expresión.

—Chupapollas —dijo Billy Senior sin acalorarse.

—¿Qué?

Billy jamás había oído a su padre decir nada peor que «mierda», y eso raras veces.

—Lamecoños.

Los críos interrumpieron sus juegos.

— Pequeño hijoputa negro puto judío chupapollas. —Nuevamente en tono insulso.

Billy le hizo un gesto a Millie para que metiera a los niños en casa.

—Papá, ¿qué te pasa?

—¿Me vas a leer o no? —dijo su padre.

—¿Qué?

—Has dicho que me leerías algo. —Señaló el volumen de Yeats que Billy todavía sostenía entre las manos.

—¿Qué acaba de suceder?

—¿A qué te refieres? —Los ojos de su padre seguían límpidos e imperturbables.

Billy esperó un momento.

—Está bien —dijo al fin—. Un segundo.

Echando un rápido vistazo al libro, rechazando nerviosamente un poema tras otro por demasiado largo, demasiado complicado para su entendimiento o demasiado trufado de gaélico impronunciable, Billy acabó quedándose por defecto con el poema de horror de su juventud. Pero, tras ojear rápidamente los primeros versos —el halcón girando sin parar, la marea oscurecida por la sangre, cada imagen más perturbadora aún que en el pasado— y regresando después al «todo se deshace, el centro no se puede sostener», cerró el libro.

—Te diré una cosa —dijo, poniéndose de pie—. ¿Qué tal si te recito «El rostro en el suelo de la taberna»? Ese me lo sé de memoria.

Alguien había garrapateado furiosamente «fumadero de crack» con un rotulador grueso sobre la mirilla del apartamento 6G en el Bloque Truman.

—La calidad va por dentro, la marca va por fuera —bromeó antes de entrar en la escena del crimen el agente de la Científica que acompañaba a Billy.

El salón carecía de todo mobiliario y estaba vacío salvo por unos cuantos ceniceros desperdigados y a rebosar y unas pocas velas introducidas en vasos de zumo y todavía encendidas. Una rubia demacrada, con aspecto de sexagenaria aunque debía de rondar la treintena, yacía boca arriba sobre el linóleo como una estrella de mar; el único indicio de violencia al margen de la autoinfligida era un verdugón moteado con quemaduras de pólvora debajo de la clavícula izquierda. Otro técnico forense de la Científica, acuclillado junto al cadáver, lo agarró de la mandíbula y le movió la cabeza a derecha e izquierda, paseó con brusquedad sus dedos enguantados por el pelo lacio y después le desabotonó la blusa, todo en busca de otras heridas de penetración.

Antes de que a nadie se le ocurriera impedírselo, otra joven momia con ojos como agujeros de lezna se coló por la puerta de entrada parcialmente abierta, dijo:

—Me he dejado el bolso. —Vio a la muchacha muerta—. Oh, April, ¿todavía estás aquí? Pensaba que…

Después perdió el conocimiento y se desplomó en el suelo.

—Estábamos sentadas en círculo pasándonos la pipa de la paz, nada más que eso, sin molestar a nadie —les dijo la mujer reanimada, Patricia Jenkins, a Billy y Alice Stupak a través de una nube de humo mientras estaban los tres sentados en una escalera al otro extremo del pasillo de la joven muerta en el 6G.

»De repente entra un chico con un rifle exigiendo que se lo demos todo, pero como íbamos fumadas ninguna le ha hecho caso. Donna le ha preguntado si no prefería sentarse a colocarse con nosotras y el tío va y dice: "¿Con unas zorras podridas de enfermedades como vosotras?". Nos quita todas las chinas que nos quedan y después nos registra una a una en busca de dinero, móviles y lo que sea.

Hizo una pausa para inhalar otra profunda bocanada de humo, se pasó un dedo tembloroso por la frente.

—Ya se había dado la vuelta para marcharse, tenía una mano encima del puto pomo, cuando April ha dicho: «Joder, seguro que ni siquiera está cargada». Y yo: «Ay, Dios…».

Billy intercambió una mirada rápida con Stupak. Ninguno de los dos quería distraerla tomando notas.

—El chico oye eso, se vuelve lentamente, extiende el rifle como quien extiende el brazo, le pega el cañón casi al cuerpo y pum. Después sale como tendría que haber salido si April hubiera cerrado el pico. Las demás nos hemos quedado petrificadas hasta que se ha marchado, después nos hemos marchado también.

Sin dejar de fumar, agachó la frente hasta apoyarla en el pulpejo de la mano, cerró los ojos y lloró un poco.

—Está bien, Patricia —empezó Stupak—, sé que tienes tantas ganas como nosotros de darle su merecido a ese tipo, así que échanos una mano. El tirador, ¿era blanco, negro, hispano…?

—Dominicano de piel clara.

—Dominicano. No, pongamos por ejemplo, portorriqueño ni…

—Dominicano.

—Y cuando dices chico…

—No creo que haya terminado el instituto.

La puerta de emergencia de la escalera se abrió y los tres se volvieron para encontrarse con Gene Feeley. El escurridizo caballo de guerra observó la reunión y a continuación, con las manos en los bolsillos, se colocó justo detrás de Stupak y se recostó contra la pared sin enlucir.

Alice se tomó un momento, las sienes le palpitaban con furia.

—El tipo, ¿recuerdas qué llevaba puesto?

—Un chándal naranja, suéter y pantalón.

—¿Alguna palabra o dibujo?

—«Syracuse» a lo largo en una pernera y a lo ancho en el pecho.

Feeley tosió, cambió el peso de un pie al otro, Billy lo vigilaba como un halcón.

—¿Y qué me dices del pelo? Largo, corto…

—Tenía… a ver, el pelo corto pero peinado hacia delante, en plan César, y patillas de esas de diablo, ya sabe, como una línea pintada siguiendo los contornos de la mandíbula hasta coincidir en el mentón. Y se había puesto un poco de rímel en los ojos, tal como hacen ahora los chavales para oscurecérselos.

—Maravilloso. ¿Alguna cosa más que se te ocurra aparte de lo que ya nos has dicho?

—La verdad, no.

—Muy bien, Patricia. —Los ojos de Stupak relucían anticipando la caza—. ¿Qué tal si nos acompañas a comisaría para que podamos enseñarte unas cuantas fotos?

—¿Me dejarán fumar allí? —preguntó Patricia—. La última vez no me dejaron.

—Sin problema —dijo Alice, poniéndose de pie y tendiéndole una mano a la mujer para ayudarla a levantarse.

—Oye, Patricia —dijo Feeley, todavía recostado contra la pared—. Antes de irte, no sabrás por casualidad cómo se llama el chaval, ¿verdad?

—Claro. Eric Cienfuegos. Vive arriba, en el 11C.

—Ahí lo tienes —le dijo Feeley a Stupak, después regresó con paso tranquilo al pasillo.

—Quiero un traslado —anunció Stupak tan pronto como Feeley hubo desaparecido.

—Yo me encargo de él —dijo Billy, preguntándose cómo.

—Eso es lo que dices siempre.

—Tú déjame que haga unas llamadas.

—Eso también lo dices siempre.

Ardiendo de la vergüenza, Billy señaló con la cabeza a Patricia Jenkins, allí plantada como un espantapájaros envuelto en ropa sucia.

—Simplemente llévala a comisaría.

Encontró a Feeley justo cuando estaba subiéndose a su coche, un Dodge Polara del 73 restaurado, aparcado en doble fila en la acera de enfrente.

—Qué. —Feeley lo miró a través de la ventanilla bajada del lado del conductor.

Billy, encorvado para ponerse a su altura, se limitó a contemplarle en silencio.

—La otra noche se pasó de bocazas —dijo Feeley—. Me puso en evidencia delante de mi sobrino.

—Gene —empezó Billy, notando que la espalda ya lo estaba matando—. La semana pasada le pedí al jefe de departamento que me librara de ti, le conté lo poco fiable que eres, la manera en que socavas mi autoridad y la del resto de la brigada. ¿Sabes lo que me dijo? Me dijo: «Hazme el favor de dejar que se quede contigo y te enviaré a otro inspector para que te resuelva la papeleta».

—¿Cómo cojones te atreves a…? ¿Sabes lo que he hecho en este trabajo?

Billy se levantó para estirarse, después volvió a agacharse junto a la ventanilla.

—Pues resulta que sí. De hecho, cuando empezaba, mi teniente te señaló un día y me dijo que si alguna vez lo asesinaban, esperaba que te cayera a ti el caso, ya que así podía tener la seguridad de que el culpable acabaría en el corredor de la muerte antes de que terminase el año.

—¿Quién era el teniente?

—Mike Kelley, se retiró del 5-2 hará unos tres años.

—Kelley —gruñó Feeley—. Hizo una buena labor allí.

Billy volvió a erguirse, respiró, volvió a agacharse.

—Mira, Gene, no puedo hacer nada contigo, los dos lo sabemos, así que mi propuesta es la siguiente: no vengas más. Te cubriré, ficharé por ti al entrar y al salir, así podrás retirarte con la pensión máxima sin tener que perder el tiempo en un trabajo que ha dejado de interesarte y yo podré recomponer la brigada a mi gusto. Qué me dices.

Feeley se quedó aturdido un momento, después miró a Billy con el rostro como un puño.

—A mí nadie me dice qué hacer.

MILTON RAMOS

Las hermanas —tenían que ser hermanas, fíjate en esas bocas—
entraron en la comisaría del distrito 4-6 justo cuando Milton
salía del cuarto de las máquinas expendedoras con una bolsa
de Fritos y una lata de Hawaiian Punch.

—Mi prometido ha desaparecido —le anunció la menos voluminosa de las mujeres a Maldonado, el sargento de recepción.

—Cuándo —preguntó este sin levantar los ojos de su papeleo.

—Ayer, el día anterior.

—Cómo se llama. —Todavía sin mirar.

—Cornell Harris.

Recordando adónde pensaba dirigirse en breve y lo que
tenía previsto hacer cuando llegara allí, Milton perdió el apetito y tiró los Fritos sin abrir la bolsa.

—¿Tiene una foto? —Maldonado extendió a ciegas la mano.

—No —dijo la novia.

—Tenga —dijo su hermana, rebuscando en su bolso y extrayendo una instantánea.

La novia la miró.

—¿Por qué le has sacado una foto?

—Porque sí. Qué pasa.

—¿Qué pasa?

—¿Es él? —dijo Maldonado mirándolas al fin—. Pero si este
es Sweetpea Harris.

—Lo sé.

Milton miró la hora, después le dio un sorbo a su lata.

—¿Ha desaparecido? —dijo Maldonado—. ¿Y eso es malo?

—Ya no es el que era antes —dijo la novia.

—Le ha dado un giro a su vida —dijo su hermana.

—¿Así?

Maldonado se levantó, se llevó una mano a la coronilla, rizándola como el mango de un paraguas, e hizo una pirueta.

—¿Ve? Por eso aquí todo el mundo les odia.

—En realidad no es así —dijo Maldonado, volviendo a sus informes.

—Pregunte mejor y verá.

—En cualquier caso, para poder considerar desaparecida a una persona tienen que haber transcurrido cuarenta y ocho horas.

—Eso han sido, cuarenta y ocho horas —dijo la novia.

—Ha dicho que sucedió ayer —dijo Maldonado.

—Se refería al ayer de antes de ayer —dijo su hermana—. Eso son cuarenta y ocho horas.

—Oh. Vale.

—Sí, él… estábamos discutiendo por teléfono, entonces oí a otro tío que decía: «Eh, Sweetpea, ven aquí».

—¿Ah, sí? ¿Y qué pasó entonces?

—Sweetpea dijo «Oh, mierda» y colgó.

—Esto empieza a ser todo un misterio —dijo Maldonado, una vez más sin mirarlas—. ¿Dónde sucedía eso?

—No lo sé. ¿Quizá en la avenida Concord?

—¿Quizá?

—Fue por teléfono, ¿cómo quiere que lo sepa?

—Cuándo.

—A eso de las tres.

—¿De anoche?

—Sí.

—¡Ajá! —Maldonado dio una ligera palmada sobre la mesa—. ¿Lo ve? No han pasado cuarenta y ocho horas.

—A tomar por culo —dijo la novia—. Acudiremos directamente a Personas Desaparecidas.

—Les dirán lo mismo.

Las hermanas se dieron la vuelta para marcharse, levantando el dedo corazón por encima de la cabeza como un gallardete. Maldonado las llamó, alargando la mano con la que agarraba la instantánea de Sweetpea Harris.

—Quédensela —dijo—. Ya tenemos una.

Después de que ambas mujeres hubieran salido al fin por la puerta, el sargento miró a Milton.

—¿Ideas? ¿Comentarios? ¿Sugerencias?

Milton echó otro vistazo al reloj de pared y suspiró profunda y temblorosamente.

—Tengo que hacer un recado.

Estaba sentado junto a su mesa mientras ella le auscultaba el corazón, rozándole el pecho involuntariamente con la punta de un dedo.

Pensó que el estampido de sus latidos bastaría para hacerla caer de la silla.

Lo único que tenía que hacer ella era reconocerlo y la partida habría terminado.

¿Qué otra cosa podría hacer después de aquello?

—Dese la vuelta, por favor. —El frío disco presionó ahora la parte inferior de su espalda—. Suenan bastante limpios —murmuró ella, haciendo una anotación en su formulario de sala de urgencias.

—Ahora a lo mejor.

—¿Algún antecedente de bronquitis, asma…?

—No.

—¿Alguna lesión reciente?

—No.

—¿Estrés?

—Todo el mundo tiene estrés.

—Se lo estoy preguntando a usted —levantando al fin la mirada de sus notas, sus ciegos ojos de Pietà.

—A decir verdad, ahora mismo sí que me siento un poco estresado.

—Es normal, está en un hospital —dijo ella, mirando por encima del hombro atraída por una pequeña algarabía en la sala de espera.

«¿Y en tu caso, qué? —pensó Milton—. ¿Estás sufriendo algún tipo de estrés?»

—¿Qué me dice de alergias, cualquier tipo de alergia?

—Podría ser.

—¿Qué significa «podría ser»? —Volvió a mirarle a la cara.

—Acabo de volver de hacerle una visita a mi hermano en Atlanta. —Estuvo a punto de decir «mi hermano Rudy», pero eso habría sido ponérselo demasiado fácil—. Desde la última vez que estuve le ha comprado a su hijo un gato y noté que se me cargaba un poco el pecho.

—Eso no pinta bien —otra vez anotando.

—¿Alguna vez ha estado en Atlanta? —preguntó él.

Desde que se había sentado junto a ella, Milton sentía tal tensión que a duras penas conseguía hablar en una especie de murmullo, por lo que puede que no hubiese oído la pregunta o bien que estuviera pensando en otra cosa. En cualquier caso, no quiso repetírsela, no quiso darle más pistas. De otro modo se habría sentido como si le estuviera suplicando.

«Reconóceme. Impídeme seguir adelante pronunciando mi nombre, después arrodíllate para pedir perdón y explícame entre lágrimas por qué lo hiciste. Y entonces quizá, solo quizá, ambos podamos sobrevivir a esto.»

Es la última oportunidad para los dos.

Cuando volvió a mirarla, Carmen lo estaba observando atentamente, como si hubiera hablado en voz alta, clavándole los ojos con una expresión de intensidad desprevenida.

Su treta de la falta de aliento dejó de ser simulada.

—¿Es miembro del Cuerpo? —dijo ella finalmente.

—Trabajo en FedEx, lo pone ahí, en el impreso.

—Vaya. Mi marido es policía y podría haber jurado…

—Me lo dicen a menudo.

«Reconóceme, simplemente deja que te vea estremecerte con el recuerdo, me conformaré con eso…»

Pero el momento pasó. Carmen se acercó a la mesa, sacó un tensiómetro y le indicó mediante un gesto que extendiera el brazo.

Sentados así de cerca, podría agarrarla de la garganta con tanta rapidez que no le daría tiempo a proferir ni un solo sonido, no podría avisar a nadie, ni siquiera moverse. Podría extinguir su vida con sus propias manos antes de que nadie pudiera darse cuenta de lo que había sucedido.

—Tiene la tensión por las nubes.

—Deben de ser los gatos —dijo Milton con voz ronca, casi lívido de desesperación.

7

Cuando Billy llegó a casa a la mañana siguiente le alivió descubrir que Carmen estaba trabajando y los niños en la escuela. Fue directamente a la nevera, se preparó su combinado habitual y en menos de una hora estaba durmiendo.

Se despertó a las tres y media para encontrarse en la cama espalda con espalda con su padre, cotorreando de lo lindo con su esposa muerta. Los críos estaban en algún rincón de la casa asesinándose mutuamente.

Billy salió de la cama, se puso la bata y volvió a la cocina. Mientras arrastraba los pies en dirección a la cafetera, casi se cayó por culpa de la chaqueta de camuflaje de Carlos, que estaba tirada en el suelo hecha un higo. Cuando la recogió, Billy la notó pegajosa y con olor a pintura. Agarrándola de las charreteras para desplegarla, descubrió lo que en un principio tomó por una estrella roja de cinco puntas, todavía no del todo seca, plantada entre los hombros.

No, no era una estrella. La parte central se parecía más a un abanico que a un redondel, y las cinco puntas surgían en realidad de la parte superior de dicho abanico, por lo que el dibujo parecía más bien la huella de una mano. Era una huella, y bien grande.

—¡Carlos!

Su hijo subió del sótano en calzoncillos.

—¿Qué le ha pasado a tu chaqueta?

Billy le enseñó la mancha.

—No lo sé.

El contorno de la mano era basto, pero preciso. No había llegado allí por casualidad. Ni por accidente.

—¿Te ha tocado alguien hoy?

—¿Tocado?

—Sí, con la mano. —Después—: ¿Algún adulto?

—No lo sé.

—No lo sabes. —Billy empezó a ponerse ligeramente nervioso—. ¿Y has hablado con alguien? Al margen de tus profesores.

—¿Con mis amigos?

—Tus amigos no, adultos.

—No.

—¿Estás seguro?

—No lo sé.

Carlos se encogió de hombros, aburrido de la conversación.

Billy tomó aliento; ¿estaba haciendo una montaña de un grano de arena?

Como si le hubiera leído el pensamiento a su padre, Carlos se volvió hacia el sótano. Billy sintió un ligero alivio al verlo marchar, pero entonces se detuvo en el umbral de la escalera y se dio media vuelta.

—Oh, espera. Un hombre se me ha acercado y me ha dicho: «Saluda a tus padres».

—¿Qué? A ver, a ver… —Billy notó que se le humedecía la nuca—. ¿Qué hombre?

—Se me ha acercado junto a la escuela.

—Y qué ha dicho.

—Te lo acabo de decir.

Una vez más, Carlos intentó regresar al sótano y esta vez Billy tuvo que agarrarlo del brazo.

—¡Carlos! —gritó su hermano mayor desde abajo en la oscuridad.

—¿A qué te refieres con «junto» a la escuela? —dijo Billy—. ¿En el patio? ¿En la calle? ¿Antes de entrar a clase, después…?

—Cuando iba a coger el autobús para volver a casa, se me ha acercado y me ha dicho que saludara a mis padres, pero yo no he hablado con él, lo juro.

—Qué más te ha dicho.

—Nada más, se ha ido.

—¿Ha dicho si…? ¿Lo ha visto alguien más?

—No lo sé.

—¿Qué aspecto tenía?

—No lo sé.

Billy sintió como si su bata fuera un horno.

Declan, aburrido de esperar a que su hermano bajara otra vez al sótano, subió las escaleras. También él se había quedado en calzoncillos.

—¿Has visto al señor que ha hablado con tu hermano?

—Sí.

—¿Ha hablado contigo?

—No.

—¿Qué aspecto tenía?

Declan abrió los brazos e hinchó los carrillos.

—¿Gordo?

—Grandote.

—Qué más.

—Era… tenía bigote.

—Qué más.

—Tenía la cabeza grande, más grande que la tuya. Pero con menos pelo por delante.

—Bien. ¿De qué color tenía la piel?

Billy fue incapaz de imaginar que en la nevera pudiera haber algo que no lo hiciese vomitar.

—Tirando a oscura.

—¿Oscura como mamaíta u oscura como el tío Redman?

—Marrón clarito, como mamá. Ya nunca digo «mamaíta», es de niños pequeños.

—Eso no es verdad —dijo Carlos.

—Vale, vale, ¿qué llevaba puesto?

—Una chaqueta.

—Y una corbata —añadió Carlos, tocándose los cataplines.

—Chaqueta y corbata. Qué más.

—Pantalones —dijo Carlos.

—Y tenía un bulto —dijo Declan.

—¿A qué te refieres?

—Un bulto. —Declan se tocó la cadera izquierda, donde Billy se ponía la pistola—. Como el tuyo.

Cuando Carmen llegó a casa del hospital a las ocho de la tarde, Billy seguía en bata. Una hora antes, apenas si había sido capaz de dar de cenar a su padre y a los niños un melón cortado y unos precocinados de Stouffer's calentados en el microondas.

—¿Me tomas el pelo? —gritó Carmen desde el salón e irrumpiendo en la cocina—. Esa chaqueta costó ciento veinte dólares. ¡Carlos!

—Tranquila, no ha sido culpa suya —dijo Billy. Con solo tres horas de sueño, su cabeza era un huevo cocido—. Un tipo se le ha acercado en el aparcamiento del colegio, le ha dicho «Saluda a tus padres» y supongo que le ha hecho eso en la chaqueta.

—¿Cómo que «un tipo»? ¿Quién?

—Eso me gustaría saber a mí.

—¿Nadie lo conocía?

—Tendré que ir mañana a preguntar.

—¿Por qué mañana?

—Los niños no lo saben. Es mejor volver a la misma hora, ver quién anda rondando por allí.

—¿Qué aspecto tenía?

—Por lo que he podido sacarles, en principio parece un hispano, fornido, puede que policía.

—¿Policía?

Billy dudó. Después dijo:

—Puede que fuera armado.

Y torció el gesto tan pronto como las palabras salieron de su boca.

—¿Una pistola? —Carmen con los ojos como platos.

—Es posible, aunque a lo mejor solo estoy…

—Madre del amor hermoso. —Se cubrió la boca con la punta de los dedos—. ¿Estás seguro de que era policía?

—No estoy seguro de nada. Como te acabo de decir…

—Bueno, ¿y qué edad tenía?

Billy no podía creer que no se le hubiera ocurrido preguntárselo a los críos, aunque el dato probablemente no fuera a revelarle nada sobre la profesión del tipo.

—¡Eh, Carlos! —gritó escaleras arriba.

El niño bajó vestido con un jersey de los Knicks y los pantalones del pijama.

—El señor que ha hablado contigo, ¿era mayor que yo, más joven que yo, de la misma edad…?

—No lo sé.

—¡Declan!

El hermano mayor de Carlos bajó con el rostro cubierto con una máscara de *Scream*, justo lo que necesitaba Billy.

—Qué edad tenía el hombre que has visto.

—No lo sé.

—Supón.

—¿La tuya? ¿La de mamaí… la de mamá?

Billy se volvió hacia su mujer.

—¿Alguna cosa más?

Carmen no respondió.

—Está bien, niños, volved arriba —dijo Billy, no queriendo contagiarles.

Se acercó al fregadero y se echó un poco de agua por la cara. Cuando se dio la vuelta, Carmen estaba preparando robóticamente la mesa para el desayuno.

—¿Qué estás pensando? —le preguntó.

—Mira —dijo ella enderezándose, apretando una pila de platos contra las costillas como si fuera un balón de rugby—, le ha dicho «tus padres», no ha dicho nuestros nombres.

—¿Entonces?

—Entonces a lo mejor ni siquiera nos conoce. A lo mejor era un loco cualquiera que ha llegado por casualidad al aparcamiento. O un padre al que los niños no conocen. O ni siquiera ha sido él.

—¿No ha sido quién?

—Quien le ha manchado la chaqueta de pintura. A lo mejor ha sido un accidente. A lo mejor Carlos se ha echado hacia atrás y…

—Y qué, ¿ha ido a tropezar con un adulto con la mano extendida y empapada en pintura roja?

—¿Qué me dices del padre del niño con el que se peleó Declan?

—Va en silla de ruedas.

—¿Cómo lo sabes?

Billy lo sabía porque había ido en secreto a su casa para pagarle unas gafas nuevas.

—Lo he oído por ahí.

—¿Y qué hay de ti? —preguntó Carmen, distribuyendo los platos.

—¿Cómo que qué hay de mí?

—¿Podría haber alguien que debido a tu trabajo…?

—Ya se me había ocurrido. No hay nadie.

A Carmen se le cayó un vaso de zumo de la mano derecha, lo cogió a quince centímetros del suelo con la izquierda.

—¿Y tú? —dijo Billy, con tanta ligereza como le fue posible—. ¿Algún quebradero de cabeza con alguien? ¿Quizá en el hospital?

—Todo el mundo me da quebraderos de cabeza.

—¿Algún policía? Se pasan el día entrando y saliendo de Urgencias. ¿Alguno de ellos ha intentado ligar contigo alguna vez?

—Continuamente. —Después, Carmen se agarró el estómago—. ¿Deberíamos llamar a la policía?

Billy respiró hondo.

—Yo soy la policía.

—¿Puedo despertarle? —preguntó el Ruedas, oscureciendo la puerta de Billy a las dos de la madrugada.

—Más vale que sea serio —dijo Billy con la cabeza tapada con una almohada, enroscado en posición fetal sobre su parodia de sofá. Nunca había estado tan cansado nada más empezar el turno.

—Un tipo acaba de llevar a su cría al Metropolitan, dice que se le ha caído sin querer, un accidente.

—¿A qué le llamas cría? —Todavía inmóvil.

—Cuatro meses.

El joven y desaliñado padre de la niña herida, vestido todavía con el pijama, era delgado y alto; metro noventa, noventa y cinco, quizá más, aunque aquella noche la torsión de preocupación en su cuello parecía reducir su talla en unos cuantos centímetros mientras recorría sin rumbo la sucia sala de Urgencias del Metropolitan.

—Dice que su mujer ha tenido una emergencia familiar en Buffalo —le contó a Billy el sargento de patrulla—. Le ha dejado unos días solo con la cría.

La chaqueta de Billy zumbó, un mensaje de texto de Carmen a las dos y media de la madrugada:

puedo quemar el abrigo

—Sabe quién es, ¿verdad? —dijo el sargento, señalando al agitado caminante mientras Billy contestaba con otro mensaje.

rotundamente no

—¿Qué? No, ¿por qué?

—¿Sigue la liga de baloncesto de institutos?

—Bastante me cuesta seguir el profesional.

—Aaron Jeter, jugó de ala-pívot para el DeWitt Clinton hará unos cuatro años, llevó al equipo hasta dos finales estatales de la categoría junior. No podías abrir las páginas de deportes sin encontrar una foto suya brincando debajo del aro.

Billy le echó otro vistazo al joven, fijándose esta vez en los enormes hombros que coronaban su enjuto cuerpo.

—Vaya. ¿Y ahora dónde está?

—¿Ahora? —El sargento se encogió de hombros—. Ahora está aquí.

Alice Stupak, capaz de transmitir una onda de simpatía femenina que activaba y desactivaba a voluntad, era habitualmente la inspectora encargada de aquel tipo de interrogatorios, por lo que estaba esperando a recibir la señal para ponerse manos a la obra, pero Billy, después de todo lo que había sucedido aquel día, quiso encargarse personalmente.

—¿Qué tal está? Soy el inspector Graves. —Billy tuvo que mirar hacia arriba para presentarse. La mano que envolvió la suya era grande como el guante de un primera base—. Es usted Aaron Jeter, ¿verdad?

—¿Qué? Sí —dijo Jeter, escudriñando nerviosamente por encima de la cabeza de Billy en dirección a las salas cerradas más allá del puesto de enfermeras.

—¿Ve? Le estaría mintiendo —dijo Billy— si hubiera fingido que no lo sabía de antemano.

Jeter parecía sordo a los halagos, absorto todavía por lo que fuese que pudiera estar sucediendo detrás de aquellas puertas.

—¿Y su hija? —preguntó Billy, agarrándolo suavemente de un largo y trémulo bíceps.

—Mi hija qué —dijo Jeter, mientras Billy lo guiaba a través de la sala.

—Cómo se llama.

—Nuance.

Su móvil tembló otra vez y Billy echó un rápido vistazo al nuevo mensaje de Carmen:

por qué no

Bueno, no había manera de responderle en aquel momento.

—Nuance —repitió automáticamente. Después, intentando reconectar—: Un nombre precioso.

Billy condujo a Jeter hasta una pequeña y claustrofóbica consulta utilizada a menudo por los inspectores que debían investigar avisos en el centro —hasta los trabajadores del hospital se referían a ella como «la sala de interrogatorios»—, después se acomodó en un taburete con ruedas que era el único asiento disponible al margen de la mesa de reconocimiento.

—¿Qué tal lo está sobrellevando? —preguntó Billy, deslizando su silla hasta el centro de la habitación, dividiéndola eficazmente en dos.

—¿Sobrellevando? —Jeter tenía los ojos húmedos y distraídos—. A duras penas.

—Por supuesto —dijo Billy—. Es usted su padre.

—¿Se va a poner bien? —Con la mirada fija en la puerta cerrada—. Quiero decir, ¿qué han dicho los médicos?

Billy no tenía ni idea. El tomógrafo estaba estropeado y el radiólogo aún no había tenido un momento para estudiar las radiografías.

—Lo único que puedo decirle es que están haciendo todo lo que pueden.

—Bien, eso está bien.

Mientras Jeter intentaba averiguar dónde acomodarse, Billy volvió a inspeccionarlo de arriba abajo: la camiseta y los arrugados pantalones del pijama, las zapatillas, el pelo despeinado despuntando como una salpicadura congelada de alquitrán.

—Mire, sé que no es el momento más apropiado —dijo Billy en tono afable—, pero no puedo dejar de decírselo: debía de ser usted el mejor ala-pívot que yo haya visto jamás en la categoría junior.

—Eso fue hace mucho tiempo. —Jeter se apoyó dubitativamente sobre el canto de la mesa, después volvió a incorporarse—. ¿Podemos volver afuera? —Casi como una súplica—. Se supone que tienen que decirme cómo está.

La chaqueta de Billy zumbó con otro mensaje.

—Ah, por cierto, no recordará por casualidad a un crío que jugaba en el Truman, ¿Gerry Reagan? —Truman, Reagan; aquella noche la imaginación de Billy parecía tender a lo presidencial–. Era mi sobrino. Bueno, todavía lo es.

–¿Quién? –Jeter daba vueltas como una peonza–. ¿Podrán encontrarme aquí? Necesito saber cómo está.

–Gerry odiaba tener que cubrirle, dice que fue la experiencia más humillante de su vida.

–¿Jimmy qué?

–¿Siguió jugando después de dejar el Clinton?

–¿Eh? Sí, solo un año, en Bélgica.

–Aun así, le fue mejor que a la mayoría, ¿eh?

–Oiga, mire…

–Bueno, ¿y qué ha sido de su vida, tiene trabajo?

–¿Trabajo?

–Que si tiene algún empleo.

Jeter lo miró como si pensara que estaba loco.

–Soy almacenista en Trumbo Storage. –Luego–: ¿Por qué me pregunta…?

–Trumbo Storage es ese gran edificio de ladrillo rojo con una torre de reloj, ¿verdad? ¿Dónde está, en Bushwick?

–Sunset Park. Escuche…

–Sunset Park, me acuerdo de cuando en esa zona solo había pandilleros y locales de striptease, pero ahora ha cambiado bastante, ¿verdad?

–Yo no…

–¿Puedo preguntarle a qué hora suele empezar la jornada?

–¿A qué hora qué? No lo sé, las siete, mire, estoy preocupado por mi hija, ¿podríamos por favor…?

–Sí, no, por supuesto. –Billy sacó despreocupadamente su bloc de notas–. Cuénteme qué es lo que ha sucedido esta noche.

Jeter suspiró.

–Como ya he dicho, estábamos jugando, ya sabe, lanzándola un poco, solo un poquito, cogiéndola y lanzándola hacia arriba. Le encanta, siempre se ríe mucho.

–Y…

–Y entonces ha sonado el móvil y he vuelto la cabeza un instante, pensando que sería mi esposa… y la niña se me ha escurrido entre las manos. Solo me he vuelto un segundo, menos aún.

—Y a qué hora diría que ha sido eso…

—No lo sé, ¿hace una hora? ¿Hora y media? Aquí nadie me dice nada, ¿eso es mala señal?

—Simplemente están ocupados. O sea que hace hora y media, ¿pongamos que a la una de la madrugada?

—La he traído de inmediato, mire cómo voy. —Jeter se agarró los muslos de los pantalones del pijama.

—No, ha hecho lo correcto, sin duda.

Su teléfono volvió a estremecerse con un mensaje. A Billy le dio miedo leerlo, pero también le daba miedo apagar el móvil.

—¿Asumo entonces que vive en el barrio?

—En la Ciento catorce con Madison, el edificio Tubman.

—Y entra a trabajar a las siete, por lo que, para estar a esa hora en Sunset Park saliendo de East Harlem, tendrá que levantarse usted… ¿cuándo, a las cinco? ¿Cinco y media?

Jeter dudó, después dijo en voz baja:

—No necesito dormir mucho.

—Aun así, ¿qué hacía despierto con la niña a la una de la madrugada?

—Lleva unos días con cólicos, ¿sabe?

—Sí, no, he pasado por lo mismo con mis dos hijos, es como una pesadilla, ¿verdad?

—No es culpa suya —dijo Jeter con lágrimas en las comisuras de los ojos.

—Por supuesto, se le parte a uno el corazón cuando los ve tan pequeñitos, sufriendo de esa manera.

Mientras a Jeter se le seguían anegando los ojos, Billy le permitió un momento a solas con sus pensamientos, para que pudiera reconcomerse sin interrupciones.

—¿Sabe lo que decía siempre mi sobrino sobre usted? —preguntó Billy suavemente—. Decía que nunca había visto a nadie manejar el balón con tanta naturalidad. Decía que era como si lo llevara atado a la mano.

—Ganamos el campeonato local tres años seguidos.

Las lágrimas de Jeter fluían ahora con total libertad.

—Puedo creerlo. Por otra parte, Aaron —Billy se levantó del taburete y apoyó una mano sobre el hombro de Jeter—, tengo que preguntárselo… ¿Cómo es posible que un atleta de élite como usted, un baloncestista con suficiente talento como para acabar jugando profesionalmente en Europa… cómo coño puede ser que a un hombre con unas manos como las suyas se le caiga al suelo su hija de cuatro meses?

—Ya se lo he dicho, sonó el teléfono…

—Y tiene cólicos y se pasa la noche llorando.

—Tiene cólicos.

—A la una de la madrugada. Y usted tiene que levantarse, ¿a qué hora habíamos dicho? ¿A las cinco? ¿Las cinco y media?

—¿Se va a poner bien?

Billy se pegó a él.

—Aaron, míreme.

No pudo hacerlo.

—Aaron, si se me ocurriera revisar ahora mismo la lista de llamadas recibidas en su móvil, ¿voy a encontrar una de su esposa o de cualquier otra persona a la una de la madrugada?

—No sé si ha sido exactamente a la una —dijo Jeter con voz rota y apocada.

—Aaron. ¿Quiere hacer el favor de mirarme?

Jeter hundió la mandíbula en el pecho, después se cubrió los ojos.

—Aaron…

De nuevo, Billy dejó que reinara el silencio, la sala era una tumba.

—Este no soy yo —susurró al fin Jeter—. Le juro que este no soy yo.

—Lo sé —dijo Billy suavemente, pensando que el siguiente paso era dejar constancia de alguna manera de la declaración de Jeter antes de que este espabilara y empezara a preguntar en voz alta por sus derechos.

Mientras Jeter le daba la espalda y lloraba contra la pared, Billy, incapaz de controlarse, echó un rápido vistazo a los tres últimos mensajes de Carmen:

puedo lavarla
puedo lavarla o es una prueba
joder respóndeme

MILTON RAMOS

Milton se quitó de encima de Marilys, se sentó, agarró un paño y se secó, desviando la mirada mientras ella se levantaba del sofá cubierto con una toalla y se dirigía al cuarto de baño para hacer sus cosas.

En el transcurso de aquel último año, viudo y viuda, cuarentones y con tres hijos entre los dos, habían pasado a ser amantes ocasionales por conveniencia, un acuerdo informal para aliviar la presión sin los inconvenientes de una relación de verdad. A veces a ella no le apetecía y a veces a quien no le apetecía era a él, pero fuera como fuese ninguno se ofendía al respecto. Además, Milton nunca había sido demasiado aficionado a los besos.

Mientras oía empezar a correr el agua en la ducha, al otro lado de la puerta del baño, se recostó y pensó en los hijos de Carmen aquella tarde en el aparcamiento de la escuela, con sus ojos relucientes, asilvestrados como chimpancés, al parecer felices en su mundo y, como valor añadido, respetuosos con los adultos. Críos majos, lo más probable, aunque cada vez que sopesaba la catadura de cualquier niño con el que se cruzaba por primera vez, para Milton solo había una pregunta y nada más que una en el test de valoración: ¿eran de esos que encontrarían placer en mortificar a Sofía?

Lo único que había sabido aquella mañana era que quería que Carmen sintiera cosas, experimentara cosas, darle una muestra de qué es lo que se siente cuando te arrebatan a las personas más preciadas de tu vida, cuando el suelo se comba y se desgaja sin previo aviso bajo tus pies. Pero ahora que había echado la bola a rodar, se dio cuenta de que lo de aquel día no había sido nada, un incidente turbador que quedaría olvidado en una o dos semanas. Lo que requería la situación eran muestras claras de un patrón, de una presencia inteligente, un depredador invisible acechando justo en torno al perímetro de su vida hasta... Hasta ¿qué?

Milton no tenía ni idea de cómo ni cuándo debía acabar aquello. Pero sí sabía una cosa: que si su campaña se prolongaba demasiado, acabarían pillándolo y eso supondría su fin. Y el fin de ellos.

Milton perdería a Sofía.

«Pues déjalo estar.»

«No puedo.»

«La perderás.»

Entonces se le ocurrió una idea embriagadoramente anárquica:

«Irá a vivir con personas mejores.»

Tenía una medio hermanastra bastante decente en Pensilvania y una prima sin hijos en Staten Island, Anita, que lo apreciaba igual que él a ella. Sofía estaría mejor a su cargo, pero ¿qué diablos estaba pensando...?

Marilys regresó al estudio, chaparra y de rostro pétreo, con su torso libre de accidentes geográficos desde los hombros hasta las caderas. Cuando se colocaban el uno al lado del otro, parecían un juego de salero y pimentero.

Mientras ella se ponía los vaqueros, Milton sacó de sus pantalones tirados en el suelo cuatrocientos dólares y se los pasó hechos un rulo. Sabía que cuatrocientos era un sueldo de mierda a cambio de sus días y horas de dedicación, pero Marilys necesitaba cobrar en negro y aquello era todo cuanto podía permitirse él en pagos no deducibles cuando llegara el 15 de abril.

—El retrete del último piso está atascado, tendrás que llamar al fontanero.

—Está bien. —Milton se dejó caer en sus pantalones—. ¿Qué ha comido hoy?

—Zanahorias, como dijiste.

Marilys se agachó para recoger el paño sucio de Milton.

—¿Ah, sí? Qué más.

—Una hamburguesa de pavo sin el pan.

—Ajá. Qué más.

Marilys retiró la toalla del sofá y devolvió los cojines a su lugar.

—Qué más.

—Se ha empeñado en que merecía un premio.

—A qué le llamas premio.

—Un par de Milanos de menta.

—¿Qué te tengo dicho al respecto?

—Deja que te pregunte una cosa —dijo ella—: ¿qué has comido tú hoy?

Y después estaba Marilys, que conocía a Sofía mejor que nadie, quizá mejor que él mismo. Pero era una empleada con familia y problemas propios. Sofía solo era su trabajo.

«Nada de lo que has hecho hasta ahora es siquiera ilegal.»

Milton contempló a Marilys guardar el sueldo en su bolso y después arrodillarse para recuperar sus tenis de debajo de la mesita del café.

Asistenta, madre en funciones, seminovia. Si Milton desaparecía, ella también desaparecería y Sofía quedaría a disposición de quienquiera que quisiera hacerse cargo.

«Nada de lo que has hecho hasta ahora es siquiera ilegal.»

8

Al día siguiente, Billy se aseguró de volver a casa a tiempo de llevar a los niños a la escuela, después se quedó sentado en el aparcamiento para inspeccionar el terreno mientras ellos salían de estampida hacia el edificio.

Nada salvo los mismos profesores, padres y chachas que veía todas las mañanas que podía acompañar a sus hijos. Nadie que se pareciera ni remotamente a la rudimentaria descripción realizada por los críos.

Siguió vigilando otra hora después de que el estacionamiento hubiera quedado completamente vacío, hasta que llegó el momento de acudir a una reunión con Stacey Taylor en la ciudad.

La hora de la salida sería mejor.

Habían quedado en un bar de barrio calado en cerveza a la vuelta de la esquina del piso de Stacey, unas pocas manzanas al sur de la Universidad de Columbia. Allí estaba ella sentada, a las nueve de la mañana en el no del todo desierto local, leyendo el *Post* y comiéndose una hamburguesa.

—Hola —dijo Billy, sentándose en el taburete contiguo y pidiendo un café con la mano—. Qué tal va.

—Qué tal va ¿qué?

—No lo sé, la vida, el novio.

—El novio está durmiendo —dijo ella—. Se levanta a las tres de la mañana, se pimpla uno o dos cócteles, trabaja un rato en la revista y vuelve a meterse en la cama a las cinco. Ahora mismo podría tirar una granada aturdidora ahí dentro y lo único que conseguiría sería espantar a los gatos.

A Billy le bastó echarle un vistazo al café que acababan de plantarle delante para saber que sabría a colillas empapadas.

—Bueno, Pavlicek… —dijo empujando la taza hacia un lado.

—Pavlicek acude a la consulta de un médico, Jacob Wells, pero no es un especialista en colesterol, sino hematólogo. Lleva viéndolo desde agosto.

—Viéndolo ¿para qué?

—Eso no lo he conseguido averiguar —dijo Stacey—. No puede ser para nada bueno.

Un hombre de mediana edad excesivamente alto y demacrado, vestido con una vieja pero distinguida gabardina por encima del pijama, entró con paso tranquilo en el bar como si fuese la sala común de un manicomio. Tenía el rostro alargado y estrecho, la nariz grande y afilada como un tomahawk, un ojo más brillante que el otro. Billy pensó que se podría haber pasado un par de veces un cepillo por los enredados y entrecanos cabellos castaños; no le habría perjudicado en lo más mínimo.

El hombre besó a Stacey en el pelo sin mirarla y pidió una cerveza.

—¿Qué haces levantado? —preguntó ella.

—No tengo ni idea. —Le tendió una mano a Billy, una vez más sin establecer contacto visual—. Phil Lasker.

—Billy Graves.

—¿Para qué acudiría alguien a un hematólogo? —le preguntó Stacey a su novio.

—Un millón de motivos.

—Aparte de por la anemia.

—Todo tipo de deficiencias vitamínicas, B12, ácido fólico, hierro, etcétera, trombocitosis, eso es exceso de plaquetas, trombocitopenia, eso es carencia de plaquetas, policitemia, exceso de glóbulos rojos, anemia perniciosa o de cualquier otro tipo, es decir, carencia de glóbulos rojos, leucocitosis, exceso de glóbulos blancos, neutropenia, carencia de glóbulos blancos, todo tipo de trastornos de la coagulación, anomalías del sistema circulatorio, hemofilia, escorbuto, leucemia aguda y crónica, toda una enciclopedia de síndromes diversos, genéticos o no…

Billy lo observó de hito en hito, después miró a Stacey.

—Es muy buen hipocondríaco —dijo ella.

—Eso significa que llegaré a nonagenario —dijo Lasker, dándole un sorbo a su Heineken de las nueve de la mañana.

Stacey apartó la mirada.

Billy se marchó pocos minutos después, condujo hasta casa y telefoneó al Inmaculada Concepción. Dejó un mensaje para el jefe de seguridad de la escuela, solicitando una reunión para revisar la grabación del aparcamiento del día anterior, después se preparó su pelotazo habitual, se metió en la cama y se quedó mirando fijamente el techo con la cabeza a mil.

A primera hora de la tarde estaba en una pequeña clínica de fisioterapia a orillas de la Cross County Parkway, hojeando un ejemplar de *People* de hacía dos meses mientras al otro lado de la habitación espejada su padre trabajaba la estabilidad central con un joven fisioterapeuta serbio. Llevar hasta allí al anciano dos veces por semana para sus sesiones era la tarea más embrutecedora del mundo, pero Billy insistía en encargarse personalmente.

—Milan, ¿tienes edad suficiente para recordar al mariscal Tito? —le preguntó Billy Senior al fisio.

—Murió cuando yo era muy pequeño —dijo el joven—. Intente no tensar el cuello.

—Su verdadero nombre era Josip Broz.

—En serio.

Billy dejó de leer.

—Estuve asignado a su brigada de protección cuando vino a las Naciones Unidas en el sesenta y tres.

—Sigue tensándolo, señor Graves.

—Era muy bajito, ¿lo sabías?

—Mejor. Mantenga los hombros hacia atrás.

—Le chiflaban las mujeres, ese fue nuestro mayor quebradero de cabeza.

—Papá, ¿estás de coña?

—En aquella época también me las tuve que ver con Jruhschov. Formé parte de la brigada de vigilancia del puente de Manhattan cuando en 1961 subió por el East River en el *SS Baltika* hasta atracar, si no me equivoco, en el muelle 71.

Fechas nombres números, el corazón de Billy se ensanchó.

—Había un instituto flotante atracado justo al lado, en el muelle 73, Comercio Alimentario y Marítimo, así que tuve que ir hasta allí para decirle al director que, debido a la llegada del Gran Rojo, iba a tener que cancelar las clases durante varios días. ¡Qué poca gracia le hizo! Pero los alumnos lo celebraron como si las navidades hubieran llegado en julio.

—Eche hacia atrás los omoplatos, imagine que intentan darse la mano por encima de su columna.

—¿Recuerdas el nombre del director? —le puso a prueba Billy.

—Frank Stevenson, un tipo recto y severo, pero tenía que serlo, con algunos de aquellos críos no le quedaba otro remedio.

—Y qué me dices del barco.

—¿Qué barco?

—El que alojaba el instituto.

—No era un barco, era un buque. El *John W. Brown*, una reliquia de la clase Liberty. La Marina se lo donó a la ciudad en 1946.

—Papá, nunca me habías contado nada de todo esto. —Billy sonreía y sonreía—. Es historia.

—¿Quieres historia? ¿Qué me dices de Fidel Castro alojándose en el hotel Theresa, en la calle Ciento veinticinco? ¿Sabías que aquellos cubanos metieron de tapadillo aves de corral en las suites del último piso? ¿Alguna vez has intentado coger una gallina con las manos desnudas? Es imposible. Tu madre tuvo que pasarse una semana dándome masajes.

—Me matas —dijo Billy, todavía sonriente como una mula.

—No se olvide de respirar, señor Graves.

—Qué, Charlie, ¿cómo le van las cosas a mi hermana pequeña? —le preguntó Billy Senior a Milan.

—¿Su hermana?

—Dice que has dejado definitivamente el morapio. ¿Es verdad eso?

—¿Morapio? —Milan miró a Billy.

—Sígale la corriente —musitó Billy, volviendo a su descerebrada revista.

—Sí, he dejado el morapio.

—Bueno, más te vale, porque como tenga que ir nuevamente a vuestra casa a buscarla, esta vez habrá imposición de manos, amigo mío, eso te lo puedo prometer.

Mientras ajustaba el cinturón de seguridad de su padre en el aparcamiento de la clínica de rehabilitación, Billy recibió una llamada de Jimmy Whelan y se apartó del coche para hablar con él.

—¿Qué estás haciendo ahora mismo?

—Paseando a mi padre.

—¿Ah, sí? ¿Qué tal está?

—Igual.

—Igual es mejor que peor. Escucha —Whelan bajó la voz—, tengo que hablar contigo de una cosa.

—¿De Pavlicek? —A Billy se le escapó la pregunta sin previa autorización del cerebro.

—¿Pavlicek? —Jimmy sonó sorprendido—. ¿Qué le pasa?

—Nada —dijo Billy, muriéndose de ganas de mencionar al hematólogo, pero temiendo que Whelan pudiera preguntarle cómo había obtenido la información—. ¿De qué querías hablar?

—¿Recuerdas la película *Distrito apache*?

—Con John Wayne, ¿no?

—Qué John Wayne. *Distrito apache: el Bronx*. Están preparando un remake. Billy Heffernan tiene acceso a los productores y me ha preguntado si estaría interesado en trabajar en la peli.

—¿Como qué?

—Una especie de asesor. Ya sabes, por lo que hicimos allí en su momento.

—Suena bien.

—Dinero a cambio de nada y chavalas gratis, ¿verdad?

—Podría ser.

—¿Por qué has mencionado a Pavlicek? —preguntó Whelan, pero en aquel momento entró una llamada del Inmaculada Concepción y Billy tuvo que interrumpir la charla.

Tras haber acordado una hora para revisar la grabación del aparcamiento con el director de seguridad de la escuela, Billy se tomó unos minutos para tranquilizarse y después le devolvió la llamada a Whelan desde un atasco en la Saw Mill River Parkway.

—¿Pasa algo con Pavlicek? —fue lo primero que salió de la boca de Jimmy—. Necesito saberlo.

—Olvídalo —dijo Billy.

—¿Estás bien? Te encuentro raro.

—Intento concentrarme en conducir.

—No me vengas con chorradas.

—Ha pasado una cosa con Carlos —espetó nuevamente sin ningún tipo de control mental.

—¿Qué ha pasado con tu hijo?

Billy no quería hablar del tema delante de su padre, pero el anciano se había quedado dormido.

—Jimmy —continuó en voz baja—, estoy que no me llega la camisa al cuerpo.

Aunque su reunión con seguridad no era hasta las cuatro, Billy estuvo de nuevo en el Inmaculada Concepción a las dos y media, el primero de los padres que llegaba para hacer las recogidas. Durante los siguientes tres cuartos de hora, estudió todos y cada uno de los vehículos que entraron en el aparcamiento hasta que se abrió una puerta lateral del edificio y empezaron a salir estudiantes, los más pequeños primero, alineándose junto a la pared aquellos que no iban en bus a la espera de ser recogidos por su adulto correspondiente.

Billy no le había dicho a sus hijos que iba a ir y observó mientras Carlos corría hacia su autobús sin que nadie lo abordara ni mostrase el más mínimo interés en él, menos que nadie un posible policía orondo con las manos rojas. La persona que, no obstante, sí llamó su atención, fue un maestro apostado con un sujetapapeles junto a las puertas amarillas del autobús, que salmodiaba «Sin empujar, sin empujar» mientras los niños subían atolondradamente las escaleras y se dirigían a sus asientos.

El controlador del autobús resultó ser el especialista en lectoescritura para los alumnos de educación especial del centro, Albert Lazar, un hombre de mediana edad bajito y tiesamente esbelto que daba la impresión de estar perpetuamente alerta, aunque era posible que esto último se debiese a un ligero hipertiroidismo en los ojos.

—Como ya le he dicho, ayer no estuve supervisando el autobús, es una labor que nos repartimos por turnos.

—Lo entiendo —dijo Billy—, pero ¿estuvo en algún momento en el aparcamiento?

—Todos los profesores estamos a la hora de la salida, es obligatorio.

—Vale, entonces planteémoslo así: ayer, a la hora de la salida, ¿vio por casualidad a alguien que le llamara la atención?

—¿En qué sentido?

—Alguna persona ligeramente fuera de lugar.

—¿Como un mendigo, por ejemplo?

—Como lo que sea. —Billy no quiso incitarle con una descripción más específica.

—Bueno, aparecieron unas monjas del monasterio de clarisas de Poughkeepsie.

—Quién más.

—Al parecer los padres divorciados de uno de los niños se confundieron de día y aparecieron a la vez a buscarlo. Se pusieron a discutir en pleno aparcamiento y al final se marcharon los dos sin él. Aquello hizo volverse unas cuantas cabezas.

—Quién más.

—Creo que eso es todo.

—¿Hombres ninguno?

—¿Hombres?

—Algún hombre. Un individuo cualquiera, paseando por aquí, que le hiciera pensar...

—¿Sabe...? —Lazar dudó.

—Dígame.

—Sí vi a uno que no me sonaba de nada, podría haber sido el padre de alguno de los críos, pero no lo creo.

Billy respiró hondo y solicitó una descripción.

—Diría que un poco más alto que yo, pero no demasiado; fornido, de tez oscura, hispano o puede que italiano.

Billy experimentó una oleada de emoción tan intensa que su agotado cuerpo tuvo problemas para asimilarla.

—¿Qué llevaba puesto?

—Traje oscuro, nada demasiado llamativo, camisa y corbata.

—¿Qué me dice de su pelo? Rizado, liso, moreno...

—Moreno, creo. —Y después—: Puede que tuviera bigote, pero su aspecto era tan mediterráneo que a lo mejor se lo he añadido de cosecha propia.

—¿Habló con alguien?

—No que yo viera.

—¿Por qué dice que no cree que fuera el padre de ninguno de los críos?

—Tampoco hay tantos padres que vengan a recogerlos por la tarde y prácticamente los conozco a todos, al menos de vista.

—De acuerdo —concluyó Billy, extrayendo una tarjeta de la cartera—. ¿Alguna otra cosa que pueda decirme sobre él? Lo primero que le venga a la cabeza. Cualquier...

—Sí, ahora que lo dice, sí —respondió Lazar, aceptando la tarjeta sin mirarla—. Me dio la impresión de que podría trabajar en algo relacionado con la seguridad.

—¿Por qué lo dice?

—Ya sabe, la actitud y su manera de moverse, circunspecto y muy alerta. Es difícil de explicar.

—Acaba de hacerlo —dijo Billy rígidamente. Golpeó su tarjeta con el dedo—. Por si recuerda cualquier otra cosa, noche o día.

No se había identificado como inspector del DPNY, sino únicamente como un padre preocupado cuyo hijo podría haber sido abordado por un desconocido en terrenos de la escuela, y vio que el rostro del profesor se oscurecía mientras asimilaba la nueva información.

Por un momento, Lazar miró a Billy interrogativamente, luego se contuvo.

—¿Algo más? —preguntó Billy con suavidad.

—No. —Aunque sus ojos indicaron «Sí».

Billy se demoró un momento, dándole a Lazar la oportunidad de expresar lo que tanto parecía turbarle de repente, pero el profesor entró en el autobús para poner orden en una pequeña trifulca y el instante pasó.

Y después los chicos mayores salieron en estampida del edificio como si les hubieran prendido fuego debajo del culo. Billy se refrenó de llamar a Declan, permitiendo que subiera al autobús con su hermano. No es que no quisiera llevarlos a casa, tenerlos pegados a él, pero estaba desesperado por ver la cinta y el director de seguridad le estaba esperando en su despacho.

El sistema estaba urgentemente necesitado de una actualización y la grabación resultó ser tan borrosa como un sueño que se evapora. Billy fue incapaz de distinguir ni un solo rostro, aunque sí podía seguir el movimiento de las siluetas por el aparcamiento.

—¿Es una broma? —Billy se volvió hacia el encargado de la seguridad, Wayne Connors, agente retirado de la patrulla de carreteras del condado de Westchester.

—Eh, se lo digo todas las semanas, conozco puestos de comida china para llevar con equipos de vigilancia mejores que este. ¿Sabe lo que me responden? No tenemos presupuesto. Yo siempre digo: ¿y si resulta que sucede algo ahí fuera?

—Algo ha sucedido ahí fuera —dijo Billy.

Durante el tercer visionado encontró lo que estaba buscando, el tipo fornido y chaparro, de espaldas a la cámara, que pasaba por delante de los autobuses antes de detenerse y agacharse brevemente junto a un crío —¿era Carlos?, ¿quién podría asegurarlo?—, tan brevemente que bien podría haber estado recogiendo algo del suelo o simplemente atándose los cordones de los zapatos. Después, a la que se incorporaba, alargó la mano hacia la espalda o el hombro del niño, como si buscara apoyo, y siguió caminando tranquilamente hasta quedar fuera de campo.

—Mire —dijo Connors después de que Billy lo hubiera puesto al corriente—, con la descripción que me ha proporcionado sumada a lo que acabo de ver, creo que podré identificar sin problemas al tipo. Mañana mismo pondré ahí fuera a uno de mis chicos a vigilar.

—Estupendo —dijo Billy, dándose la vuelta para marcharse.

Connors podía apostar un ejército si quería; aquel tipo no iba a volver. Había hecho lo que había hecho a sabiendas de que los padres de Carlos lo verían y reaccionarían, así que de ninguna manera se arriesgaría a repetir la visita.

La pregunta era: ¿dónde aparecería la próxima vez?

A las diez de la noche, Billy entró en el inmueble de Whelan y descendió al interminable sótano con sus muros toscamente enlucidos y pintados con el color de la sangre reseca. Dejó atrás la maloliente lavandería, atrás los enjaulados trasteros repletos de muebles rotos y maletas desfondadas, atrás los quitanieves encadenados y las palas y los radiadores cambiados, hasta que llegó al apartamento del encargado, cuya mirilla, unida a la rozada puerta por un solo tornillo, colgaba como un ojo arrancado.

—Quién.

—Soy yo, no dispares.

Whelan abrió la puerta cubierto por una toalla enrollada alrededor de la cintura y sosteniendo una Walther PPK.

Su apartamento, si es que se le podía llamar así, era un trastero reconvertido, impregnado con el olor a detergente procedente del otro extremo del pasillo, que en aquel momento únicamente contenía una cama individual sin hacer, una mininevera y un infiernillo de dos fogones. La única otra pieza de mobiliario era un banco de musculación acolchado rodeado de pesas diseminadas por el suelo junto a un par de botas de trabajo. Una cuerda de tender atravesaba el cuarto en diagonal desde un rincón hasta la única ventana y las paredes estaban despojadas de decoración salvo por un certificado enmarcado proclamando el nombramiento de Whelan como miembro de la Legión de Honor del DPNY. Para pertenecer a un adulto de mediana edad en pleno uso de sus facultades, se trataba de un alojamiento carente por completo de dignidad; sin embargo, Jimmy Whelan era la persona más despreocupada y moderadamente feliz que Billy había conocido en su vida.

—Bueno, ¿qué pasa entonces? —preguntó Whelan, guardando la Walther debajo del colchón y cogiendo unos vaqueros de la cuerda de tender.

—Lo que te he contado por teléfono —dijo Billy, mostrándole la chaqueta de Carlos.

La mano pintada había comenzado a descascarillarse.

—La marca de la Bestia —dijo Whelan.

Alguien tiró de la cadena del retrete y un momento más tarde una de las inquilinas del edificio salió del cuarto de baño en ropa interior.

Cuando vio a Billy, soltó un gritito y volvió a encerrarse, pero no antes de que este vislumbrara sus acarameladas redondeces de joven mamá y un generoso trasero.

—Puedo volver en otro momento.

Whelan le indicó que no se moviera, pescó las prendas de la mujer entre la maraña de sábanas y se las acercó abriendo una rendija la puerta del baño.

—¿Has hablado con la policía del distrito?

—¿Y qué les digo, que un tipo se ha acercado a mi hijo, le ha dicho «Saluda a tus padres» y a lo mejor, no podría jurarlo, a lo mejor le ha hecho esto en la chaqueta?

—Un tipo armado.

—Eso tampoco lo sé con seguridad.

—Mejor aún, recurre al jefe de división, pídele que envíe al Equipo de Evaluación de Amenazas.

—Una vez más, basándome en qué.

—Entonces no sé qué decirte.

—Ya lo sé.

Whelan encendió un cigarrillo e intentó hacer indolentemente la cama con la mano libre.

—O sea, evidentemente, si por mi parte puedo hacer algo…

—Te lo agradezco.

—Si alguna vez lo necesitas, puedo quedarme con tu familia —dijo, desistiendo de hacer la cama.

—Esperemos que la cosa no llegue a tanto, pero gracias.

—Sería como en los viejos tiempos —dijo Jimmy, abriendo la ventana y lanzando el cigarrillo hacia arriba, a la acera.

En 1997, cuando la noticia del doble tiroteo saltó a los periódicos y el reverendo Hustle, de dos barrios más al norte, cogió el transbordador para montar su campamento de manifestantes en torno a la casa de Billy en Staten Island, Whelan, igual que el resto de los GS, se ofreció para escoltarles por turnos todas las noches a él y a la que pronto sería su ex mujer hasta que las negociaciones con la oficina del alcalde pusieron punto final a las protestas un mes después de que hubieran dado comienzo.

—Entonces ¿qué piensas? —preguntó Whelan.

—¿Sobre el tipo?

—Sobre *Distrito apache.*

Billy calló un instante, momentáneamente desacompasado por el cambio de tema. Después dijo:

—Cuando Brian Roe fue asesor de *Personas Desaparecidas NYC* le soltaban cuatrocientos dólares.

—¿Diarios?

—Eso decía él.

—Podría vivir con eso.

—También decía que siempre y cuando te calles las ocurrencias y no hables con los actores, te mantienen en nómina eternamente.

—Como asesor.

—Solo te cuento lo que me contó él a mí.

La inquilina salió del cuarto de baño en vaqueros y una blusa, con unas gafas de ojo de gato tintadas y el pelo recogido en una toalla blanca húmeda enrollada de tal manera que parecía un helado de Mister Softee. Whelan la acompañó los cinco metros hasta la puerta y después la besó con fuerza en la boca; la rodilla de la mujer dio un brinco por reflejo, como un quarterback aguardando el *snap*. Se marchó con la toalla puesta.

—Tengo que tener cuidado —dijo Jimmy—. Su marido acaba de salir de Comstock, aunque estoy bastante seguro de que se queda en casa de su otra mujer.

Levantándose para marcharse, Billy recuperó la chaqueta de su hijo.

—Por cierto, ¿qué tal tu millonario?

—¿Quién, Appleyard? De repente tiene tres nuevas novias, dos lumis de la pipa y un travelo. Estoy organizando una porra a ver cuándo casca: apostando cinco dólares, ganas cien si aciertas el día exacto, cincuenta si aciertas la semana.

—¿Y con el mes qué pasa?

—No durará un mes entero.

—¿Todavía quedan lumis de la pipa?

—Deberías salir más a menudo.

—Está bien, hermano —dijo Billy, dirigiéndose a la puerta.

—¿Por qué has mencionado antes a Pavlicek? —preguntó abruptamente Whelan.

—Ya te he dicho que no era nada —dijo Billy, volviéndose hacia la habitación—. ¿Por qué te preocupa tanto Pavlicek?

—No estoy preocupado.

Whelan encendió otro pitillo.

Billy respiró hondo, después:

—Antes has preguntado: «¿Pasa algo con Pavlicek?». Has dicho: «Necesito saberlo».

—¿Yo he dicho eso? Yo no he dicho eso. Has sido tú quien lo ha sacado a colación.

Billy se planteó nuevamente mencionar que Pavlicek había mentido sobre su encuentro con el hematólogo, pero decidió no hacerlo.

—Entonces ¿le va todo bien? —se conformó con preguntar.

—¿Por qué no le iba a ir bien?

Cuando Billy pasaba nuevamente por delante de la lavandería de camino hacia la planta baja, Whelan abrió bruscamente la puerta de su apartamento.

—¡Eh! Se me olvidaba decirte…

Billy se giró.

—¿El remake de *Distrito apache*? Es en 3-D.

MILTON RAMOS

Ocho horas después de haber sufrido una devastadora hemorragia cerebral, su tía Pauline yacía conectada a un ventilador mecánico en la UCI del hospital Jacobi flanqueada por sus dos atónitos hijos, Herbert y Stan. Por deferencia de sangre, Milton se mantuvo a los pies de la cama apoyando las manos sobre el rastel metálico. Su tía era ahora un vegetal que respiraba con una máquina y, en el transcurso de las últimas horas, tres enfermeras distintas los habían abordado para alentarlos delicadamente a desenchufarla de modo que pudiera comenzar la cosecha, pero ninguno de sus primos reconcomidos por la culpa fue capaz de animarse siquiera a agarrarle la mano a su madre, mucho menos responder a tal petición.

Así que, cuando una cuarta enfermera se acercó con el mismo discurso, Milton la interrumpió antes de que pudiera mediar palabra.

—Está lista —dijo.

Ninguno de los hijos protestó ni miró en su dirección.

Qué propio de ellos, joder...

Después de que su madre y sus hermanos hubieran muerto y Pauline lo acogiera en su hogar, Milton compartió dormitorio durante años con aquellos dos, pero, a pesar de su condición de primo carnal, fueron incapaces de ver más allá de la tragedia que había arrastrado consigo hasta su casa, o puede que simplemente fuera su rostro selvático de sangre mestiza, o puede que, como casi todas las demás personas a las que conocía, se sintieran intuitivamente atemorizados por él.

Al margen de cuáles fueran los motivos, nunca lo habían aceptado como otra cosa que un inquilino inquietante, tan bienvenido en sus vidas como un oso sin ronzal.

Al menos Pauline lo había acogido con los brazos abiertos; su única manzana de la discordia, entonces como siempre, había sido su actitud hosca. Y tampoco es que no la comprendiera.

Después de que la enfermera se marchase, un psicoterapeuta se acercó y le tocó el brazo.

—Es muy duro tener que dejar marchar a un ser querido. Pero debe usted encontrar consuelo en el hecho de que, aunque puede que ella lo esté dejando físicamente...

—Hable con ellos —dijo Milton, señalando con el pulgar a sus primos.

Después salió a la calle.

No pensaba asistir al funeral ni ayudar siquiera con los preparativos; que se encargaran ellos por una vez. Había apagado el interruptor y con eso bastaba.

Herbert y Stan: si no habían estado muertos para él con anterioridad, desde luego lo estaban ahora, después de haber permitido que fuese él quien guiara hasta la Parca a su propia madre...

Pérdida y pérdida y más pérdida, cada una de ellas inmerecida, cada una de ellas destinada a concluir con una guadaña entre sus manos.

—¡Hombre, el desaparecido! —Su prima Anita, como su tía, una de las buenas, reconoció instantáneamente su voz a través del auricular a pesar de que llevaban un año sin mantener contacto—. ¿Qué hay de nuevo?

—Nada —dijo Milton—. Simplemente hacía mucho que no hablábamos.

—¡Desde luego! ¿Cómo está Sofía?

—Deberías verla.

—Me encantaría.

—¿Qué tal si te hacemos una visita un día de estos?

—Cuando quieras.

«Irá a vivir con personas mejores.»

—Pronto.

Pérdida y pérdida y más pérdida. Milton volvió a ver aquella casa de Yonkcrs, aquella casa en la que todo iba como una seda.

Por qué debían ser felices ellos.

9

Billy no se enteró de la desaparición de Sweetpea Harris hasta que el tiroteo a un adolescente de dieciséis años a las dos de la madrugada en los columpios del parque Fort Tryon les hizo cruzar a él y a Mayo el puente Macombs Dam en dirección al hospital Lincoln del Bronx.

Los hermanos de la víctima estaban sentados en una pequeña y deprimente sala de espera, mudos e iracundos los tres, proyectando ya visiones de revancha en sus miradas. Sabían todo lo que había que saber sobre lo acontecido, pero Billy habría obtenido más resultados interrogando a estatuas, por lo que, al cabo de veinte minutos oyéndose hablar solo, se levantó del sofá manchado de café con el bloc de notas en blanco y la esperanza de que la mencionada revancha tuviera lugar pasadas las ocho de la mañana, cuando él se encontrara ya camino de Yonkers.

Fue mientras regresaba al puesto de las enfermeras cuando se fijó en los dos carteles caseros de DESAPARECIDO clavados con chinchetas en el tablón de anuncios comunitario; cada uno de ellos mostraba una foto a baja resolución de Sweetpea Harris impresa en un folio malva terminado en una ristra de números de teléfono distribuidos en tiras para arrancar, como si anunciara la disponibilidad de un paseador de perros. Billy cogió uno de los carteles, se lo metió en el bolsillo del abrigo y siguió caminando.

Una hora más tarde, después de que uno de los médicos saliera del quirófano y le anunciara que la víctima iba a sobrevivir, Billy regresó a la sala de espera por si quizá, y solo quizá, la buena noticia soltaba la lengua de los hermanos. Pero estos ya se habían marchado y Billy rezó una vez más para que el inminente drama no se representase antes de que él estuviera sano y salvo de vuelta en su cama.

Justo cuando se dirigía hacia la salida del hospital, con intención de regresar a Manhattan para supervisar la batida en torno a la escena del crimen, a punto estuvo de chocar con un ejército de más parientes de la víctima que irrumpió por la puerta principal, medio acarreando los de delante a la afligida abuela como si fuera su estandarte. Billy se pasó allí otras tres horas sin que ninguno de sus interrogatorios produjese más resultados que variaciones vagamente ominosas de afirmaciones como «Ellos ya saben quiénes son» y «Ya se lo advertí». Finalmente, una hermana de la víctima, de catorce años y rostro pétreo, le indicó mediante un gesto con el mentón que la siguiera hasta el cuarto de baño para mujeres, donde se encerró algunos minutos en un cubículo, tiró de la cadena y luego se marchó sin mediar palabra.

El post-it doblado por la mitad descansaba sobre el dispensador de papel higiénico; contenía el nombre y la dirección del responsable escritos en letra ensortijada con rotulador rosa fosforito y olor a fresas. Dos horas más tarde, armado con una orden de registro, Billy siguió a seis agentes de la UIP del Bronx hasta el interior de un piso de la avenida Valentine, sorprendiendo al perpetrador de quince años, recién vestido para ir a la escuela, con la boca llena de cereales Franken Berries y la pistola escondida en una mochila de Angry Birds.

Tras llevar al muchacho a la comisaría más cercana, que era la del distrito 4-6, y entregarlo para que lo ficharan, Billy se arrastró escaleras arriba hasta la sala de la brigada, vacía en la madrugada, para borronear la obligatoria avalancha de papeleo. Todavía seguía en ello, parpadeando violentamente ante la pantalla del ordenador y tamborileando con dedos nerviosos debido a lo avanzado de la hora, cuando el turno de día empezó a calentar motores a las ocho.

—¿Qué haces aquí?

Billy levantó la mirada del escritorio del que se había apropiado para encontrarse con Dennis Doyle; café para llevar en una mano y un ejemplar doblado del *Daily News* pegado contra las costillas.

—A ti qué te parece —dijo asestándole un papirotazo a la pantalla.

—Ven y tómate un descanso —dijo Dennis, dirigiéndose a su despacho.

Billy lo siguió al interior, dejándose caer junto a una pila de carpetas marrones sobre el único sofá.

—¿Qué tal sigue tu mujer?

—No demasiado bien —dijo Dennis, abriendo el periódico.

—¿La bebida?

—Todo.

Un inspector fornido e inexpresivo entró en el despacho sin llamar a la puerta, dejó una carpeta sobre la mesa de Dennis y salió.

—Sabes que el otro día me llamó y me contó que la hermana de Raymond del Pino le ha puesto su nombre a su hija —dijo Billy.

—Lo sé, Rose Yasmeen.

—A mí me dijo Yasmeen Rose.

—Estoy seguro de que sí —dijo Dennis, ojeando los informes recién llegados.

—Aun así, a nadie se le ha ocurrido bautizar a su hijo en mi honor, aunque fuera el segundo nombre.

—Es lo menos que pueden hacer, después de todo lo que ha sufrido.

—Escucha, ya que estoy aquí… —Billy sacó el cartel de desaparecido de Sweetpea del bolsillo de su chaqueta deportiva y se lo entregó—. ¿Sabes algo de esto?

Dennis lo leyó y se encogió de hombros.

—Fíjate en el tipo —dijo Billy.

—¿Cornell Harris?

—Sweetpea Harris.

—¿El Sweetpea de Redman?

—Me dijo que Harris andaba medio arrejuntado con su novia en la avenida Concord. Es tu distrito, por lo que se me ha ocurrido que a lo mejor vino aquí a presentar la denuncia.

—Eh, Milton —llamó Dennis.

El inspector volvió a entrar en el despacho.

—¿Puedes ver si este tipo tiene un 494 pendiente?

—No hay nada.

—¿No prefieres comprobarlo?

—Estaba aquí cuando sus hermanas o lo que fueran vinieron para denunciar su desaparición, pero solo habían transcurrido veinticuatro horas y nunca volvieron, así que...

—¿Sus hermanas? —preguntó Billy.

—Hermanas, novias —dijo el inspector—. Debería preguntarle a Maldonado, fue él quien las hizo marcharse.

—Simplemente hazme el favor y revisa los 494 —dijo Dennis—. A lo mejor regresaron en otro momento mientras tú no estabas. Si encuentras algo, vuelve. En caso contrario...

Cuando el inspector volvió a salir del despacho, Dennis abrió el periódico y dijo en voz baja:

—«Hermanas, novias» —meneó la cabeza—, vaya un sabueso.

—Quizá no deberías contarle a Yasmeen nada de todo esto —dijo Billy, recuperando el cartel—. Podría ser que volviera a darle por Cortez.

—¿Estás de coña? —dijo Dennis—. De hecho, asegúrate de no dejártelo aquí.

Al cabo de unos minutos de charla intrascendente, Billy regresó a la sala de la brigada para terminar sus informes, después se le ocurrió comprobar si Sweetpea Harris estaba fichado en el sistema. Al principio dudó, pues no quería dejar un rastro electrónico ni arriesgarse a suscitar preguntas, pero después lo hizo de todos modos, enmascarando su búsqueda con otra media docena de nombres, incluido el de Eric Cortez, solo para descubrir que ninguno de los dos estaba en prisión ni tenía órdenes de búsqueda pendientes. Lo cual, en última instancia, no le revelaba nada de nada.

Percatándose de que no estaba en condiciones de conducir, Billy apagó el móvil y se echó un rato en la sala de descanso del 4-6, tan fétida y maloliente como cualquier otra que hubiera conocido.

Cuando al fin llegó a casa unas horas más tarde, el televisor estaba apagado. Las once de la mañana de un sábado y no había nadie viendo los dibujos, la casa silenciosa como un monasterio. Teniendo en cuenta que el coche de Carmen no estaba en el camino de entrada, Billy asumió que debía de haberse llevado a los niños a dar una vuelta, lo cual le pareció fenomenal.

Entonces Declan salió de la cocina todavía en pijama.

—¿Papá? —en tono agudo y dubitativo—. Hemos perdido al yayo.

—¿Qué quieres decir?

—No está aquí.

—¿Cómo que no está aquí? ¿Habéis mirado en todas las camas?

—No está aquí.

—¿En el sótano?

—No está aquí. —Al crío le empezó a temblar la voz.

Millie entró en la habitación y Declan se volvió hacia ella en busca de ayuda.

—¿Qué está diciendo? —preguntó Billy.

—No está aquí —dijo Millie.

—Explícame eso.

—Cuando he llegado esta mañana la puerta principal estaba abierta y…

—¿Por qué no me habéis llamado?

—Sí que lo hemos hecho —dijo Millie—. Tenía el teléfono desconectado.

Carlos se les unió en el pasillo y la ansiedad que se respiraba en el ambiente le inspiró a golpear a su hermano, que para entonces estaba demasiado nervioso como para devolverle la colleja.

—¿Dónde está Carmen?

—Ha salido a buscarlo.

—Está bien —dijo Billy, presionándose la frente con el pulpejo de la mano—. Está bien…

Su primera llamada fue a su mujer, pero Carmen se había dejado el teléfono y en la cocina empezó a sonar «Killing Me Softly», su tono de llamada, induciendo a Carlos a sollozar:

—¿Mami también se ha perdido?

La segunda llamada fue al departamento de policía de Yonkers, donde el sargento de guardia le informó de que Carmen ya les había alertado hacía más de una hora.

—De acuerdo, qué tal si los vistes —dijo Billy sin pensar; mentalmente ya estaba recorriendo el vecindario.

Empezó conduciendo por las calles residenciales más cercanas a su casa, llamando a determinadas puertas y pidiéndoles a los vecinos, muchos de los cuales le dijeron que Carmen ya había pasado por allí, que echaran un vistazo en sus patios traseros. Después fue ampliando el radio de búsqueda, visitando los centros comerciales más cercanos y asomando la cabeza en todos los supermercados, bares y pizzerías situados a una distancia pedestre.

En la esquina de Mohawk con Seneca vio un renqueante coche patrulla —el único que habían asignado a la búsqueda, lo cual enfureció a Billy—, pero los agentes tampoco habían tenido mejor suerte. Después, quince minutos más tarde, en una calle de imponentes mansiones Tudor y haciendas de estilo español, se cruzó con Carmen, que conducía en sentido contrario; ambos frenaron bruscamente y a punto estuvieron de chocar cuando retrocedieron simultáneamente marcha atrás a gran velocidad.

—Me estaba dando una ducha. Cuando he bajado, Millie estaba preparando el desayuno y me ha preguntado si seguía arriba durmiendo —espetó Carmen con los ojos desorbitados—. Nadie lo ha visto salir.

—No pasa nada, tranquilízate, lo encontraremos.

—Es mi culpa.

Se dio un tirón en el pelo y arrancó de nuevo.

—No es culpa de nadie —le dijo Billy a la nada.

Cuarenta y cinco minutos más tarde, aparcó junto a la cancha de baloncesto de un instituto y se obligó a quedarse quieto.

Vale, si fueras él...

Había docenas de misterios por resolver. Para empezar, ¿cómo un hombre que a duras penas es capaz de orientarse en una casa razonablemente pequeña, que no tiene ni acceso a un vehículo ni los medios para conducir uno, consigue llegar por sí solo desde Yonkers, el país del transporte público inexistente, hasta Harlem, USA? Pero allí estaba. Siguiendo una corazonada tan efectiva como la de un ganador de bonoloto, Billy encontró a su padre recorriendo de arriba abajo la avenida Lenox, entre las calles Ciento dieciocho y Ciento dieciséis, como si fuera el dueño de la acera.

Para estar a finales de marzo, el tiempo era cálido, la gente parecía relajada y Billy tenía a su padre controlado, por lo que permaneció en el coche observando los movimientos del anciano. Este se detuvo a pegar la hebra con un grupo de veteranos sentados sobre los escalones de entrada de un inmueble abandonado junto a una lechería en la Ciento dieciocho. Le pidió un cigarrillo a uno de ellos y prendió una cerilla golpeándola expertamente con el pulgar, a pesar de que, que Billy supiera, su padre llevaba sin fumar desde 1988, el año en que le diagnosticaron un cáncer de pulmón a su esposa. Después, se despidió del grupito estrechándoles la mano a todos y siguió caminando manzana abajo.

En la Ciento diecisiete, ayudó a una joven oriental a desatascar su doble carrito Maclaren de un angosto portal. En la Ciento dieciséis les dijo a tres chavales que pasaban corriendo con sus patinetes entre los viandantes frente a la entrada de un supermercado ShopRite que echaran el freno. Establecía contacto visual con todos aquellos con quienes se cruzaba, pero no de manera agresiva; solo quería que supieran que había regresado y que nada escapaba a su atención. Lenox entre la Ciento dieciséis y la Ciento dieciocho: en 1958 había sido su primera ronda recién salido de la academia.

Finalmente Billy salió del coche.

—Eh, agente —llamó a su padre por encima del techo, después rodeó el vehículo para abrirle la puerta del acompañante.

—Papá, ¿cómo has llegado hasta aquí? —preguntó con tanta despreocupación como pudo.

—Mi chófer.

—¿De qué chófer hablamos?

—Frank Campbell.

Billy respiró hondo.

—Frank Campbell tiene el día libre, papá —dijo, temeroso de recordarle que su chófer personal durante los tres últimos años que estuvo en el Cuerpo llevaba una década muerto.

—Bueno, entonces habrá sido su suplente.

Respiración…

—¿Recuerdas su nombre?

—No se lo he preguntado.

—¿Uniforme o paisano?

—Paisano.

Otro veterano, este un doble amputado en silla de ruedas, pasó rodando con las manos enguantadas por delante de la ventanilla, vio a Billy Senior y echó marcha atrás hasta quedar cara a cara con él. Después, parpadeando debido al humo que emanaba del cigarrillo que colgaba de la comisura de sus labios, el tipo le hizo un brusco y sarcástico saludo antes de reanudar su camino.

A su padre no le hizo gracia.

—¿Cómo diablos le han concedido la fianza?

—Papá —lo intentó nuevamente Billy—. Tu chófer, ¿qué aspecto tenía?

—Corpulento, hispano, más bien callado.

Billy se quedó mirando por la ventana hasta que se le pasó la conmoción.

—¿Te ha dicho algo?

—Ha preguntado: «¿Adónde, jefe?». Le he dicho: «¿Adónde crees tú?». Aun así he tenido que decírselo, así que, cierto, no podía ser Frank.

—¿Y dónde te ha recogido?

—Justo delante de casa. Me ha pillado por sorpresa cuando he salido a coger el periódico. Piensa…

—¿Qué modelo de coche conducía?

—El de siempre.

—¿Cuál es el de siempre, papá? —La tensión de obligarse a hablar con ligereza empezó a manifestarse en su voz.

El anciano se perdió en sus pensamientos.

—¿Un Crown Vic?

Aquello era condicionar al testigo, pero Frank Campbell siempre le llevaba en un Crown Vic.

—Un Crown Vic —se rió su padre—. Qué recuerdos me trae eso.

—Papá —rogó Billy.

—Y por cierto, alguien debería decirle a ese chaval que se asegure de que el periódico llega hasta el porche. Siempre lo deja tirado en el césped y el rocío lo deja empapado.

El padre de Billy causó revuelo en la 2-8, a dos manzanas al oeste de Lenox, ya que el actual comisario lo recordaba de cuando acababa de llegar como novato al distrito en 1985 y Billy Senior era el capitán de división para todo West Harlem, de modo que se mostró encantado de hacerle una visita guiada por el recinto mientras Billy, esperando a que descargaran las grabaciones de las cámaras de vigilancia pertinentes, llamaba por teléfono. Primero a casa, donde Carmen lloró de alivio y puede que debido también a algo más potente, después a los GS, para preguntar si alguno podía ayudarle a encontrar un lugar seguro donde alojar a su familia hasta que hubieran aprehendido a aquel loco.

Antes o después, en el transcurso de los últimos veinte años, todos se habían dado cobijo unos a otros: Billy se alojó con Pavlicek y su joven esposa cuando la casa de Staten Island fue a parar a su ex; Yasmeen se mudó a Pelham para ayudar a Pavlicek a cuidar de su hijo tras el colapso y la reclusión de su esposa; Pavlicek envió de adolescente a John Junior a vivir con Billy y Carmen cuando el muchacho y él sintieron la necesidad de pasar una temporada separados el uno del otro. Más tarde, Jimmy Whelan había recurrido a Yasmeen y posteriormente a Redman cuando se inundó el sótano en el que tenía uno de sus innumerables apartamentos de portero, aunque nadie quiso mudarse nunca con Whelan. Luego estuvo lo de Redman refugiándose en casa de Billy y Carmen después de que su segunda o tercera esposa lo pillara in fraganti con su tercera o cuarta esposa y le prendiera fuego a la funeraria, y nuevamente Yasmeen cuando se hizo cargo de Carlos y Declan durante aquel lejano y aciago verano en el que Carmen se demostró incapaz de salir del dormitorio y Billy consumía todas sus energías ya solo en intentar engatusarla para que bajase las escaleras.

Y ahora, una vez más, todos volvían a dar la talla: Jimmy le ofreció su cabaña en Monticello; Yasmeen, la casa de verano en Greenwood Lake; Redman, un piso de dos habitaciones situado justo encima de la funeraria (aunque le recomendó a Billy que se lo pensara «antes de decir que sí»); y Pavlicek, el ganador del gran premio, les ofreció a elegir entre doce apartamentos recién renovados en edificios repartidos por todo el Bronx y Manhattan Norte, siempre y cuando no les importara el barullo constante provocado por sus cuadrillas de albañiles siempre en activo.

Las descargas de las cámaras de vigilancia, cuando finalmente se las trajeron, simplemente incrementaron el misterio.

La grabación de la avenida Lenox mostraba a Billy Senior llegando a pie tras haber doblado la esquina de la Ciento quince Oeste, y la cámara de la Ciento quince lo mostraba también caminando tras haber girado la esquina de Adam Clayton Powell, a la que había accedido desde la Ciento trece. Así, progresivamente, el técnico de la comisaría fue siguiendo en reverso su trayecto hasta llegar a una cámara fuera de servicio en la esquina de la Ciento once con el bulevar Frederick Douglass, donde perdieron el rastro sin haber llegado a ver el vehículo que lo había dejado en algún punto al sudoeste de donde Billy lo había encontrado.

—Ni hablar y ni hablar —dijo Carmen agarrándose la cabeza—. Pretendes que coja a los niños y me vaya ¿adónde, al norte del estado? ¿Encima de un montón de cadáveres en Harlem?

—Harlem ha cambiado muchísimo.

—Me importa una mierda, como si es el nuevo París. No pienso llevar a mis hijos a vivir en una funeraria. ¿Dónde tienes la cabeza, Billy?

Estaban en el salón sembrado de juguetes, de pie uno frente al otro, agachándose e incorporándose alternativamente los dos para añadir énfasis corporal a su discusión, alzando y a continuación bajando el volumen de sus voces cada vez que el recuerdo de los dos niños asustados que vivían en casa salía y entraba de sus conciencias.

—Pavlicek tiene una docena de apartamentos limpios por todo el Bronx —rogó Billy.

—Limpios quiere decir vacíos, sin amueblar, sin ropa de cama, sin nada. —Carmen se enderezó y respiró hondo—. La cuestión, Billy, es que tengo un empleo, ellos tienen que ir a la escuela y no vamos a dejar que un sociópata nos ahuyente de nuestra casa. Pero ¿quieres hacer algo por mí?

—Carmen, te pasas toda la noche aquí sola con los niños. ¿Qué se supone que debo hacer, dejar de ir al trabajo y quedarme en casa sentado en un rincón con una escopeta?

—Te he preguntado —dijo ella lentamente— que si quieres hacer algo por mí. —Después, bajando la voz—: Tu padre, ¿después de lo de hoy? Debería estar en otro sitio.

—Dónde, por ejemplo. —A Billy se le activaron todas las alarmas.

—No lo sé, a lo mejor ha llegado el momento de…

—Ni lo digas.

—Billy, no sabe dónde está, no sabe ni quién es. De repente aparece ese maníaco y… ¿Quieres hablar de quién es realmente vulnerable en esta casa? ¿Quieres hablar de la persona, de la… la gota que va a colmar el vaso? Mira, tú mismo lo has dicho, cuando no estás trabajando, estás durmiendo. De un modo u otro, nunca estás aquí, y yo no puedo seguir preocupándome por él día tras día. Y, francamente, ¿con todo lo que está pasando? —Rebajó nuevamente el tono a un acalorado susurro—. Ahora mismo no puedo soportarlo. Siento ser tan… siento ser así.

—Lo que ha pasado hoy no ha sido culpa suya.

—Exacto.

—¿Es que quieres matarlo? —Había llegado su turno de dramatizar—. Si lo meto en un geriátrico, no durará ni una semana.

—Es un centro de residencia asistida.

—Ni de puta coña.

—Entonces que lo acoja tu hermana.

—Pero si lo odia.

—Que se aguante.

—Ya bastante tiene con su suegra. —Billy volvió a los ruegos.

—Ya bastante tiene, ¿eh? Nosotros no, nosotros navegamos rumbo a Tahití en barco de vela la semana que viene.

—Por el amor de Dios, ¿qué mosca te ha picado?

—A ver si te entra en la cabeza, Billy, de casa no nos movemos. ¿No quieres ingresar a tu padre en un, un, un lo que sea? Pues llama a tu hermana. También es hija suya.

—A veces puedes ser una zorra insensible, ¿lo sabes? —Billy se avergonzó instantáneamente de haberlo dicho.

Primero Carmen pareció conmocionada, después furiosa, después salió de la habitación sin pronunciar otra palabra, dejando allí a Billy plantado, pensando: «¿Por qué nos están haciendo esto?».

En la cocina, Carlos empezó a aullar rabiosamente: su hermano mayor acababa de darle un puñetazo en el estómago.

Brenda Sousa, la hermana mayor de Billy, apareció tres horas más tarde vestida con leggings y un jersey de esquiar con motivos de copos de nieve; su rostro era una luna de agravios. La seguía su marido, Charley, investigador privado especializado en fraudes a aseguradoras, un hombre pequeño y callado que siempre parecía avergonzarse de algo.

Brenda marchó derechita hacia su padre en la cocina sin saludar a nadie más, lo envolvió en un brusco abrazo y dijo:

—Hola, papá —besándolo con dureza en la mejilla. Después se volvió hacia Billy—: ¿Cuánto tiempo va a durar esto?

—Joder, Brenda, te está oyendo.

—Cuánto.

—También es tu padre.

—¿He dicho que no lo sea? —Su hermana siempre tan enfadada.

—No mucho.

—Cuánto es no mucho.

Carmen, estomagada como de costumbre por su cuñada, salió del cuarto.

—No lo sé, Brenda, hoy ha aparecido un tipo que lo ha montado en su coche, se lo ha llevado a la ciudad y lo ha dejado allí tirado en la calle.

—¿Qué? ¿Por qué?

—No lo sé, pero aquí no está a salvo.

—¿Y por qué se supone que conmigo sí va a estarlo?

—Porque —Billy respiró hondo— quienquiera que sea que lo haya hecho va detrás de esta familia.

Hale, ya lo había dicho.

Dos horas más tarde llegó a casa el Equipo de Evaluación de Amenazas del DPNY, compuesto por dos inspectores llamados Amato y Lemon. Carmen preparó café y después los cuatro se sentaron en el salón, Billy y su esposa sobre el sofá de brocado, los inspectores frente a ellos en las butacas a juego.

—¿Con quién cree que deberíamos hablar —le preguntó Amato a Billy—, con usted o con su padre?

—¿A qué efectos?

—A efectos de quién podría tener rencillas personales para andar por ahí rondando —dijo Lemon.

—¿Se refiere a antiguos detenidos?

—Eso o cualquier otra cosa.

—Bueno, mi padre lleva veinte años jubilado, así que lo más probable es que cualquiera que le tuviera ojeriza haya muerto o esté postrado en la cama.

Los inspectores lo miraron fijamente, sin decir nada.

—En cuanto a mí, a ver, he enviado a prisión a unos cuantos criminales, pero salvo por unos pocos años en el 4-9, siempre he trabajado en la Brigada de Reconocimiento o en la Guardia Nocturna, así que...

—¿Algún conflicto interno?

—¿Con otros policías? —Billy se encogió de hombros—. He tenido algunas desavenencias, pero nunca nada grave.

—¿Puede darnos nombres?

—¿Sinceramente? Preferiría no hacerlo. Todos terminamos dándonos la mano.

—¿Qué tiene de malo darles algunos nombres? —preguntó Carmen con los brazos fuertemente cruzados por encima del pecho.

—Porque no hay ni uno de ellos al que no pueda llamar yo mismo por teléfono —dijo él—. Porque no veo la necesidad de mencionar disputas muertas y enterradas desde la edad de piedra.

—¿Qué sentido tiene entonces que hayan venido? —murmuró ella.

—¿Qué me dice de fuera del Cuerpo? —preguntó Lemon.

—No tengo ni idea —respondió Billy, todavía discutiendo mentalmente con Carmen.

—¿Curtis Taft? —Era el turno de Amato.

—¿Qué pasa con Curtis Taft?

—Lo agredió usted en su cama de hospital —dijo Amato.

—Llamarlo agresión me parece una exageración.

Ambos inspectores optaron por observarlo nuevamente en silencio.

—No creo que sea tan estúpido como para ir a por mí o a por mi familia, pero, sin lugar a dudas, hagan lo que tengan que hacer.

Se produjo un silencio mientras los dos policías consultaban sus notas.

—¿Qué hay de aquel tiroteo en el que se vio envuelto cuando estaba en Anti-Crimen? —preguntó Lemon, sin apartar la mirada de su bloc.

—¿Qué hay de él?

—Tuvo mucha prensa, cabreó a mucha gente.

—Han pasado más de quince años, es de suponer que hayan encontrado motivos de sobra para cabrearse con otros desde entonces.

Carmen, sin mirarle, meneó la cabeza exasperada, y Billy tuvo que contenerse para no enzarzarse en otra discusión con ella, esta vez delante de su Equipo de Evaluación de Amenazas.

—Está bien —dijo Amato, levantándose—. Presentaremos una solicitud a la Unidad de Respuesta de Asistencia Técnica para que vengan e instalen un par de cámaras y le pediremos al DP de Yonkers que patrulle regularmente la zona.

—¿Cuánto tardarán las cámaras? —preguntó Billy.

—Esperemos que no mucho —dijo Lemon.

—¿Cómo que «esperemos»?

—Lo único que podemos hacer es presentar la solicitud.

Una hora más tarde, Billy y Carmen estaban sentados en el sofá, ambos con los brazos fuertemente cruzados mientras fingían ver tal o cual programa en la tele.

Así era como daba inicio siempre en su caso el lento proceso de reconciliación, con un acuerdo hosco para tolerar su mutua presencia en el desarrollo de una actividad no verbal, en el transcurso de la cual, en determinado momento, alguno de los dos realizaría un comentario no del todo espontáneo sobre alguna cuestión ajena a la discusión, una afirmación inocua expresada en tono neutro que no requería respuesta, aunque habitualmente suscitaba una, expresada en el mismo tono neutro. A partir de ahí, los intercambios, siempre extrínsecos al origen de la disputa, irían tomando gradualmente velocidad hasta desembocar en una charla espontánea en la que la atonía quedaba sustituida por el osciloscopio natural del habla humana. Las disculpas formales, si la situación realmente lo exigía, llegaban más tarde, en otra habitación, o, si podían permitírselo, nunca, ya que ninguno de ellos quería arriesgarse a iniciar otro encuentro potencialmente volátil si no era estrictamente necesario. Pero en aquel momento todavía seguían en la fase uno, siendo tal la acumulación de silencio tenso que, cuando sonó el teléfono, ambos pegaron un brinco sobre el sofá.

Era la hermana de Billy, llamando para quejarse de que su padre no llevaba una muda de ropa interior en el bolso que le habían preparado. Aquella llamada fue seguida un minuto más tarde por otra, esta vez para anunciar que no tenía pasta de dientes, y por una tercera para renegar porque le faltaban los pantalones del pijama. Al parecer cada carencia se merecía una llamada individual.

—¿Se puede saber qué coño le pasa siempre? —dijo Carmen cuando Billy regresó al sofá.

—Está convencida de que mi padre le tenía manía cuando era niña.

—¿Solo él?

La siguiente vez que sonó el teléfono, Carmen se levantó de un salto para cogerlo.

—Por el amor de Dios, Brenda, ¿por qué tienes que ser siempre una perra porculera...? —Y después—: Oh —bajando bruscamente el tono—. Lo siento muchísimo, pensaba que... Sí, está aquí, ahora se pone.

Carmen le tendió el teléfono a Billy.

—Es un profesor del colegio, ¿Albert Lazar?

—Como le he dicho cuando he llamado, habría estado encantado de ir a verle yo.

—No hay problema —dijo Billy.

Lazar le había parecido frenético al teléfono, como si necesitara quitarse un peso de encima, y Billy no quería que se presentara en casa para someterlo a la tensión de un doble interrogatorio a cargo de dos padres acojonados. Necesitaba que se sintiera libre para hablar, de modo que allí estaba, en el diminuto despacho de Lazar en su casa de Sleepy Hollow, hasta hacía poco dormitorio de su hija universitaria, cuyo papel de pared de motivos florales se combinaba con la visceral ansiedad del maestro para encoger aún más el ya de por sí claustrofóbico espacio, otorgándole el tamaño y la atmósfera de una celda de castigo.

—Bueno —Billy se mentalizó para mantener la compostura—, ya que estoy aquí...

—Tiene que entender que no tenía ni idea de que fuera usted inspector hasta que me dio ayer su tarjeta.

—No había motivo para que lo supiera.

—Se trata de una historia más bien larga.

—¿Qué tal si empezamos por el remate y después vamos yendo hacia atrás?

—Por favor, necesito contarla a mi manera. —Estaban solos, la esposa y el hijo de Lazar veían la tele en la planta baja, pero aun así parecía sentir la necesidad de susurrar—. De otro modo, no lo entendería.

—Como usted quiera.

Lazar se miró las manos, entrechocando nerviosamente las rodillas.

—Así pues —dijo Billy.

—Está bien —dijo Lazar, apoyando los codos sobre las rodillas—. Está bien… ¿La semana pasada?

La esposa de Lazar entró en el cuarto con un cuenco de chips de col rizada recién hechos y su marido le sonrió con mirada de «Piérdete». Esperó a que el sonido de sus pisadas se apagara por completo antes de volver a empezar.

—¿La semana pasada? Tuve unas cuantas reuniones de trabajo en Beacon. No estoy demasiado familiarizado con la ciudad, pero no tuve más remedio que quedarme a pasar la noche, así que, por puro aburrimiento, salí a dar un paseo y acabé entrando en un bar. Raras veces bebo, puede creerme, pero me tomé un gin-tonic y…

—Y…

—En fin, creerá que soy ciego como un topo, pero no me di cuenta de que había entrado en un bar gay hasta que pedí la segunda copa.

—Vale…

—Me sentí tan avergonzado que pedí de inmediato la dolorosa y me marché. —La dolorosa, pensó Billy, no es una expresión propia de un bebedor ocasional—. La cuestión es que justo cuando salía por la puerta me crucé con mi vecino, uno de mis vecinos, Eric, que vive en esta misma manzana, y estaba tan aturdido por el hecho de estar saliendo de ese tipo de local que lo único que pude decirle fue: «Ten cuidado ahí dentro, me parece que hay una gente muy sospechosa». Y él dijo: «Gracias por la advertencia, entraré de puntillas».

—Así pues, el tal Eric…

—Eric Salley. Entiéndame, soy una persona muy tolerante. No tengo ningún problema con que él o cualquier otro sea gay.

—Entiendo. Así pues, Eric Salley…

—Es problemático.

—¿A qué se refiere? —Cuando Lazar tuvo dificultades para responder, Billy añadió—: ¿Le está causando problemas?

—No, todavía no.

—A lo mejor él también es tolerante.

—No tiene nada por lo que ser tolerante.

—Entendido.

—Mire, enseño en una escuela católica en una ciudad de clase trabajadora.

—Ya.

—Si empiezan a correr rumores… Esos críos son mi vida.

—Es usted muy popular, lo sé. Pero veo que le está costando contarme lo que sea que quiere que sepa, así que permita que se lo pregunte directamente: ¿es Eric Salley el tipo al que estoy buscando?

—¿Buscando? —Lazar parpadeó, confundido.

Billy desvió la mirada, intentando controlar su mal genio. El tipo vivía en el armario y le asustaba que pudieran sacarlo a rastras de él. De eso iba todo aquello.

—Entonces ¿por qué estoy aquí? —dijo—. ¿Ha intentado chantajearle?

—No, pero para ser sincero nunca me he sentido cómodo cerca de él, y ahora cada vez que lo veo me sonríe como si me conociera. Por lo que tengo entendido se ha quedado sin empleo y está a esto de perder su piso. Y no quiero recurrir a la policía local, solo serviría para empeorar la situación. Así que me preguntaba… ¿hay alguna manera de que, en calidad de inspector de Nueva York y padre de uno de nuestros alumnos, pudiera usted mantener quizá una charla con él antes de que haga algo que ambos vayamos a lamentar?

—Así que Eric Salley no fue el tipo que se acercó a mi hijo.

—No, créame, le habría reconocido a un kilómetro.

—¿Qué me dice de usted? ¿Fue usted acaso?

—Si fui yo ¿el qué…?

Billy se levantó para marcharse.

—Entonces ¿puede ayudarme? —preguntó Lazar.

—Haré algunas llamadas —farfulló Billy, lo que en su dialecto equivalía a «Vete a tomar por culo», después se marchó.

Para eso había dejado a su familia sola en casa...

Mientras Billy conducía de vuelta a Yonkers, su furia hacia Lazar remitía. El tipo estaba aterrorizado, llevaba toda la vida arrastrando la carga de ser quien era y simplemente se veía incapaz de sobrevivir al desenmascaramiento. Pero ya fuese como gay, no gay o cualquier otra cosa, Billy no se imaginaba viviendo día tras día con un secreto tan enorme que solo dejaba como alternativa viable sumirse en una especie de olvido.

A veces le preocupaba que Carmen pudiera acarrear aquel tipo de peso consigo, algo específico en su interior que la volvía así de nerviosa y recelosa durante el día y así de inquieta y atormentada durante la noche, que hacía que cada sesión de terapia a la que Billy la había acompañado pareciese una completa pérdida de tiempo, plena de jactancias malhumoradas y embustes huecos, que periódicamente y sin advertencia la cubría con un manto de abatimiento tan profundo que podían pasar días antes de que fuese capaz de obligarse a abrir la puerta del dormitorio.

En ocasiones Billy se había preguntado si no habría sufrido abusos sexuales de niña sin contárselo jamás a nadie o si, como adolescente asustada, había abandonado a un bebé no deseado —hasta ahí llegaba su imaginación para suponer lo peor—, pero una cosa sí sabía con seguridad: si alguna vez Carmen encontraba en su interior la disposición para revelar por fin el nombre de su demonio, sobreviviría sin lugar a dudas. Su marido se aseguraría de ello.

Cuando aparcó en su camino de entrada, Billy vio la silueta de un hombre fornido rondando por el jardín.

Al principio se quedó demasiado sobresaltado para moverse, después pasó a moverse sin pensar, saliendo disparado del coche para placar al intruso por la espalda. Tan pronto como lo derribó al suelo, cayendo sobre él de tal manera que ambos se quedaron sin resuello, una segunda silueta llegó corriendo desde la parte trasera de la casa y bramó «¡Alto!», al tiempo que cegaba a Billy con un fuerte haz de luz. Momento en el cual el primer policía se levantó, se volvió hacia Billy y le asestó un puñetazo en la cabeza.

Y así fue como Billy conoció a los agentes de la patrulla de vigilancia 24/7, explicándose tan rápido como le fue posible para evitar que lo esposaran y lo metieran en la parte trasera del coche patrulla del DP de Yonkers destinado allí para proteger su hogar y a su familia.

A las tres de la madrugada, cuando Billy entró en la gasolinera veinticuatro horas situada junto al bulevar Frederick Douglass, iluminada hasta extremos malsanos, el joven cajero africano tocado con un kufi que atendía de pie detrás del mostrador posaba sonriente junto a varios policías, la mayoría de los cuales alzaban cervezas o barras de caramelo para que se las cobraran mientras sus compañeros sacaban instantáneas con iPhones. El Ruedas había dicho robo con homicidio, cadáver en la escena del crimen, pero Billy únicamente vio al cajero, a los agentes de uniforme haciendo el payaso y a Stupak.

—¿Dónde está el cadáver?

—¿Está ciego? —replicó Stupak.

Abriéndose paso entre los agentes que posaban, se fijó mejor en el cajero: el sonriente muchacho había muerto de pie y tenía una mancha de sangre del tamaño de una moneda apenas distinguible en el bolsillo del pecho de su gruesa camisa color borgoña. A su derecha, sobre el mostrador, descansaba una empanada a medio comer todavía humeante del microondas; a su izquierda, un rosario de cuentas de madera enroscado y un manual de contabilidad.

—¿Es una puta broma? —bramó Billy hacia los uniformados—. Todo el mundo fuera.

Cuando se hubieron marchado, Billy dedicó un momento extra a contemplar a su víctima erguida, después tuvo que darle la espalda; observar aquellos ojos inmóviles pero todavía expresivos le hacía sentir casi grosero.

—Es como Madame Tussauds —dijo Stupak.

—¿Has comprobado las cámaras de la tienda?

—Por supuesto.

—¿Has…?

—Por supuesto.

—¿Algún testigo?

—Feeley está en la habitación trasera interrogando al taxista que dio el aviso.

—¿Feeley está aquí?

A Billy le sorprendió, pero tampoco tanto, pues había supuesto que, después de su charla junto al coche, Gene empezaría a aparecer puntual como un reloj solo por contrariarle o bien se tomaría al pie de la letra su sugerencia de no aparecer en absoluto para nunca más ser visto, un resultado positivo en cualquiera de los dos casos.

—¿Butter ha venido?

—Dele un respiro, hoy la ha cagado en una audición importante.

—¿Para qué papel?

—¿Me va a obligar a decirlo?

—Inspector de policía, ¿verdad?

Stupak se alejó.

—Oiga, ¿sargento? —Llamó un agente a través de la puerta abierta—. Aquí afuera hay un tipo.

Billy se encontró con un inspector de paisano que vestía vaqueros y una sudadera con capucha, apoyado contra la puerta de un Firebird de época que supuso confiscado a algún camello. Detrás del estupa, dos uniformados apostados junto a las bombas hacían señas a los coches para que siguieran circulando; a aquellas horas, la mayoría eran taxis que buscaban repostar.

—Siento haberle hecho salir. No quería contaminar su escena del crimen.

—Demasiado tarde para eso.

—John MacCormack. —Le tendió la mano—. Narcóticos, Brooklyn Norte.

—Disculpe —dijo Billy, acercándose a los agentes de las bombas—. Esos coches —dijo— son probablemente de clientes habituales, así que empiecen a tomarles los datos antes de dejarles marchar, particularmente a los taxistas.

Billy regresó junto a MacCormack y le estrechó al fin la mano.

—Bueno, John, ¿qué puedo hacer por usted?

—Necesito saber qué interés tiene en Eric Cortez.

—¿Perdón?

—¿Comprobó ayer su historial en el sistema? Hizo saltar un aviso.

—Sí, es verdad que lo hice, el suyo y el de unos cuantos más.

—¿Puedo preguntarle por qué?

Billy sabía que lo peor que podía hacer era mentir.

—Estaba en la 4-6 redactando el informe sobre un tiroteo. Me sobraba algo de tiempo y aproveché para buscar a unos cuantos malotes de los viejos tiempos.

MacCormack apartó la mirada, sonriendo en retirada provisional.

—Como quien busca a antiguas novias en Facebook —dijo Billy—. ¿Por qué lo quiere saber?

MacCormack dejó la pregunta flotando en el aire. A Billy aquello no le gustó ni un pelo.

—De acuerdo —dijo Billy, demasiado nervioso de repente como para seguir esperando la respuesta—. Teniendo en cuenta que Cortez es demasiado estúpido para dirigir un grupo organizado o para mover suficiente mandanga como para merecer la atención de Narcóticos, supongo que ha de ser su IC, probablemente recabando información sobre algún pez gordo, por eso se le ha ocurrido venir a comprobar si está metido en algún otro chanchullo que pasó por alto compartir con ustedes. Pero solo es una suposición.

—Espere un segundo —dijo MacCormack, después se apartó para hacer una breve llamada telefónica.

Por fin llegó la furgoneta de la Científica, y los técnicos que descendieron de ella se dirigieron a la gasolinera con sus equipos y sus cámaras, ignorando probablemente que el joven alto visible en gesto servicial a través de la cristalera era su cadáver.

—Mire —dijo Billy cuando regresó MacCormack—, solo era curiosidad por mi parte. Probablemente no debería haberlo buscado y siento haberlo hecho, pero uno: no pretendo joderle la marrana a nadie; y dos: me viene usted a las tres de la mañana con esto y no responde a ninguna de mis preguntas, así que a lo mejor podría decirme aunque solo sea esto… ¿me he metido en alguna clase de marrón?

MacCormack dudó, observando a Billy como si le estuviera tomando la talla.

—Ahora mismo simplemente necesita que lo protejan.

Billy asintió, enmascarando su alivio, después se enfadó consigo mismo por haberse puesto en evidencia de aquella manera.

—Que lo protejan —dijo—. Sabe lo que hizo el tío, ¿no?

—¿Se refiere al homicidio de del Pino?

MacCormack sacó una cajetilla de Winston.

—Lo único que se me ocurre es que debe de ser un chivato de primera.

MacCormack siguió observando a Billy un momento más con aquella actitud evaluadora, después se limitó a encogerse de hombros, se acabó el juego.

—Le diré una cosa, en lo que se refiere a los IC —le ofreció un cigarrillo a Billy—, intento planteármelo de la siguiente manera: nos rifamos a todos aquellos científicos nazis que trabajaron en el cohete V-2, porque éramos nosotros o los rojos, libertad o esclavitud mundial. Esas eran las apuestas, así que todo olvidado, bienvenidos a Texas. O sea, por el amor de Dios, algunos de aquellos boches acabaron en sellos de correos.

—Eric Cortez como Wernher von Braun —dijo Billy—, esa sí que es buena.

MacCormack se medio rió y después volvió a entrar en el Firebird.

Billy se quedó mirando un momento el dibujo del fénix sobre el tembloroso capó, después espetó:

—No estará muerto, ¿verdad?

—¿Cortez? No —dijo MacCormack, dirigiéndole una mirada que hizo que Billy deseara haber mantenido la boca cerrada.

MILTON RAMOS

Llevaba toda la noche desconcertándolo.

Primero quiso probar en la cama algo que nunca habían practicado y que le hizo descargar en menos de dos minutos.

Después, todavía excitados por lo que acababan de hacer, se pusieron nuevamente a la faena —eran estrictamente amantes de un solo polvo, por lo que aquella fue la segunda novedad—, mientras Marilys gemía sin parar. Normalmente eran tan silenciosos que podría haber estado uno durmiendo en la misma habitación sin llegar a despertarse, de modo que aquello en sí mismo fue una tercera novedad, tres hitos en el transcurso de veinticinco minutos.

Ambos eran por naturaleza personas físicamente modestas, por lo que, a pesar de que acababan de follar como bestias, cuando Marilys salió del cuarto de baño todavía desnuda, Milton no supo dónde poner la mirada. Y en vez de vestirse de inmediato como hacía siempre, se sentó sobre el borde de la cama sin hacer ademán de ir a recoger su ropa.

—Eh, Milton.

Él nunca le había oído pronunciar su nombre en voz alta; de algún modo habían conseguido convivir amigablemente bajo el mismo techo entre cuarenta y cincuenta horas semanales sin tener que llamarse por sus respectivos nombres, y Milton estaría mintiendo si dijese que el que ella hubiera empezado a hacerlo ahora no le incomodaba.

—Qué hay —dijo, todavía sin mirar su piel moteada con gotas de agua.

—Estoy embarazada.

Su primera reacción fue que Marilys acababa de quedar embarazada en la última media hora, motivo por el cual a lo mejor había tardado tanto en salir del baño.

—¿Qué quieres decir?

Sabía que la pregunta era estúpida, pero aun así.

Marilys no respondió.

Incluso en su estado de ligera conmoción, Milton no pensaba insultarla preguntándole si estaba segura de que era suyo.

—De acuerdo —dijo precavidamente. Y después—: ¿Qué estás pensando?

En lugar de llevar el pelo indio azabache cepillado hacia atrás como de costumbre, se lo había peinado cuidadosamente en un largo y mojado flequillo que le hacía parecer un par de kilos más ligera, un par de años más joven.

—Porque sea lo que sea lo que tengas pensado, te ayudaré con ello.

—Gracias.

Siguió sin hacer el más mínimo gesto por cubrirse.

—O sea, ahora mismo no es un buen momento para mí, pero cualquier cosa que esté en mi mano…

Para gran alivio de Milton, Marilys empezó a recoger al fin sus prendas.

—Pero, dime, ¿qué estás pensando?

—Estoy pensando que será niño.

—Puedes adivinarlo, ¿eh?

—Tengo dos hijos, siete hermanos y siete tíos. Es niño.

—Vale.

Milton estaba aturdido, pero no tanto como para ser incapaz de asumirlo.

Marilys dejó de recoger ropa un momento y lo miró directamente a la cara.

—Mira, no quiero nada de ti y no tengo ningún problema en criarlo sola, pero eso significa que tendré que volver a Guatemala para estar con mi familia, así que muy pronto no podré seguir cuidando de Sofía ni podré cuidar de ti, es lo único que digo.

—Es una lástima —dijo él, a la vez entristecido y aliviado.

Algunas horas más tarde Milton aguardaba sentado en el aparcamiento trasero del motel Bryant, con un termo de Chartreuse helado en el reposavasos del coche, mientras observaba cómo el hermano de Carmen, Víctor, llegaba en un viejo Range Rover, estacionaba y se dirigía hacia la entrada trasera, tal como ya habían hecho antes que él docenas de yonquis, *crackistaníes* y puteros acompañados de lumis en los noventa minutos que llevaba allí apostado. Personalmente, Milton no tenía nada en contra del hermano de Carmen; de hecho, a su manera distante, le alegró ver al triste y raquítico niño gay que recordaba de la avenida Longfellow convertido ahora en un hombre de físico más bien imponente, mirada despejada y paso decidido incluso a aquellas horas intempestivas.

Víctor había sido fácil de localizar; a Milton simplemente no se le había ocurrido buscarlo con anterioridad. Instructor de sociología en el City College, tenía una página web en la que describía el trabajo que estaba desarrollando, denominándolo un estudio de las «dinámicas casi familiares» que se desarrollaban con el tiempo entre los camellos y profesionales del sexo cuyo centro de operaciones era un anónimo motel que alquilaba habitaciones por horas en el Bronx. El cual tampoco había sido difícil de localizar, ya que había un conjunto de ellos particularmente notorio justo delante de la New England Thruway, viniendo desde Co-op City, y algo de charla con varios habituales le había revelado no solo que se trataba del Bryant —lo cual, supuso Milton, tenía sentido teniendo en cuenta lo que andaba buscando Víctor—, sino también sus horas de trabajo.

Dejando su bate apoyado en el suelo a su lado, Milton echó hacia atrás el asiento todo lo posible, cogió el termo y dejó flotar sus pensamientos, recordando su inesperado encuentro con Billy Graves en el despacho de Dennis Doyle a primera hora de aquella mañana. Una vez superado el primer impulso de pelear o huir, Milton había sopesado instintivamente la constitución de Billy, por si acaso alguna vez llegaban a las manos, y después se había calmado lo suficiente como para sentir una oleada de efervescencia ante su completa ignorancia. Lo mismo cuando volvió a verlo después, por la tarde, esta vez ceniciento y tembloroso cuando al fin encontró a su padre, todavía medio en pijama, realizando su antigua ronda por la avenida Lenox como una cápsula del tiempo viviente.

Pero Milton sabía que lo que había cometido al llevarse a Bill Graves padre de su casa en Yonkers, teniendo en cuenta el deteriorado estado mental del anciano, era tanto un delito como una escalada.

Y ahora estaba allí.

Otra escalada.

En el pasado, su ira, su satisfacción, llegaban a su clímax en un solo acto, una única acción. Pero esta vez, debido al deseo de preservar su existencia, había optado por una estrategia de revancha indirecta y a largo plazo, algo que en cierto modo le resultaba mucho más duro, ya que le dejaba demasiado tiempo para pensar, para atormentarse, para obsesionarse con los peores desenlaces posibles, para justificarse y luego echar marcha atrás, para echar marcha atrás y luego cambiar de opinión.

Peor aún, Milton estaba empezando a descubrir que cada acto de caos cuidadosamente impartido despertaba en él un ansia por el siguiente. Sentía la ardiente pulsión de seguir aumentando la intensidad, de recrudecer el acto en sí, hasta llegar a alcanzar algo similar a aquella sensación de finalidad que siempre había experimentado, para mejor o para peor, en anteriores ocasiones. Pero estaba perdiendo la fe en su capacidad para refrenarse antes de llegar al desenlace de aquella historia… eso suponiendo que alguna vez hubiera tenido dicha fe.

Cuando llevó a Sofía a la avenida Longfellow supuso que lo hacía para inmunizarse ante sí mismo. Pero ahora, sentado allí en el aparcamiento del motel del infierno, llegó a la conclusión de que había sido más bien una visita de despedida. Si la situación se descontrolaba –cuando la situación se descontrolara, como siempre había sabido que sucedería–, su hija tendría al menos algún recuerdo sensorial de la casa embrujada que, después de veintitrés años, por fin había reclamado a su padre.

Un hijo. O eso dice ella. Bueno, suyo es. Y de Milton, científicamente hablando, pero sobre todo de ella, y él no pensaba inmiscuirse en sus planes.

Mientras dos huéspedes del motel salían al aparcamiento para intercambiar farla por una mamada, Milton recordó el modo en el que Marilys se había sentado aquella noche sobre el borde de la cama, con el pelo peinado hacia abajo como el de una mujer india, después se quedó pensando en aquella cosa que habían hecho por primera vez, los ruidos que había proferido ella durante la segunda.

Le dio otro sorbo al Chartreuse.

Pero incluso aunque su opinión sobre el bebé fuera otra, tal como se estaban desarrollando las cosas Milton no seguiría allí para disfrutar de su compañía, y el crío acabaría siendo simplemente un leño más en la hoguera del quebranto.

Desde algún lugar cercano sonó un disparo, un coche salió quemando neumáticos y un hombre quedó tirado de espaldas junto a los contenedores, sacudiendo lentamente las piernas en el aire. Al cabo de un largo momento, consiguió darse la vuelta, ponerse a cuatro patas y regresar a gatas hasta el interior del motel.

Siempre se habían entendido bien, Marilys y él, en un silencio amigable, sin que ninguno de los dos le causara nunca el más mínimo problema al otro, aunque Milton siempre se había sentido mal por no poder pagarle mejor.

La siguiente reflexión de Milton fue tan determinante que, tras agarrar por reflejo el bate, tuvo que salir del coche para poder aclararse la cabeza.

Para vengar a su familia iba a destruir lo que quedaba de ella. La familia Ramos pasaría de dos a ninguno, lo cual equivalía a borrarla por completo. Pero ¿y si en vez del camino de la extinción, seguían —seguía— el opuesto y doblaban su número?

Era incapaz de imaginar lo que diría Edgar sobre aquella nueva manera de pensar —su hermano mayor era la única persona a la que había conocido en su vida poseído por una oscuridad más negra aún que la suya, la única persona a la que Milton había estado cerca de temer—, pero estaba bastante seguro de que su madre lloraría de alivio.

Todavía seguía de pie junto al coche, con el bate en la mano, cuando el hermano de Carmen salió de repente del motel, se acercó trotando al Range Rover y abrió la puerta del pasajero. Víctor sacó una minigrabadora de la guantera, después se le cayeron las llaves del coche y, sin querer, les dio una patada que las envió hacia la negrura. Sirviéndose de la luz de su móvil, se agachó y empezó a recorrer como un pato el aparcamiento en su busca. Milton observó mientras Víctor, inconscientemente, se acercaba hacia él con la cabeza inclinada, como una ofrenda.

Milton tuvo que identificarse media docena de veces a través de la puerta de acero del estudio de East Harlem antes de que Marilys, vestida con un camisón de poliéster, abriera precavidamente, dejándolo agradablemente noqueado con el aroma de su loción corporal.

—Debería haber llamado —dijo él, mirando de reojo el cuchillo cebollero que llevaba ella en la mano izquierda.

—¿Qué ha pasado? —susurró Marilys, con expresión alarmada.

—Nada, ¿puedo entrar?

Era la primera vez que Milton iba allí y se quedó sorprendido por el número de plantas colgantes y en tiestos, aunque no tanto por el ejército de objetos religiosos: los medallones e iconos plateados que engalanaban las paredes, los santos de escayola que poblaban el tocador y su mesita de noche. El minúsculo hogar de Marilys era como Guatemala en una caja.

No había lugar donde sentarse salvo la cama.

Milton se tomó el tiempo necesario para poner en orden lo que quería decir, pero cuando se arrancó a hablar dudaba haber pronunciado jamás en su vida tantas palabras seguidas.

—Bueno, después de mi... de lo que le sucedió a mi familia, estuve viviendo algunos años con mi tía Pauline, que me convenció para terminar el bachillerato, apenas si recuerdo nada de las clases ni de mis profesores, pero jugué al fútbol americano y lo disfruté... Después, tras la graduación, trabajé ocasionalmente como obrero de la construcción, fui portero en un par de whiskerías de Williamsburg cuando el barrio todavía era de aquella manera, y me contrataron como guardaespaldas de Fat Assassin, un trabajo agradable hasta que una noche en una discoteca pretendió que empezara a llevarle churris como si fuera su puto alcahuete... O sea, visto con la distancia, largarle un puñetazo delante de su gente no fue la respuesta más inteligente, pero... Y luego, por supuesto, acabamos saliendo afuera, lo cual acabó muy mal para los dos, ya sabes, cada uno a su manera... Después de aquello anduve perdido uno o dos años, cuanto menos diga al respecto, mejor, hasta que una chica del barrio que me caía bien y que era cadete en la academia de policía empezó a plantearme la posibilidad de ingresar en el Cuerpo. En aquel momento pensé: Bueno, es una manera de mantenerme alejado de los problemas, pero rechazaron mi solicitud porque no tenía estudios universitarios. Así que me matriculé en la Medgar Evers de Brooklyn, pero solo un año. Volví a presentarme, me aceptaron, me gradué, me casé, tuvimos a Sofía, como sabes perdí a mi esposa, como sabes...

Milton se tomó un respiro, pensando: «Qué más, qué más…».

—¿Con las mujeres? Hubo una chica, Norma, en décimo, creo, que fue la primera, un par de líos de una sola noche, alguna que otra novia, aunque ninguna que durara mucho, por supuesto mi esposa, y tampoco le he hecho ascos a pagar ocasionalmente por ello, sobre todo después de que ella falleciera, y por último tú, por supuesto, ya sabes, a nuestro modo.

«Qué más…»

—Bebo demasiado, como ya sabes, y… creo que eso es todo.

Por supuesto que no era todo, pero ya habría tiempo para contar el resto más adelante.

—Bueno —miró a Marilys, sentada a los pies de su propia cama, y las plantas que colgaban detrás de su cabeza le hicieron pensar en un felino de la jungla irrumpiendo en un claro—, ¿qué piensas?

Cuando se marchó cuarenta y cinco minutos más tarde, Marilys lo besó en la boca, lo cual le hizo retroceder bruscamente debido a la sorpresa, después inclinarse ávidamente a por más.

Tantas primeras veces…

10

Algo terrible está sucediendo en el cuarto de baño, alcanza a oír los gemidos de Carmen detrás de la puerta semiabierta, un lamento suave y animal; después oye un rasgueo frenético sobre los azulejos, como si estuviera intentando alejarse desesperadamente de alguien. Debe salir de la cama, pero está físicamente paralizado, incapaz incluso de apartar la almohada que se le ha escurrido sobre la cara y le impide seguir respirando. Carmen lo llama por su nombre en un sollozo desesperado, más como una despedida que como un grito de socorro, y es únicamente con el mayor de los esfuerzos como consigue emitir un ruido de respuesta, una especie de mugido agudo y estrangulado que, finalmente, lo despierta. Pero aunque ahora está completamente desvelado, sigue sin ser capaz de moverse ni de respirar, y Carmen sigue en aquel reducido cuarto con él, con el que la está matando, y Billy simplemente no puede respirar ni moverse, hasta que de repente puede, liberándose violentamente de las sábanas y entrando a trompicones en el baño, pero por supuesto allí no hay nadie.

Sentado sobre el borde de la bañera, encorvado y convulso, Billy deseó —por primera vez en dos décadas deseó desesperadamente— tener una generosa raya de cocaína, lo único que se le ocurría capaz de despejarle rápidamente el confuso y aterrorizado cráneo.

Cuando por fin bajó las escaleras, la primera persona a la que vio fue a su padre leyendo el periódico en la cocina, como de costumbre, hasta que recordó que el anciano se hallaba supuestamente en casa de su hija.

El golpe de una puerta de coche al cerrarse atrajo a Billy hacia la ventana, a tiempo de ver a su hermana a punto de salir marcha atrás por su camino de entrada.

—¿Qué haces, Brenda?

Vestido con una camiseta, vaqueros y deportivas para protegerse del fresco matutino, Billy se plantó junto a la puerta del coche de su hermana.

Brenda, sin ninguna intención de salir del coche ni de apagar siquiera el contacto, bajó la ventanilla del conductor.

—Esta mañana me despierto, pensando que tenía a Charley tumbado a mi lado, pero adivina quién era.

—Debí habértelo advertido.

—Oh, y deja que te cuente el desayuno —dijo Brenda, encendiendo un cigarrillo—. Estamos sentados todos juntos, yo, papá, Charley y la loca de mi suegra, Rita, cuando de repente Rita le dice a papá: «¿Qué, Jeff, vamos a tener relaciones esta noche?». ¿Sabes lo que ha dicho nuestro padre? «Depende de a qué hora salga del trabajo.» Y Rita replica: «Bueno, llámame cuando lo sepas, para que pueda cancelar mi partida».

Billy prendió un pitillo con el cigarrillo de Brenda.

—Vale, o sea que la ha confundido con mamá.

—En realidad la ha llamado Irena.

—¿Quién es Irena?

Brenda volvió a poner la marcha atrás.

—¿De verdad lo quieres saber? —Después, mientras retrocedía para salir—: No puedo hacerlo, Billy, lo siento.

Cuando regresaba al interior de la casa, Billy recibió una llamada de Dennis Doyle. En menos de un minuto estaba montado en su coche para salir en dirección al Bronx.

Lo primero en lo que se fijó cuando entró a la carrera en la sala de Urgencias del St. Ann fue en la silla del puesto de Carmen volcada a unos cinco metros de la mesa; lo segundo fue en el brillante reguero de gotas rojas que conducía hacia el cubículo tapado por una cortina.

Cuando lo vio, Carmen empezó a gritarles a los practicantes indo-afro-asiáticos que rodeaban su camilla:

—¡Me cago en la leche! He dicho específicamente que no llamarais a mi marido. ¡Que no lo llamarais!

Por lo que alcanzó a ver Billy de su rostro parcialmente ladeado, tenía un corte de unos tres centímetros debajo del ojo, que se le estaba empezando a amoratar.

—No le han llamado ellos, Carm —dijo Dennis—. Le he llamado yo.

—Qué ha pasado. —Billy no estaba seguro de a quién se estaba dirigiendo.

—Creo que va a necesitar algunos puntos —dijo uno de los practicantes.

—Qué ha pasado —repitió Billy.

—¡Oh, por el amor de Dios, es un condenado ojo a la virulé! —volvió a ladrar Carmen—. Ponedme un poco de hielo y dejad que salga a recoger mi silla para seguir trabajando. ¡Por Dios!

A pesar de su arrebato, Billy se dio cuenta de que Carmen estaba temblando. Igual que él.

—¿Habéis detenido al tipo? —le preguntó a Dennis.

—Te lo he dicho tres veces, sí.

—Es más, ¿sabéis qué? —dijo Carmen—. No quiero ni que os acerquéis a mi cara. Id a avisar a Kantor.

—Dónde está —le preguntó Billy a Dennis.

—Olvídalo, Billy.

—¿Sigue aquí? ¿Dónde está?

—¿Sabéis qué? —dijo Carmen—. Al carajo. Sostenedme un espejo y ya lo haré yo misma.

—No tienes ni idea de lo que nos ha hecho pasar ese lunático —dijo Billy.

—¿Qué lunático? —Dennis había perdido el hilo.

—Dennis, solo quiero verle la cara, ni siquiera entraré en el cuarto.

—Mejor no.

—A ver qué te parece esto. Si no me dejas verle, saldré de aquí y le cruzaré la cara con la pistola al primer segurata culogordo con el que me cruce en el hospital, por inútiles.

—Caballeros —murmuró un médico mayor al pasar junto a ellos para entrar en el cubículo—. Bueno, Carmen —dijo animadamente—, ¿cuándo podemos esperar la demanda?

—Imagina que lo hubiera detenido yo —rogó Billy—, y que la que está ahí siendo atendida fuese Yasmeen.

Dennis cambió rápidamente de discurso.

—No hablarás con él.

—Prometido.

—Ni una puta palabra, ¿me has entendido?

Mientras se dirigían hacia la improvisada celda, un almacén vacío al final de un largo corredor, Dennis agarró con firmeza el brazo de Billy, repitiendo su tenso mantra a cada pocos pasos:

—Recuerda lo que me has prometido.

—¿Ha dicho algo?

—Quién. ¿El tipo? No que yo sepa.

—En serio —dijo Billy suavemente—. ¿Ni antes, ni durante, ni después? —Y luego, cuando Dennis incrementó su apretón—: Pura curiosidad.

—Solo recuerda lo que me has prometido.

—¡Tú! —gritó Billy mientras intentaba saltar por encima de Dennis para abalanzarse sobre el atacante de Carmen, el cual, custodiado por un agente, se hallaba esposado a una silla en el rincón más alejado de la estancia.

El mugriento esqueleto de ojos centelleantes vestido con ropa rapiñada entre la basura observó a Billy con expresión tranquila y de absoluta incomprensión.

—¡Qué quieres de nosotros! —clamó Billy, esta vez con menos acaloramiento.

El tipo era evidentemente un indigente chalado falto de medicación, si es que alguna vez se la habían llegado a prescribir.

—Me lo habías prometido —dijo Dennis, abriendo los brazos en cruz y haciendo retroceder a Billy hacia la puerta a golpe de pecho.

—Olvídalo —dijo Billy, empujándolo suavemente a su vez antes de darse la vuelta para marcharse por su propio pie.

—Soy John —anunció bruscamente el hombre esposado con una voz tan grave y cavernosa que ambos pegaron un brinco—. Y traigo nuevas de Aquel que ha de venir.

El mejor de los pisos ofrecidos por Pavlicek era, tal como había predicho Carmen, un apartamento de un solo dormitorio y sin amueblar en una zona más cutre de lo habitual en el Bronx, pero a Billy no le importó. La agresión de aquella mañana le había imbuido de una actitud hiperprotectora que iba más allá de cualquier bochorno y, mientras no hubieran detenido a su acosador, estaba decidido a abandonar Yonkers. Al infierno con las condenadas patrullas de vigilancia que la pasada noche únicamente habían servido para alterar a su mujer con sus charlas en voz baja y sus haces de linterna colándose por la ventana del dormitorio a todas horas, haciendo que Carmen se sintiera como un animal acosado... lo cual, bien pensado, era como se sentía la mayor parte del tiempo sin ayuda de nadie.

—Me moría de ganas de que fuera él, ¿sabes? —dijo Billy, apoyándose sobre el alféizar de una ventana del salón que le ofrecía una vista parcial del jardín del estadio de los Yankees, situado una manzana al oeste del apartamento—. Al menos habría acabado todo.

—Lo cogerán —dijo Pavlicek nerviosamente—. ¿Carmen está en casa?

—He tenido que sacarla a rastras de allí, pero sí, ahora está en casa.

—Los médicos y las enfermeras siempre son los peores pacientes, ¿verdad? Se creen que lo saben todo y después, cuando les pasa algo, se avergüenzan y se mosquean. Se comportan como niños de dos años, dime que me equivoco.

Para tratarse de un hombre tratado por un hematólogo, Pavlicek parecía moverse con gran soltura, pensó Billy, viéndole trazar un circuito cerrado y repetitivo, igual que un gran felino en una jaula pequeña.

—Está bien, mira, les pediré a mis chicos que traigan algo de mobiliario del almacén, aunque podrían tardar uno o dos días. Mientras tanto, enviaré a mi técnico de seguridad a tu casa para que te instale un sistema de videovigilancia.

—John…

—Me cuesta creer que no tengas uno. De hecho, me deja estupefacto. Lo primero que hice nada más comprar mi choza fue instalar uno. No habría permitido que mi familia pusiera allí un pie hasta tenerlo todo más vigilado que el Pentágono, ¿me tomas el pelo? Por el amor de Dios, Billy, ¿no has visto suficiente mierda en los últimos veinte años? ¿Te crees que eres inmune? Nadie es inmune. Ninguno de nosotros.

—Cuando tienes razón, tienes razón —dijo Billy, intentando que se tranquilizara—. Gracias.

Pavlicek se sentó encima de uno de los radiadores, agachó la cabeza y se mesó los cabellos. Cuando volvió a levantar la mirada, fue como un número de prestidigitación: su expresión había pasado bruscamente de una fiera agitación a un desamparado desconcierto.

—Y tú, ¿qué tal te encuentras últimamente? —preguntó Billy.

—¿A qué te refieres?

—Ya sabes, tu colesterol.

—¿Mi qué? Estoy bien.

—Bien. Me alegro de oírlo.

—Bueno, ¿qué tal tus niños? —dijo Pavlicek, por decir algo.

—Son niños —respondió Billy con la misma moneda.

—Hijos. Lo único que queremos en la vida es que sean felices, ¿verdad?

—Claro.

—O sea, qué más vamos a pedir.

—Lo sé.

—John Junior, ¿recuerdas lo mal que me lo hizo pasar? Que si la desintoxicación, los trapicheos, las detenciones por grafitero, cuando dejó los estudios… Y aquel puto dormitorio suyo. Entraba y me los encontraba a él y a sus amigos apestando a grifa, con los ojos rojos como imbéciles, «Hey, señor P.», allí sentados con las gorras ladeadas sobre las orejas. «¡Eh, chavales! ¿Alguno sabe en qué siglo estamos? Cien pavos para el que sea capaz de decirme en qué siglo estamos o aunque solo sea en qué planeta». Y ellos: «Uh, duh, uh…».

—Lo recuerdo —dijo Billy, visualizando a John Junior de adolescente, un rufián hiperdesarrollado como su padre, aunque en realidad fuese un engatusador de carácter amable que prefería ejercitar el paladar en vez de los puños.

—Pero, en serio, ¿el año pasado? —Pavlicek reanudó sus idas y venidas—. Un día llego a casa, me lo encuentro allí, me dice «Lee esto», es una carta de aceptación del Colegio Universitario Westchester. Ni siquiera sabía que había presentado la instancia. Dice que quiere dar algunas clases de empresariales y después montárselo por su cuenta. Le digo: «Ven a trabajar conmigo, aprenderás más sobre cómo montar un negocio que en diez universidades». Me dice que no, que quiere hacerlo por sí mismo. Le digo: «Si trabajas para mí, ganarás suficiente dinero como para empezar sin estrecheces». Me dice: «Papá, sin faltarte al respeto, pero es importante para mí hacer esto sin tu ayuda». ¿Puedes creerlo? Me sentí tan orgulloso de él que quise reventar.

—Eh, ha llegado su momento y ha sabido darse cuenta —dijo Billy—. Muchos no lo hacen.

—¿Qué es eso?

Pavlicek señaló con el mentón el bolsillo lateral de la chaqueta deportiva de Billy, del que, como un origami chillón, asomaba el morado cartel de desaparecido de Sweetpea.

Billy se lo pasó.

—Cornell Harris —leyó Pavlicek—. Es Sweetpea, ¿verdad?

—Parece que ha desaparecido a lo Houdini —dijo Billy—. O le han hecho desaparecer, más probablemente.

—¿Y a ti qué diablos te importa?

—No he dicho que me importe.

—Preocúpate de tu familia.

—¿Qué crees que estoy haciendo aquí?

—Preocúpate de tus hijos.

Pavlicek empezó a embalarse de nuevo; su voz rebotó contra las paredes desnudas.

Billy dejó de responderle, negándose a entrar al trapo.

—¿Por este hijoputa? ¿Me tomas el pelo? —Pavlicek arrugó el cartel, después lo arrojó por encima de la espalda hacia un rincón—. Cabronazo de mierda…

Con la esperanza de que la tormenta acabara pasando por sí sola, Billy permaneció sentado y observó en silencio hasta que Pavlicek entró bruscamente en acción, acercándosele con tanta rapidez que no tuvo ni tiempo de levantar las manos. Pero, en vez de darle un puñetazo, el grandote pasó disparado a su lado y, sin pronunciar una palabra más, salió del apartamento tan abruptamente que el pomo de la puerta hizo un desconchón en el enlucido del pequeño vestíbulo antes de volver a cerrarse ruidosamente con el rebote.

Intentando tranquilizarse, Billy contempló un momento a través de la ventana la limpia geometría del césped del estadio; después, dando media vuelta, recogió el cartel de Sweetpea del suelo y marcó el número que colgaba repetidas veces del folio.

Donna Barkley era de por sí una mujer baja, gruesa y de rostro chato, y su uniforme granate de empresa no le favorecía en lo más mínimo, ya que los dedos apenas si le asomaban de las mangas excesivamente largas y la parte trasera de la chaqueta asomaba en ángulo como un toldo por encima de sus altas y anchas posaderas.

—Hola, qué tal está —dijo Billy, levantándose de su silla blanca de plástico en el parque de cemento junto al edificio de oficinas en el que trabajaba ella como guardia de seguridad.

Donna se sentó, sacó un Newport de su bolso, lo encendió y después volvió la cabeza a un lado para exhalar el humo, mostrando el *Sweetpea* en cursiva tatuado sobre su carótida izquierda.

—Arista —dijo Billy, leyendo la insignia en su chaqueta—. ¿Cuidan bien de usted?

—Es un trabajo por dinero —dijo ella sin haberlo mirado aún—. Tengo dos críos y una abuela.

—La entiendo —dijo él, sacándose el arrugado cartel de desaparecido de la chaqueta y alisándolo sobre la mesa.

—Se supone que únicamente debe arrancar una tira con el teléfono —dijo Donna—, no llevarse toda la condenada hoja.

Billy aguardó un momento, echando hacia atrás la cabeza para rascarse vigorosamente la garganta.

—Bueno, permita que empiece haciéndole algunas preguntas, veamos adónde nos conduce eso.

—¿Quién ha dicho que era?

—Como le he explicado por teléfono, soy investigador independiente.

Donna lo miró dubitativa.

—¿Tiene algún tipo de identificación?

Billy le tendió su carnet de conducir.

—Algo que detalle su trabajo.

Rebuscando en la cartera, Billy sacó una tarjeta de Seguridad Sousa, la empresa de su cuñado, que le citaba como subdirector de investigaciones, a pesar de que jamás había hecho nada ni recibido un centavo.

—¿Y es gratis?

—Como ya le he dicho.

—Por qué es gratis.

—Porque —Billy la miró a los ojos—, como también le he mencionado por teléfono, vamos a abrir un despacho cerca del hospital Lincoln y si conseguimos encontrar a su novio, la noticia correrá por el barrio y con un poco de suerte nos traerá clientes.

Un palomo se posó sobre la mesa. La prometida de Sweetpea miró malhumorada al asqueroso animal, pero no hizo movimiento alguno para espantarlo.

—¿Alguna vez había pasado fuera de casa tanto tiempo?

Sacando el móvil de su bolso, Donna contestó un mensaje de texto, después otro. Billy no supo muy bien si repetir la pregunta o dejarlo por imposible.

—¿Aparte de cuando estuvo en la trena? —dijo al fin Donna, sin dejar de escribir en el móvil—. De vez en cuando.

—¿Qué es lo que la ha llevado a preocuparse en esta ocasión?

—Que estábamos hablando por teléfono —dijo ella, guardando el móvil en el bolso—, cuando un tipo blanco lo llamó por su nombre. Sweetpea colgó de repente y hasta ahora.

—Vale, ese tipo… —dijo Billy, abriendo un cuadernito de anillas.

—Un tipo blanco.

—Ese tipo blanco que lo llamó por su nombre, ¿dijo algo más?

—Solo dijo: «Eh, Sweetpea, ven aquí».

—Y después qué.

—Después Sweetpea dijo: «Qué coño quieres». Después el tipo dijo: «En serio, Pea, no estoy de coña, ven aquí».

Billy levantó la mirada de sus notas.

—¿Y está segura de que el tipo era blanco?

—Mi teléfono no tiene ojos, pero sé reconocer a un blanco cuando lo oigo y aquel tipo era blanco como largo es el día.

—De acuerdo —dijo Billy—. Y luego qué.

—¿Qué?

—Qué más oyó.

—Clic.

—¿Y a qué hora más o menos sucedió esto?

—Fue a las tres y cuarto en punto, ¿quiere saber por qué lo sé? Porque Sweetpea me estaba gritando: «¡Son las tres y cuarto, zorra! ¿Dónde coño te has metido?».

—Bien. —Billy volvió a anotar.

—¿Bien?

—¿Tiene una idea aproximada de dónde estaba cuando la telefoneó?

—Eso también lo sé con exactitud. Estaba saliendo de mi edificio para venir a buscarme, gritando: «Justo salgo por la puerta, justo salgo por la puerta».

—Por la puerta de…

—Avenida Concord, 502.

—502 —anotó Billy, y después—: El tipo blanco, ¿alguna idea?

—No *per se*.

—¿Qué quiere decir con «no *per se*»?

Donna se encogió de hombros, como si la pregunta no mereciera la pena ser contestada.

Billy dudó; después, atribuyendo su desabrida vaguedad a un caso general de odio por los paliduchos, siguió adelante.

—¿Había tenido recientemente problemas con alguien?

—Bueno, es un promotor de mucho talento, ¿sabe? —Su voz se suavizó por primera vez—. Intenta ayudar a la comunidad, pero los chavales a los que tiene como protegidos esperan milagros.

—¿Algún chaval en particular?

—Solo era un comentario —apartó la mirada—, en general.

—De acuerdo. —Billy soltó el bolígrafo—. He investigado los antecedentes de su prometido antes de venir, es un elemento crucial en trabajos como este, así que necesito preguntárselo… —Billy volvió a mirarla a los ojos—. ¿Sigue trapicheando?

Ella lo miró como si fuera demasiado estúpido para vivir.

—No quiero hablar fuera de mi área de experiencia.

—¿Quiere que lo encuentre o no?

Donna siguió mirándolo en silencio y Billy volvió a plantearse si no sería mejor dejarlo por imposible.

—Una última… Antes le he preguntado si sabía quién podría ser el tipo blanco y me ha respondido «no *per se*». Necesito que me elabore ese «no *per se*».

—No *per se* en el sentido de que no sé quién es, *per se*.

—Pero sí sabe… ¿qué, la clase de individuo que era?

—Oh, sí.

—¿Cómo, solo por su tono de voz?

—Ajá.

—¿Y de qué clase estamos hablando?

—De la suya.

—La mía…

Donna encendió otro Newport, le dio una calada, después exhaló un chorro de humo lento y constante.

—¿Sabe lo que decía siempre Sweetpea que significa DPNY? —dijo, arrojando la tarjeta falsa de Billy sobre la mesa mientras se levantaba—. «Dando Palos al Negro y Ya» —dejándole claro que lo había calado al primer vistazo.

Seguía sentado a la mesa cuando recibió una llamada de casa. El inesperado sonido de la quejumbrosa voz de su hijo pequeño le provocó un nudo en el estómago.

—Hola, socio, ¿qué ha pasado?

—No he hecho nada y mamá ha empezado a gritarme como si lo hubiera hecho —dijo Carlos.

Billy suspiró de alivio.

—Bueno, esta mañana ha tenido una experiencia desagradable, así que no te lo tomes como algo personal y simplemente compórtate mejor que de costumbre, ¿de acuerdo? Tú y tu hermano, los dos.

—Pero no he hecho nada.

—Carlos, hazme el favor, ¿de acuerdo?

—De acuerdo.

Otra llamada entrante. El nombre de Pavlicek apareció en su pantalla, pero Billy lo ignoró.

—¿Todo lo demás va bien?

—Sí.

—¿Estás seguro?

—Sí.

—¿Qué estabas haciendo ahora mismo?

—Hablar contigo.

—De acuerdo, estaré en casa para cenar, ¿vale?

—Vale.

—¿Y todo va bien?

—Sí.

—¿Tu hermano está bien?

—Sí.

—¿El abuelo?

—Sí.

—Está bien, socio —dijo, mientras Pavlicek volvía a llamar—. Te veo en casa, ¿vale?

—No has preguntado por mamá.

—Ya la veré también en casa.

—¿No quieres hablar con ella?

—Ya hablaré con ella en casa —dijo Billy, sabiendo por experiencia que cuando las cosas estaban tensas entre ambos el teléfono no era su amigo.

Empezó a devolverle la llamada a Pavlicek, dudó y acabó telefoneando en cambio a Elvis Pérez, en Midtown South, para ver si habían avanzado algo en el homicidio de Bannion. Pérez había salido, así que Billy se conformó con dejarle un mensaje.

Siguió allí sentado un momento, pensando en el arrebato que le había dado a Pavlicek aquella tarde al ver el cartel de Sweetpea, y después revisó las notas de su entrevista, que únicamente contenían dos datos de información concreta: Concord 502, tres y cuarto de la madrugada.

Si sintiera la inclinación, podría hacer una batida en busca de posibles testigos, pero probablemente no sería una maniobra demasiado inteligente: un inspector de otro distrito, en solitario, llamando a puertas en plena noche para preguntar sobre Sweetpea Harris, particularmente si al final resultaba que Sweetpea estaba muerto... Billy imaginó el aluvión de preguntas con que lo acribillarían, sin que por el momento tuviera respuesta para ninguna de ellas, particularmente después de haber estado tan a punto de meter la pata simplemente por buscar el historial de Eric Cortez en el sistema.

De modo que tendría que ser otra persona, una que no fuera policía. Por un instante se le ocurrió contratar a Seguridad Sousa, pero después desechó la idea; había algo en su cuñado que no terminaba de darle confianza. No es que fuera precisamente un mentiroso, pero sí que tenía tendencia a omitir, como si sus respuestas estuvieran pensadas para quedar bien frente a un tribunal.

Así pues:

—Hola, soy yo.

—Hola. —La voz de Stacey sonó aguda y ligeramente temblorosa.

—Tengo un trabajo para ti esta semana, si te apetece.

—Sí, claro, encantada.

Aunque animoso, su tono seguía marcado por un matiz de tensión, como si detrás de ella hubiera alguien con un cuchillo.

—¿Estás bien?

—Claro.

Billy dudó. Después:

—¿Dónde quieres que nos veamos?

—¿Puedes venir a mi casa?

En todos los años que hacía que se conocían, nunca lo había invitado a su apartamento.

—Sí, sin problema. ¿Cuándo te vendría bien?

—Ahora.

Empezó a oler el rancio aroma a humo añejo de cigarrillos que emanaba del piso de Stacey cuando iba por la mitad de su resollante ascenso. Cuando finalmente llegó al descansillo, Billy se tomó un momento para recuperar el aliento, después siguió su olfato por el largo pasillo hasta llegar al 6B, donde ella le recibió con la puerta abierta y una sonrisa tan tensa que pensó que se le iba a agrietar la cara.

Con sus pasillos mal iluminados, una hendidura grasienta por cocina y el pequeño salón abarrotado con muebles indiferentes y ceniceros a rebosar, el apartamento hedía a resignación, lo cual hizo que a Billy le doliera pensar qué tipo de vida podría estar llevando Stacey en aquel momento si hubiera elegido otra noticia con la que labrarse su reputación como periodista.

La bata de cuadros de su novio hacía hasta tal punto juego con la tela del sofá que Billy ni siquiera se dio cuenta de que estaba allí hasta que alargó la mano para coger su cerveza.

–Hola, qué tal. –Billy no consiguió recordar cómo se llamaba.

Recostado de espaldas, el novio no hizo el menor esfuerzo por sentarse o por volverse hacia él siquiera.

–De putifa.

Stacey permaneció muda entre los dos, mirando primero a Billy, después a su novio, después otra vez a Billy, con expresión todavía tensa y expectante.

Fue la colección de frascos ambarinos llenos de pastillas, repartidos sobre la mesita, lo primero que le llamó la atención. Después el borde de una tira de sutura cutánea adhesiva en la parte superior de la frente ladeada del novio. Después el rostro de frente, tan accidentado como un manoseado pedazo de arcilla, la piel del color de un plátano pasado, la esclerótica de un ojo cubierta por una hemorragia de rojo neón.

–¿Has llamado a la policía? –le preguntó a Stacey.

–Por supuesto.

–¿Y…?

–Han venido.

–¿Y…?

–Y nada.

–Qué ha pasado –le preguntó al novio.

–Algún caballero debió de colarse anoche en el portal justo detrás de mí y… –Se encogió de hombros.

–¿Qué aspecto tenía dicho caballero?

–Iba detrás de mí.

—¿Dijo algo?

—Nada.

—Raza, cabello, vestimenta…

—Nada. –Después–: Fue culpa mía.

—¿Por qué dices eso?

El novio volvió a apartar el rostro.

—¿Por qué dices eso? –Ahora en tono más cortante.

Stacey tocó a Billy en el brazo.

—¿A qué hora sucedió? –les preguntó a ambos.

—A eso de la una de la mañana –respondió el novio.

—¿Y de dónde venías?

—Del Jaunting Car.

—¿Qué es eso?

—El bar donde lo conociste –dijo Stacey.

—¿Tú también estabas allí?

—Me marché una hora y media antes que él.

Parecía avergonzarse de ello. No, avergonzada no, pensó Billy, más bien sonaba derrotada.

—¿Habló alguien contigo? ¿Con alguno de los dos?

—Allí la gente tiende a hablar sola –dijo el novio.

—¿Alguien la tomó contigo?

—En realidad no.

—¿Qué quiere decir «en realidad no»? –Billy empezó a acalorarse otra vez.

—Un cirrótico de setenta y cinco años me llamó gilipollas.

—¿Alguien más?

—¿Alguien más me llamó gilipollas?

—Estoy intentando ayudarte.

—Te lo agradezco –dijo el novio precavidamente.

—Vale, deja que haga una llamada –dijo Billy, esta vez a modo de disculpa. Señalando la cerveza abierta, dijo–: ¿Te sobra una de esas?

Mientras Stacey iba a la cocina, Billy se retiró a un pasillo junto al salón y se esforzó por dominar su furia.

Intentó imaginárselo: el tipo se queda a beber después de que Stacey –no por primera vez– sea incapaz de convencerle para salir del bar, por lo que, dándolo por imposible, se marcha. Él sigue otros noventa minutos bebiendo a solas, esperando a que le venga la felicidad, la alegría o el éxito, antes de finalmente rendirse para dirigirse haciendo eses a casa. Y a la una de la madrugada no podría haber presa más jugosa e indefensa: un listillo consumido por el autodesprecio que lo ignora todo sobre la calle y hiede a suicida, un listillo al que probablemente ni siquiera le importa, una vez beodo, estar dirigiéndose a casa o derecho hacia el precipicio.

A tomar por culo el asaltante: ¿qué inspector digno de tal nombre no querría estrangular a un tipo como aquel? Las víctimas como el novio de Stacey hacían que uno se sintiera como un anónimo actor secundario en un melodrama narcisista interpretado frente a un público de una sola persona.

Hacían que uno se sintiera degradado.

Billy recorrió nerviosamente el pasillo, odiando a la víctima mientras intentaba no pensar en la persona que le había dejado la cara hecha un guiñapo sanguinolento.

No podía ser él.

Entrando nuevamente en el salón, ignoró la cerveza que le ofrecía Stacey y se fue derecho hacia el novio.

—El tipo que te golpeó, ¿qué se llevó?

—Mi dignidad.

Billy le clavó una mirada.

—Y mi cartera —añadió rápidamente el novio.

Entonces no era él… a menos que se hubiera llevado la cartera para despistar a Billy. Pero aquello invalidaría el propósito, emborronaría el mensaje, y el mensaje era el quid de la cuestión, a menos, a menos…

—De acuerdo, deja que haga una llamada —repitió.

Antes de marcharse, Billy echó un último vistazo al apartamento; después, pensando una vez más en los derroteros que podría haber seguido la vida de Stacey si hubiera sido un poco menos imprudente con él, añadió:

—Lo siento.

—¿Por qué? —preguntó ella animadamente, pero lo supo.

Mientras regresaba al coche, Billy llamó a su casa y no obtuvo respuesta, ni siquiera saltó el contestador. Llamó otra vez y obtuvo el mismo resultado, por lo que echó a trotar.

¿Qué estaría tramando aquel tipo?

Billy se esperaba que fuera estrechando el cerco en torno a su familia, pero atacar al novio de Stacey –suponiendo que fuera él quien había atacado al novio de Stacey– era una manera de ampliar el radio de acción, quizá de ampliarlo hasta tal punto que tanto él como cualquier otro se volvieran locos preguntándose si seguía siendo cosa suya, y si resultaba –quién coño podía saberlo– que aquel era su nuevo plan, entonces ¿quién sería el siguiente? ¿Millie Singh? ¿Su hermana? A lo mejor un amigo de Billy, o la mujer o los hijos de sus amigos, para después estrechar nuevamente el círculo. Y la siguiente vez que fuera a por Carmen, los niños o su padre –Billy tuvo un destello del machacado rostro del novio de Stacey– el resultado sería mucho más catastrófico que una chaqueta estropeada o una excursión gratis a Harlem.

¿Acaso el tipo era un genio?

¿O había sido el novio de Stacey víctima de un simple atraco…?

En cualquier caso, tenía a Billy agarrado por las pelotas.

Una tercera llamada infructuosa a casa mientras conducía en dirección norte por la Henry Hudson le incitó a alcanzar los ciento cuarenta por hora.

Stacey telefoneó justo cuando pasaba zumbando junto a Roosevelt Raceway.

–Oye, te has ido tan rápido que se te ha olvidado contarme lo del trabajo.

–Resulta que por el momento no va a ser necesario –dijo Billy, deseando mantener a Stacey y a los suyos lejos de la línea de fuego.

Al entrar en su calle con la primera penumbra de la noche, Billy vio una silueta sentada inmóvil en el porche delantero de su casa. Sabiendo que ningún patrullero de ronda se tomaría un descanso en aquellas condiciones, siguió avanzando hasta detenerse un par de caminos antes del suyo, salió del coche y recorrió precavidamente el resto de la distancia a pie. Pero al parecer sus pisadas eran más pesadas de lo que había supuesto; percibiendo la llegada de Billy, la silueta se levantó lentamente y adoptó una posición de tirador. Sacando a su vez el arma, Billy retrocedió con cuidado para escudarse entre los arbustos, dominado por la repentina y paralizadora idea de que ya era demasiado tarde, había llegado demasiado tarde, y en el interior todo había desaparecido. Sintiéndose en caída libre, Billy recitó mecánicamente la lista de sus muertos mientras apuntaba con la Glock, al centro, al centro, y estaba a punto de apretar el gatillo cuando Carmen abrió la puerta detrás del tirador.

—Padre, entre en casa, que aquí fuera se va a enfermar. —Después—: ¿Qué demonios está haciendo? Deme eso.

—Hay alguien aquí fuera —dijo dubitativamente Billy Senior, permitiendo que su nuera lo llevara al interior de la casa.

Dos horas más tarde, Jimmy Whelan, acompañado por una mujer pequeña, nerviosa y prácticamente muda, con toda probabilidad una más en su harén vertical de inquilinas, entró en casa sin llamar a la puerta.

—¡Jimmy! —Carmen lo besó mientras se tapaba el lado de la cara en el que tenía el ojo morado—. Siento que te estemos haciendo perder el tiempo por nada.

—No te preocupes —dijo Whelan—. Esta es Mercedes.

La mujer observó los platos de la cena como si su mayor deseo en la vida fuera retirar la mesa.

—Pero a ti qué te pasa —dijo Billy señalando la culata de la Walther que asomaba por detrás de la hebilla del cinturón de Whelan—. ¿No has oído hablar de las pistoleras?

—Sí, o sea, sí —empezó Castro—. La noche de marras estaba despierto y estaba aquí mismo sentado, me gusta escribir poesía en esta mesa, y oí un pop pop pop, que en este barrio nunca son petardos, y pensé que sería otra escaramuza entre Timpson GCG y los Betances Crew. Pero cuando miré por la ventana solo vi a un tipo saliendo de su coche y dirigiéndose hacia la parte trasera, ya sabe, como si fuera a abrir el maletero, pero se acercó de lado, con mucho cuidado, y entonces otra vez pop pop pop, y el conductor pegó un brinco, pero no vi que nadie le disparase, solo oí los tiros. Y luego, acto seguido, el conductor disparó contra su condenado maletero como si estuviera sacrificando a un caballo, lo menos vació todo el cargador.

—Espera, ¿esto fue después de que hubieras oído el pop pop pop?

—Sí.

—Entonces ¿el pop pop pop fue otra persona?

—Qué pop pop pop.

—El primero. El que te hizo asomarte a la ventana.

—Sí.

—Y después el tipo salió del coche y disparó contra su maletero.

—No, después vino el segundo pop pop pop. No vi a nadie disparando, pero el conductor se apartó del maletero de un salto cuando sonaron los tiros, y después el tercer pop pop pop fue el del conductor disparando a su vez.

—Contra su maletero.

—Sí.

—¿Como si estuviera devolviendo los disparos?

—Devolviendo los disparos, sí.

—¿Como si hubiera alguien disparándole desde dentro del maletero?

—Podría ser. —Castro le ofreció el porro por encima del hule que cubría la mesa y Billy lo rechazó recatadamente—. Y entonces disparó él.

—O sea que el conductor salió del coche con una pistola.

que tras pasarse unas horas en el despacho oyendo cómo el Ruedas repelía sin esfuerzo otros tres avisos, Billy dejó a Mayo al cargo de la brigada y se dirigió al Bronx.

El 502 de la avenida Concord era una antigua y erosionada mansión victoriana subdividida en múltiples estudios, y a las tres y cuarto de la mañana no había luz en ninguna de las ventanas con vistas a la desolada calle. Pero el 505, en la acera de enfrente, era un inmueble de seis pisos sin ascensor y Billy contó tres ventanas iluminadas en la segunda, tercera y última plantas, lo que implicaba tres posibles noctámbulos, tres posibles testigos del posible rapto de Sweetpea Harris.

Billy despertó a los inquilinos del segundo; un hombre de mediana edad de piel cenicienta completamente adormilado abrió la puerta en calzoncillos mientras una mujer se quejaba a grito pelado desde el otro extremo del piso de que en apenas unas horas debía levantarse para ir a trabajar. En el tercer piso tuvo que pasarse cinco minutos llamando a la puerta hasta que acudió un africano de cara redonda vestido con un arrugado caftán, kufi y pantuflas rotas; no hablaba ni papa de inglés, pero el televisor de su salón, por lo demás despojado de mobiliario, estaba encendido a tal volumen que a Billy no le entró en la cabeza que hubiera podido oír nada procedente de la calle a menos que se tratase de una explosión.

En el sexto tuvo suerte. El inquilino, Ramlear Castro, un joven hispano muy tatuado y con los ojos enrojecidos de fumar marihuana, lo recibió en pantalones de chándal y con una redecilla en el pelo. Billy le mostró la placa y Castro le dio la espalda, regresando al interior del apartamento, pero dejando la puerta abierta para que Billy lo siguiera.

—¿Puedo? —preguntó Castro sosteniendo un canuto.

Billy se encogió de hombros y, un momento más tarde, el potente aroma acre que le llegó desde el otro extremo de la mesa coja de cocina lo transportó de regreso al instituto.

que tras pasarse unas horas en el despacho oyendo cómo el Ruedas repelía sin esfuerzo otros tres avisos, Billy dejó a Mayo al cargo de la brigada y se dirigió al Bronx.

El 502 de la avenida Concord era una antigua y erosionada mansión victoriana subdividida en múltiples estudios, y a las tres y cuarto de la mañana no había luz en ninguna de las ventanas con vistas a la desolada calle. Pero el 505, en la acera de enfrente, era un inmueble de seis pisos sin ascensor y Billy contó tres ventanas iluminadas en la segunda, tercera y última plantas, lo que implicaba tres posibles noctámbulos, tres posibles testigos del posible rapto de Sweetpea Harris.

Billy despertó a los inquilinos del segundo; un hombre de mediana edad de piel cenicienta completamente adormilado abrió la puerta en calzoncillos mientras una mujer se quejaba a grito pelado desde el otro extremo del piso de que en apenas unas horas debía levantarse para ir a trabajar. En el tercer piso tuvo que pasarse cinco minutos llamando a la puerta hasta que acudió un africano de cara redonda vestido con un arrugado caftán, kufi y pantuflas rotas; no hablaba ni papa de inglés, pero el televisor de su salón, por lo demás despojado de mobiliario, estaba encendido a tal volumen que a Billy no le entró en la cabeza que hubiera podido oír nada procedente de la calle a menos que se tratase de una explosión.

En el sexto tuvo suerte. El inquilino, Ramlear Castro, un joven hispano muy tatuado y con los ojos enrojecidos de fumar marihuana, lo recibió en pantalones de chándal y con una redecilla en el pelo. Billy le mostró la placa y Castro le dio la espalda, regresando al interior del apartamento, pero dejando la puerta abierta para que Billy lo siguiera.

—¿Puedo? —preguntó Castro sosteniendo un canuto.

Billy se encogió de hombros y, un momento más tarde, el potente aroma acre que le llegó desde el otro extremo de la mesa coja de cocina lo transportó de regreso al instituto.

—Sí, o sea, sí —empezó Castro—. La noche de marras estaba despierto y estaba aquí mismo sentado, me gusta escribir poesía en esta mesa, y oí un pop pop pop, que en este barrio nunca son petardos, y pensé que sería otra escaramuza entre Timpson GCG y los Betances Crew. Pero cuando miré por la ventana solo vi a un tipo saliendo de su coche y dirigiéndose hacia la parte trasera, ya sabe, como si fuera a abrir el maletero, pero se acercó de lado, con mucho cuidado, y entonces otra vez pop pop pop, y el conductor pegó un brinco, pero no vi que nadie le disparase, solo oí los tiros. Y luego, acto seguido, el conductor disparó contra su condenado maletero como si estuviera sacrificando a un caballo, lo menos vació todo el cargador.

—Espera, ¿esto fue después de que hubieras oído el pop pop pop?

—Sí.

—Entonces ¿el pop pop pop fue otra persona?

—Qué pop pop pop.

—El primero. El que te hizo asomarte a la ventana.

—Sí.

—Y después el tipo salió del coche y disparó contra su maletero.

—No, después vino el segundo pop pop pop. No vi a nadie disparando, pero el conductor se apartó del maletero de un salto cuando sonaron los tiros, y después el tercer pop pop pop fue el del conductor disparando a su vez.

—Contra su maletero.

—Sí.

—¿Como si estuviera devolviendo los disparos?

—Devolviendo los disparos, sí.

—¿Como si hubiera alguien disparándole desde dentro del maletero?

—Podría ser. —Castro le ofreció el porro por encima del hule que cubría la mesa y Billy lo rechazó recatadamente—. Y entonces disparó él.

—O sea que el conductor salió del coche con una pistola.

—Está bien, hermano —dijo Billy, dándole un rápido abrazo—. Me tengo que ir.

De camino hacia el coche, se detuvo y se dio la vuelta.

—Oye, deja que te pregunte una cosa. Tomassi... ¿estás seguro de que fue atropellado por un autobús?

—¿Que si estoy seguro?

Sacando su cartera, Whelan le hizo un gesto a Billy para que volviera al porche.

—La tarjeta American Express —entonó, mientras le mostraba una foto policial de su impune, con el pecho aplastado y la mirada clavada en las estrellas desde debajo de las ruedas delanteras del autobús número 12 en dirección a Pelham Bay—. No salga de casa sin ella.

—Bueno, hemos recibido la otra grabación —dijo la voz de Elvis Pérez a su oído. El inspector de Midtown South había llamado al móvil de Billy justo cuando este estaba pagando su acostumbrada bolsa de estimulantes en el coreano—. La de la cámara del FDLI.

—¿Y...? —Billy se despidió en silencio de Joon mientras se dirigía a la salida.

—Y en realidad no nos sirve de mucho.

—¿Por qué no?

—Hay demasiada gente debajo del tablero de información. Es como ver lombrices en un cubo. No hemos sido capaces ni de identificar a Bannion hasta que se separa de la multitud, y para entonces ya está chorreando.

—¿No pueden seguirle rebobinando y ampliar los *frames*?

—Lombrices en un cubo.

En la jefatura, el titular del día era que Feeley había optado nuevamente por no aparecer. Por lo demás, fue un turno casi sin incidencias: un tirón en Sugar Hill, un taxista agredido por dos hombres en el Meatpacking District después de que se negara a llevarlos hasta Brownsville. Ninguno de los casos requirió de su presencia en el lugar de los hechos, de modo

—Si la escondes, nadie sabe que la llevas, lo cual invalida su propósito. ¡Eh! Jefe Graves —Whelan saludó al padre de Billy, que entraba en el salón—, ¿se acuerda de mí?

—Eres ese crío que estaba en el equipo de asalto de Billy.

—Soy ese crío.

—¿Has ascendido ya a inspector?

—Y tanto.

—¿Dónde estás destinado?

—En Fuerte Rendición. —Le guiñó un ojo a Billy.

—Nunca me gustó ese mote, demasiado cínico para mi gusto.

—Bueno, señor, vivimos en tiempos cínicos.

—¿Qué pensarán los novatos? —dijo Billy Senior—. «Enhorabuena, hijo, te han destinado a Fuerte Rendición.»

—No le falta razón, jefe.

—Bueno, sigue haciendo un buen trabajo —dijo el anciano, volviéndose hacia la tele.

Billy señaló el porche con la cabeza y Whelan lo siguió al exterior.

—¿La pistola era suya? —preguntó Whelan después de que Billy le hubiera puesto al tanto de lo sucedido.

—Es su vieja arma reglamentaria. Encargué que la inutilizaran el día que se mudó con nosotros.

Whelan se acercó un momento a la ventana. Escudriñando el interior de la casa, intentó llamar la atención de su acompañante, sentada en el sofá junto a Billy Senior.

—No es por nada y gracias por venir, pero ¿de verdad tenías que traer a la chica?

—Nunca había salido de excursión al campo.

—Te estás haciendo el gracioso, ¿verdad?

—¿Sobre qué?

—Lo único que tenemos para vosotros es una litera.

—Ya nos apañaremos. Bueno, qué más hay de nuevo.

Billy se planteó contarle lo de Sweetpea, contarle lo de Pavlicek, después decidió dejarlo correr.

—¿No lo había dicho ya?

—¿Y salió con ella desenfundada?

—Supongo.

—¿Qué aspecto tenía?

—¿Quién, el conductor?

Billy esperó.

—No sabría decirle.

—Lo primero que te venga a la cabeza.

Castro cerró los ojos.

—Tenía pelo de blanco.

—¿Era un hombre mayor?

—No, pelo de hombre blanco. Pelo liso, vamos.

—O sea que el individuo era blanco.

—Podría haberlo sido.

—No latino.

—Podría haberlo sido.

—¿Negro?

—No lo creo, pero podría haberlo sido.

—¿No le viste bien la cara?

—No alcancé a verla, porque desde aquí arriba la perspectiva es completamente vertical, por eso me fijé en el pelo.

—¿Ropa?

—Una especie de abrigo, no sé. Zapatos.

—¿Y qué me dices de la pistola?

—A juzgar por el sonido, yo diría que era un calibre 38 de acción simple, por el ritmo de los disparos, ya sabe, pop pop pop.

—¿Eres un experto en armas de fuego?

Castro dio otra calada y soltó suficiente humo como para anunciar a un Papa.

—En realidad, no.

—Háblame del coche.

—Tenía maletero, es lo único que recuerdo.

—Entonces… —Billy dudó, y después—: ¿Descartamos que hubiera podido ser un todoterreno?

—Podría haberlo sido.

—¿Sabes? —Billy se echó hacia delante sobre la pequeña mesa—. Te he hecho puede que diez preguntas y lo único que sabes decirme es que «podría haberlo sido».

—Eh, agente —Castro se echó hacia delante igual que él—, estamos hablando de seis pisos de altura, a las tres de la madrugada, con un ciego del copón. Creo que, dadas las circunstancias, lo he hecho de puta madre, ¿no le parece?

MILTON RAMOS

—¡Marilys, mira! —gritó Sofía, soplando en su pajita como si fuera una cerbatana para lanzar el envoltorio a medio retirar por encima de la mesa contra el pecho de su padre.

—No la sigas llamando Marilys —dijo Milton.

—¿Por qué no?

Marilys le dirigió una mirada: «Ve despacio».

Nunca habían salido de casa los tres juntos y aquella cena en Applebee's era una especie de prueba piloto. La camarera llegó con sus platos: doble filete de solomillo flambeado al whisky para él, gambas rebozadas para ella, y una ensalada de pollo y espinacas para Sofía, que de inmediato apretó la mandíbula enfurruñada.

—¿Qué te parecería que Marilys se viniera a vivir con nosotros? —preguntó Milton.

—¡Sí! ¡Sí! ¡Sí! —gritó su hija nuevamente a pleno pulmón.

—Tranquila, tranquila —dijo Milton torciendo el gesto, aunque el nivel de ruido en el restaurante se aproximaba al de un taller mecánico.

—¿Puede dormir conmigo?

Milton miró a su prometida y una ligera sonrisa amenazó con asomar a su rostro.

Marilys le quitó el rebozado a una de sus gambas fritas y la puso en el plato de Sofía.

—Entonces ¿se acabó? ¿Ya no trabajo más para ti? —dijo.

—Por supuesto que no.

—Pero has dicho que no nos casaríamos hasta el mes que viene.

—¿Y…?

—Que puedo seguir trabajando para ti hasta entonces.

—¿Lo dices en serio? Quiero que vayas a tu casa y recojas todas tus cosas. Mañana iré con una furgoneta para hacer la mudanza.

—Pero tengo un alquiler.

—No te preocupes por el alquiler.

—Y entonces ¿qué hago?

—¿A qué te refieres?

—¿Qué hago una vez que me haya mudado con vosotros?

—Nada. Ya sabes, estar conmigo, cuidar de Sofía y de la casa.

—Es lo mismo que hago ahora, pero sin el sueldo.

Milton se ruborizó.

—Si quieres, contrataré a una asistenta, ¿qué te parece?

—No seas absurdo.

—Lo único que intento decir es que nunca tendrás que volver a preocuparte por el dinero.

—No quiero que nadie trabaje para mí —dijo ella—. Qué locura.

—Eso depende de ti.

Marilys dejó de comer y se quedó contemplando el plato.

—Se me ocurre una idea mejor.

—Cuál.

—¿Puedo decirla?

Milton esperó.

—Mi madre.

—Tu madre.

—Si viniera a vivir con nosotros, podría ayudarme con Sofía y con el bebé. Y le encanta limpiar.

—Tu madre…

—Lo único que tendría que hacer es ir a buscarla.

—¿A Guatemala?

—Nunca ha montado en avión.

Sofía cogió discretamente una gamba del plato de Marilys y la mojó en el kétchup que cubría las patatas fritas de su padre, sin que ninguno de los dos reaccionara.

—¿No la quieres aquí? —dijo Marilys—. Es tu casa.

—Nuestra casa.

—Bueno, pero tú eres el cabeza de familia, así que lo que tú digas.

Sofía cogió otra gamba, un puñado de gambas.

—Disculpadme un minuto —dijo Milton, después se levantó de la mesa y Marilys lo siguió con mirada nerviosa mientras se dirigía hacia la puerta del local.

«Una esposa y dos hijos, vale», cavilaba Milton yendo y viniendo por el aparcamiento vacío.

«Pero una madre política…»

Después: «Piénsalo así: si eliminas el "política" te queda "madre"».

Lo cual, teniendo en cuenta que Milton acababa de perder a su tía Pauline, que había sido lo más parecido a una madre que había tenido, no estaba del todo mal.

Cuando regresó a la mesa, se encontró a Marilys, que al parecer había perdido el apetito, dándole una a una a Sofía el resto de sus gambas rebozadas.

—¿Se le dan bien los niños? —preguntó Milton.

—Me crió a mí. También crió a mis hijos.

—¿Y por lo demás?

—No demasiado bien.

—¿Es muy cargante?

—Un poco.

Sofía se había quedado excesivamente callada y Milton se preguntó si verdaderamente era posible hablar de cualquier cosa sin que los críos lo captaran.

Repitamos… «Nueva madre, nueva esposa, nuevo hijo, todo de una tacada.»

Después, observando cómo su hija se despachaba el resto de sus patatas fritas que él ni había tocado: «Y también una nueva abuela».

—Está bien —dijo, dando una suave palmada contra la mesa—, ve a buscarla.

Marilys se llevó una mano al corazón y suspiró de alivio.

—¿Cuándo debería ir?

—¿Qué te parece mañana mismo? Yo pagaré el avión.

—Te lo juro por Dios —Marilys le tocó la mano—: si no te cae bien, podemos enviarla inmediatamente de vuelta, tampoco es como si no tuviera familia.

—Tú ve a buscarla.

—Puedo ahorrarte dinero en los billetes —dijo ella animadamente—, mi primo trabaja en una agencia de viajes.

—Mira tú qué bien.

Milton deseó que ya hubiera ido y vuelto.

Marilys se inclinó sobre la mesa y lo besó en la boca, lo cual le hizo tensarse, ya que esta vez su hija estaba delante.

—Oh, Milton. —Era la segunda vez en su vida que Marilys pronunciaba su nombre en voz alta.

—Oh, Milton —la imitó Sofía, con ojos mortecinos como guijarros.

Más tarde aquella misma noche necesitó una botella casi entera de Chartreuse para tomar la resolución de dejar de beber. Nunca había sido, ni en el mejor de los casos, lo que cualquiera podría considerar un bebedor ocasional, pero desde el día en que vio a la Carmen adulta en el St. Ann había perdido el control por completo, cada noche peor que la anterior, despertándose al día siguiente en el sofá para preguntarse en qué momento el resumen deportivo de la una de la madrugada había dado paso a los dibujos animados.

«Bueno, se acabaron las excusas», pensó Milton volcando lo que quedaba de la botella en el fregadero.

Todavía ebrio por el licor que no había desaparecido por el desagüe, se dedicó a vagar por la casa reasignando las habitaciones: el cuarto de costura de su primera esposa sería ahora la alcoba del bebé; la habitación de invitados y picadero ocasional —el cual ya no necesitaría más— iría a parar a su suegra, así como el más cercano de los aseos, para su uso exclusivo. Qué más. Dividir el estudio para hacer un cuarto de juegos. Y todos los armarios del pasillo serían para las damas. Después, perdiendo fuelle, se encaminó finalmente a su dormitorio, entrando y viéndolo por primera vez como la celda gris en que se había convertido.

11

Un tiroteo a las cinco de la madrugada en un after de Inwood mantuvo a Billy ocupado hasta las diez de la mañana, y cuando por fin llegó a casa a las once, todavía rumiando su entrevista con Ramlear Castro, le sobresaltó ver la calle tomada por técnicos de la URAT. Para poder vigilar toda la manzana de cruce a cruce, estaban instalando cámaras Argus en postes telefónicos, ahuyentando con los silbidos y zumbidos de su labor cualquier esperanza que hubiera podido tener Billy de quedarse inmediatamente dormido.

Treinta minutos más tarde, mientras hojeaba el *New York Post* y le daba sorbitos a su cóctel matutino de pie junto a la barra de la cocina, recibió una llamada de Pavlicek. Esta vez Billy descolgó.

—¿Estás evitando mis llamadas?

—¿Qué? —demasiado cansado para idear una excusa coherente.

—Mira, solo quería hablar contigo para disculparme por haber perdido ayer la chaveta de esa manera. Es solo que ahora mismo me está cayendo semejante lluvia de mierda encima que lo mismo me acabo mudando allí contigo.

—¿Adónde conmigo?

Oteando por la ventana de la cocina, Billy vio a Whelan y a su amiga dándose el lote en la cama elástica de los críos.

—¿Lo dices en serio? —preguntó Pavlicek en voz baja.

«Joder», pensó Billy, recordando el desolado apartamento con eco y vistas al estadio.

—Por cierto, he hablado con mis chicos y puedo tenerlo listo para vosotros pasado mañana. Solo tenéis que traer toallas y sábanas.

—«Mis chicos.» Siempre estás hablando de tus chicos. —Billy intentó ganar tiempo—. Para mí, mis únicos chicos son mis hijos.

—Ya, bueno, también tienes a tu brigada.

Billy se apoyó el teléfono contra el pecho. «Díselo y punto.»

—Mira, John, siento haberte causado tantos quebraderos de cabeza, pero lo he hablado con Carmen y hemos decidido plantar cara en casa.

Silencio al otro extremo de la línea. Luego:

—¿Estás seguro?

—Sí, sí, Inteligencia nos envió un Equipo de Evaluación de Amenazas, la URAT está instalando cámaras justo mientras hablamos y el DP de Yonkers ha destinado una patrulla de vigilancia continua, esto parece la fortaleza de la soledad. Sería una locura levantar el campamento precisamente ahora.

Otra pausa descomunal.

—¿Estás bien?

—Sí —dijo Billy—. Quiero decir, teniendo en cuenta las circunstancias.

—Porque no pareces tú mismo.

—¿No? ¿Quién parezco entonces?

Después pensó para sí: «No fuerces las bromas».

—No estarás mosqueado porque perdí la cabeza con lo de Sweetpea, ¿verdad?

—Claro que no.

—¿Es por eso por lo que no me cogías el teléfono?

—No sé a qué te refieres —dijo Billy.

Whelan y su inquilina entraron besuqueándose en la cocina por la puerta trasera.

—En serio, ¿cómo de obsesionado te tiene ese desgraciado?

—John, no me tiene obsesionado, era simple curiosidad —dijo Billy precavidamente—. Y ya se me ha pasado. Escucha, tengo que preparar la merienda de los críos, ya te llamo más tarde.

—Todo se ve diferente con Smirnoff —anunció Whelan, asintiendo en dirección a la botella.

—Es eso o el cloroformo —dijo Billy.

La inquilina se acercó en silencio a la nevera, sacó la leche y echó un poco en un cazo que ya estaba colocado sobre un fogón.

—Obsesionado con quién —preguntó Whelan.

—¿Qué? —una vez más, intentando ganar tiempo.

—Has dicho «no me tiene obsesionado».

—Sweetpea Harris —dijo Billy—. Está desaparecido y para mí que ha entregado la cuchara.

—No jodas. —Whelan se sirvió un café—. ¿Y John te está dando la barrila con eso? ¿Por qué?

Billy le dio otro sorbo a su combinado.

—Hazme un favor y cuéntame una cosa —dijo—. El otro día, cuando te pregunté por qué te preocupaba tanto Pavlicek…

—¿A mí? —respingó Whelan.

—No llegaste a responderme.

—¿A qué pregunta?

—Por qué empezaste a atosigarme cuando te hablé de Pavlicek.

—¿En qué sentido te estuve atosigando?

Billy lo miró de hito en hito.

—Jimmy, ¿sabes algo que yo no sepa?

—¿Como qué?

—Por el amor de Dios, mira por esa ventana —estalló Billy, señalando a todos los técnicos que iban y venían por su jardín delantero—. Y por esa, y por esa. —Billy giró como una peonza—. Alguien me la tiene jurada, me veo obligado a hacer malabares con sierras mecánicas, te pido que me des una respuesta clara a una pregunta concreta, ¿y te dedicas a marear la perdiz como si fuera idiota?

Whelan levantó una mano.

—Si te lo cuento, no podrás decírselo a nadie, ¿entendido?

—¿Es su salud?

Whelan lo miró parpadeando.

—¿Qué le pasa a su salud?

—Entonces dilo y punto.

Whelan le dio un largo trago a su café.

—Está intentando comprarle mi edificio al propietario. Pero ahora mismo la situación es muy delicada, está todo en el aire, así que pensé que a lo mejor te había comentado algo.

Billy lo miró fijamente.

—¿Y eso es todo?

—¿Cómo que «es todo»? ¿Te parece poco? Si consigue cerrar el trato, pasaré de portero a administrador de finca cobrando el doble. Y si eso sale bien, me pondrá al frente de otros inmuebles. O sea, ya me conoces, no necesito gran cosa, pero sí me gustaría obtener un poquito más que lo que tengo ahora.

Una de las cámaras de seguridad se cayó de un árbol y a punto estuvo de descalabrar a un técnico que pasaba por debajo antes de ir a hacerse añicos contra una silla de jardín.

—En cualquier caso, ¿eso de que Sweetpea ha desaparecido del mapa? —Whelan aclaró su taza en el fregadero—. Deberías contárselo a Redman cuando le veas hoy.

—¿Por qué iba a ver hoy a Redman?

—El funeral.

—¿Qué funeral?

—El de tu chica.

Billy se puso blanco.

—Yo también iría —dijo Whelan, cogiendo su chaqueta—, pero ha de venir un tío a revisar la caldera.

La inquilina sirvió la leche caliente en un vaso y se lo dio a Billy.

—Para dormir —le dijo en español, apoyando una mejilla en la palma de la mano y cerrando los ojos.

Edna Worthy era la única doliente que apareció aquella tarde en el funeral de su nieta Martha, por lo que las sillas plegables alineadas en el salón-capilla de Redman fueron ocupadas por un puñado de suplentes de última hora: Redman, su padre, su esposa, Nola, que llevaba en brazos a su hijo, Rafer, cuatro de los ancianos que pasaban el rato a diario en la zona de recepción sin ventanas como si la funeraria fuera su club privado para la tercera edad, dos agentes de la Unidad de Relaciones Comunitarias del distrito 2-8 puestos en el compromiso y Billy, que era quien lo pagaba todo.

—Mas Jesús dijo: «Dejad que los niños se acerquen a mí, y no se lo impidáis, porque suyo es el reino de Dios» —entonó desde el púlpito el pastor de ciento ochenta kilos antes de hacer una pausa para darle un tiento a su inhalador para el asma—. Sufrir, verán ustedes, no tenía en el... en el habla de la época el sentido de soportar el dolor, no significaba aceptar el maltrato. Su significado era el de tolerar, permitir. —Hizo otra pausa, esta vez para secarse la cara con el pañal de tela que llevaba colgado del hombro de su traje de cuadros—. Y es que, verán ustedes, en aquellos tiempos los niños no tenían permitido dirigirse a los adultos, ni tampoco hablar sin haber recibido el permiso de otro adulto. A los niños se les ve, pero no se les oye; sé que conocen ese dicho y no solo de los tiempos de antaño, estoy seguro de que muchos de ustedes lo oirían en su infancia: a lo mejor papaíto estaba hablando con el tío en la mesa a la hora de la cena, o mamá estaba hablando con la tita mientras ustedes permanecían allí sentados, comiéndose los guisantes, y puede que levantaran la mano para pedir permiso. Pero Jesús nos está diciendo «No quiero intermediarios entre estos críos y yo, no me importan los formalismos, no necesito que levanten la mano, ni justificantes firmados, nada de porteros con cuerdas de terciopelo, simplemente dejad que los niños entren», y hoy... hoy Marisa ha entrado en el club sin tener que hacer cola.

—Martha —farfulló su abuela, pero no lo suficientemente alto.

—Ha entrado en el club sin hacer cola y, de hecho, derechita a la sala VIP, donde Él la está esperando con dos mágnums de Espíritu Santo en la cubitera.

—¿Me tomas el pelo? —susurró Billy.

—Dijiste que cien dólares para el celebrante —susurró a su vez Redman—. Esto es lo que obtienes por cien dólares.

—Bueno, ¿qué hay de nuevo? —preguntó Billy como preludio para hablar de Sweetpea.

—Luego —dijo Redman.

—«Bienaventurados sean los mansos» —canturreó el pastor—, «pues ellos heredarán la tierra. Bienaventurados los que lloran, pues ellos serán consolados».

—Se llama Martha —tronó la abuela en voz baja, con la mirada clavada en el suelo.

Nola le entregó el niño a Redman, se levantó y tomó asiento junto a la anciana, pasándole un brazo por encima de los hombros mientras contemplaba inexpresiva el ataúd.

Al cabo de unos minutos revolviéndose en el regazo de su padre, Rafer empezó a llorar, y Redman, que necesitaba ambas manos para levantarse de la silla y poder abandonar la sala, se lo pasó a Billy para que se lo sostuviera. Intentando equilibrar al chiquillo, Billy apretó sin querer la sonda gástrica que asomaba de su estómago y apartó bruscamente la mano como si hubiera tocado una serpiente. Avergonzándose de su reacción, miró por reflejo a Redman, que les esperaba junto a la puerta; la desdichada expresión de su rostro quemó a Billy hasta lo más hondo.

—Bueno, ¿qué hay de nuevo? —repitió Billy una vez acomodados en el cubículo de Redman.

—Tenemos un gorilón recorriendo el barrio —dijo Redman, dejando a Rafer en su tacatá y trabando las ruedas—. Dice que trabaja para una ONG y les vende a los comerciantes cajas de barritas de chocolate a cincuenta dólares la caja, dando a entender que, si se niegan, recibirán una paliza o se quedarán sin escaparate. Medio vecindario tiene esas condenadas barritas junto a la caja registradora.

—¿En serio?

—Todo el mundo dice que se expresa con mucho civismo, pero sin dejar lugar a dudas.

—¿Quieres que haga algo?

—Lo que quisiera es hacerlo yo —dijo Redman.

—¿Lo ha intentado contigo?

—Joder, no. A la gente le da miedo este sitio. Vamos a ver, ¿extorsionar a un enterrador? ¿Quién querría vérselas con esa clase de karma?

Ya es suficiente.

—¿Puedo contarte una cosa?

Redman esperó.

—Creo que Sweetpea Harris ha sido asesinado.

—¿Te ha soplado alguien que hoy es mi cumpleaños? Porque lo es.

—Bueno, muchas felicidades.

—¿Quién hizo los honores?

—Esperaba que tú pudieras decírmelo.

—¿Yo?

—Era tu chico.

—Mi chico, ¿eh? —dijo Redman—. ¿Cómo has dado con la información?

Billy dudó, pero después, pensando que ya era demasiado tarde para andarse con medias tintas, empezó a describir sus entrevistas con Donna Barkley y Ramlear Castro mientras se mentalizaba para recibir otra bronca como la que le había echado Pavlicek por no tener claras sus prioridades.

—Entonces el testigo de la ventana me cuenta que el tipo sale del coche, se dirige a la parte trasera, esquiva unos disparos y después vacía un cargador contra el maletero. Lo cual me da a entender que, quizá, probablemente, hubiera alguien armado dentro, como si el conductor hubiera olvidado cachearlo antes de meterlo allí a la fuerza.

—¿Te dio alguna descripción del tirador?

—En realidad no. —Después—: Dijo que tenía el pelo liso, como los blancos, quizá un hispano.

—¿Alcanzó a ver eso desde un sexto piso, pero nada más?

—Al parecer.

—Bueno —Redman se frotó lo que quedaba de su ensortijada cabellera en retirada—, puedes descartarme entonces.

—Hecho.

—Por cierto, he oído que os vais a mudar a uno de los apartamentos de Pavlicek —dijo Redman.

—Al final no.

—Eso que ganáis.

—Él y yo, nuestra relación… no pasa por el mejor momento —dijo Billy, testando las aguas para calibrar hasta dónde podía llegar con aquello.

De una cosa estaba seguro: no habría vuelta atrás si acababa revelando demasiado.

Desde la capilla les llegó la voz aguda y afelpada del padre de Redman cantando en el podio «Él tiene reservado un lugar para mí».

Hasta dónde…

—Está consultando a un hematólogo, ¿lo sabías? —dijo Billy.

—¿Quién, John?

Billy no respondió.

—Tío, hoy vienes cargado de noticias.

—Solo te lo digo.

—¿John? No me lo creo —dijo Redman; parecía molesto.

Hasta dónde…

—Contraté a una persona para confirmarlo.

La mirada de Redman podría haber detenido un tren.

—Ya lo sé —dijo Billy—, pero estaba preocupado por él. Sigo preocupado por él.

—No entiendo por qué no podías simplemente preguntárselo a la cara.

—Lo hice —dijo Billy—. Me mintió.

Un vendedor de productos cosméticos para pompas fúnebres elegantemente vestido que arrastraba un muestrario con ruedas asomó la cabeza.

—Deja que te pregunte una cosa —dijo Redman, haciéndole al vendedor un gesto para que esperara fuera del cubículo—.

Y ni siquiera me refiero a cualquier mierda que pudiera haber sucedido en el pasado, pero ¿hay en tu vida ahora mismo alguna cosa que no quieras que nadie más sepa?

Billy no respondió.

—Exacto. Así pues, ¿sea lo que sea lo que le esté pasando a Pavlicek? —Redman se agachó para sacar a su lloroso hijo del tacatá—. Si quiere contárselo a alguien, ya se lo contará. Mientras tanto, ¿qué tal si respetas su derecho a la intimidad y le dejas en paz?

Demasiado lejos.

Cuando llegó a casa a las dos de la tarde, Billy se encontró a Carmen y a su hermano llorando como magdalenas en el sofá del salón.

—¿Qué ha pasado? —preguntó.

—Nada —dijo Víctor, secándose los ojos—. Todo va bien.

—Le acojona lo de ser padre —anunció Carmen con desconcertante alegría—. Y no sabía a quién más recurrir.

—Me siento un borrico —dijo Víctor.

—Richard y tú vais a ser unos padres maravillosos —exclamó efusivamente Carmen.

—Pero si hasta se me mueren las aspidistras —bromeó Víctor, intentando reírse de sí mismo.

—Eh, pero tenéis perro, ¿no? —intervino Billy, con el deseo de preservar aquella buena atmósfera.

—El perro es de Richard.

—Justo ahora le estaba contando —dijo Carmen— que a nadie le aterraba más que a mí lo de tener hijos. ¿Las pesadillas que tuve antes de que naciera Dec?

Billy asintió, pensando: «Todavía las tienes».

—Víctor, sabes que te voy a ayudar con todo y en todo momento, te lo juro. —Carmen empezó a llorar otra vez—. Esos bebés os van a adorar.

—Gracias —susurró roncamente Víctor, abrazándola con fuerza.

—Míralo así —le dijo Billy a su cuñado en el camino de entrada—: si los trogloditas tenían hijos, tú también puedes.

—Y la esperanza de vida era ¿de cuánto?

—No se trata de eso.

—Billy, me estaba quedando contigo —dijo Víctor, saludando con la mano a Carmen, que les observaba desde la ventana del salón.

—¿Sabes, Víctor? Tu hermana es quisquillosa hasta decir basta, pero tiene corazón para dar y tomar.

—Lo sé.

Billy encendió un cigarrillo, inhaló, después torció la boca para expulsar el humo.

—Entonces ¿por qué es siempre tan dura contigo?

—Se avergüenza.

—¿De ti?

—De sí misma, no me preguntes por qué. ¿Porque me dejó para ir a cuidar de nuestro presunto padre en el sur? Eso pasó cuando yo tenía trece años. Ahora tengo treinta y seis. —Se encogió de hombros para quitarle importancia al asunto—. Pero una cosa sí sé: ¿cada vez que se comporta como si quisiera alejarme? Ella sufre mucho más que yo.

A Billy le entraron ganas de llorar.

—No sé —dijo Víctor, sacando las llaves del coche de su chaqueta—, ahora que los gemelos vienen de camino, me sorprendo pensando a todas horas en la familia y solo quiero que Carmen se sienta a gusto siendo mi hermana mayor. Aunque solo sea un minuto.

Billy asintió, después se arrimó como si Carmen pudiera oírle a través del cristal de la ventana del salón.

—¿Puedo preguntarte una cosa? ¿Cómo de acojonado estás realmente con esto de los gemelos?

—Tampoco mucho —dijo Víctor, despidiéndose con la mano de su hermana en la ventana.

Tomika Washington, una mujer alta y esbelta de piel clara con aspecto de rondar los cincuenta años, yacía tirada en bata sobre el suelo sin alfombrar del salón de su vivienda unifamiliar. El cordón de bota utilizado para cometer el crimen seguía apretado en torno a su cuello. Una toalla enrollada había sido colocada debajo de su nuca, como para ponerla cómoda, y un paño de cocina le cubría el rostro igual que un velo cuidadosamente dispuesto, como para impedir que pudiera mirar a su asesino; ambos gestos, Billy lo sabía, eran muestras de arrepentimiento de manual.

Como Butter y Mayo estaban interrogando a los vecinos y la furgoneta de la Científica había quedado atrapada en un atasco, Billy se hallaba a solas con el cadáver cuando oyó que llamaban a la puerta. En el remoto supuesto de que el asesino hubiera burlado el dispositivo policial para regresar con intención de pedirle disculpas a la víctima, Billy desenfundó su arma antes de abrir, sorprendiéndose al ver a Gene Feeley, su elusiva mariposa del amor, vestido con lo que debía de ser el último traje de tres piezas Botany 500 de la existencia.

—¿Tienes ahí a Tomika Washington? —preguntó Feeley. Después sorteó a Billy—. Solo quiero verla.

—¿La conoces?

Ignorando su pregunta, Feeley permaneció un momento inmóvil junto al cadáver, como presentando sus respetos, después se acuclilló y abrió delicadamente la parte inferior de la bata.

—¿Buscas algo en concreto, Gene?

—Esto de aquí. —Señaló un desdibujado tatuaje de un pájaro en la parte superior del muslo—. ¿Lo ves? Era su marca.

—La marca ¿de quién?

—Frank Baltimore —dijo Feeley, cerrando la bata con el mismo cuidado con que la había abierto—. Fue camello en esta zona durante un par de años en los ochenta, solía estampar un pájaro negro en sus papelinas y lo mismo hizo con una o dos muchachas como Tomika aquí presente.

—¿Hacían la calle para él?

—Nunca. Bueno, no para él. Quiero decir, que sí la hizo, pero más tarde, por su cuenta. Mientras estuvo con Frank fue estrictamente como pareja. La conoció en el Sur, en Newport News, durante uno de sus viajes para pillar. Tenía diecisiete años, una chica preciosa. Se la trajo consigo y le puso un piso en Lenox Terrace. Ella me contó que creía estar viviendo un cuento de hadas.

—Te lo contó ella.

—Antes de que me destinaran al Grupo Especial de Operaciones en Queens a raíz de que tirotearan a Eddie Byrnes, estuve una temporada en Narcóticos y tuve ocasión de interrogarla un par de veces, para ver si podía sacarle algo sobre Frank. Ella no sabía una mierda, pero tampoco me hizo pasar nunca un mal rato por haberla hecho ir a comisaría, tenía esa educación de chica de campo, no sabía no ser amable, nunca llegó a habituarse del todo a cómo son las cosas en la gran ciudad, ¿entiendes? Y cuando Frank acabó finalmente en chirona la dejó con el culo al aire, sola y demasiado avergonzada como para volver a casa. Oh, pasó una mala racha, primero por culpa del jaco, que es cuando empezó a prostituirse. Y después, ¿cuando hizo aparición el crack? A veces la veía por la calle, consumida, cuarenta kilos a lo sumo… Pero incluso entonces siempre tenía aquella sonrisa para mí, siempre aquella cortesía de chica del Sur bien educada. Y si alguna vez la detenían en una redada, tenía mi número de teléfono y yo intentaba sacarla de cualquier lío en el que se hubiera metido, pero era una batalla perdida. En cualquier caso —Feeley se levantó con un crujido de rodillas, despidiéndose aún con los ojos—, oí que hace unos años había conseguido desengancharse a través de un programa de la iglesia, así que bien por ella.

—¿Ese tatuaje? —Billy no pudo contenerse—. Está en un lugar no demasiado visible, Gene.

Al principio Feeley le miró con dureza, después se encogió de hombros.

—¿Si no me hubiera acojonado tanto el puto sida? Ella y yo podríamos haber tenido algo. Estuvimos bastante a punto en una o dos ocasiones, pero... en fin, qué te puedo decir, no estaba predestinado.

—¿Alguna idea acerca de quién podría ser el culpable?

—Entre la toalla y el paño, diría que alguien cercano, puede que un pariente. Tiene un sobrino en régimen abierto en la Ciento diez con Lenox, Doobie Carver, un auténtico lunático. Si me lo permites, puedo encargarme del resto.

—Todo tuyo —dijo Billy, encantado de verle tomar la iniciativa en cualquier caso, por el motivo que fuera.

Feeley se dirigió a la puerta, dudó un momento, después se volvió hacia el interior de la casa.

—Tengo que decirte una cosa. —Clavó una mirada tan fija en Tomika Washington que Billy no estuvo seguro de a quién se estaba dirigiendo—. Sé que puedo ser un puto coñazo y que no tienes influencias para obligarme a nada, pero eres un buen jefe, respetas a tu gente, no tienes ni un pelo de arribista y nunca les cuelgas los marrones a otros. Así pues —devolviendo al fin la mirada de Billy—, ¿después de esta noche? Si quieres que me vaya, yo mismo haré la llamada.

—¿Y si mejor te quedas? —se oyó decir Billy.

—Realmente lo agradecería —dijo Feeley solemnemente, ofreciéndole la mano.

—¿Quiere decir eso que empezarás a aparecer cuando debes?

Feeley le dirigió otra miradita —«No fuerces la suerte»— y después se agachó una última vez junto a Tomika Washington.

—Cuídate, cariño —dijo.

MILTON RAMOS

Supuestamente, Marilys debía ir a las nueve de la mañana siguiente a recoger el dinero de los billetes, sin embargo apareció a las siete y media. Milton abrió los ojos para encontrársela de pie junto a la cama, con la cara roja y temblorosa.

—¿Qué ha pasado?

—Soy tan estúpida —susurró ella, con la voz cuajada de lágrimas—. No tiene pasaporte. No tiene nada.

—¿Quién?

Más borracho que resacoso, Milton se incorporó, se levantó y después tuvo que volver a sentarse debido a la reacción del Chartreuse.

—Mi madre. ¿Por qué soy tan estúpida?

—Vale, está bien. —Se frotó los ojos con los pulpejos de las palmas—. ¿Qué hora es?

Marilys se dejó caer a su lado, encorvando los hombros tanto como él.

—Esto ha sido mala idea.

—Bueno, pues entonces ve a buscarla cuando le hagan uno.

—No. Me refiero a casarse.

—¿Casarse es una mala idea? ¿Desde cuándo?

—Anoche soñé que el sacerdote nos estaba bendiciendo y que mi madre se deshacía.

—¿Se deshacía?

—Como una flor cuando aceleran la grabación y la ves abrirse, después marchitarse y por último deshacerse hasta que ya no queda nada. Solo polvo. Por no haber estado allí.

—Allí ¿dónde? —Su cráneo era un huevo pasado por agua.

—En la iglesia mientras nos casábamos. Moría en su casa por no haber estado con nosotros.

Milton respiró hondo y notó el sabor a bilis en las muelas.

—Escúchame —la cogió de la mano—, has tenido un sueño. Solo era un sueño.

—No.

—Todo el mundo tiene pesadillas. Deberías ver algunas de las mías.

—Mis sueños siempre se hacen realidad. Siempre. Cuando era niña, soñé que uno de mis hermanos estaba en el hospital y al día siguiente se rompió la espalda. Cuando me casé por primera vez, soñé que mi marido tenía cáncer y en menos de un año lo había enterrado.

—Entonces, hagas lo que hagas, no sueñes conmigo —bromeó Milton para mitigar su pánico creciente.

Apoyándose en él, Marilys se vino abajo, sus ardientes lágrimas quemaron la piel de Milton.

—De acuerdo. A ver qué te parece esto: buscamos la manera de encontrarle a tu madre un permiso de residencia, un pasaporte o lo que sea. Mientras tanto, tú te vienes a vivir conmigo y tienes al bebé, pero esperamos a casarnos hasta que puedas traerla a Estados Unidos.

—No.

—Por el amor de Dios. —Milton empezó a sudar—. Por qué no.

—Si vivimos en pecado, a lo mejor le pasa lo mismo.

—Ahora mismo me siento prisionero de tu cerebro, ¿lo sabes?

A pesar de su tono cortante, Milton había pronunciado la frase más como ruego que como reproche, aunque Marilys parecía no haberle oído siquiera.

—No podemos hacerlo —dijo. Después, mirándolo como Nuestra Señora de los Dolores—: A lo mejor simplemente debería volver a trabajar para ti, vivir sola.

—Me estás matando.

—A lo mejor debería volverme a vivir con ella.

—¿A Guatemala? ¿Estás loca?

—No sé qué hacer.

Milton se levantó de un salto, después volvió a sentarse inmediatamente.

—¿Y qué pasa con el bebé?

—Sigue siendo nuestro bebé.

—Eso ya lo sé —replicó bruscamente. Después, lanzando la siguiente ancla—: ¿Qué pasa con Sofía?

Marilys enterró la cabeza en el regazo de Milton, agarrándole la cadera con una mano.

—Por los clavos de Cristo, ¿qué pasa conmigo?

Marilys empezó a llorar. Esta vez sus cálidas lágrimas lo excitaron, lo cual únicamente incrementó su pánico.

—Vale —dijo, sin pedirle que levantara la cabeza—. Reflexionemos. ¿A quién conoces en Guatemala?

—A mi familia —dijo Marilys. Y después—: ¿A qué te refieres?

—Está bien, tu primo el de la agencia de viajes, ¿a quién conoce?

—No sé a quién conoce.

—¿Sabes a lo que me refiero con «conocer»?

—Creo que sí —dijo ella, y después—: Sí, lo sé.

—¿Qué tal si le llamas?

—No abre hasta las diez.

—Entonces llámale a las diez.

Pero solo eran las ocho, y permanecieron sentados en tenso silencio sobre la cama hasta las nueve. Entonces, sin ningún tipo de comunicación preliminar, se pusieron a ello… Y ya fuera por la atmósfera funesta que les envolvía o simplemente por la visceralidad emocional de los anteriores noventa minutos, cuando Milton se quitó finalmente de encima de ella ambos estaban llorando como bebés.

A las diez, Marilys bajó al estudio para hacer la llamada, dejando a Milton echado en la cama con la piel empapada. Estaba encantado con la idea de formar una familia con ella, y sin embargo, hasta entonces, nunca se le había pasado por la cabeza estar enamorado. Pero algo había cambiado aquella mañana. Milton Ramos estaba oficialmente enamorado de Marilys Irrizary. Si hubiera tenido una navaja, lo habría tallado en un árbol.

Pasaron cuarenta y cinco minutos antes de que Milton la oyera regresar a la puerta de su dormitorio, cuarenta y cinco minutos durante los que había temido hasta parpadear. Pero cuando Marilys apareció en el umbral, su risa de alivio llegó a sus oídos como una bandada de mariposas.

—Ha dicho que tiene un amigo.

—Sueños —dijo Milton—. Estás loca, ¿lo sabes?

—Puede ser —respondió ella, con el rostro casi radiactivo de alegría.

Su primo el de la agencia de viajes en Fordham Road, en el Bronx, le había dicho que podía conseguirle un viaje de ida y vuelta, Newark-Ciudad de Guatemala, y un billete solo de ida para su madre, todo por mil quinientos dólares, lo cual era una ganga en comparación con los precios online. Pero, a cambio del descuento, quería cobrar en metálico.

Como sea.

La sacudida llegó más tarde aquel mismo día cuando Marilys le telefoneó al trabajo para decirle que su primo había hecho algunas llamadas a un bufete de abogados bien relacionado con la embajada en Ciudad de Guatemala y había averiguado que el precio total por conseguirle a su madre un pasaporte y un permiso de trabajo en Estados Unidos, ambos a entregar en menos de cuarenta y ocho horas, sería de ocho mil quinientos dólares.

La primera reacción de Milton fue negarse en redondo; la segunda, negociar la tarifa. Incapaz de hacer esto último y temeroso de perder para siempre a su loca y supersticiosa *amorcita* por unos pocos miles, hizo de tripas corazón, fue a la sede de su sindicato para pedir un préstamo sobre su pensión y retiró el dinero.

Como sea como sea como sea.

A las siete de la tarde, la cola para el autobús expreso al JFK, que empezaba enfrente de Grand Central Station, ocupaba casi dos manzanas. Los pasajeros que esperaban su llegada parecían inquietos y macilentos en la penumbra del crepúsculo.

—No me habría costado nada llevarte —dijo Milton por sexta vez.

—Me gusta el autobús —dijo Marilys, pegándose a él en busca de calor—. El autobús siempre me da buena suerte.

Con quince minutos de retraso, el enorme y elegante vehículo apareció en lo alto del promontorio de la calle Treinta y nueve con Park y después se quedó allí parado, dejando pasar tres semáforos en verde y torturando a la gente que esperaba dos manzanas más abajo, en la Cuarenta y uno.

—Bueno —dijo Milton, dándole un paquete envuelto en papel de regalo—, es para tu madre, de mi parte y de Sofía.

En vez de guardar el regalo en su maleta, lo cual habría frustrado a Milton, Marilys lo abrió de inmediato, desplegando el colorido sarape de hilo de cáñamo que le había comprado a un vendedor callejero guatemalteco en el West Village.

—Milton, es precioso.

—No sé su talla, pero como viene a ser una toalla de baño con cuello…

Marilys le agarró de las mejillas con ambas manos y le besó delante de todo el mundo. A Milton seguían incomodándole ligeramente aquellas muestras de afecto tan abiertas y directas, pero había empezado a acostumbrarse a ellas.

El autobús echó a rodar colina abajo hacia la multitud que lo aguardaba, pero tan lentamente que pilló un semáforo en rojo cuando aún se encontraba a una manzana de distancia. A su alrededor, varias personas gruñeron de frustración.

Cuando las puertas se abrieron con un suspiro escasos momentos más tarde y los pasajeros empezaron a subir, Marilys siguió demorándose a su lado, hasta que, temiendo que pudiera perder el vuelo, tuvo que ser el propio Milton quien la azuzase para que se montara en el autobús.

No fue hasta que Marilys iba de camino al aeropuerto y él casi se hallaba de regreso en el Bronx cuando Milton se dio cuenta de lo estúpido que había sido.

¿Quién diablos le envía como regalo una prenda típica guatemalteca a una persona que vive en Guatemala?

12

Tras haber tenido que atender otra denuncia coñazo de última hora, esta vez una puñalada de escasa consideración en una casa de acogida del East Village, Billy cruzó finalmente el umbral de su puerta a las diez de la mañana siguiente para encontrarse a John MacCormack, de Narcóticos de Brooklyn, sentado en su salón frente a Carmen. Entre ellos descansaban dos cafés intactos.

–Me había parecido ver un Firebird aparcado en la calle –dijo Billy, mirando a su esposa, la cual negó imperceptiblemente con la cabeza a modo de advertencia, como si necesitara una.

–Mi supervisor dice que la otra noche debería haberle presionado más –dijo MacCormack.

–Presionarme más ¿sobre qué?

–Sugiere que deberíamos requisarle las armas, pero yo le he dicho que probablemente sería una reacción desmesurada.

–Desmesurada ¿respecto a qué?

MacCormack se levantó muy despacio.

–Tengo que preguntárselo de nuevo. –Miró a Billy directamente a los ojos–. ¿Qué interés tiene en encontrar a Eric Cortez?

Carmen, la única que permanecía sentada, se pasó repetidas veces las palmas por los muslos de los vaqueros con expresión desconcertada y tensa en el rostro.

–¿Sabe qué? –El agotamiento de Billy le ayudó a mantener la calma–. Ya se lo dije la primera vez que me lo preguntó.

También le dije que no tenía, ni tengo, la menor intención de fastidiarle el caso a nadie. Así pues. ¿Quiere requisarme las armas? No sé para qué coño las querrá, pero traiga a su gente y adelante.

—¿Está muerto? —preguntó MacCormack.

—¿Qué?

—La otra noche me preguntó si Cortez estaba muerto. Por qué.

—Carm, déjame que hable con él en privado.

—De aquí no me muevo —dijo ella.

—Por qué —repitió MacCormack.

—Porque los animales como él no suelen ser demasiado longevos y esperaba que lo estuviera. Pero si hubiera pensado que preguntárselo me iba a meter en un aprieto, habría mantenido la boca cerrada. Llevo veinte años en el Cuerpo, ¿cómo de estúpido se cree que soy?

MacCormack lo observó atentamente en busca de algún tic.

—Así pues, ¿está muerto? —dijo Billy, una pregunta sincera.

—No.

—Entonces no lo entiendo.

—Billy, qué está pasando.

—Carmen, por favor…

—¡Anda, mira quién ha venido! —dijo Billy Senior prácticamente a gritos mientras entraba en el salón y le daba una palmada en la espalda a MacCormack—. ¡Jackie MacCormack! ¡Pensaba que estabas en Florida!

Billy observó cómo MacCormack repasaba un momento su archivo fisonómico mental y después le estrechaba la mano a su padre.

—Billy Graves, ¿cómo diablos se encuentra?

—Nunca peor —dijo el anciano, después se dirigió a la cocina, donde Millie le estaba preparando el desayuno.

—¿A qué ha venido eso?

—¿Es su padre? —MacCormack parecía ligeramente aturdido.

—Sí, ¿de qué le conoce?

–De nada. Estuvo algunos años con mi padre en la Patrulla de Acción Táctica en los sesenta. Yo ni siquiera había nacido. Solo lo he reconocido de algunas fotos que conserva mi madre.

Billy se asomó a la cocina, donde su padre se había sentado a comer cereales secos mientras veía un programa de variedades en el televisor en miniatura que tenían junto al microondas.

–Está bastante ido –dijo Billy.

–¿Está seguro de eso? –MacCormack parecía aún ligeramente aturdido–. Porque, puede creerme, no me parezco en nada a mi padre.

Billy experimentó una oleada de optimismo con la que ya estaba demasiado familiarizado; después la reprimió. El ritmo del inexorable deterioro de su padre siempre había incluido aquellos repuntes de inesperada agudeza que renovaban por un momento las esperanzas de Billy para acto seguido sofocarlas con un nuevo hundimiento en la demencia, dejándolo repentinamente con la desesperada necesidad de alejarse de su padre antes de recibir el siguiente e inevitable recordatorio de lo iluso que había sido, era y siempre sería respecto al anciano hasta que la muerte se lo llevara.

Regresando bruscamente al presente, Billy miró primero a su mujer y después a MacCormack, los cuales le observaban como si hubieran estado siguiendo sus pensamientos.

–¿Quiere mis armas? –dijo, extrayendo el cargador y después tendiéndole su Glock a MacCormack por la culata–. Tengo una Ruger en una caja de seguridad en el sótano y mi padre guarda su viejo pistolón en su cuarto. Mi esposa puede acompañarle, dese el gusto.

Billy entró en la cocina para prepararse un combinado doble, rezando por que su padre mantuviera el pico cerrado y no le hiciera llorar. No volvió al salón hasta que oyó cerrarse la puerta principal; cuando salió, la visión de su Glock descansando delante de Carmen sobre la mesita del café lo detuvo en seco.

–¿Adónde ha ido?

—Afuera.

—Cómo que afuera. ¿Se ha marchado?

—Te está esperando.

Billy miró por la ventana y vio el Firebird incautado gorjeando en su camino de entrada, con MacCormack al volante y la puerta del pasajero abierta.

—¿Me vas a contar lo que está pasando? —le preguntó Carmen.

—No tengo ni idea —dijo él, saliendo de casa.

La clínica estatal de Ozone Park olía a colada de pañales reutilizables. Eric Cortez estaba en la sala común, asegurado con velcro a una silla de ruedas, el rostro hinchado como un globo sobre el torso atrofiado; sus ojos descollaban argentinos desde debajo de un apretado casco de hockey como los de un pez arponeado.

—Para los ataques —dijo MacCormack, señalando el casco.

—¿Qué le ha pasado?

—Le dispararon a la cabeza hace tres meses y lo dejaron por muerto. Un chaval, en realidad el perro del chaval, lo encontró en una bolsa de basura detrás de unas viviendas de protección oficial en el condado de Dutchess.

—Cuando consulté su ficha no ponía nada de esto.

—No es nuestra investigación. Además, tampoco es que estuviéramos demasiado ansiosos por anunciarlo, por si acaso había alguien interesado en terminar el trabajo.

—¿Qué clase de asesino va a tener acceso a nuestro sistema?

MacCormack se lo quedó mirando en silencio.

—¿En serio?

—La bala era una Speer Gold Dot de 135 granos para una Smith and Wesson calibre 38, reglamentaria de la policía.

—¿Y qué? No tenemos el monopolio de ese modelo. Además, era un chivato.

—¿Qué cree, que es el único al que tenemos? Y cuando dejó de aparecer en las reuniones, ninguno de los demás averiguó una mierda. Hasta que nos llamaron de Dutchess. De modo que cuando entró usted en el sistema para seguirle el rastro…

—Entonces ¿creen que el responsable es un poli?

Ninguno de los dos miraba ya a Cortez.

—Una de las personas a las que interrogamos dijo que oyó a nuestro amigo jactarse de que conocía la existencia de una red de extorsión controlada desde una comisaría de distrito en Brooklyn unas dos semanas antes de recibir el balazo. A lo mejor no era simple jactancia.

—Entonces ¿creen que el responsable es un poli? —repitió Billy sin recordar que había dicho lo mismo hacía un instante.

—Estamos investigando a un par.

—¿Y alguno promete?

MacCormack no respondió.

—Pero esa es la dirección en la que están investigando.

MacCormack ladeó la cabeza.

—¿Por qué? ¿Piensa que deberíamos buscar en otra parte?

—¿Yo? No, simple curiosidad. —Luego—: Ojalá pudiera decir que me parece una tragedia.

Cogiendo a Billy del codo, MacCormack lo condujo hasta el vestíbulo.

—Lo más probable es que fuese algún miembro de la cuadrilla a la que estaba delatando, pero si no lo fue, si de verdad hay algo de cierto en eso de las extorsiones, en fin, sería más gordo que cualquier otra cosa que tengamos entre manos y queremos dejar cubiertas todas las bases.

Cuando llegaron a Yonkers media hora más tarde, el padre de Billy estaba sentado en el porche leyendo el periódico con tanta concentración que tenía la boca completamente abierta.

Desde el asiento del conductor, MacCormack agachó la cabeza para contar todas las cámaras de la URAT que custodiaban la casa y la calle.

—Algo me dice que lo peor que podría haberle hecho hoy habría sido quitarle las armas.

La muchacha estaba sentada sobre su estrecha cama en un dormitorio que olía a agrio, mordisqueándose los nudillos hasta el hueso. Encima de su mesa había una caja de zapatos llena con pellizcos de coca envueltos en papel film y puñados de marihuana en bolsitas Ziploc, y sobre su tocador descansaba abierto un ejemplar hueco de *El arcoíris de gravedad* relleno con billetes de diez, veinte y cien dólares.

—*El arcoíris de gravedad*, nunca había oído hablar de esa novela —dijo Yasmeen mientras fotografiaba el dinero—. ¿Es buena?

—No la he leído. —La embotada mirada de la muchacha seguía fija en la luz del puente de Brooklyn, visible desde la ventana del colegio mayor—. Es la favorita de mi padre.

Sin mediar palabra, Yasmeen apartó a Billy de un caderazo para fotografiar la caja de zapatos. Él estaba, pero sin estar, ya que el DPNY no tenía permitida la entrada en ninguna parte del campus sin permiso expreso de la universidad.

—¿Puedo llamar a mi padre?

—Por supuesto.

Billy captó una mirada de la compañera de habitación, que había echado a rodar la pelota mediante una queja a su terapeuta en el Centro de Bienestar de la facultad.

—A mí no me mire —dijo esta con un entrecortado soniquete panyabí—. La camello es ella.

Otros dos guardias de seguridad de la universidad, inspectores retirados como Yasmeen, deambulaban por la habitación con inmutable cara de aburrimiento.

—¿Me dice Redman que has descubierto que Pavlicek está viendo a un hematólogo? —preguntó Yasmeen, desembarazándose con una sacudida de hombros de su abrigo hippie tibetano para que cayera sobre el respaldo de la silla.

—Así es —dijo Billy, incapaz de interpretar su tono.

Estaban sentados a una mesa junto a la ventana de un döner kebab que había justo en la acera opuesta al colegio mayor.

—¿Es grave?

—No tengo ni idea.

Un camarero les trajo sus consumiciones: una cerveza en botella para Billy, una tisana para Yasmeen.

—Llevo toda la semana sin probar ni gota de alcohol —dijo—. Es increíble lo rápido que te perdona tu cuerpo.

—Entonces ¿no sabes nada al respecto?

—¿Sobre qué?

—Sobre John.

—Creo que alguien me dijo que tenía dolores de cabeza.

—¿A qué te refieres con dolores de cabeza? ¿Migrañas?

—Es lo único que sé y ni siquiera sé si lo sé.

Observaron a través de la ventana cómo la muchacha era finalmente escoltada hasta el exterior por los otros dos guardias de seguridad y entregada a una pareja de inspectores locales, poniendo así punto final a sus estudios universitarios cuando apenas acababa de comenzar el segundo semestre de su primer año.

—Este trabajo es una mierda, te lo juro por Dios —dijo Yasmeen.

Billy le dio un sorbo a su cerveza, barrió de la mesa las migas dejadas por otro.

—¿Y qué has sabido últimamente de Eric Cortez? —preguntó.

—¿Cortez? Hace una eternidad que no le sigo la pista.

—¿No? —Billy siguió mirando por la ventana.

—Pero todavía veo a la familia de Raymond del Pino unas cuantas veces al año. Está siendo muy difícil para ellos superar la pérdida, ¿sabes?

—Entonces ¿no sabes que está en una clínica en Queens?

—¿Cortez? —Yasmeen se animó de inmediato—. ¿En serio? ¿Por qué?

—Le pegaron un tiro en la cabeza y lo metieron en una bolsa de basura, al norte del estado.

—Eso es… ¿Te estás quedando conmigo? Uau.

—Su cerebro es un cuenco de gachas y solo es capaz de moverse cuando le entran las convulsiones.

—Si voy a visitarlo, ¿me dejarán llevar la cámara?

—¿Sabes por qué lo sé? Porque me han investigado para ver si era el responsable. Querían requisarme las armas.

—¿Tú? —Yasmeen volcó una tonelada de Splenda en su taza—. ¿Por qué tú?

—Piensan que cabe la posibilidad de que el tirador fuese policía. Así que, cuando busqué su historial en el sistema, se les ocurrió que a lo mejor le estaba siguiendo el rastro para rematar el trabajo.

—¿Buscaste su historial? ¿Por qué buscaste su historial?

—¿Sabes lo que me preguntaron? Que si tenía pistas para ellos.

—Y tú les dijiste…

—Que no.

—Pero ¿por qué coño buscaste su historial para empezar?

—Porque esto me está inquietando mucho.

—¿El qué?

Billy le quitó la servilleta y escribió:

Tomassi Bannion SweetP Cortez

Sonó el teléfono de Yasmeen.

—Perdona —dijo, sacándolo del bolsillo de su abrigo y medio dándole la espalda.

Incluso con el móvil pegado a la oreja, Billy consiguió distinguir los enlatados lamentos de la voz de su hija pequeña.

—Qué pasa —preguntó Yasmeen fatigadamente, masajeándose la sien—. Vale, a ver, quién te está pellizcando… Jacob. Jacob el gordo o Jacob el negro… ¿Está ahí? Que se ponga… Mira, Simone, como no me lo pongas al teléfono ahora mismo… —Puso los ojos en blanco para Billy—. ¿Eres Jacob? Soy la mamá de Simone. Escúchame bien, ¿sabes ese monstruo que vive debajo de tu cama? Tus padres te dicen que no es real, pero te están mintiendo. No solo es real sino que es muy amigo mío, así que como le vuelvas a poner un solo dedo encima a mi hija, me aseguraré de que salga de ahí debajo esta noche mientras duermes para chuparte los ojos directamente del cráneo, ¿me has entendido? ¿Sí? Bien, ahora devuélvele el teléfono a Simone… Deja de llorar y devuélvele el teléfono a Simone.

Yasmeen colgó.

—Odio a los abusones.

—¿Se está muriendo? —preguntó Billy.

—¿Quién se está muriendo?

—Pavlicek.

—¿Que si Pavlicek se está muriendo? ¿De verdad me acabas de preguntar eso?

—Es mi amigo, si sabes algo que yo no sepa, dilo y punto.

—Vaya. Yasmeen le arrebató a Billy la lista de impunes y se empezó a ruborizar—. Entonces ¿qué me estás preguntando? ¿Si sé si tiene algún tipo de enfermedad incurable que le ha hecho perder la chaveta y perseguir en plan justiciero a todos estos canallas?

—Yo no he dicho eso. —Ahora fue su turno de ruborizarse—. Solo quiero saber cómo de grave es su enfermedad.

—Está sano como un caballo, tiene unos treinta millones en el banco y vive como un rey.

—Eso está bien —dijo él—. Eso es lo que quiero oír.

—Entonces ¿qué? ¿Crees que echa de menos los buenos viejos tiempos? ¿La acción a todas horas? ¿Que se aburre? ¿Se puede saber qué coño te pasa, Billy?

—No sé adónde quieres ir a parar.

—¿Adónde quiero ir a parar yo?

—Solo te he preguntado por su salud.

—¿Y por qué diablos se te ocurrió buscar la ficha de Cortez? ¿Quién te dijo que lo hicieras? ¿Y Sweetpea? Dennis dice que andabas por ahí con un puto cartel de desaparecido de Sweetpea Harris. Y sí, antes estaba siendo considerada, pero contrataste a un investigador privado para que husmeara en el historial médico de John, ¿no es así?

Ahora que la había cagado, después de haber cruzado todas y cada una de las rayas con pasos de elefante, Billy optó demasiado tarde por el silencio.

—Pero ¿sabes qué? —Yasmeen se puso el abrigo como si se dispusiera a marcharse en un arrebato—. Incluso aunque no fueran delirios paranoicos tuyos y hubiera alguien cargándose a esos hijos de puta, ¿qué más te da? ¿A quién le importa? Los animales como estos —golpeó con un dedo la lista a la vez que se levantaba— tienden a reproducirse. Así que, ¿cuando desaparecen jóvenes? Se llama control poblacional, nuestro regalo al futuro.

—Pero ¿tú te estás oyendo? —balbuceó Billy.

—¿Y tú te estás oyendo?

La conversación había terminado.

—Puto Billy.

Yasmeen se dejó caer nuevamente sobre la silla, con los ojos repentinamente relucientes como el acero mojado.

—¿Qué te pasa?

—¿Además de tener que oírte?

—Además de tener que oírme.

Un temblor se apoderó de los dedos de su mano derecha y Billy le pasó el resto de su cerveza, que Yasmeen apuró como una vikinga. Billy pidió otra para ella.

—Yazzie, qué te pasa.

—Lo siento, es que de un tiempo a esta parte estoy todo el rato tensísima. —Se secó los ojos con la sucia manga de su abrigo de gamuza—. Creo que estoy pasando la menopausia.

—Pero qué dices, la menopausia, si tienes cuarenta y tres años. —Billy agradeció el cambio de tema.

—Podría ser prematura, ¿sabes? Me paso las noches en vela, me aso, me congelo, sudo, ardo. Estoy volviendo loco a Dennis.

—Siempre has vuelto loco a Dennis.

—Tengo pesadillas con mis hijas, sueño que les suceden cosas horribles. A veces me despierto sentada en la cama y estoy empapada, toda la cama lo está. Y lo primero que pienso es que es sangre, que estoy cubierta de sangre, pero desde hace tres meses ya ni siquiera me viene la regla. No me malinterpretes, no la echo de menos, pero ¿toda esta otra mierda que tienes que aguantar al perderla? Y creo que los animales lo perciben. Fuimos a Florida justo antes de Nochevieja para visitar a los padres de Dennis. Llevé a Dominique a darles de comer a unos patos y se volvieron locos, nos persiguieron te juro que como mínimo dos kilómetros. Si hubiera llevado la pistola encima habríamos cenado pato, toda la familia. Solo quiero que pase de una vez.

—Deberías hablar con alguien —dijo Billy.

—Ya estoy hablando con alguien, imbécil, estoy hablando contigo.

Se quedaron allí sentados en silencio un largo momento, ignorando a los primeros estudiantes que empezaban a llegar para el almuerzo.

—Solo quiero dejar de tener pesadillas con mis hijas —dijo Yasmeen, haciéndole una seña al camarero para que le trajera una tercera cerveza—. A veces desearía no haberlas tenido nunca, con la cantidad de cosas terribles que podrían pasarles. Sin embargo, nada de eso me inquietó cuando trabajaba en crímenes sexuales, solo ahora. Esta puta menopausia… A lo mejor tampoco está tan mal eso de tener el período, una pequeña pérdida de sangre todos los meses, ya sabes, como una válvula de presión. ¿Qué tal Carmen? Todavía no estará menopáusica, ¿no? ¿Cuántos años tiene, cuarenta?

—Treinta y ocho.

—Afortunada ella.

—A lo mejor no es la menopausia —dijo Billy—. A lo mejor estás embarazada.

—Ya. Hazme un favor, pregúntale a tu mujer cuánto dura esto.

—Es enfermera de triaje.

—No sé, Billy, en vez de preocuparte tanto por Pavlicek… quizá deberías preocuparte un poquito por mí.

—Estarás bien —dijo él, sin saber qué más podía decir para no meterse en líos.

MILTON RAMOS

Cuando llevaba treinta minutos empaquetando cajas en el estudio de Marilys, Milton lo comprendió de sobra: por supuesto que estaba medio chalada en lo que a creerse sus sueños se refería. Su casa era una verdadera botica, los anaqueles situados sobre la cocina de dos fogones y el armario debajo del lavabo del cuarto de baño contenían una plétora de aceites espirituales: Ogun, Pájaro Macuá, 7 Potencias Africanas, Ángel del Dinero, Ángel del Amor y Amarra Hombre, estos dos últimos también en ambientador. Y después estaban los frascos de fregasuelos esotéricos al fondo del armario: Gana Juicio, Llama Clientes, Ven Dinero, Poderoso Riego Destructor, Miel de Amor, Obedéceme, Adórame y, una vez más, Amarra Hombre. Mientras recogía, Milton se preguntó si Marilys habría estado metiendo de tapadillo en su casa algunos de aquellos brebajes desde el principio, lavando con ellos los suelos, las paredes y, lo más importante de todo, Milton lo sabía, los marcos y umbrales de las puertas y los antepechos de las ventanas. No le importaba, de hecho se sintió halagado, pero ahora que las pociones habían surtido efecto, ¿dónde demonios se había metido?

Era la una de la tarde del día siguiente a que la hubiera dejado en el autobús del aeropuerto y todavía estaba esperando a que lo llamara desde Ciudad de Guatemala. Al principio, se dijo: país tercermundista, las complicaciones del viaje, cobertura deficiente o inexistente para el móvil, podría haber un millón de motivos. Pero tras unas horas pensando en todo el dinero que se había llevado en efectivo, «país tercermundista» empezó a mutar en «rapto», «complicaciones» en «violación» y «mala cobertura» en «asesinato».

Decidiendo que no quería aquella colección de brujerías en su casa, desempacó lo que acababa de empacar y a continuación se dispuso a vaciar el botiquín, otro gabinete de curiosidades entre las que se contaban varios frascos sin etiquetar que Milton no se habría atrevido a abrir ni por una apuesta. Lo que no encontró fue ni un solo medicamento, ni recetado ni genérico —todos los botiquines del planeta contenían al menos algún fármaco—, lo que significaba que o bien no tomaba nada y estaba tan sana como parecía o que era demasiado pobre como para cuidar debidamente de su salud y se estaba medicando con panaceas medievales. El misterio de los medicamentos ausentes volvió a poner de relieve lo poco que, después de tantos años, sabía en realidad sobre ella.

Su teléfono sonó, pero no era Marilys, sino Peter González, un semiamigo que trabajaba en la Administración de Seguridad en el Transporte.

—No ha volado con United, American ni Delta. En el área de Nueva York hay otras cuatro aerolíneas que ofrecen vuelo con escala a Guatemala, pero he supuesto que como esos tres eran directos y además los más baratos...

—Entonces... —Milton se sentó en la cama de Marilys.

—Según la lista de pasajeros, a bordo de un vuelo de Aeroméxico que salió anoche del JFK iban dos Irrizary, Carla y María. ¿Estás seguro de que Marilys es su nombre legal? Podría ser un apodo, un mote infantil o algo.

—Espera —dijo Milton, soltando el teléfono y rebuscando apresuradamente en la basura hasta que encontró una factura del alquiler y un recibo de la luz.

—Sí, Marilys Irrizary, continúa buscando. —Después—. ¿Hola? ¿Sigues ahí?

—De nada —dijo González.

—Perdona. Gracias.

Retomando la mudanza, regresó junto al armario y después pasó al tocador; ambos muebles estaban medio vacíos y Milton se quedó pasmado al descubrir lo reducido que era el número de sus posesiones. Por último, recogió sus crucifijos, iconos y estatuillas religiosas: san Miguel, san Jorge, santa Lucía y san Lázaro, el Santo Niño de Atocha y Nuestra Señora de Guadalupe, todos los sospechosos habituales. Después, tras echar un último vistazo por el resto del estudio sin encontrar nada que mereciera la pena llevarse, empezó a bajar las cosas de Marilys a la calle, para lo cual únicamente necesitó cuatro viajes, metiendo seis cajas de tamaño medio en una furgoneta alquilada con capacidad para una carga diez veces mayor.

González volvió a llamar algunas horas más tarde, mientras Milton estaba en pleno proceso de desempaquetar aquellas mismas cajas en su casa.

—Spirit, Avianca, Taca, Copa. Ninguna Irrizary a bordo de ninguna de ellas.

—Está bien —dijo Milton—. Gracias.

Intentando controlar el pánico, se concentró en desenvolver las estatuillas de Marilys hasta que se le escurrió una Virgen Negra con el Niño que fue a hacerse pedazos contra el suelo, momento en el cual perdió el dominio de sí mismo.

Fuese lo que fuese lo que le había sucedido, le había sucedido allí.

Marilys ni siquiera había salido de la ciudad.

—No podemos empezar a buscar hasta pasadas cuarenta y ocho horas —dijo Turkel, el único inspector de guardia en la Unidad de Personas Desaparecidas—. Ya sabe cómo va esto.

Milton nunca se había encontrado al otro lado del mostrador de una comisaría y odió la sensación.

—¿No podría adelantar un poco el reloj por mí?

Mostró redundantemente su placa.

—La última vez que le hice un favor a alguien, me tuvieron tres meses atendiendo la recepción.

—Tampoco pido gran cosa —dijo Milton, pensando: «Dónde estás ahora sino en la puta recepción».

—Mire, ¿qué tal si rellena la denuncia y me la deja aquí? Si mañana a medianoche todavía sigue desaparecida, pégueme un toque y la colaré la primera de la lista.

Veinte minutos más tarde, esperando todavía a que Turkel encontrara el impreso adecuado, Milton se marchó de allí y regresó a su brigada en el 4-6.

—Entiendo por qué Personas Desaparecidas tiene la regla de las cuarenta y ocho horas —dijo Milton, sentado entre montañas de carpetas marrones en el sofá de Dennis Doyle—. Pero en este caso no estamos hablando de una adolescente fugada y tenía la esperanza de que pudiera usted recurrir a alguien por mí.

Sabía que su jefe no le tenía simpatía, que, de poder hacerlo, habría solicitado su traslado en un abrir y cerrar de ojos, pero a Milton no se le ocurría ninguna otra persona a la que recurrir.

Doyle se recostó en su silla de oficina. Detrás de él, en la pared, los retratos enmarcados de sus superiores formaban un círculo alrededor de su cabeza.

—A quién conozco allí —dijo, frunciendo el ceño con mirada ausente, después cogió el teléfono, lo colgó, lo volvió a descolgar—. Ya sé. ¿Recuerdas al sargento de la Guardia Nocturna que estuvo aquí aquella mañana que te pedí los 494 de Cornell Harris?

Milton deslizó el trasero hasta quedar sentado sobre el borde del sofá.

—Vagamente.

—Billy Graves, estuvo muchos años en la Brigada de Identificación, por fuerza ha de tener amigos en Personas Desaparecidas.

Milton se puso de pie.

—Jefe, ¿sabe qué? A lo mejor me estoy dejando llevar por el pánico demasiado pronto.

—Tú decides. —Doyle se encogió de hombros.

—Pero le agradezco su ayuda, gracias —dijo, regresando a la sala de la brigada.

—¿Quién es ella, a todo esto? —gritó su jefe detrás de él.

De nuevo en el piso de Marilys, registró armarios, cajones y cubos de la basura en busca de cualquier pista que pudiera ayudarle a encontrarla, sin hallar nada salvo aquellos elixires de pacotilla, un dietario sin estrenar y un juego de llaves que no encajaban en su puerta. Fue solo tras haber volcado la mitad de los muebles y de tumbarse sobre el estómago con una linterna para escudriñar debajo de aquellos que no fue capaz de mover cuando descubrió los tres números de teléfono escritos con lápiz en la pared encima de la mininevera.

El primero era el de una cafetería local, el segundo el de un restaurante chino con servicio a domicilio, pero el tercero, con un prefijo de fuera del distrito, era el de una hispana mayor con buen dominio del inglés.

—Buenas tardes, soy el inspector Milton Ramos de la Unidad de Personas Desaparecidas del Departamento de Policía de Nueva York. Estoy buscando a la señorita Marilys Irrizary.

—No está aquí.

—¿Con quién hablo?

—¿Con quién hablo yo?

Milton respiró hondo.

—Inspector Milton Ramos, DPNY, su turno.

—Anna Goury. —Después—: Josefa Suárez.

—¿Cuál de las dos?

—Las dos.

—¿Conoce a la señorita Irrizary?

—¿Señorita? —Arrastró sardónicamente el diminutivo—. Sí, es mi hermana, ¿qué sucede?

Y cuando Milton, abrumado por la pregunta, fue incapaz de responderle, la mujer preguntó:

—¿De verdad es policía?

Anna Goury/Josefa Suárez vivía con su marido, tres hijos y lo que a Milton le pareció que podría ser un lobo en una casa prefabricada de estilo ranchero subvencionada federalmente en la calle Charlotte, en lo que en otro tiempo había sido el *anus mundi* del Bronx; seis habitaciones tan inmaculadas que parecían haber sido escaldadas. Se parecía mucho a Marilys, aunque por otra parte, a ojos de Milton, todas las mujeres indígenas de determinada edad parecían nacidas del mismo vientre.

Los tres potentísimos expresos de Bustelo que le sirvió en la mesa de la cocina le ayudaron y a la vez entorpecieron a la hora de contar toda la historia, venciendo su habitual reticencia pero provocándole un tartamudeo.

—No lo entiendo —dijo ella cuando Milton hubo terminado de hablar—. ¿Para qué iba a ir a Guatemala?

—¿Para qué? Ya se lo he dicho, para traerse consigo a…

—¿Nuestra madre? Nuestra madre murió hace quince años. Además, somos de El Salvador.

—Pero, espere.

De repente el sudor atrapado en su bigote apestaba a café.

—Mire, lo único que puedo decirle —Goury/Suárez hizo girar delicadamente su tacita sobre el suave tablero de la mesa— es que espero que no le diera dinero.

13

Cuando entró en su calle después de que un tiroteo con implicación policial en Herald Square hubiera extendido su turno casi hasta el mediodía, Billy iba tan acelerado debido a todo el estimulante líquido ingerido durante la noche que golpeó el cubo de la basura de un vecino y después siguió conduciendo hacia su casa, que relucía trémulamente como un espejismo al final de la manzana acabada en curva. Curiosamente, en vez de terminar de sacarle de quicio, la visión del Lexus de Pavlicek aparcado en su camino de entrada lo tranquilizó; después de todo, la adrenalina artificial no tenía nada que hacer en comparación con un genuino estado de alerta.

Estaban tomando café en la cocina, Carmen vestida con su uniforme de enfermera, Pavlicek con unos vaqueros lavados en seco y una chaqueta deportiva.

—No sabía que Carmen hubiera estudiado en Monroe —dijo Pavlicek, como si Billy llevara allí todo el rato sentado con ellos—. ¿Tú lo sabías?

—Bueno, sí, para eso es mi mujer —dijo él precavidamente, mirando a Carmen en busca de algún indicio.

—Mis padres estuvieron allí en los sesenta. Se conocieron en su clase de periodismo de segundo. —Miró detrás de Billy, hacia el salón—. Eso sí que es pasarse la vida juntos.

—Debía de ser un instituto completamente diferente en aquellos tiempos —dijo Billy, todavía intentando cruzar una mirada con Carmen.

—No, me contaron que entonces también era una mierda.

—Me estaba preguntando si me acordaba de algún maestro —dijo Carmen—. Le he dicho que ni siquiera recuerdo haber estudiado allí.

—Ya, nunca hablas de ello. —Billy estaba demasiado tenso como para sentarse en su propia cocina—. Bueno, John, ¿a qué debemos el honor?

—Anda, pero mira qué muchachote —exclamó Pavlicek con una sonrisa radiante cuando Declan entró en la cocina, después lo atrajo hacia sí—. ¿Cuántos años tienes ya?

—Ocho.

Declan, siempre encantado de ser el centro de atención de los adultos, no se resistió y se quedó allí entre las piernas de Pavlicek con una sonrisilla de expectación en el rostro.

Al fin, Billy captó la atención de su esposa: «¿Qué está pasando?». Carmen, desconcertada por el interrogante, se limitó a encogerse de hombros.

—¿Ya tienes novia? —preguntó Pavlicek.

—Odio a las niñas —dijo Declan, afirmando un hecho.

—¿Ah, sí? ¿Y cuál es tu equipo favorito?

—Los Rangers.

—¿Rangers béisbol o Rangers hockey?

—Hockey. Odio a los Rangers en béisbol.

—El deporte favorito de mi chico era el fútbol americano.

—Me gusta el fútbol americano. Juego en un equipo —dijo Declan, después salió de la habitación.

—Menudo muchachote tenéis ahí —dijo Pavlicek dirigiéndose al espacio entre ambos padres.

—El tuyo tampoco es que sea un canijo —dijo Carmen.

—Ya —dijo débilmente Pavlicek, sonriendo para su café.

Billy finalmente se sentó.

—Bueno, John, ¿qué hay de nuevo?

Pavlicek respiró hondo, después entrelazó las manos sobre la mesa.

—¿Recuerdas aquella convención nacional de Custodios de la Memoria que mencionó Ray Rivera cuando estuvimos en City Island?

—Conozco ese grupo —dijo Carmen—. Les prestamos una sala de conferencias para sus reuniones. Es muy triste, ¿verdad?

—Bueno, yo fui como invitado de la delegación de Bronx-Westchester, que es la que se reúne en el St. Ann. —Asintió en dirección a Carmen—. Fue en un Marriott a las afueras de San Luis y la primera noche organizaron una ceremonia en un gigantesco salón para banquetes, cincuenta, sesenta mesas, quizá quinientos padres pertenecientes a todas las delegaciones locales de costa a costa. Y cuando todo el mundo se hubo acomodado, repartieron rosas de esas baratuchas de plástico transparente que llevan una pila, una para cada familia, después apagaron todas las luces del salón y empezaron a proyectar un pase de diapositivas en una pantalla de cine, una especie de carrusel de la muerte. Cada diapositiva era la foto del hijo asesinado de alguien, desde bebés a cuarentones, acompañada del nombre, la fecha de nacimiento y luego la fecha de «asesinado en». «Asesinado», no muerto ni fallecido. Mantenían la imagen durante unos veinte segundos y cuando lo que veías era el rostro de tu hijo o hija, el de tu nieto, encendías la rosa. Una a una, las rosas se fueron iluminando en mitad de la oscuridad, una aquí, otra allá, en un rincón, atrás del todo. Mientras tanto, por los altavoces van sonando todo tipo de canciones ñoñas, Michael Bolton, Celine Dion, los Carpenters, Whitney Houston, rosas encendidas por niños, pandilleros, jovencitas, adolescentes, mujeres hechas y derechas, negros, blancos, chinos, «You Light Up My Life», fecha del asesinato, rosa, «Memories», fecha del asesinato, rosa, «Close to You», fecha del asesinato, rosa, «I Will Always Love You», fecha del asesinato, rosa, fecha del asesinato, rosa... Y la gente, en su mayoría, guardó bastante bien la compostura, pero ocasionalmente aparecía una cara en la pantalla y oías que de repente alguien jadeaba o gemía en la oscuridad y luego salía corriendo de la sala. Creo que debían de haber llegado a ese acuerdo: si te vas a venir abajo, tienes que marcharte, porque de otro modo podrías provocar una reacción en cadena… Así pues, la ceremonia sigue y sigue, más y más rosas iluminando aquella enorme cueva del dolor. Cuando acabó el pase de diapositivas, todo el salón parecía repleto de rosas llameantes, a ver, la puta proyección duró algo así como hora y media; veinte segundos por cada vida, haced la suma.

Se impuso un silencio durante el cual todos permanecieron con la mirada fija en la mesa, hasta que Billy fue incapaz de seguir aguantando.

—John, qué te pasa.

—Te he perdido —dijo Pavlicek, parpadeando.

—Estoy justo aquí.

—Entonces sé más específico.

—El hematólogo.

Carmen paseó la mirada entre ambos.

—Sé que estás viendo a uno.

—¿Yo? No.

—John Pavlicek —dijo Billy—. Lo siento, pero tengo los registros.

—Junior.

—¿Qué?

—El paciente es John Pavlicek Jr. —dijo Pavlicek—. Se llama leucemia prolinfocítica de células T, nadie la supera y es veloz. Seis meses en el mejor de los casos.

—¡No! —dijo Carmen con un gallo provocado por la sorpresa.

—¿Estás seguro?

—Hace cuatro meses, el 16 de diciembre, vuelvo de un viaje de negocios de dos semanas, oigo que está en su cuarto, entro. —Miró directamente a Billy—. Pensé que una pandilla le había dado una paliza. Los ojos amoratados, hinchazones y cardenales por todo el cuerpo, apenas si podía moverse, ni levantar la vista siquiera.

—Espera. —Billy levantó la mano como si fuera una señal de stop—. Espera, tú me dijiste…

—Sé lo que te dije —le cortó inexpresivo Pavlicek.

Carmen empezó a llorar y la visión de una enfermera deshaciéndose en lágrimas convenció a Billy de la sentencia de muerte.

—Así pues —suspiró Pavlicek—, vas por ahí preguntándole a Yasmeen, a Whelan, a Redman, ¿sabes lo que le ha pasado a este animal, a aquel otro animal? ¿Crees que es posible que Pavlicek haya enfermado y perdido la cabeza, crees que…?

—John, tienes que entender…

—¿A quién coño le importa, Billy? O sea, ¿dónde está la balanza, dónde está la justicia?

Billy cerró los ojos, soñó con dormir.

—¿Me estás queriendo decir algo?

—Te estoy preguntando algo. —Pavlicek se inclinó por encima de la mesa y le tocó el dorso de la mano—. Porque, tal como yo lo veo, si Dios o quien sea puede limitarse a señalar con el dedo a un muchacho como John Junior, las reglas dejan de aplicarse, porque es evidente que el árbitro ha abandonado la cancha. Así pues, si eres una persona como yo, lo que haces es encargarte de todos tus asuntos inconclusos, haces lo que sea necesario para equilibrar la balanza, para que quizá, solo quizá, cuando llegue el momento tengas un motivo para no saltar a la tumba con él.

—A veces, con ese tipo de leucemia… —empezó a decir Carmen, pero dejó inconclusa la frase.

—¿Mi hijo se va a estar pudriendo bajo tierra mientras Jeffrey Bannion anda por ahí echando polvos? Ya te digo yo que no. ¿Mientras Eric Cortez sigue yendo al estadio a ver a los Yankees? ¿Mientras Sweetpea Harris engendra hijos?

—Qué me estás diciendo —repitió aturdido Billy.

—Eres policía —dijo Pavlicek—. Adivínalo.

Billy no sabía dónde tenía la cabeza, después volvió.

—John, te lo juro por Dios, sabes lo mucho que te quiero y se me parte el alma de pensar en tu hijo, pero si has matado a cualquiera de ellos…

—¿Qué harás, encerrarme? —Pavlicek se terminó el café y se levantó—. ¿Quieres oír lo peor, lo puto peor de esa jodida clase de leucemia? —Paseó la mirada por la cocina como decidiendo dónde estampar el puño—. La edad media de aparición son los sesenta y cinco años. Imagina.

Permanecieron en silencio largo rato después de que el Lexus hubiera desaparecido.

—No pensarás ir a por él, ¿verdad? —preguntó Carmen al fin.

Billy no respondió.

—¿Verdad?

—¿Puedes darme un maldito minuto?

Carmen le golpeó tan fuerte en el brazo que se lo dejó insensible.

—¡Por el amor de Dios, Billy! —gritó, echando violentamente la silla hacia atrás y saliendo de la cocina.

Más tarde aquel mismo día, incapaz de dormir, Billy regresó al Columbia Presbyterian, se dirigió al mostrador de información y preguntó cuál era la habitación de John Junior. Le aterraba ver al muchacho en la condición descrita por su padre, pero después de la visita de Pavlicek no tenía otra opción.

El recepcionista lo envió arriba, a la sala de oncología, donde una enfermera —después de que Billy le hubiera dicho que era el tío de Junior a la vez que le mostraba la placa— le dijo que el joven había dejado el hospital hacía pocos días. Por un fugaz momento Billy pensó que aquello significaba que estaba mejorando.

—¿Ha vuelto a casa?

—Lo han trasladado a Valhalla.

—¿Adónde? —pensando que la enfermera había escogido una manera retorcida de decirle que Junior había fallecido.

—Al Centro Médico del Condado de Westchester, en Valhalla.

—¿Eso es bueno o malo?

—Simplemente está más cerca de su familia —respondió ella con suficiente desenfado, pero Billy había pasado rodeado de enfermeras los últimos veinte años de su vida: John Junior no volvería jamás a casa.

Mientras se alejaba por el pasillo, Billy se percató, a través de las puertas abiertas, de que algunas de las habitaciones para los pacientes tenían un segundo camastro a menor altura y con patas retráctiles para facilitar su retirada. En una de ellas, una anciana vestida de calle dormía junto a la cama de su hija enferma. En otra habitación, un hombre vaciaba su maleta mientras su esposa lo observaba con ojos casi inertes. Él mismo había dormido dos noches en uno de aquellos camastros en Lenox Hill después de que Carmen hubiera dado a luz a Declan.

Billy regresó junto al puesto de las enfermeras.

—¿La familia puede quedarse a dormir?

—Si así lo desea… —dijo la enfermera.

—¿Y en el caso de Pavlicek hijo?

—¿Johnny? Mientras lo tuvimos aquí, su padre prácticamente se mudó con él. Un hombre muy agradable, teniendo en cuenta las circunstancias.

—¿Dormía aquí todas las noches?

—Creo que por eso ha trasladado a su hijo. El trayecto diario hasta aquí era demasiado para él.

—¿Es requisito firmar en algún registro?

—Solo en caso de llegar después de terminadas las horas de visita.

Sin tener que insistir demasiado, Billy consiguió que la enfermera le trajera el registro de huéspedes del 17 de marzo, la noche del asesinato de Bannion. Pavlicek lo había firmado a las nueve de la noche.

—¿Firman también al salir?

—No es necesario.

—O sea, que si un visitante decide volverse a casa a medianoche o las dos de la madrugada…

—Pueden marcharse.

Lo cual le dejaba como al principio.

—Muy bien, gracias —dijo ofreciéndole la mano.

—Dígale a los Pavlicek que sigo rezando por ellos —dijo ella, estrechándosela con inusitada fuerza.

De nuevo en casa, Billy subió a la primera planta para intentar de nuevo quedarse dormido, pasó frente al dormitorio de su padre y, como la puerta estaba abierta, entró. Billy Senior estaba echado sobre la cama, roncando pero completamente vestido para variar, con las hojas de un *New York Times* destripado diseminadas a su alrededor sobre la colcha.

Sentándose frente al pequeño escritorio que su padre se había traído consigo de su último hogar, Billy observó los lomos de los libros alineados en la estantería superior. Además de los poetas del anciano había guías originales de la Nueva York del siglo XIX con su amarillenta prosa; una crónica en primera persona de las revueltas de 1863 provocadas por el alistamiento forzoso para la Guerra Civil; una reedición en cartoné de *1866 criminales profesionales de América*; y tres gruesas novelas sobre Irlanda escritas por Thomas Flanagan, dos de las cuales Billy incluso había leído y hasta cierto punto disfrutado.

—¿Cuál te llama la atención? —murmuró Billy Senior desde la cama.

—Papá, ya me conoces —se sonrojó Billy.

—Eso de hacerte el tonto nunca te ha pegado —dijo su padre—. Llevo diciéndotelo desde que eras niño.

—Ya me conoces —repitió Billy sin pensar. Después, dándose cuenta—: Parece que aquí dentro hay eco.

—¿Qué te preocupa?

—¿Por qué tiene que preocuparme algo para venir a verte?

Su padre esperó en silencio, con la mirada fija, reduciendo a su hijo, como en los viejos tiempos, a un puñado de tics.

—Papá, deja que te presente una situación hipotética —empezó, pero le fallaron las palabras—. Si supieras que cierto amigo se ha pasado de la raya...

—¿Qué raya?

—La legal… Y si tuvieras un verdadero problema para mirar hacia otro lado…

Tumbado de espaldas, su padre frunció el ceño hacia el techo.

—¿Dicho amigo está en el Cuerpo?

Billy no respondió, lo cual fue respuesta de sobra.

—¿Hasta qué punto es amigo?

—Como un hermano.

—Entonces, en primer lugar, tienes que preguntarte qué sería de él.

Billy notó que el corazón le daba un vuelco, pero no estaba seguro de en qué dirección.

—¿Sin importar lo que haya hecho?

—¿Tan grave es?

Una vez más, Billy no respondió.

—¿De qué estamos hablando, de un asesino en masa?

—Solo era una tontería —dijo Billy levantándose—. Debería dormir.

—Pues sí que hemos acabado rápido —dijo su padre.

—No, es solo que…

—¿Te encuentras bien?

—Sí, no, estupendamente.

Billy le dio unas palmaditas en el brazo, se dio la vuelta y estaba ya medio saliendo del cuarto cuando el anciano empezó a hablarle como si siguiera sentado.

—En junio del sesenta y cuatro, un policía de Harlem cuyo nombre no voy a mencionar, de todas maneras ya falleció, mató a un individuo prácticamente en las mismas narices de su compañero.

Billy volvió a sentarse.

—Fue a un proxeneta con apodo indio, Cochise, Cheyenne, quizá Gerónimo. Lo llevaban atrás, en el coche patrulla, y el tipo se puso a despotricar sin que hubiera manera de hacerlo callar. Así que aquel policía, llamémosle Johnson, conduce hasta el parque Morningside, todo esto por la noche, lo saca a rastras del coche, le da una paliza tremenda y lo deja allí tirado para que se muera, que fue justo lo que sucedió.

—¿Solo porque despotricaba?

—Bueno, por eso y porque no había una sola chica en su cuadrilla que pasara de los dieciséis años, porque tenía la costumbre de cortarle el tendón de Aquiles a cualquiera que se le ocurriera intentar escapar de él, porque era tan arrogante que amenazó a la familia de Johnson y… sí, porque no cerraba el condenado pico.

—¿Qué le pasó?

—¿Qué le paso a quién?

—Johnson.

—Nada.

—¿Se fuc de rositas?

Su padre se incorporó ligeramente con una segunda almohada.

—Tienes que entender, hijo mío, que durante el verano del sesenta y cuatro el barrio estaba al rojo vivo, y el tal Cochise tenía más enemigos que un emperador romano. La brigada hizo el paripé de investigar su muerte durante un par de días, pero en realidad a nadie le importaba un carajo, y después un teniente del 1-9, Tom Gilligan, disparó y mató a un chico negro de quince años en plena calle y nos encontramos con casi una semana de disturbios entre manos, de modo que el proxeneta quedó completamente olvidado.

—¿El compañero de Johnson no dijo nada?

—No sé cómo serán las cosas ahora, pero ¿entonces? Mirabas para otro lado. Siempre.

—¿Qué hay del compañero, qué fue de él?

El anciano tardó tanto en responder que Billy casi repitió la pregunta.

—¿Echando la vista atrás después de tantos años? —dijo al fin su padre—. Podría haber sido mejor padre para sus hijos, quizá, mejor marido para su esposa, pero ¿más allá de eso? —Miró a Billy directamente a los ojos—. Duerme como un tronco.

Billy llegó al hospital Harlem a las tres de la madrugada para supervisar la investigación de una agresión con agravantes denunciada una hora antes y recorrió los pasillos hasta encontrar al inspector encargado de la misma, Emmett Butter, de pie junto a la puerta de uno de los quirófanos, cuaderno en mano, contemplando cómo el equipo de médicos operaba a su víctima.

—¿Qué tienes?

—Bekim Ismaeli —leyó Butter en su cuaderno—, diecinueve años, dos puñaladas en el pecho.

—¿Saldrá de esta?

—Está ahí-ahí.

—¿Dónde ha sucedido?

—No están seguros, dicen que iban paseando por St. Nicholas o por Amsterdam cuando, de repente, cinco o seis negros han salido de un coche, han apuñalado a Ismaeli, le han robado la cadena y después se han largado.

—¿Quiénes son ellos?

—¿Qué?

—«Iban paseando.» Quiénes iban paseando.

—Los otros albanos, sus colegas. Los que le han traído.

—¿Puede alguno de ellos identificar el coche?

—No lo creo.

—¿Marca, color, nada?

—Por lo visto, no.

—Un grupo de tíos pasea por la calle en plena noche, cinco o seis individuos salen de un coche, apuñalan dos veces a su amigo, le roban la cadena y luego vuelven a montarse en el coche y se largan.

—Eso parece.

—Y de entre esos amigos que lo han traído al hospital, ninguno sabe en qué calle estaban y ninguno es capaz de decir siquiera de qué color era el coche. ¿Lo he entendido bien?

—Eso parece. —Butter apartó la mirada.

—¿A ti a qué te suena eso?

—A que se han inventado la historia.

—Estoy de acuerdo. Así pues, ¿dónde están esos amigos albanos?

—Se han marchado.

—Se han marchado. ¿Has interrogado a alguno de ellos?

—Solo hasta donde ya le he contado. Después he ido a hablar con el médico y cuando he vuelto parece que se habían marchado.

—Parece que se habían marchado. Pero has anotado sus nombres, ¿verdad?

—Estaba a punto de hacerlo —dijo Butter, sonrojándose de la humillación—. Lo explicaré todo en el informe.

—Casi mejor no lo hagas.

—¿Qué?

—Haznos un favor a todos y di que ya se habían marchado cuando llegaste.

—¿Sí? —Butter lo miró con ojos de cachorrillo.

—Pero somos conscientes de lo que ha pasado aquí esta noche, ¿verdad?

—Sí, sí.

—A mi gente solo le permito una cagada.

—Lo entiendo —dijo Butter, después repitió—: Lo entiendo.

—Está bien —dijo Billy, dándose la vuelta para marcharse—. Quédate con Ismaeli, a ver si se recupera.

—Eh, jefe —lo llamó Butter—. Gracias.

Pensando que era bastante probable que el muchacho metiera la pata en su primera investigación, Billy se había asegurado de esperar a que sucediera algo al norte de la calle Noventa y seis antes de enviar a Butter, sabiendo que una cagada estrepitosa en cualquier punto situado más al sur, donde la prensa empezaba a mostrar interés, habría tenido como resultado un traslado a Personas Desaparecidas o peor. Pero si quería que Butter pudiera llegar a serles de alguna utilidad a él o a cualquier otro jefe de brigada, en algún momento tenía que empezar a desplegar las alas.

Su esposa jamás lo reconocería ante él, pero Billy sospechaba que a los internos se les morían pacientes por error continuamente, y que sus supervisores, con la vista puesta en formar a los médicos de larga carrera que podían llegar a ser, tendían a mirar para otro lado. Bueno, en su caso era igual. Con vistas al bien general, para moldear a sus subordinados del modo en que uno juzgaba necesario, preparándolos para que fueran capaces de realizar un trabajo efectivo durante muchos años venideros, uno toleraba los errores, decidía pasar por alto las acciones de otros y también las propias. Creaba secretos y los preservaba.

En las calles sucedía lo mismo: dependiendo del individuo y la situación, a veces se enarbolaba el martillo de Thor ante un delito menor, mientras que otras se permitía que un individuo que no tenía derecho a dormir en su cama aquella noche quedara en libertad. Uno hacía todas aquellas cosas y más porque, como jefe, si no estabas dispuesto a improvisar con rapidez y soltura cuando era necesario, si no estabas dispuesto a saltarte discretamente las reglas ocasionalmente, en aquel trabajo bien podías quedarte en casa haciéndote el enfermo.

Simplemente, así eran las cosas.

Carmen llamó mientras Billy se dirigía hacia su coche.

—Hey.

—Hey —dijo Billy, poniéndose sobre aviso.

—Mira —dijo ella—, no quiero que hagas o dejes de hacer nada porque yo te haya presionado. Me lo reprocharías toda la vida.

—Te agradezco que me lo digas.

—Dicho eso, ya sabes lo que pienso.

—Sí.

—Solo tienes que llegar a la conclusión por ti mismo.

MILTON RAMOS

Marilys Irrizary Ramos.

Incluso su embarazo era probablemente una patraña.

Otra familia arrebatada. Y para qué: mil quinientos por los falsos billetes de avión, ocho mil quinientos por el falso soborno.

Diez mil piojosos dólares.

Que la jodan.

Había llegado el momento de ponerse nuevamente manos a la obra.

Esto es lo que no le gustaba de dejar a su hija con Anita:

1. Su casa de madera de dos plantas se encontraba a únicamente un bordillo de distancia de la vía de acceso a la autopista de Staten Island en dirección a la ciudad, por la que los coches circulaban a toda velocidad como si el primero en llegar al puente de Verrazano fuera a ser recompensado con una mamada gratis.

2. Fumaba.

3. Bebía. Hasta donde Milton sabía, nada más fuerte que vino blanco, pero aun así...

Y esto es lo que sí:

1. Su marido, Raymond, era un tipo majo que tenía una gasolinera y ganaba un buen dinero.

2. Ella era una ayudante de maestra de treinta y cinco años que trabajaba en un parvulario público pero no podía tener hijos, y sus ojos siempre mostraban un temblor ligeramente tenso que, con suerte, significaría que estaba desesperada por tener un crío antes de que se le pasara el momento.

3. La casa no solo estaba ordenada, sino limpia; el sofá de velur y las sillas a juego de su sala de estar, forradas con cubiertas de vinilo; la moqueta de pared a pared, prístina como el césped de un campo de golf.

4. Y, por último, era esbelta, al menos según los parámetros de Milton, y los alimentos más grasos de su nevera, que inspeccionó con la excusa de sacar un refresco, eran una barra de queso cheddar todavía sin abrir y un pequeño paquete de salami Genoa.

—¿Cómo que te tienen en el punto de mira, qué significa eso? —le preguntó Anita.

Estaban sentados a la mesa del comedor, mientras Sofía veía dibujos animados en la impoluta sala de estar con una pequeña maleta a rebosar a sus pies.

—Un pandillero bastante chungo al que detuve hace un tiempo ha enviado órdenes a su gente desde la cárcel para que me liquiden. La Unidad Antibandas se ha enterado gracias a un informador.

—Pero ¿qué significa eso?

Anita jugó nerviosamente con el celofán de una cajetilla de Merit lights sin abrir.

—Probablemente nada. He hablado con el Equipo de Evaluación de Amenazas del DPNY y ya me han enviado a la Unidad de Respuesta de Asistencia Técnica para que coloque cámaras alrededor de casa. Además, una patrulla de agentes pasa por allí una vez cada hora, las veinticuatro horas del día, siete días a la semana. En realidad, no estoy demasiado preocupado. Pero eso tampoco quiere decir que no vaya a pasar nada.

—Virgen santa, Milton.

—Gajes del oficio. —Se encogió de hombros—. El caso es… —Miró a Sofía, que comía en silencio palitos de mozzarella con la mirada fija en la pantalla—. El caso es que, si algo me sucediera, Sofía…

—Por supuesto.

—Así que se me había ocurrido…

—Por supuesto.

—O si me encuentro incapacitado para cuidar de ella por el motivo que sea…

—Por supuesto por supuesto por supuesto.

Milton se sintió aliviado, pero también algo perturbado, al comprobar la excesiva rapidez con la que su prima estaba aceptando la idea.

—¿No quieres hablarlo antes con Ray?

—Para qué. Llevamos cinco años intentando tener un hijo.

—Aun así…

—Se pondrá a hacer cabriolas, puedes creerme.

—Y te gusta, ¿verdad?

—¿Que si me gusta Sofía? —susurró Anita—. La pregunta más importante debería ser si le gusto yo a ella.

Buena pregunta. Sofía apenas si la conocía.

—No seas ridícula, eres su tía favorita.

—En realidad soy su prima lejana, si quieres ponerte en plan técnico —replicó Anita, todavía entre susurros.

—Qué más da —dijo Milton—. La sangre es la sangre.

—Uau —dijo Anita.

—Sería tan sencillo como incluirte en mi testamento como tutora de Sofía.

—Tenemos un dormitorio de sobra. O sea, ahora mismo Ray solo lo usa de oficina, ¿sabes?

—Bien —dijo Milton secamente.

—Es decir, ¿para qué lo necesita él?

«Demasiado rápido, demasiado rápido», Anita se estaba dejando llevar por la emoción sin dedicar un solo momento a la reflexión, como si Milton le estuviera ofreciendo un perrito.

Y no parecía demasiado preocupada por la peligrosa situación en la que parecía hallarse Milton, por ficticia que fuera.

—Además, tengo que decírtelo, ¿las escuelas de esta zona?

—Buenísimas.

—Además, me he pasado los últimos cinco años con niños de la edad de Sofía cinco días a la semana, así que tampoco es como si…

—Eso mismo.

Se trataba de un compromiso que le iba a cambiar la vida, ¿cómo era posible que ni tan siquiera titubeara?

—Quiero decir que la trataría con mucho cariño, Milton, sabes que lo haría.

Las manos de Anita temblaron ligeramente cuando por fin abrió la cajetilla de cigarrillos. Después, percatándose de que Milton la estaba mirando, lo arrojó entero hacia el fregadero.

—Y se acabó el fumar, te lo prometo.

—Tranquila, todavía sigo vivo.

Pero Anita era buena persona y Milton se obligó a creer que si las cosas se le torcían —cuando las cosas se le torcieran— Sofía encontraría allí un entorno seguro para amortiguar el golpe.

—Uau —se estremeció Anita—. Estoy tan emocionada que casi me entran ganas de liquidarte yo misma, ¿sabes?

El impacto, apenas un instante después de haber salido marcha atrás del camino de entrada de Anita para incorporarse a la vía de acceso, desplazó noventa grados la parte trasera de su vehículo de manera que, de repente, se encontró de cara al tráfico y al aplastado capó de la Ram 1500 que lo había embestido. El conductor, lo suficientemente corpulento como para protagonizar los anuncios televisivos de su vehículo, prorrumpió desde la camioneta con tanta rapidez que al principio a Milton le pareció que había salido despedido. Apenas le dio tiempo a guardar su pistola debajo del asiento antes de que el Yeti alcanzara su coche.

—¡Qué coño! —gritó el tipo, golpeando con el puño el capó de Milton.

«Como si Sofía fuera un condenado perro de acogida...»

Milton salió de su coche. La barahúnda constante de bocinazos de los vehículos que se dirigían a la ciudad y habían quedado atrapados detrás de la camioneta accidentada en la vía de un solo carril era la banda sonora de su furia.

—Ha sido culpa mía —dijo Milton.

Sacó su cartera, pero el tipo se la arrancó de un manotazo antes incluso de que hubiera empezado a buscar su tarjeta del seguro.

—Me entran ganas de partirte la cara.

—Puedes intentarlo —dijo Milton.

«Como si fuera un cachorrito en una caja de cartón...»

Desconcertado por la tranquila invitación de Milton, el grandote titubeó.

—Creo que deberías intentarlo.

Anita estaba loca, ella misma era una niña. Estaba dispuesta a meterse de cabeza en aquella situación sin haber reflexionado siquiera.

—Estás loco.

—Y tú eres un puto maricón —dijo Milton.

Con la cara roja de la violencia contenida, el tipo se echó hacia delante de caderas para arriba, como un pájaro cuando va a beber, ahuecando con su respiración el pelo de Milton. Rezando por que llegara el puñetazo, Milton se mantuvo firme y esperó, aunque estaba bastante convencido de que había capado a su adversario y que no iba a suceder nada. Y nada sucedió. El tipo duro de la Ram se conformó con una retahíla de tacos por lo bajini mientras regresaba a su abollada camioneta y se marchó, dejando en Milton tal sensación de frustración que pensó que se le iba a romper el corazón.

Milton estaba en el cuarto de Sofía, observando el desbarajuste de muñecas, libros y juegos. Evidentemente iba a necesitar cosas, pero Milton únicamente podía enviar pequeños fragmentos escalonados de su vida anterior para permitir que todos, tanto su hija como sus nuevos padres, se fueran acostumbrando gradualmente a sus papeles. No quería que nadie fuera presa del pánico.

Pero ¿qué era lo que necesitaba de inmediato? Ropa. ¿Qué tipo de ropa? ¿Qué suele ponerse una niña de ocho años? Milton nunca la había vestido, ni siquiera cuando era un bebé, y apenas solía fijarse en lo que llevaba puesto a menos que fuese algo demasiado ajustado para su complexión.

Calcetines. No ocupaban demasiado espacio, así que supuso que podía llevarse tres pares sin llamar la atención de nadie. Ropa interior, camisetas. De nuevo, tres de cada. Fue metiéndolo todo en una bolsa de basura grande. Sus vaqueros con motivos florales, a la bolsa. ¿Qué tal un vestido, una falda? No, dos faldas; no, una, pero ¿dónde las guardaba Marilys? Marilys era quien debería estar haciendo aquello, pensó Milton con una ligera irritación; después fue consciente de la ironía y tuvo que sentarse antes de desplomarse al suelo.

Un momento después, reconcomido hasta las muelas por la bilis que le producía la división entre los causantes de sufrimiento y los sufridores, los puteadores y los puteados, por el eterno inevitable de su vida violenta y desgraciada, Milton salió del cuarto arrastrando la bolsa de basura a medio llenar y se encaminó al sótano.

Escasos minutos más tarde, estaba en la calle. La bolsa, ahora mucho más pesada, dejó en la acera un reguero de gotas rojas desde la puerta de entrada hasta el maletero de su coche.

14

Estaba resultando ser otro turno anodino. El único aviso hasta el momento había sido un incidente al aire libre a las cuatro de la madrugada en el West Village, donde una segadora había disparado contra su propietario mientras este cortaba el césped. El proyectil, un cartucho del calibre 357 abandonado entre la hierba, había sido chupado por las hojas de la segadora, disparándose debido al impacto y atravesando la parte trasera de la máquina para ir a alojarse en los testículos del hombre.

Cuando Billy y Stupak llegaron al lugar de los hechos –un disparo era un disparo– los Servicios de Emergencia ya estaban peinando el jardín en busca de cualquier otro cartucho perdido y un bromista había esposado la segadora a una farola.

–¿Quién cojones siega el césped a las cuatro de la mañana? –dijo el sargento de patrulla.

–Por mi parte, estaría más interesado en averiguar cómo fue a parar la bala a su patio –bostezó Billy–. ¿Alguna idea?

–El mes pasado tuvimos un buen pollo con unos infraseres de Jersey City que se vinieron hasta aquí en el PATH, pero nada relacionado con armas.

–Está ese club del rifle de la calle MacDougal –dijo un agente–. Tienen una galería de tiro a una manzana de aquí.

–A, es una galería cubierta; B, los rifles de uso casero gastan un 22 –dijo el sargento de patrulla.

–¿De momento no han aparecido más? –le preguntó Billy a uno de los agentes que rebuscaban entre la hierba.

—He encontrado una moneda de cuarto y una pinza para chustas —dijo el policía—. Eso es todo.

Billy envió a Stupak al Beth Israel, por si se daba la poco probable circunstancia de que la víctima pudiera hablar entre aquel momento y las ocho de la mañana. Después, tras haber descartado las visitas puerta a puerta por el vecindario a aquellas horas, se encaminó hacia su coche con intención de regresar a jefatura y echar una cabezada.

Pero el correo electrónico que entró en su móvil pocos minutos después, justo cuando estaba saliendo de su plaza de estacionamiento, hizo pedazos cualquier esperanza que pudiera tener de dormir a una semana vista.

No contenía texto, solo un JPEG adjunto. Billy lo abrió y se encontró con una instantánea tomada con flash de Curtis Taft tirado sobre un suelo de madera, esposado y amordazado; dos puntos rojos miraban frenéticos por encima de la gruesa tira de cinta de embalar con la que le habían tapado la boca. La imagen había sido enviada desde el teléfono del propio Taft, pero Billy habría tenido que ser idiota para no adivinar quién había sido el fotógrafo.

Tras poner la marcha atrás para volver a ocupar el mismo espacio en el que había estado aparcado, empezó a marcar de inmediato.

—¿Qué has hecho?

—Ven a verlo —dijo Pavlicek.

—¿Está muerto?

—Ven a verlo.

—Dónde estás.

—Vyse, 1552.

En el corazón de su antiguo distrito, en un edificio propiedad de Pavlicek.

—Que te jodan. No te muevas de ahí.

—Ni se me ocurriría.

Treinta minutos más tarde, circulando a toda velocidad por la avenida Vyse en dirección contraria, Billy golpeó de refilón el Lexus de Pavlicek, siguió raspándolo hasta haber dejado atrás los pilotos, se bajó de un salto y echó a correr hacia él.

Pavlicek estaba fuera del coche esperando su acometida, pero lo único que hizo cuando Billy le lanzó un torpe derechazo fue desviar el golpe y a continuación atenazarlo con un abrazo de oso. En lo que a la lucha cuerpo a cuerpo se refería, Billy siempre había sido un puto negado.

–Qué has hecho –siseó, con los brazos inmovilizados a los costados, notando la incipiente barba de Pavlicek como papel de lija contra su mentón.

–Cálmate.

–Qué has hecho.

Pavlicek le dio un empellón y Billy retrocedió trastabillando cuan largo era el todoterreno antes de recuperar el equilibrio y volver a la carga. Esta vez, Pavlicek lo lanzó contra el Lexus y Billy se golpeó el pecho contra el espejo lateral. Fue doloroso como un puñetazo.

–¿Quieres seguir así toda la noche?

–¿Pretendes incriminarme? –ladró Billy, arrancando el retrovisor y arrojándoselo a Pavlicek a la cabeza–. ¿Crees que con eso bastará?

El espejo rozó la sien de Pavlicek, propinándole un pequeño corte. Preparándose para la pelea, Billy afianzó los pies, pero en vez de contraatacar, Pavlicek se limitó a restañar la herida con el pulpejo de una mano, después desvió la mirada hacia el otro lado de la calle. Al principio Billy se quedó desconcertado; Pavlicek llevaba semanas comportándose de manera errática y explosiva, pero ahora era como si la rabia por la inminente muerte de su hijo hubiera ido más allá de la furia expresable para ascender a otro nivel más sutil, haciendo que, en comparación, la rabia de Billy pareciera tan pedestre que apenas si merecía una respuesta.

Tres individuos blancos vestidos con vaqueros y sudaderas, silenciosos pero vigilantes, salieron del 1522 a la quietud previa al amanecer y se dirigieron hacia el Lexus. Billy reconoció a uno que cargaba con una bolsa para bates de los Yankees: Hal Gurwitz, un policía destituido que había pasado algún tiempo en chirona tras haber enviado a un prisionero esposado al hospital con una hernia en el bazo. Supuso que los otros dos, más jóvenes y un poco más tensos, podían seguir aún en el Cuerpo.

Los tipos observaron el largo rasguño que atravesaba el lateral del todoterreno y después el sedán de Billy, cruzado en el carril contrario.

—¿Todo bien ahí arriba? —preguntó Pavlicek.

—Sí —dijo Gurwitz, tomando la pregunta como señal de que todo estaba en orden—. Creo que la empresa de mudanzas debería llegar a eso del mediodía.

—¿Todo bien aquí abajo? —preguntó el más joven de los tres, mirando directamente a Billy.

—Por supuesto. —Pavlicek sacó un fajo de billetes grueso como un paño de cocina enrollado y repartió lo que parecían varios cientos de dólares para cada uno—. Estaré en contacto.

Los hombres se alejaron en comandita, volviéndose por turnos para mirar de reojo a Billy y los vehículos, hasta que se metieron los tres en una furgoneta aparcada delante de la escuela de primaria que había en la esquina más alejada de la manzana.

—Unos inquilinos del quinto estaban confundiendo su apartamento con un fumadero —dijo Pavlicek, agachándose para recoger el retrovisor y luego lanzarlo al asiento trasero—. Pensaría uno que a estas alturas todo el mundo en el barrio debería conocer ya las reglas.

La furgoneta pasó lentamente junto a ellos rumbo a donde fuera mientras los tres policías del interior le echaban una última y ceñuda mirada a Billy.

—¿Lo saben?

—Si saben qué —dijo Pavlicek—. ¿Qué sabes tú?

—Solo... —Billy notó que la adrenalina lo abandonaba en una oleada a la inversa—. Dónde está.

Pavlicek se tomó un momento para seguir con la mirada lo que quedaba de luna mientras esta se hundía entre dos exánimes edificios al final de la calle.

—¿Sabes? Cuando oí que Bannion la había palmado en la estación del tren aquella noche, lloré de alegría. Poder llevarles a los padres de Thomas Rivera la noticia: alguien ha rajado al asesino de su hijo, ha muerto tirado en un charco de su propia sangre en un mugriento andén del metro…

—¿Les contaste que lo habías matado tú?

—Yo no lo maté.

—Claro, es verdad, esa noche estabas durmiendo en el hospital. He visto tu nombre en el registro.

Pavlicek le lanzó una mirada que hizo que Billy retrocediera un paso.

—Yo no lo maté y eso es un hecho. Pero la justicia, la verdadera justicia, Billy, es como obtener la gracia. Lo más parecido que hay a la paz en la tierra.

—Dónde está.

Pavlicek cruzó la estrecha calle hasta el 1522, después esperó en el portal hasta que Billy entendió que debía seguirle.

Esposado de pies y manos como un ciervo cazado, Curtis Taft yacía hecho un ovillo en el dormitorio más pequeño de un piso vacío de la planta baja. Sus ojos se ensanchaban y estrechaban frenéticamente, como en un espasmo, y la cinta que le cubría la boca le tiraba de los atrapados rizos de la barba enrojeciéndole la piel. Sobre la frente tenía pegado un segundo pedazo de cinta, la mitad de estrecho que la mordaza.

—¡Jesús! —siseó Billy, retrocediendo hasta que dio con la espalda contra una pared.

Al oír la voz de Billy, los ojos de Taft se serenaron y después se concentraron en una sección del rodapié a escasos centímetros de su cara.

Billy sabía que debía salir de allí y llamar a la central, pero no lo hizo. Sabía que debería soltar a Taft, pero tampoco lo hizo.

Taft contorsionó la cabeza para poder mirar directamente a Billy y… Oh, mierda. La visión del hombre que llevaba cinco años persiguiéndolo provocó un vaivén en su pecho, pero no con tanta intensidad como para que nadie fuera a calificarlo de «estremecimiento» y, a pesar de todo, Billy se sorprendió deseando abiertamente algo más —un ruego amortiguado por la cinta, un ojo desorbitado, un chorro incontrolado de orina— y le resultó enojoso que su impune no se lo estuviera concediendo.

—Suéltalo —dijo débilmente.

Pavlicek se acuclilló junto a Taft, le arrancó de la frente el pedazo de cinta más pequeño y lo sostuvo entre los dedos.

—Tengo entendido que el único miembro de la familia que se presentó la semana pasada en el tribunal para la lectura de cargos de Shakira Barker fue su abuela —dijo Pavlicek, sin apartar los ojos del rostro de Taft—. Lo mismo en el funeral de la cría a la que mató. Nadie salvo la abuela. Gracias a Dios por las yayas, ¿eh?

—Levántalo.

Pavlicek se despegó la cinta de entre los dedos y tapó con ella los orificios nasales de Taft. El impune de Billy, que seguía amordazado, comenzó de inmediato a retorcerse con ojos saltones como huevos.

Billy empezó a cruzar la habitación, pero Pavlicek retiró la cinta antes de que pudiera llegar hasta él.

—No me corresponde a mí —dijo, tendiéndole a Billy la tira pegada sobre la punta de uno de sus dedos.

Billy regresó a su posición anterior junto a la pared.

—No es nada —dijo Pavlicek, todavía ofreciéndole la cinta—. Es como poner una tirita.

—Levántalo, John —dijo Billy, apartando la mirada.

—Paz en la tierra —dijo Pavlicek levantándose, acercándose a Billy y presionando la cinta contra su pecho magullado mientras salía de la habitación—. No hay nada igual en el mundo.

Un momento después, Pavlicek cerró la puerta del apartamento, dejando a Billy y a Taft a solas para observarse desde rincones opuestos de la habitación vacía.

A pesar de hallarse atado e indefenso, Taft percibió que Billy no iba a morder el anzuelo. Sus ojos regresaron a sus órbitas y después se soslayaron con un supremo desprecio, el mismo desprecio que le había permitido asesinar a aquellas muchachas y después volverse a la cama, el mismo desprecio que había mostrado cada vez que los esfuerzos de Billy por llevarlo ante la justicia habían acabado invariablemente en nada.

Billy se despegó del pecho la tira de cinta de embalar, se acercó a su prisionero y, tal como había hecho Pavlicek, se acuclilló junto a él.

Taft empezaba a parecer aburrido, su mirada cada vez más distante. Billy le cubrió los orificios nasales con la cinta. La expresión de Taft permaneció inalterable.

Como si tuviera calado a Billy. Como si lo hubiera calado desde el primer día.

Billy se levantó y salió del cuarto para explorar el resto del piso, cuyas paredes con olor a recién pintadas le trajeron a la memoria el día que se mudó a su primera casa con su primera esposa.

Cuando regresó al dormitorio, vio que Taft había dejado de parecer tan aburrido y que una neblina rosácea estaba empezando a cubrirle el blanco de los ojos. Billy salió otra vez, en esta ocasión para mojarse la cara con agua fría en la cocina, retirándose las gotas de más con las mangas de la chaqueta y secándose después las manos en el culo de los pantalones.

Cuando volvió a cernirse sobre Taft, el rosa de sus ojos se había vuelto cárdeno y le había inundado las escleróticas. Pocos segundos después, su cuerpo inmovilizado dio varias sacudidas y empezó a arquearse en espasmos puramente animales.

Billy se levantó y regresó a su posición original contra la pared opuesta.

—Como alguna vez se te ocurra parar un coche patrulla —dijo tranquilamente— o entrar en una comisaría. O descolgar un teléfono para llamar al 911...

La habitación floreció abruptamente con el hedor de una evacuación involuntaria.

—¿Has visto con qué facilidad te ha encontrado? ¿Te has dado cuenta de lo fácil que ha sido?

De pie junto al Lexus, observaron en silencio mientras Curtis Taft, reuniendo tanta dignidad como le fue posible teniendo en cuenta las circunstancias, caminaba con paso ligeramente tortuoso hacia el cruce de Vyse con la calle Ciento setenta y dos Este.

Fue lo suficientemente inteligente como para no volver la vista atrás.

—En realidad no esperaba que lo hicieras —dijo Pavlicek cuando Taft hubo girado la esquina—. Pero has tenido una pequeña muestra de cómo te sentirías, ¿verdad?

Billy no respondió.

—Oh, ya lo creo que sí.

Billy se encaminó hacia su coche.

—Esa manera tuya de mirarme cuando estuve en tu casa… —gritó Pavlicek a su espalda, sonando a la vez apremiante y resentido—. Menudo santo de los cojones estás hecho.

Billy regresó a su lado.

—¿Esta es la mierda que te ayuda a sobrellevar tu dolor, John?

Girándose, se fijó por primera vez en la pegatina del Colegio Universitario Westchester pegada en la ventanilla trasera de Pavlicek.

—¿Así es como honras a tu hijo?

Billy no tenía ni idea de cómo había acabado tirado de espaldas. Sentía como si le hubieran puesto la mandíbula detrás de la oreja izquierda. Cuando consiguió ponerse de pie, se vio inmediatamente doblegado sobre el capó del Lexus, mientras una lluvia de puñetazos arreciaba sobre sus riñones. Cuando consiguió afianzarse lo justo como para defenderse, girando las caderas y lanzando un inútil codazo contra la cabeza de Pavlicek, el grave y entrecortado ululato de un coche patrulla puso fin a la escaramuza.

—Adelante, cuéntaselo todo —resolló Pavlicek—. Esta es tu oportunidad. Adelante.

Billy, igualmente jadeante, interceptó a los jóvenes policías, ambos de origen oriental, tan pronto como salieron del vehículo. Mostrando su placa dorada, farfulló:

—Conflicto familiar, todo bajo control.

Cuando los agentes uniformados reemprendieron a regañadientes su ronda, Billy regresó a trompicones a su sedán y se marchó de allí. Pavlicek lo observó alejarse con la ceñuda concentración del que intenta memorizar una matrícula.

Tras haber conducido directamente a casa desde el Bronx con la mandíbula palpitándole como un timbal, Billy vio la encarnada carnicería en su porche delantero y entró a la carrera en busca de su familia, volando de dormitorio en dormitorio, exponiendo la prioridad animal de sus afectos en el orden en el que fue entrando en las habitaciones: Carmen antes que sus hijos, sus hijos antes que su padre.

Todos dormidos, todos respirando.

De nuevo en la cocina, Billy se embuchó un vaso entero de agua del grifo, después salió a la calle para verificar lo que había visto.

La parte frontal de la casa parecía un matadero; las tablas de madera de cedro en el costado sur del porche, la pared que se alzaba justo detrás y la banderola azul y rosa de Pascua colgada por Carmen estaban salpicadas de goterones rojos. Una bolsa de basura reventada, cuyas entrañas seguían encharcadas en pintura, descansaba entre las patas delanteras de la mecedora de su padre de tal manera que cualquiera que circulara en coche por la calle podría haberla confundido con un perro dormido. Pero lo que de verdad le heló el corazón fueron las prendas infantiles diseminadas a su alrededor: una camiseta, unos vaqueros, otra camiseta, otro par de pantalones y un lodazal de calcetines y prendas interiores, tan retorcidas y empapadas en rojo que le resultó imposible dirimir si eran de niño o de niña.

Billy entró en el garaje, reunió dos bolsas de plástico, un cepillo de púas de alambre, un frasco de disolvente en aerosol y un bote vacío de mortero impermeable lleno de agua caliente. Después de comprobar la hora —las seis y cuarto— se puso rápidamente a trabajar.

No fue hasta más tarde, mientras revisaba cuidadosamente las prendas agarrotadas por la pintura en busca de etiquetas o marcas de lavandería, sin encontrar nada más que el ubicuo sello de Gap Kids, cuando se le ocurrió que era la segunda vez que el atormentador de su familia escogía el rojo, pues el porche y las ropas infantiles habían quedado bañadas en el mismo tono arterial que tenía la huella dejada en la espalda de la chaqueta de Carlos.

Le hizo pensar en los judíos de Egipto marcando sus puertas con sangre de cordero para ahuyentar al Ángel de la Muerte, solo que en este caso el mensaje parecía ser el contrario.

Tras haber llevado cumplidamente a los niños a la escuela —«Carmen antes que sus hijos»—, Billy se sentó en una silla de respaldo recto en la cocina y observó cómo su esposa se envolvía los pulgares en gruesas tiras de gasa que después aseguró con esparadrapo.

Le había contado que se había dislocado la mandíbula en una escaramuza a las cinco de la mañana mientras intentaba arrestar a un drogadicto puesto hasta las cejas de polvo de ángel, pero dudaba que le hubiera creído.

—Echa la cabeza hacia atrás y abre la boca todo lo que puedas.

—Esto va a doler, ¿verdad?

—De la hostia, pero solo será un segundo.

Cuando Carmen le metió ambos pulgares en la boca, apoyándolos sobre sus molares inferiores, y después se puso de puntillas para poder usar todo el peso de su cuerpo, Billy pensó que iba a vomitar.

—Billy, relájate.

—Estoy relajado.

—No, no lo estás. Te diré lo que haremos… —dijo Carmen, descendiendo.

Entonces se volvió a levantar rápidamente y empujó hacia abajo con los pulgares con tanta fuerza que Billy gritó.

—Duele de cojones, ¿verdad? —dijo Carmen un momento más tarde, mientras iba desenrollándose de los pulgares las gasas desgarradas por sus dientes.

Billy había creído arrancárselos de un mordisco.

—El tipo ni siquiera era tan grande —dijo, notando cómo las candentes palpitaciones del último par de horas se reducían milagrosamente a un vulgar entumecimiento.

—No, ¿eh? —Carmen evitó mirarle a los ojos.

Billy no entendía por qué no le estaba presionando para sonsacarle la verdad, lo cual le puso más nervioso aún de lo que ya estaba.

—Creo que le sacaba lo menos ocho centímetros y veinte kilos —dijo Billy doblando la apuesta—. Deberían haber avisado a los de la perrera.

—La semana pasada nos trajeron a un tipo —dijo Carmen, siguiéndole el juego—. Iba tan ciego de PCP que se rompió ambos fémures solo de tensar las piernas. Cuando fuimos a levantarlo de la camilla, se bajó de un brinco y echó a correr por el pasillo como un campeón de atletismo. No sintió nada.

Billy se agachó dominado por las arcadas.

Carmen le ofreció un cuenco para cereales sin fregar que cogió de la pila.

—Estoy bien —dijo él, aceptándolo.

—¿Has decidido algo? —le preguntó.

—Sobre qué.

Billy parpadeó, con la esperanza de evitar el tema.

Optando por dejarlo estar, al menos por el momento, Carmen le dio tres Advil y un vaso de agua.

—Quiero que vayas al Saint Joseph para que te hagan una radiografía.

—Ahora mismo lo que necesito es dormir —dijo él. Después, tocándose precavidamente la mandíbula—: Gracias.

Mientras Carmen estaba arriba poniéndose el uniforme de enfermera, Billy recibió una llamada de Redman.

—Necesito pasar a verte —dijo.

—¿Para qué? —Como si no fuera capaz de adivinarlo.

—Tengo que hablar contigo. Voy para allá.

—Espera —dijo Billy, pegándose el auricular al pecho.

Estaba harto de recibir visitas, anunciadas y por sorpresa, que se sentaban o se plantaban en su cocina para llenarle la cabeza con todo tipo de calamidades.

—Te propongo otra cosa —dijo despidiéndose de Carmen con la mano mientras esta salía de casa—: ahora mismo tengo que solucionar un asunto, pasaré a verte cuando haya terminado, ¿qué te parece?

—Está bien —dijo Redman con reticencia—. Pero hasta que llegues aquí no hagas nada.

Billy salió por la puerta principal pocos minutos después, con intención de llevar las ropas manchadas de pintura a la comisaría de Yonkers encargada de proporcionar las patrullas de vigilancia. Al principio le sobresaltó ver que Carmen seguía en el porche, luego ya no tanto, recordando su desaparecida banderola de Pascua.

—Me he dado cuenta cuando entraba —dijo con tanta ligereza como le fue posible—. Algún crío la habrá arrancado durante la noche.

Pero, en vez de indignarse al respecto, Carmen parecía distraída, de hecho apenas dio muestras de haberle oído siquiera. Billy se fijó entonces en qué era lo que la tenía absorta: un riachuelo de pintura roja que se le había pasado por alto, siguiendo el trazado de una juntura entre el porche y la casa como un límite territorial en un mapa.

Carmen fue hasta su coche, abrió la puerta del conductor y luego habló sin volverse a mirarlo.

—No quiero que Millie recoja esta tarde a los niños en la escuela —dijo aturdida—. Hazlo tú.

Las rugosas y a la vez luminosas imágenes de visión nocturna captadas por las cámaras de vigilancia la noche anterior eran lo suficientemente inquietantes como para pasar por actividad paranormal. Billy vio la cinta tres veces. La bolsa de basura atravesaba el granuloso aire con la torpeza de un pavo obeso antes de reventar sobre el porche vomitando sus contenidos, sin que en ningún momento se viera quién la había arrojado.

—Esas patrullas son de risa. Quiero un coche apostado delante de la casa las veinticuatro horas del día —dijo Billy, arrepintiéndose del «quiero» tan pronto como hubo salido de su boca.

—No va a pasar —dijo el inspector Evan Lefkowitz, encogiéndose de hombros.

—Qué quiere decir con eso de que no va a pasar.

—Andamos faltos de personal.

Billy metió la mano en la bolsa llena de ropa que había dejado sobre una mesa desocupada, sacó unos pantalones vaqueros de niña y los sostuvo con el puño cerrado.

—Permita que le diga lo que ha hecho ese tipo. Se ha quedado cómodamente sentado hasta que ha visto pasar a sus comedores de dónuts; sabiendo que a partir de ese momento disponía de sus buenos cincuenta y cinco minutos, se ha comido un bocata, ha terminado el crucigrama, me ha dejado perdido el porche, ha salido a mear, ha lavado el coche y después se ha ido a casa. Quiero, necesito, mi familia necesita vigilancia continua las veinticuatro horas.

—¿Comedores de dónuts?

Billy respiró hondo.

—Mire, siento haber dicho eso, le juro que no soy uno de esos gilipollas del DPNY convencidos de que todos los policías de fuera del área metropolitana son unos fantoches emparentados consanguíneamente con Barney Fife.

Sin excusarse previamente, Lefkowitz se alejó para hablar con otro inspector sobre una cuestión completamente distinta, lo cual fue interpretado por Billy como un indicio claro de que se había recreado ligeramente de más en su chanza a costa del célebre agente de Mayberry.

—Eh, esta también es mi ciudad —dijo cuando regresó Lefkowitz—, vivo aquí, estoy educando aquí a mis hijos, pago mis impuestos, y lo único que le estoy pidiendo es un poco más de protección.

—Como ya le he dicho, andamos faltos de personal.

—Con todos los respetos, pero ¿podría hablar con su jefe?

—Mi jefa le dirá lo mismo.

—Aun así…

—Por mí no hay problema —dijo Lefkowitz alejándose—. Estará aquí la semana que viene.

Cuando Billy llegó aquella noche a Pompas Fúnebres Familia Brown, Redman estaba en la angosta entrada, vestido con un delantal de cuerpo entero y guantes de látex, intercambiando dinero por comida china con un repartidor.

—¿Quieres decirme que te parece bien andar por la calle con esas pintas? —dijo Redman sin apartar la vista de la transacción.

—¿Qué pintas?

—¿No tienes espejos en casa? —Redman contó su cambio—. Entra aquí.

Una vez dentro de la capilla, Redman le hizo quitarse la camisa y echarse en una camilla más o menos limpia. Después, rebuscando en su abarrotado carrito de productos cosméticos, encontró un tarro de crema color Caucasiano Estándar y se puso a trabajar en la constelación de magulladuras que, entre Pavlicek y Carmen, había cubierto el rostro de Billy desde aquella mañana.

—¿Alguna vez te has fijado en cómo los escaparates de este barrio siguen una progresión? —dijo Redman—. Dunkin' Donuts, Popeyes, Wendy's, una tienda de tallas extragrandes para mujeres y después la funeraria, todas pegadas unas a otras como una caricatura de la involución.

—También hay gordos en Nebraska, por lo que tengo entendido —dijo Billy, preguntándose cuándo llegarían a Pavlicek.

—La cuestión —Redman retrocedió un par de pasos para evaluar su trabajo, después se quitó los guantes— es que esta semana me han traído dos cadáveres, uno de doscientos veinticinco kilos, el otro de ciento ochenta, pero cuando les sumé el peso del ataúd, me di cuenta de que mis escalones de entrada no iban a aguantar, de modo que he tenido que subcontratárselos al Carolina Home, más arriba en esta misma manzana, porque su director fue lo suficientemente listo como para poner acero reforzado.

Rafer entró rodando en el cuarto, dio dos rápidas vueltas alrededor de su padre y después cargó contra un anciano tocado con un fez y un delantal masónico que yacía en su féretro aparcado junto al piano.

—Bueno. —Billy se sentó y agarró su camisa—. Por qué me has hecho venir.

Redman dio una vuelta cojeando por la capilla, enderezó un par de sillas plegables y después regresó lentamente.

—Mira, voy a ahorrarte un montón de problemas.

—¿Cómo es eso? —dijo Billy, notando que el maquillaje para cadáveres empezaba a endurecerse.

—Ya se acabó.

—El qué.

—Todo lo que has estado investigando.

Billy guardó silencio, esperando algo más. Después dijo:

—¿Cómo se supone que debería dejarle salirse con la suya después de lo que ha hecho?

—¿A quién, al pistolero solitario?

—¿Qué?

—¿Acaso crees que nos limitamos a enviar a Pavlicek sin más?

—¿Cómo fue entonces?

—Todos nosotros.

Billy se frotó la embadurnada mandíbula con una mano temblorosa.

—¿Quiénes sois todos?

—Pavlicek únicamente cumplió con su parte.

—«Todos nosotros.» ¿Incluido tú?

—¿Por qué yo no?

—Mírate —dijo Billy con crueldad.

Y de repente estaba flotando. Redman lo había levantado a medio metro del suelo con sus brazos de arponero, volviéndose a tal velocidad sobre sus maltrechas caderas que Billy ni siquiera había notado los largos dedos escurrirse bajo sus axilas.

—¿Por qué yo no? —repitió Redman, sosteniéndolo en alto como a un bebé.

—Bájame, ¿por favor?

Redman lo dejó sobre una silla plegable. Rafer levantó de inmediato los brazos hacia su padre: «Me toca».

—¿Tú te cargaste a Sweetpea? —dijo Billy—. Y una mierda. El testigo dijo que el pistolero tenía el pelo liso. No dijo nada de un puto afro.

Redman cogió a su hijo y lo sostuvo con un brazo.

—El testigo estaba en un sexto piso y llevaba un ciego del copón. Tú mismo lo dijiste.

Billy agarró un trapo y se limpió la cara, pero el maquillaje se había convertido en cemento.

—Su novia dijo que oyó una voz de blanco por el teléfono.

—¿Acaso me has oído, alguna vez me has oído hablar como a un ceceante negrata de la puta calle?

—Más o menos acabas de hacerlo —dijo Billy.

Rafer empezó a berrear.

—¿Por qué lloras, hombre?

Redman se acercó cojeando al Samsung y buscó Cartoon Network.

Billy perdió momentáneamente el norte, miró su reloj —las diez de la noche— y se preguntó si aquel crío tenía hora de irse a la cama.

—Por qué —dijo.

—Porque nos parecía bien. Nos pareció lo correcto.

—Por qué.

—El hijo de Pavlicek. Todos lo conocemos desde que llevaba pañales. Fue el primer crío nacido de nuestro grupo.

—Redman...

—No se trata de jugar a Dios, porque, ¿por mi parte? Para ser sincero solo creo en Dios cuando sucede algo realmente mierdoso, como aquí este hombrecito con su tubo gástrico o la leucemia de John Junior. Me paso la vida aquí metido enviando gente tres o cuatro veces por semana a conocer a Jesucristo o a quien sea, pero... ¿Sabes en lo que creo? En la tierra. El polvo. Esto de aquí. Todo lo demás es un cuento chino. Supongo que estoy en el negocio equivocado.

—Entonces todos...

—Estábamos metidos en el ajo.

Billy volvió a perderse en sus pensamientos, diciéndose que Redman siempre había tenido algo raro. Fíjate en cómo había escogido ganarse la vida, fíjate en cuántas esposas había tenido, fíjate en cuántos hijos...

—Billy, todos nos hemos salvado mutuamente la vida en uno u otro momento. También yo la tuya.

Y permitir que el crío se pasara el día jugando rodeado de cadáveres... Redman y su esposa, ¿qué clase de educación creían estar dándole?

—Billy —dijo Redman, trayéndolo de vuelta—, si te cuento todo esto es porque ya se ha acabado. —Colocó sus largas manos de baloncestista delante del cinturón y se palmeó suavemente el vientre, como si estuviera acallando a un bebé—. Así que déjalo estar.

Billy llegó a casa a las doce, pero como aquella noche no estaba dispuesto a arriesgarse a tener que mantener una conversación con Carmen, aparcó en su calle a cierta distancia con la intención de permanecer allí sentado hasta que la ventana del dormitorio quedase a oscuras.

Cuando llevaba una hora esperando, sacó su bloc de notas y dibujó una tabla:

Redman — Sweetpea
Yasmeen — Cortez
Pavlicek — Bannion

La muerte de Tomassi por atropello mantuvo el nombre de Whelan fuera de la lista; Curtis Taft tampoco había entrado en ella, a pesar de que Pavlicek se lo había servido en bandeja esperando que completara la limpieza. Pero mientras Billy seguía sentado estudiando los emparejamientos, empezó a preguntarse si Redman, con intención de proteger a Pavlicek, no le habría estado contando una milonga allí en la capilla, pensando que si Billy se tragaba la historia de la conspiración y se convencía de que tenía que detener a tres amigos en vez de solo a uno, era posible que perdiera el ánimo y se mantuviera al margen.

La patrulla de vigilancia local pasó junto al coche de Billy sin percatarse de su presencia en el asiento del conductor, redujo la marcha frente a la casa, pero no se detuvo para permitir que los agentes salieran e inspeccionaran el terreno. Era la tercera vez que los veía pasar desde que había aparcado allí, en cada ocasión con mayor dejadez que la anterior.

Cuando fue a coger los cigarrillos del salpicadero, la cajetilla se le escurrió de los dedos y aterrizó entre sus pies. Cuando se agachó para recogerla, su frente tocó el volante y ahí se quedó. Billy despertó una hora más tarde con una franja rosa sobre los ojos, tan intensa como si lo hubieran marcado con un hierro candente.

Miró su reloj: las dos de la mañana. La ventana del dormitorio estaba a oscuras.

Cuando salió del coche, descubrió que el asfalto bajo sus pies estaba moteado con pintura seca: la que había soltado la bolsa de ropa antes de ser arrojada contra su porche. Quienquiera que hubiera sido el responsable, la noche anterior había escogido el mismo punto de observación que Billy, un lugar lo suficientemente apartado para evitar ser detectado, pero lo suficientemente cercano para seguir los movimientos de los habitantes de la casa.

Usando la linterna que llevaba siempre en la guantera, Billy siguió el reguero de gotas desde el coche hacia su casa, donde se interrumpía a unos veinticinco metros del porche delantero. Allí, el chorreo adoptaba un patrón circular, y las alargadas gotas de los bordes sugerían que el responsable, tras haber elegido aquel lugar como zona de lanzamiento, había dado varias vueltas como un lanzador de martillo para acumular la fuerza centrífuga necesaria para alcanzar su objetivo a veinticinco metros de distancia.

Billy se sentó en la mecedora de su padre en el porche, imaginándose a su acosador, su Furia, girando y haciendo girar aquella condenada bolsa antes de soltarla para que saliera despedida; se quedó allí sentado proyectando una y otra vez la película en su cabeza hasta que, de repente, se vio inundado por un poderoso haz de luz: el reflector del coche patrulla local llegado para echar el vistazo de las tres y media.

Cuando Billy saludó con la mano, apagaron el reflector y se alejaron lentamente, pero no antes de que el conductor gritara «¡Toma, estoy lleno!» y arrojara algo al jardín. Cuando el coche hubo desaparecido de su vista, Billy atravesó el húmedo césped y encontró una bolsa de papel arrugada; en su interior, un dónut a medio comer.

Cuando al fin entró en la dormida casa, el silencio era tan absoluto que creaba su propio sonido, un siseo agudo y regular, como estática procedente de una fuente lejana. Entrando en la cocina, Billy decidió, con la nevera ya abierta, que aquella noche no iba a necesitar un trago —bueno, quizá solo un sorbito—, después se secó los labios y se dirigió a las escaleras.

Tras entrar con paso precavido en el dormitorio, pegó un brinco cuando vio la silueta de Carmen sentada en una silla junto a la ventana, con las manos apoyadas sobre los muslos.

—¿Qué haces? —susurró Billy—. ¿Qué ha pasado?

—Lo he visto —dijo ella.

—¿A quién? —Y después—: ¿Le has visto? Dónde.

—En un sueño.

MILTON RAMOS

La velada había empezado más o menos bien, Anita y Ray llevaron a Sofía y a una amiguita a un diner de Staten Island donde habían quedado con Milton para que este pudiera entregarle a su hija un kit de supervivencia compuesto por ropa nueva, películas en DVD y sus peluches favoritos. Su hija pareció emocionarse al verlo, sentándose en su regazo para comerse un falso *sundae* bajo en calorías, pero en todo momento Milton tuvo el temor de que, cuando acabara la cena, Sofía no fuera a pedirle que se la llevara nuevamente a casa consigo; poco importaba que no tuviera intención de hacerlo.

Al principio, la nueva amiga de Sofía lo había desconcertado. La cría, Jen o Jan, una cosita esmirriada con menos personalidad que un hámster, vivía en la misma calle que Anita, a dos casas de distancia, y al parecer las niñas se habían hecho hermanas de sangre de manera instantánea nada más conocerse; de hecho, aquella noche iban a dormir juntas. Sofía jamás en la vida había invitado a nadie a dormir en su casa, de hecho ni siquiera tenía buenas amigas. Su enjaulado hogar en el Bronx nunca había acogido a otros niños, ni siquiera durante unas pocas horas al salir del colegio. Tomar conciencia de ello hizo que Milton se estremeciera.

Cuando llegó la cuenta, Ray casi se la arrancó a la camarera de la mano.

—Sin discusiones —dijo.

—Por mí, bien —dijo Milton.

Sofía se bajó de su regazo y se dirigió al otro lado de la mesa.

—Cuando lleguemos a casa —le dijo a Anita—, ¿podemos llamar a Marilys? —Después, a su amiga el ratoncito—: Es mi otra mamá.

—¡Ya lo sé! —exclamó Jan o Jen con alegre exasperación—. ¡No dejas de decirlo!

Era la tercera vez que Sofía mencionaba a Marilys desde que la camarera les había tomado nota y sería la última.

—Escúchame bien —dijo Milton, barriendo con la manga los restos de su postre al estirar la mano para agarrarla de la muñeca—, Marilys no es tu otra mamá. Marilys no es nada. No te quiere, ni siquiera le preocupas en lo más mínimo, ¿entendido?

—Eh, Milton —dijo Ray.

—¿Eres capaz de metértelo en la cabeza o no?

Sofía estaba demasiado conmocionada como para hacer nada salvo mirarlo de hito en hito con expresión atónita y ruborizada, pero la otra niña, tras quedarse sin aliento un segundo, se echó a llorar como si fuese el fin del mundo.

Abochornado, Milton se levantó de la mesa, salió por la puerta y se internó en el aparcamiento del restaurante. Serpenteando a través de un ejército de coches estacionados hasta encontrar un rincón mal iluminado, permaneció un par de minutos dejándose consumir por la rabia, después sacó el móvil y telefoneó a la hermana de Marilys.

—Soy Milton Ramos, ¿me recuerda?

Ella dijo que le recordaba, pero no pareció alegrarse demasiado de oírle.

—Volveré a llamarla en media hora. Cuando lo haga, me va a dar usted los nombres, direcciones y números de teléfono de todos y cada uno de los miembros de su familia que residan en Nueva York.

Milton se hundió aún más entre las sombras cuando vio a Ray salir del diner; un momento más tarde, abandonaba el aparcamiento con un coche lleno de mudos.

—¿Si llamo y por el motivo que sea no lo coge? Iré derecho a su casa. Hágase a sí misma un gran favor y ahórreme el viaje.

A las once de aquella noche, Milton se hallaba sentado a una mesa de comedor forrada con hule, contemplando ferozmente a Marilys y a su supuesto primo Ottavio, un enano calvorota con ojos de anfibio.

Estaban en casa de Ottavio, un apartamento de un solo dormitorio en Astoria. La ex prometida de Milton y su pariente miraban nerviosamente en todas direcciones salvo en la suya.

—Iban a matarle —dijo Marilys aturdida, fijándose primero en las manos de Milton con sus uñas manchadas de pintura color sangre, después en el grasiento bate que había colocado entre ellos sobre la mesa.

—Quiénes —dijo él. Después—: Tú —haciendo que Ottavio pegase un brinco—, de quiénes estamos hablando.

—Unos individuos con los que acabé enredado por seguir un mal consejo.

—Iban a matarle —repitió Marilys, obligándose a mirarle a la cara.

Milton no sabía qué le enfurecía más, el hecho de que Marilys hubiera hecho estragos en su vida por dinero, desentendiéndose de las necesidades de su hija como si nada, o el hecho de que, a pesar de su deseo de aniquilarla, lo estuviera tratando como a un completo desconocido.

—¿Ahora vives aquí?

—Solo durante una temporada —redujo su voz a un susurro.

—¿De verdad eres su primo?

—Lejano —dijo Ottavio, mirando inconscientemente de reojo hacia el único dormitorio.

—Quiero mi dinero —dijo Milton.

—No lo tenemos —dijo Marilys, fijando la mirada una vez más en las manos entrelazadas de Milton. Este se perdió en el magma de sus pensamientos el tiempo suficiente para que

Marilys añadiera—: Te lo podemos ir pagando poco a poco, de semana en semana.

Tenemos, podemos, en plural.

La idea de tener que verles a ella o al calvo una vez por semana o por mes para quizá recaudar veinte dólares por aquí, treinta dólares por allá, las excusas, los plantones, la presencia constante y serpentina de ambos en su vida…

—No quiero tu puto dinero.

Milton agarró el bate y se puso lentamente en pie. Marilys alzó la vista y después preguntó sin aliento ni entonación:

—Qué vas a hacer.

Nada. Ya fuese debido a algún sentimiento residual que todavía albergara por ella o simplemente a falta de temple por su parte, Milton no iba a hacer nada.

Cogió su abrigo.

Cuando fue evidente para ella que aquella noche no corría peligro físico, Marilys añadió, con más suavidad:

—Milton, cometí un error. Lo siento. —Y después, como post post-scriptum, mientras él se volvía hacia la puerta—: ¿Cómo está Sofía?

Cuando Víctor Acosta salió finalmente del motel Bryant a las cuatro de la madrugada, tres mujeres y dos hombres estaban montando una pelotera en una esquina del aparcamiento, y Milton, que llevaba al menos dos horas esperándolo, quizá más, comprendió que no le quedaba más remedio que seguir metido en el coche. Lo cual, imaginó, era casi mejor, ya que había estado dándole tientos al termo de manera constante y se notaba temporalmente demasiado borracho como para no meter la pata.

Mientras Víctor se afanaba cargando su equipo en el Range Rover, Milton bajó las cuatro ventanillas y puso al máximo el aire acondicionado con la esperanza de despejarse, después salió del aparcamiento para incorporarse directamente a la New England Thruway en dirección sur, conduciendo desde el Bronx hasta Queens y luego Brooklyn. Treinta y cinco minutos más tarde, helado pero todavía ebrio, aparcó en la acera opuesta al edificio de apartamentos en el que vivía Víctor, en la calle Palmetto de Bushwick, y se acomodó en su asiento, dándole un último sorbito al Chartreuse para ahuyentar el frío.

No tuvo que esperar demasiado. El Range Rover de Víctor pasó lentamente a su lado mientras Milton palpaba el suelo de su coche porque se le había caído el tapón del termo. Al principio casi le pareció demasiado fácil, ya que Víctor aparcó el Ranger una manzana más adelante y después echó a caminar directamente hacia él. Pero cuando Milton salió de su coche, se desplomó de espaldas contra la puerta del conductor, agitó débilmente su bate hacia los cielos y después se dobló sobre sí mismo para vomitar en la calzada, mientras Víctor, dando un rodeo para evitar pringarse, llegaba ileso a su portal y desaparecía en el interior del edificio.

Casi mejor, casi mejor.

Cuando su vómito quedó reducido a unos pocos pero consistentes hilos de saliva y sus ojos empezaron a despojarse de la película de lágrimas que los cubría, Milton se incorporó lentamente y tomó un par de broncas bocanadas de aire.

Casi mejor...

Entonces, sin previo aviso: «No quiero tu puto dinero».

¿Por qué le había dicho eso? Era «su» puto dinero. Marilys se lo había estafado, pero Milton había dicho «tu dinero» como si, junto con los billetes, se hubiera llevado también su sentido de la identidad. Había violado su cerebro. Y él se había limitado a salir por la puerta; encima de cornudo, apaleado.

Golpeó el bate contra la puerta de su coche y estaba a punto de hacerlo de nuevo, de hacer lo que fuera por ahuyentar el otro recuerdo de aquella noche —el impactado silencio de Sofía, su boquiabierta expresión de estupor—, cuando el chasquido de una cerradura lo trajo bruscamente de vuelta al presente. Milton levantó la mirada y vio que Víctor volvía a salir a la calle con un perrito.

Era como si estuviera pidiéndolo a gritos.

Como si estuviera insistiendo.

El perro, una especie de pug, se acuclilló de inmediato para mear sobre el pavimento. La luz de las farolas era demasiado intensa para arriesgarse a hacer algo allí mismo, pero cuando Víctor dobló la esquina, Milton, guardando las distancias y pegándose en todo momento a las sombras de las fachadas, lo siguió. Recorrieron como en tambaleo compartido prácticamente toda la calle antes de que Víctor, absorto en los quehaceres de su perro, se detuviera por completo dándole la espalda.

La distancia entre ambos era casi inexistente, pero Milton seguía demasiado ebrio para acercarse con rapidez, y el resuello de sus pulmones y el torpe rozar de su bate contra la acera propiciaron que Víctor se girara por completo y empezara a rebuscar en su cinto antes de que pudiera golpearle.

Milton sintió entonces una sacudida invisible en el torso, un blanco embate de dolor fosforescente que emanaba de algún lugar situado entre su cadera y su axila izquierda y que lo lanzó como un revés contra la fachada de un edificio. Pero estaba demasiado borracho y decidido como para permitir que aquello lo distrajera mucho tiempo, de modo que tras reprimir lo que necesitaba ser reprimido, Milton empezó a acortar las distancias de nuevo. La cegadora quemadura de su costado le dificultó blandir el bate tal como a él le hubiera gustado, y el acerado impacto de la patada lateral en el muslo que en determinado momento le propinó Víctor con su robusta bota tampoco ayudó, pero, cuando hubo terminado, el hermano de Carmen yacía enroscado a sus pies, la sangre burbujeaba en sus narinas cada vez que respiraba y la marfileña esquirla de un hueso roto asomaba a través de la desgarrada manga de su camisa lanzando destellos a la luz de la luna.

Para cuando Milton hubo conseguido dar toda la vuelta y pasó circulando lentamente con el coche junto al lugar de los hechos, ya se había formado un corrillo: drogadictos, corredores, paseadores de perros y a saber qué más, todos ellos con el móvil en la mano, telefoneando o grabando vídeos con el iPhone, mientras las luces de una cada vez más cercana ambulancia iluminaban la calle como si fuera una avenida. Desde el coche, Milton vio su bate ensangrentado tirado junto al bordillo, pero ahora ya no podía hacer nada al respecto.

No fue hasta una hora más tarde, de pie frente a la enjaulada entrada de su casa, mientras se palpaba mareado el cuerpo en busca de sus llaves, cuando al fin se percató de los dos dardos de táser que seguían enterrados entre sus costillas y cuyos arrancados cables colgaban del costado de Milton como nervios desgajados.

15

Había seis personas en la sala de espera para visitantes delante del quirófano del centro médico Maimonides: Billy, Carmen, Bobby Cardozo, que era inspector de la brigada 8-0, y tres amigos de Víctor y Richard —ratas de gimnasio, a juzgar por su aspecto—, todos ellos aguardando a que terminara la operación de Víctor. Los daños —el húmero izquierdo roto, la clavícula derecha fracturada, el pulmón izquierdo perforado por la más pequeña e inferior de sus tres costillas rotas— eran terribles; la única buena noticia era que el agresor no le había tocado la cabeza.

—Bobby, ¿podrás obtener huellas del bate? —le preguntó Billy a Cardozo, cuya perilla, ojos negros y panza prominente le daban el aspecto de un villano de película muda.

—Lo enviaremos al laboratorio esta tarde. Esperemos que sí.

Richard Kubin entró en la sala de espera con un café de máquina en la mano. A Billy le dio la impresión de que su rabia le hacía parecer más alto y ancho de espaldas que nunca.

—Su amigo… —empezó Cardozo.

—Mi marido.

—¿Llevaba un táser?

—Usted también lo llevaría si viera dónde trabaja.

—Solo pregunto.

—Mire, sabemos quién lo ha hecho —dijo un levantador de pesas bajito y de barba rojiza.

En realidad no lo sabían, pero Billy sí, como también lo sabía Carmen, que en vez de emprenderla con Cardozo y con todo el equipo del hospital permanecía sentada en silencio sobre un raído sofá, mirándose las manos.

—Esos pequeños mutantes de los Knickerbockers —dijo el tipo de la barba—. Nos cazan por deporte como si fuéramos su rebaño de bisontes privado.

—¿Se refiere a maltratadores de gays? —Cardozo alzó el mentón—. ¿Está seguro? Si yo me cruzara con su amigo el señor Acosta por la calle, no lo tomaría por gay.

—Qué significa eso —saltó Richard.

—Es un decir —retrocedió Cardozo.

—Un decir qué.

Cardozo le dirigió a Billy una rápida mirada de indefensión, después se alejó para reorganizarse.

Al principio Billy no comprendía por qué se estaba refrenando de aportar información sobre su acosador para ayudar a reconducir la investigación. Entonces lo entendió: simplemente se sentía avergonzado.

Hasta donde Billy sabía, todos ellos habían sido puramente víctimas, pero de algún modo, en el transcurso de aquellas últimas semanas, la inocencia de las personas que vivían bajo su techo había empezado a dar gradualmente la impresión de estar mancillada, como si en cierta manera todos ellos se merecieran lo que les estaba sucediendo. Caer en sentimientos de culpabilidad y en la aversión por uno mismo era una reacción típica entre las víctimas, lo sabía perfectamente, pero ahora que el contagio familiar se había extendido para afectar a Víctor, Billy se sentía tan culpable como si él mismo hubiera blandido el bate. Y Carmen, sentada allí encerrada en sí misma de una manera tan poco propia de ella, tenía que estar sintiéndose de manera parecida.

—Esos chavales… —dijo Cardozo, sacando su bloc de notas.

—¿Chavales?

—Esos individuos. ¿Algún nombre? ¿Motes callejeros?

—Hay dos —dijo otro amigo que vestía una camiseta de Bucknell—. Los conozco de vista.

—Y también ese otro —dijo el levantador de pesas—. El imbécil del gorrito.

—A ver qué les parece esto —dijo Cardozo, guardándose el bloc—. Qué tal si me acompañan a comisaría, les mostramos unas cuantas fotos y después salimos a dar una vuelta por los Knickerbockers, a ver si así pueden identificar a alguien.

—¿Sabe qué? —dijo Bucknell—. Olvídelo. Ya nos encargaremos nosotros mismos.

—Qué tal si os mantenéis al margen —intervino Billy.

—¿Sabe cuántas denuncias por agresión hemos presentado en su comisaría este año? —dijo Bucknell encarándose con Billy—. ¿Sabe cuántas veces he estado en ese edificio? A su gente simplemente no le importamos una mierda.

—Es la primera noticia que tengo —dijo Cardozo.

—Exacto.

Billy miró a Richard, con la esperanza de que pudiera ayudar a tranquilizar a sus amigos, y vio que la ira en sus ojos empezaba a dar paso al agotamiento y la pena. Sorteando la melé, Billy lo cogió del brazo y lo condujo hasta un segundo sofá, justo enfrente de su esposa.

—Se pondrá bien —dijo Billy.

—¿Cómo lo sabes?

—¿Sabes cómo lo sé? Te diré por qué lo sé. —Billy titubeó, después dijo—: El puesto de las enfermeras. Si Víctor estuviera en una situación de extrema gravedad, todas esas enfermeras estarían ahora mismo aquí con nosotros, echándonos miraditas de reojo y estudiándonos, intentando adivinar la manera de manejarnos en caso de que las cosas se tuerzan. Y simplemente no veo que ahora mismo estén preocupadas por eso, así que tranquilízate.

Era una pura patraña, pero pareció surtir efecto. Richard asintió débilmente y después se hundió aún más entre los cojines. Enfermeras: Billy miró con el rabillo del ojo a su esposa, aún tan ensimismada que, aunque estaba a poco más de metro y medio de ellos, dudaba que hubiera oído una sola palabra de su camelo.

—Bueno, ¿y cuándo llegan los gemelos? —le preguntó a Richard.

—¿Qué?

—¿Cuándo llegan…?

—En diez días —dijo Richard. Después enderezó la espalda—: Virgen santa.

—Estaré allí —dijo Carmen débilmente. Alzando la vista para mirarle, añadió—: Todos los días.

Dejando a su esposa y a Richard en el hospital, Billy acompañó a todos los demás a la comisaría del 8-0. Una vez allí, incapaz de seguir soportando la idea de ocultar información sobre su pesadilla familiar, se llevó a Bobby Cardozo a un lado.

—Tengo que decirte una cosa.

—¿Sobre qué, el rollo gay? —susurró Cardozo—. Solo he dicho que el tío no parece gay. Qué coño, era un cumplido.

El móvil de Billy sonó —Carmen— y este se apartó de Cardozo para aceptar la llamada.

—Eh. —La voz de Carmen seguía tan átona como cuando la había dejado.

—¿Qué ha pasado?

—Ha salido del quirófano. Todo ha ido bien.

—De acuerdo.

—Necesito que me hagas un favor. Cuando vayas a casa, prepárame una bolsa con algo de ropa y mis medicinas. ¿Sabes cuáles son?

—El Traz y el Cymbalta.

—El Traz y el Abilify.

—¿Desde cuándo tomas Abilify?

—¿Puedes hacerlo o no? Dáselo todo a Millie, préstale tu coche, prográmale la dirección en el GPS y envíamela aquí.

—De acuerdo, llegaré a casa en unas dos horas.

—Gracias.

—Carmen, ¿qué pasa?

—¿Que qué pasa?

—Aparte de lo obvio. Llevas días en trance.

El silencio al otro lado de la línea fue tan absoluto que Billy pensó que le había colgado.

—¿Hola?

—Mira… ahora no, ¿vale? —dijo Carmen, después añadió—: Lo siento —como si de verdad lo lamentara.

Billy encontró a Cardozo seleccionando fotos policiales en un monitor.

—¿Este crío de aquí? —dijo, señalando a un adolescente con la cabeza rapada y un ojo estrábico—. Su especialidad es abrir cabezas. Usa tuberías, barras de acero, una vez un palo de golf. Me dijo que no le gustan las pistolas porque te pueden meter en líos.

—Deja todo eso un momento —dijo Billy, cogiendo una silla—. Tienes que oír esto.

Tardó casi media hora en contárselo todo: la marca en la chaqueta de su hijo, el rapto de su padre, el ataque contra su porche, el modo sistemático y ahora ampliado en el que alguien estaba atormentando a su familia.

—No lo veo claro —dijo Cardozo—. ¿Con la cantidad de bestias pardas que tenemos sueltas por este distrito? Prefiero investigar a nivel local.

Yasmeen le telefoneó a casa mientras Billy buscaba en el lado de Carmen del botiquín.

—¿Me llamaste ayer? —le preguntó.

—¿Ah, sí? —Después, recordando el mundo tal como había sido antes de aquella madrugada—: Sí, es verdad.

—¿Qué hay de nuevo?

—Necesito hablar contigo.

—¿Otra vez?

—Solo…

—Joder, hablo más contigo que con mi marido. ¿Qué pretendes, volver conmigo?

—Ya, claro.

—Solo tienes que decirlo y pillamos una habitación.

—Corta el rollo.

—¿Con lo estresada que estoy? No jodas, vamos.

—De verdad que necesito hablar contigo.

—Ni siquiera tienes que besarme.

—¿Dónde vas a estar hoy? —dijo Billy—. Iré yo a verte.

—Redman está chalado. ¿Que yo le disparé a Cortez? ¿Estás drogado?

Estaban sentados en un banco frente a un parque infantil de Riverdale, donde la hija pequeña de Yasmeen, Simone, intentaba dominar el salto de comba doble con otras niñas.

—¿Sabes qué? No me gusta hablar mal de nadie, pero como él ha largado sobre mí antes: creo que Redman se está fumando su propio producto.

—¿Qué producto? —dijo Billy, protegiéndose los ojos del desacostumbrado sol de mediodía.

—El fluido de embalsamamiento. Empapa sus cigarrillos en esa mierda. Es como hurgar en tu cerebro con una cuchara de helado.

—Redman no fuma.

—Entonces a lo mejor eres tú el que anda matando neuronas. O sea, no me jodas, ¿que yo le disparé a Eric Cortez?

Billy se sentó extendiendo ambos brazos sobre el respaldo del banco, escuchando a las crías chillar como si las estuvieran asesinando detrás de la valla de rejilla.

—Bebes como si quisieras matarte, Yasmeen, ¿por qué?

—Porque, como ya te expliqué, estoy pasando por ciertos cambios vitales y estoy deprimida. Te lo dije. Compartí contigo esa confidencia. ¿Y ahora vas a usarla para acusarme de una gilipollez como esa? ¿Quién te crees que eres?

Billy se encorvó sobre el banco, apoyando la cabeza entre las manos.

—Háblame otra vez de tus sudores nocturnos, de cómo te despiertas pensando que estás cubierta de sangre y que alguien va a hacerles daño a tus hijas —dijo con monótono fatalismo.

Yasmeen permaneció un momento sentada, flexionando y estirando la mandíbula como si tuviera la boca llena de canicas.

—Te diré lo que puedes hacer —dijo levantándose—. Ve a hablar con tu coleguita el de Narcóticos en Brooklyn y comparte con él tus... tus hallazgos, cuéntaselo todo sobre cómo jodí la investigación del caso Del Pino, cuéntale lo de mis pesadillas y lo mucho que bebo, cuéntale que la idea de Cortez convertido en vegetal con un balazo en el cerebro hace que moje las bragas y después déjale que venga a por mí, qué te parece.

Yasmeen fue hasta la valla, recogió entre protestas a su hija y después volvió a pasar junto a Billy de camino hacia la salida del parque.

—Eres como un desconocido para mí, ¿lo sabes?

Y después se marchó, mientras Billy se quedaba allí sentado, pensando: «Igual que tú. Igual que todos vosotros».

Tras un sueño interrumpido de cuatro horas y una cena insípida, Billy se encontró viendo un partido de fútbol americano en NFL Classics acompañado de sus hijos, los cuales lo flanqueaban vestidos con su uniforme completo de la liga infantil, desde las botas claveteadas hasta el casco. Los tres estaban extremadamente nerviosos, Billy por todo lo sucedido y los críos simplemente porque tenían —no, eran— unas exquisitas antenas para captar las agitaciones domésticas.

El encuentro, de 2012, culminaba en victoria de los New York Giants por 41-34 frente a Tampa Bay tras una magnífica remontada, pero, cuando veían aquellos viejos partidos, Billy nunca les revelaba a sus hijos el resultado final por adelantado; sería como contar un chiste empezando por el remate. Aquella noche, por desgracia, eso implicaba torturarles con tres pérdidas de balón de Eli Manning durante el segundo cuarto sin que los Giants dieran indicio alguno de ir a mejorar. Cuando vio el segundo robo, Carlos se echó a llorar, lo cual incitó a Declan, que también se hallaba al borde de las lágrimas, a pegarle un puñetazo, lastimándose la mano contra el casco de su hermano pequeño. Antes de que Billy pudiera intervenir, los dos estaban berreando como plañideras al tiempo que intercambiaban golpes ciegamente por encima de la curvatura del estómago de su padre.

—¿Por qué le pegas? —le graznó Billy a Declan. Después, volviéndose hacia Carlos—: ¿Por qué lloras?

Ninguno de los dos tenía las palabras ni el autocontrol necesario para dejar de zurrarse, así que Billy optó por empujarles a extremos opuestos del sofá.

—Ya basta de golpes y llantos, ¿estamos? Por favor, se acabó, ¿de acuerdo?

Poniendo el partido en pausa, Billy esperó a que se tranquilizaran. Sabía que lo mejor sería apagar del todo la tele antes de que el tercer robo de balón les hundiera por completo en la miseria, pero también quería que aguantaran hasta el final para experimentar la emoción de la remontada del último cuarto. Para poder disfrutarla juntos.

—¿Queréis seguir viendo el partido o preferís ir a jugar?

—Partido —lloró Declan.

—Partido —dijo Carlos, imitando la trágica entonación de su hermano.

—¿Estáis seguros?

—Sí.

—Tenéis arriba ese juego nuevo que todavía no habéis estrenado.

—Partido —dijo Dec en un susurro estremecido.

—Partido.

—De acuerdo, partido —dijo Billy, cogiendo el mando a distancia. Después—: ¿Sabéis qué? Mejor terminamos de verlo mañana.

Ninguno de los dos protestó.

—Mañana será mejor.

Y lo sería, ya que Billy pensaba adelantar la versión grabada en el DVR directamente hasta el último cuarto, para disfrutarlo sin dolor.

John MacCormack llamó una hora más tarde cuando Billy salía del dormitorio de sus hijos tras haberles contado su anécdota favorita, la de aquella vez que, siendo novato, había perseguido y subyugado a un caballo policía que corría sin jinete por Times Square, pasando por alto, como hacía siempre, la parte más heroica de la aventura: el hecho de que en aquel momento estaba completamente borracho o de otro modo jamás habría sido tan idiota como para salir corriendo del bar en el que estaba sentado junto a la ventana para echar a correr como un maníaco Broadway abajo.

—He pensado que quizá querría saberlo —dijo MacCormack—. Eric Cortez ya no está entre nosotros.

—¿Qué ha pasado?

—Infección pulmonar. El tío sobrevive toda una puta noche al relente en pleno enero con un disparo en la cabeza y, tres meses más tarde, va y agarra una pulmonía en un hospital calentito.

—¿O sea que ahora es un homicidio?

—O sea que ahora es un homicidio —dijo MacCormack—. Solo estoy dando palos de ciego, pero ¿está seguro de que no tiene nada que contarme?

—Ojalá lo tuviera —dijo Billy, sorprendido por la oleada de sentimientos protectores hacia Yasmeen que lo recorrió de repente.

—De acuerdo pues.

—Deje que le pregunte, ¿qué día lo encontraron?

—¿A Cortez? El 5, ¿por qué?

—¿El 5 de enero?

—Sí, ¿por qué?

—Ningún motivo en especial —dijo Billy—. Gracias por tenerme al tanto.

Tan pronto como terminó de hablar con MacCormack, empezó a marcar el número de Yasmeen, después colgó y telefoneó a su marido. Dennis saltó como una fiera cuando aún ni había terminado de decirle «Hola».

—¿Qué coño le has dicho hoy? Ha llegado a casa fuera de sí.

—¿Qué dice ella que he dicho?

—No ha querido hablar de ello, pero ¿qué cojones, Billy? Justo cuando empezaba a sentirse mejor.

—No ha sido nada, solo una gilipollez que me tenía preocupado y de la que quería desahogarme con alguien, pero no debería haberlo hecho con ella. ¿Puedes disculparte de mi parte?

—Discúlpate tú.

—No, tienes razón, tienes razón, la llamaré. ¿Todo bien por lo demás?

—Como siempre —dijo Dennis en tono más calmado.

—Mira, el motivo de mi llamada es que Yasmeen me ha contado que llevaste a la familia a Florida.

—Sí, a Boynton Beach, a pasar el fin de año con mis padres. Y la gente dice que no sé correrme una juerga, ¿te imaginas?

—Ya ves tú… ¿Cuánto tiempo estuvisteis allí?

—Creo que desde el 30 hasta el 8, ¿por qué?

—Estaba pensando en llevar a los críos, nunca han estado.

«Del 30 al 8, buenas noticias para Yasmeen», pensó Billy. Después pensó: «Puto Redman». Y después nuevamente: «Todos Pavlicek, desde el principio».

Tenía opción de tomarse la noche libre, pero no quería estar a solas, no quería tener que pensar en Pavlicek, Víctor, el acosador, su padre, ni siquiera en su mujer, así que, teniendo en cuenta que Millie se iba a quedar a dormir en casa y que las torpes patrullas de vigilancia seguirían apareciendo aunque fuera por inercia, Billy condujo a medianoche hasta la ciudad, deseando por una vez que la malicia de sus habitantes lo mantuviera ocupado hasta la llegada del amanecer.

Pero tal como suelen suceder estas cosas, la noche, por lo menos hasta las tres de la madrugada, estaba siendo una sosería: un allanamiento en la calle Cuarenta y seis Oeste donde el allanador había recibido una paliza a manos del propietario, y una reyerta en Complications, un club de striptease en la West Side Highway donde resultó que varios jugadores de los Memphis Grizzlies estaban trasegando Dom Perignon y repartiendo billetes de cien, aunque ninguno de ellos se había visto involucrado en la pelea.

El Ruedas llamó mientras Billy circulaba por la calle Veintitrés de regreso a la jefatura.

–Tenemos un homicidio por apuñalamiento en el 3-5.

–¿Interior o exterior?

–Interior. Fort Washington con la Ciento diecinueve.

–¿Fort Washington con la Ciento diecinueve? –Billy se enderezó–. Qué dirección.

–Acabo de decirlo.

–El número del portal, por el amor de Dios.

Cuando Billy llegó a casa de Esteban Appleyard, el apartamento era una fiesta: técnicos forenses, agentes uniformados, Stupak, Butter… hasta Jimmy Whelan estaba allí, con su placa dorada caducada colgando de una cadena por encima de la sudadera. Aunque su presencia no tenía justificación alguna, Billy no pensaba decir nada al respecto y, en principio, los demás parecían haberse dejado engañar por su placa expirada, a pesar de que Jimmy iba en chancletas.

La pequeña mesa de comedor en la sala de estar era la versión amarillista de una naturaleza muerta: dos manos de cartas abandonadas, una botella volcada de ron especiado Tattoo, tres vasos usados y un cenicero en el que se acumulaban los restos de cinco filtros de Kool y la capa de un puro vaciado de picadura de la que aún colgaban unas cuantas hebras de sativa.

El cuerpo, boca abajo sobre la moqueta en un charco de sangre no del todo seca, estaba encajado en una esquina del cuarto, como si Appleyard hubiera intentado huir de sus asesinos atravesando la pared. Había múltiples heridas de arma blanca en su espalda y posaderas. El rígor mortis había congelado su boca en una sonrisa salvajemente ancha.

Mientras los dos forenses de la Científica le daban la vuelta, todos vieron que Appleyard aún agarraba su última mano, cinco cartas aferradas con fuerza en una rígida tenaza debajo del mentón.

—¿Qué tiene? —preguntó Billy.

Uno de los técnicos le separó con sumo cuidado el brazo del cuerpo.

—Ases y ochos. Igual que Wild Bill.

—Y una mierda —dijo Whelan.

—Mírelo usted mismo.

Whelan se acercó al cadáver y entornó los ojos para ver mejor las cartas.

—Una pareja de treses —anunció—. Qué gilipollas.

—La mano del muerto, cariño —se rió el técnico.

—¿Quién es Wild Bill? —dijo Stupak.

Momentos después, mientras los de la Científica empezaban a inventariar las heridas frontales, un pequeño trozo de intestino intacto asomó tímidamente por un tajo situado encima del ombligo de Appleyard y comenzó a hincharse lentamente; aquellos que sabían lo que se avecinaba, se taparon rápidamente la nariz y la boca antes de que reventara.

Deseando evitar la explosión de hedor, Billy se retiró al dormitorio, que, al igual que el resto del pequeño apartamento de cuatro habitaciones, había sido completamente saqueado: plantas arrancadas de sus macetas, calzoncillos, camisetas y jerséis tirados sobre los cajones abiertos junto con películas pornográficas en VHS y una caja de zapatos volcada llena de fotos de borde serrado de la infancia de Appleyard en Puerto Rico.

Whelan entró y cogió un lirio de la paz arrancado; la tierra que todavía se aferraba a sus raíces goteó sobre la cama sin hacer.

—¿Cuánto dinero crees que podría haber escondido en esta maceta? ¿Trece dólares?

—¿Estás seguro de que ha sido por la lotería? —preguntó Billy.

—Por supuesto que sí. La madre que lo parió… Se lo advertí mil veces, tú mismo me oíste decírselo.

Whelan cogió una de las viejas fotos diseminadas en abanico alrededor de la caja de zapatos, una instantánea en blanco y negro de la víctima de niño delante de un rompeolas junto a su madre.

—Te juro que cuando Dios se puso a repartir cerebros, Appleyard entendió «enebros», no quiso ninguno y se escondió debajo de la mesa.

—¿Alguna idea sobre quiénes podrían ser los responsables?

—Sí —dijo Whelan—, pero no aquí.

Cuando salieron del apartamento, el pasillo estaba lleno de inquilinos.

—¿Está muerto? —le preguntó un vecino a Whelan.

—Desde luego que sí.

—¿Ves? Se lo advertí —dijo otro.

Whelan dio una palmada con las manos.

—Venga, todo el mundo a casa.

—Esta es mi casa.

—Dentro.

—Tú a mí no me mandas.

—¿Tienes ya el alquiler de febrero, Alvin? ¿Y qué pasa con el de marzo?

—Jimmy, ¿así me faltas al respeto?

—Quienquiera que me deba dos meses de alquiler, adentro.

Una vez en la calle se refugiaron en el coche de Whelan, un Elantra que apestaba a cigarrillos.

—Ahí en el 2015 viven unos cabronazos, los hermanos Álvarez —dijo señalando otro inmueble de entreguerras al otro lado de la calle, también con un gran portal en forma de H—. Sin venir a cuento, se han pasado toda esta última semana pegados a las faldas de Appleyard como si fuera un primo perdido.

—¿Apartamento? —dijo Billy mientras anotaba.

—En el quinto piso, es lo único que sé. El hermano pequeño, Marcus, acaba de volver de prisión, y a Tomás lo sorprendí una vez intentando forzar con una navaja automática la cerradura de un trastero en mi edificio.

—Entonces sus huellas estarán fichadas.

—Es de suponer.

—¿Alguien más?

—¿Por aquí? —Whelan se encogió de hombros al tiempo que agarraba la manija de la puerta—. Empieza por ellos.

Tras salir del Elantra, Billy se acercó estirando las piernas a la parte trasera del coche, se detuvo para encender un pitillo, vio los agujeros de bala en el maletero; la luz de la luna resaltaba sus bordes serrados, algunos curvados hacia dentro, otros curvados hacia fuera.

—Ven aquí —dijo.

Whelan se acercó, observó la constelación de agujeros, después encendió un pitillo él también.

—¿Puedes abrirlo, por favor?

—Será una broma.

—Jimmy.

—¿Crees que ahí dentro hay algo?

Billy lo miró en silencio.

—Si quieres comportarte como un capullo, pide una orden.

—Sweetpea ni siquiera era el tuyo.

—No sé de qué me estás hablando.

—¿Lo hiciste por Redman?

—No sé de qué me estás hablando. —Después, por tercera vez, antes de que Billy pudiera decir algo más—: No sé de qué me estás hablando.

Sordo ante los ocasionales bocinazos y ciego a los faros que venían de frente, Billy dio un breve paseo por el centro de la avenida Fort Washington entrelazando las manos sobre la coronilla.

Yasmeen estaba en Florida cuando Eric Cortez recibió el disparo. Pavlicek estaba con su hijo en el hospital cuando Bannion se desangró en Penn Station. Sweetpea había terminado sus días en el maletero del coche de Whelan. El propio Billy se hallaba en una escena del crimen en Manhattan mientras Curtis Taft estaba siendo amarrado como un cerdo en el Bronx.

Al fin y al cabo, Redman había dicho la verdad, pero había sido una verdad a medias. Todos ellos estaban implicados, pero ninguno había estado ni remotamente cerca de la escena del crimen cuando su demonio particular había abandonado este mundo.

Habían intercambiado impunes.

Dos horas más tarde, mientras Stupak y él sacaban a Tomás y Marcus Álvarez sin esposar de su edificio para llevarlos a ser interrogados y ambos hermanos se advertían mutuamente a grito pelado que no debían decir ni mu, Billy vio que Whelan no había hecho el menor esfuerzo por retirar su coche de enfrente del edificio, así que toda la procesión tuvo que pasar a su lado para llegar hasta la furgoneta que les aguardaba.

MILTON RAMOS

La llamada de Anita llegó mientras Milton estaba sentado sobre el borde de la cama, cambiándose la venda con la que había cubierto su amoratado muslo; la huella de la bota de Víctor seguía marcada con tal claridad en su carne que podría haberle comprado un par de zapatos sin temor a equivocarse de talla.

—Milton, tu hija te ha dejado tres mensajes en el teléfono. ¿Por qué no le devuelves las llamadas?

—Estoy empantanado en trabajo —dijo él, cogiendo la botella de Chartreuse de la mesita de noche—. ¿Está bien?

—Aparte de no recibir llamadas tuyas, está bien.

Milton se echó un trago al coleto, se levantó y empezó a buscar las llaves del coche.

—¿Está enfadada conmigo por lo de anoche?

—No ha dicho nada.

Milton se tumbó en el suelo y palpó debajo de la cama.

—Tengo que disculparme por mi comportamiento. Estaba alterado.

—No pasa nada. Teniendo en cuenta tus circunstancias, ya me imaginé que debes de estar terriblemente estresado.

Milton se quedó inmóvil.

—¿A qué te refieres?

—Las amenazas de muerte.

—Amenazas… —Milton siguió agazapado, confundido, después recordó su historia y se levantó hasta quedar de rodillas—. Tengo que preguntártelo otra vez. Sofía, ¿sigues queriendo quedarte con ella?

—¿Quedarme con ella? —Anita parecía insegura del sentido de sus palabras—. Claro, es un encanto.

—Bien.

Milton siguió buscando.

—Solo necesito que me des una idea aproximada de cuándo vendrás a por ella.

—Ya casi ha terminado todo —dijo él, divisando las llaves en uno de sus zapatos.

—Simplemente no entiendo por qué no la llamas.

Milton estaba bastante seguro de estar en condiciones de conducir.

El cementerio era una de esas interminables necrópolis que flanqueaban la ruta a la ciudad desde el JFK, una boca de dientes grises, torcidos y descuidados. Pero visto de cerca, si por ejemplo se encontraba uno arrodillado delante de un ser querido, o dos o tres, tampoco estaba tan mal. Y allí era donde se encontraba Milton, de cuclillas frente a las lápidas de su madre y sus dos hermanos, desesperado por encontrar un rumbo.

No era un buen planeador de venganzas, tampoco un intrigante retorcido; no era más que una ruina humana cada vez más violenta y descontrolada cuyas manos temblaban ahora de continuo por culpa de la bebida, un borrachuzo rabioso sumido de un tiempo a esta parte en semejante estado de agotamiento permanente que apenas si era capaz de entrar o salir de la cama. Y asumiendo que hubieran encontrado su bate en la escena del crimen, solo sería cuestión de días antes de que identificaran sus huellas.

Cuando Milton iba al instituto, su profesora de lengua inglesa pensó que en su clase no habría nadie capaz de hincarle el diente a *Moby Dick* sin arrojar el libro por la ventana, por lo que apareció con una copia en Betamax de la película, bajó las persianas y la proyectó sobre una pantalla plegable. La mayoría de los alumnos se aburrió de lo lindo con el largometraje en blanco y negro, pero él no. Milton se quedó fascinado con el capitán de mirada metálica, con su abrasadora tenacidad, y que al final se hundiese en el mar, amarrado a la bestia cuya muerte había sido su único motivo para vivir, le había parecido el desenlace perfecto.

Así es como deberían acabar Carmen y él.

Sofía estaba con las personas adecuadas y aquel pedazo de tierra, allí mismo junto a sus hermanos y su madre, parecía muy acogedor. Milton se sentía exhausto a todas horas. Simplemente debía actuar con rapidez antes de perder por completo la capacidad para ello.

16

Cuando Billy regresó al día siguiente a la funeraria, Redman y su esposa, Nola, estaban sentados en sillas plegables enfrentadas a lados opuestos del pasillo en la oscura capilla, ambos con la mirada fija en la alfombra mientras Rafer daba vueltas por la habitación blandiendo una brocha de maquillar.

—Son las diez de la mañana —dijo Redman—. Te esperaba al amanecer.

Nola se levantó y abandonó la estancia.

Billy esperó mientras Redman se ponía de pie, le quitaba la brocha a su hijo y lo cogía en brazos.

—De haber podido, lo habría hecho yo mismo, bien puedes creerlo —dijo al fin—. La cuestión es que soy capaz de acarrear sin problemas un cadáver de ciento veinte kilos de un lado a otro de esta habitación, desde la mesa hasta su ataúd, pero ¿si debo caminar más de una manzana para comprar una cerveza? Necesito un andador. En última instancia, lo único de lo que pude encargarme fue de hacerlo desaparecer.

—¿Puedes dejar a Rafer en el suelo, por favor?

Redman lo miró como si Billy se dispusiera a esposarlo.

—No puedo hablar contigo de esto con tu hijo en brazos —dijo Billy.

Doblando rígidamente la cadera, Redman obedeció y Rafer salió disparado hacia el cubículo de su abuelo, donde el anciano estaba jugando otra vez al póquer en su ordenador.

—¿Qué quieres decir con hacerlo desaparecer? —preguntó Billy—. Desaparecer ¿cómo?

—Salió de aquí en un ataúd. Debajo de otra persona.

—Debajo de quién.

—De la muchacha que me hiciste enterrar.

—¿Cómo pudiste hacerle eso a esa pobre chica?

—Se lo hice a él.

Lo único que Billy necesitaba era una orden de exhumación, averiguar si Martha Timberwolf tenía compañía bajo su lápida. Y si la Científica examinaba el maletero de Whelan, seguro que también encontrarían algo.

—¿Sabías lo que tramaba Whelan antes de que lo hiciera?

—Una mañana me levanté, salí afuera a fumar y allí estaba Sweetpea Harris, tirado en el patio trasero. Y eso es todo lo que pienso decir al respecto.

—¿Le pediste que lo hiciera?

—He dicho que es todo lo que pienso decir al respecto.

—¿Y qué hay de los otros?

—Qué otros.

—Quiero saber quién se encargó de quién.

—Por qué.

—¿Por qué?

Redman abrió una caja de abanicos baratos con publicidad de su funeraria, después empezó a repartirlos sobre los asientos de las sillas.

—Solo por curiosidad —dijo Billy—. ¿Lo embalsamaste?

—Era eso o dejar que me lo apestara todo.

—Por el amor de Dios, Redman, ¿dónde está tu corazón?

—¿Dónde está el tuyo? Si sigues adelante con esto, acabarás separando a varias personas de sus hijos, así pues, ¿dónde está el tuyo? —dijo Redman, alejándose de Billy antes de que este pudiera dejarle con la palabra en la boca.

En el centro médico Maimonides, Víctor dormía en su cama mientras Richard permanecía echado a su lado con los ojos completamente abiertos, pero ausente. En un sofá, al otro extremo de la habitación, Carmen también dormía con las manos acurrucadas bajo el mentón y el rostro tan hundido en un cojín que Billy tuvo que resistir la tentación de echarle la cabeza hacia atrás.

Billy se apoyó en una pared y los observó cumplidamente a los tres hasta que le pareció que estaba a punto de perder la cabeza.

«Quién se encargó de quién…»

Saliendo al pasillo, telefoneó a Elvis Pérez.

—¿Está en su despacho? —preguntó.

—Hasta dentro de una hora más o menos. ¿Qué hay?

—¿Todavía tiene las grabaciones de Penn Station?

—Por supuesto.

—Nunca llegué a ver la del tablero de información.

—Eso es porque le dije que era una pérdida de tiempo.

—Salgo ahora mismo.

—En serio, si pensara que…

—Salgo ahora mismo.

—Dónde está Wally, ¿verdad? —dijo Pérez, mirando por encima del hombro de Billy mientras revisaban la grabación recuperada de la escena bajo el tablero de información del FDLI—. ¿Ve a lo que me refería?

Billy tuvo que mostrarse de acuerdo: la melé de juerguistas tocados con bombines de plástico era tan densa bajo el tablero que cuando finalmente fue capaz de identificar a la víctima, Bannion ya estaba dejando un reguero de huellas ensangrentadas en dirección al metro, un muerto a la carrera.

—Dónde está Wally en el infierno —dijo Elvis.

Cuando Pérez se marchó con su compañero para llevar a cabo un interrogatorio, Billy se quedó en su mesa y volvió a poner la grabación. De nuevo, nada: solo Bannion, asomando por la periferia para echar a correr. Había más gente además de Bannion yendo y viniendo bajo el tablero: trastabillando, arrastrando los pies, rezagados que habían llegado tarde a la fiesta y despistados que se alejaban sin más como si hubieran perdido el interés en regresar a casa. Pero ninguno de aquellos transeúntes que se apartaban de la muchedumbre al mismo tiempo o justo después de que Bannion iniciara su espantada hacia ninguna parte daba la menor muestra de lenguaje corporal sospechoso, nadie corría ni caminaba a un ritmo que no fuera ocioso, ninguno de ellos volvía siquiera la vista hacia la multitud que acababa de abandonar.

La mayoría de las personas cuyos rostros estaban vueltos hacia la cámara y habían podido ser identificadas ya habían sido interrogadas por Midtown South, incluidos todos los amigos que habían acompañado a Bannion aquella noche. Varios equipos de inspectores se habían desplazado hasta Long Island o se habían entrevistado con los potenciales testigos en sus puestos de trabajo en Manhattan, pero ninguna de aquellas visitas había proporcionado ni una sola pista válida.

Billy volvió a poner la grabación. Después la puso de nuevo, en esta ocasión a cámara lenta. Cuando estaba revisándola por sexta vez, algo le llamó la atención: uno de los pasajeros separándose de la multitud un momento antes que Bannion, no después, lo cual tenía sentido dando por hecho que la estupefacta víctima debió de tardar un momento o dos en ser verdaderamente consciente de lo que le había sucedido.

Si a algo se parecía la figura, de espaldas a la cámara durante el breve instante en el que permanecía en la parte inferior del encuadre antes de abandonar por completo la escena, era a un pequeño oso erguido.

—Por fin han recuperado la grabación —dijo Billy.

—¿Qué grabación? —preguntó Yasmeen desde detrás de su mesa en el despacho de seguridad de la universidad.

—La de Penn Station.

—Pensaba que ya la tenían.

—La otra.

—¿Qué otra?

Cansado de aquel baile, Billy le mostró el fotograma impreso de la forma peluda que se alejaba de la escena del crimen antes de que nadie supiera que era una escena del crimen.

Yasmeen lo vio y después —inconscientemente, asumió Billy— miró de reojo su abrigo tibetano colgado del respaldo de una silla.

—Una de dos, o la que sale de entre el gentío es Janis Joplin o eres tú.

—¿Sabes cuántos abrigos como este…?

—No me vaciles —dijo Billy cansadamente—. No ahora, ¿vale?

Yasmeen tardó un largo rato en responder.

—Tienes dos hijos pequeños —dijo al fin—. ¿Crees que alguna vez se me ocurriría acosarte de esta manera?

—Yo no he matado a nadie, Yasmeen.

—Y una leche. Y nosotros ¿qué hicimos? Cerrar filas y proteger tu culo.

—Fue un disparo justificado. No necesitaba vuestra ayuda.

—Oh, ya lo creo que sí, chico farlopa.

Otro de los inspectores retirados que trabajaban en la universidad entró en el despacho y dejó caer una carpeta encima de la mesa de Yasmeen, que se puso a revisarla antes incluso de que el otro hubiera vuelto a salir.

Billy permaneció sentado un rato, estudiando las fotografías clavadas en la pared con chinchetas: intrusos en el campus, la destrozada sala común de un colegio mayor, fachadas de bares problemáticos del East y del West Village.

—Yasmeen, la historia va a salir a la luz de un modo u otro.

—Bien, una buena historia merece otra —dijo ella, dándose unos golpecitos en la nariz con la punta del dedo.

Billy se levantó para marcharse.

—¿Sabes? Dennis es una buena persona, un buen padre, eso se lo concedo…

Billy permaneció inmóvil, esperando el remate.

—Pero yo podría haber estado contigo todos estos años, ¿lo sabes? Podría haber sido tu mujer, Dominique y Simone podrían haber sido tus hijas.

—Te daré una semana para que te busques un abogado —se oyó decir Billy.

—¿Harías eso por mí? —dijo ella con dulzura.

Billy estuvo casi seguro de que estaba siendo sarcástica.

—Porque tú lo digas —dijo Carmen, mirando los fotogramas impresos de Penn Station repartidos delante de ella sobre la mesa de la cocina.

—Porque lo sé —dijo Billy mirándola—. Y tú también lo sabes.

Carmen desvió la mirada de la mesa a la ventana.

—¿Recuerdas cuando fui incapaz de salir de la cama durante casi tres meses? Lo que hizo por nosotros.

—Esto no tiene nada que ver con aquello.

—¿No? ¿Con qué tiene que ver entonces?

—¿De verdad hace falta que responda a eso?

Apoyando la frente sobre el pulpejo de la mano, en aquel momento parecía como si Carmen hubiese preferido estar en cualquier otro lugar salvo en aquella habitación con aquel hombre.

—¿De verdad hace falta que responda a eso? —rogó Billy.

—¿Por qué te casaste conmigo? —dijo Carmen.

—¿Por qué hice qué?

—¿Qué viste en mí?

—No lo sé. Te vi a ti. ¿Adónde quieres ir a parar con esto?

Carmen barrió la mesa con la mano y tiró las hojas impresas al suelo.

—Joder, Billy —dijo con la voz cuajada de lágrimas—, a veces la gente simplemente necesita ser perdonada.

Una vez más, la más íntima entre sus íntimos optaba por distanciarse con sus comentarios crípticos de mierda. Billy la vio subir las escaleras hacia el dormitorio y se sintió más aislado que nunca.

Tres cadáveres y hasta ahora todo el mundo lo desafiaba, lo amenazaba o le espetaba observaciones propias de una

Esfinge. Todo el mundo se comportaba como si lo tuviera calado.

Billy telefoneó primero a Redman, después a Whelan, las dos veces le saltó el contestador y en ambos casos dejó el mismo mensaje: una semana para buscar abogado. Empezó a marcar el número de Pavlicek, después colgó. Aquel debía transmitirlo cara a cara.

Sin haber pensado realmente en lo que se iba a encontrar cuando entró en la habitación privada del centro médico Westchester en Valhalla, Billy le echó un único vistazo al paciente, se dio media vuelta y volvió a salir, esperando que nadie en el interior se hubiera dado cuenta. Una vez en el pasillo, recuperó el aliento y después volvió a entrar; no le quedaba más remedio que aceptar que el esqueleto de piel cetrina que yacía aparentemente inerte sobre la cama, con mirada distante y sumisa, era, seguía siendo, John Junior, hasta hace únicamente seis meses un joven con la constitución de un oso que a menudo tenía que ponerse de lado para atravesar los umbrales de las puertas.

Atónito, Billy atravesó la habitación y fue a refugiarse en un rincón.

—¿Sabes? Estaba intentando describirle a Johnnie —dijo Pavlicek, sin apartar en ningún momento los ojos del rostro de su hijo— cómo era nuestra vida en los noventa, cómo nos pelábamos el culo en el barrio, las pandillas, las colas de yonquis que llegaban hasta la puerta de la comisaría, toda la pesca.

Estaba sentado sobre el borde de la cama, con una mano apoyada en el muslo de su hijo y la otra sobre su frente, como si temiera que el muchacho pudiera empezar a levitar.

—John —susurró Billy—, no tenía ni idea.

—Nunca olvidaré el día que compré mi primer edificio en la calle Faile, cinco mil dólares, el viejo propietario salió corriendo calle abajo con el cheque en la mano, «¡Nunca ganarás ni un centavo!». Pero después empezó lo divertido, ¿recuerdas? Todas aquellas noches que pasamos allí sin dormir, yo, tú, Whelan, Redman, Charlie Torreano, que en paz descanse... Raspando, lijando, sacando a la luz toda aquella preciosa madera, las molduras, los apliques, después aquella luz de la mañana entrando por las ventanas...

Billy se acercó a la cama y tocó ligeramente la mano de Junior. El muchacho volvió la cabeza en respuesta, pero estaba demasiado medicado como para alzar la mirada.

—Billy, te lo juro, veintiséis edificios más tarde y nunca me he vuelto a sentir tan bien como cuando rehabilitamos aquel estercolero de la calle Faile. Bueno, qué diablos, dejé mi huella.

Billy se vio incapaz de decir lo que había ido a decir, no era el momento ni el lugar.

Pavlicek dejó que recorriera medio trayecto hacia la puerta.

—Redman me ha contado que has sido incapaz de soltarle la bomba esta mañana mientras tuviera a su hijo en brazos —dijo mirando a Billy por primera vez desde que había entrado en el cuarto—, así que me imagino la putada que debe de ser todo esto para ti.

—Todo eso puede esperar —dijo Billy.

—¿A qué, a que muera Junior? ¿Vas a convertir esto en una vigilia de muerte antes de entregarme?

—Lo que quiero decir...

—Sé lo que quieres decir —le interrumpió Pavlicek—. Tú deja que pase lo que tenga que pasar.

Billy se sentó sobre el borde del estrecho camastro para visitantes encajado bajo la ventana más alejada, donde un maletín Gladstone derramaba camisas y jerséis sobre la manta.

—John, qué hago.

Billy siempre había acudido a Pavlicek en busca de consejo; todos lo habían hecho.

—Parece que ya lo estás haciendo.

—¿Cómo puedes obligarme a cargar con esto?

—¿Sinceramente? En aquel momento eras la última persona a la que tenía en mente —dijo Pavlicek—. Además, la culpa es tuya. Nadie te dijo que investigaras, joder.

—¿Disparaste contra Cortez?

—¿Necesitas oírmelo decir?

—Sí.

—Disparé contra Cortez. La cagué, pero fui yo, sin lugar a dudas.

—No puedo dejar pasar tres cadáveres —dijo Billy—. No podría vivir con ello.

—Entonces no lo hagas.

—¿Lo dices en serio?

—Dime que no me estás pidiendo permiso.

Pero así era, Billy llevaba pidiéndoles permiso a todos ellos desde el principio: a Carmen, a su padre, a Redman, Whelan y Yasmeen, y ahora que finalmente lo había obtenido por boca nada menos que de Pavlicek, sintió que la tensión abandonaba su cuerpo como el aire un neumático rajado.

—Después de lo de Taft en el apartamento —dijo Pavlicek—, me preguntaste: «¿Así es como honras a tu hijo?».

—John, en honor a la verdad…

—¿Acaso crees que no soy consciente de lo que hice? ¿Crees que no sé que habrá que pagar un precio? Pues deja que lo pague.

—Está bien —dijo Billy al cabo de un rato—. Está bien.

—Déjame acabar con esto de una vez.

—Está bien —dijo Billy una vez más. Después—: Les he dado a los otros una semana para que busquen abogado.

—Una semana está bien.

John Junior susurró algo indescifrable para los oídos de Billy, pero no para los de su padre. Pavlicek metió una pajita en el pitorro de una botella de agua y después alzó la cabeza de su hijo lo justo para que pudiera dar un par de sorbos sin ahogarse. Junior dijo entonces otra cosa que Billy no consiguió entender, pero que hizo que su padre asintiera en acuerdo.

La habitación quedó en silencio y Billy contempló cómo Pavlicek alternaba entre atender a su hijo y simplemente hacerle compañía mientras el tictac de un reloj invisible subrayaba la quietud.

—Yasmeen va a jugar la carta de la cocaína —dijo Billy al fin—. Dice que usará mi historia.

—Es una puta embustera —dijo Pavlicek sin mirarle.

Billy se levantó, se acercó a la cama, después se inclinó para besar la frente de John Junior.

—Debería marcharme.

—Qué diablos —dijo Pavlicek—. Dejé mi huella.

MILTON RAMOS

Siempre había sido bastante despreocupado en lo que a su vestimenta para ir a trabajar se refería. Normalmente se ponía una de las tres chaquetas deportivas que había comprado en Men's Wearhouse la semana que lo ascendieron a inspector, una camisa blanca o azul, pantalones con pinzas —chinos o de gabardina— y, siempre, sus botas Nike negras, buenas para correr en caso de que surgiera la necesidad y lo suficientemente sobrias como para pasar una inspección. Pero aquella noche optó por el traje de lana gris marengo que se había puesto por última vez el día que habló para la clase de tercero de Sofía —menuda payasada había resultado ser aquello—, una bonita corbata azul de punto y una camisa rosa de algodón de su última visita a Brooks Brothers. Antes habría sustituido la Glock por un tirachinas que cambiar las Nike por cualquier otro calzado.

Justo pasada la medianoche, tras haber clavado al fin el nudo Windsor que llevaba un rato intentando dominar, se colocó la pistolera en el cinturón, metió una petaca en su pistolera de tobillo, dejó caer un frasquito de elixir bucal en el bolsillo interior de la chaqueta y salió de casa.

Cuarenta y cinco minutos más tarde, entró en la comisaría del Distrito Quince, se dirigió a recepción y se identificó ante el sargento de guardia.

—Cuánto tiempo... —dijo—. ¿Dónde estaba exactamente la oficina de la Guardia Nocturna?

17

Aquella noche la boca del infierno parecía estar localizada en Union Square, con tres avisos en la zona en menos de cinco horas. El primero, a la una de la mañana, en Irving Place, donde se las tuvieron que ver con un abogado de mediana edad que había sido hallado boca abajo en su propia cama, desnudo, maniatado, asfixiado y con la palabra ABUSADO rematada por una R o una S —un misterio para el turno de día— grabada en la espalda con la punta de unas tijeras. La segunda salida, que tuvo lugar a las tres, fue en respuesta al robo de un atún rojo de noventa kilos valorado en siete mil dólares en la cocina de un restaurante japonés de Park Avenue South. La tercera y con suerte última denuncia de la noche llegó a las cuatro y media y resultó ser un doble apuñalamiento no mortal en el parque de la propia plaza, directamente bajo la estatua de Gandhi. El perpetrador era un mendigo de setenta y cinco años; las víctimas, dos turistas de Munich borrachos, convencidos de que darle al anciano indigente un billete de diez marcos alemanes fuera de circulación en vez de un par de dólares estadounidenses sería una ocurrencia desternillante.

—Deberían haberles visto, riéndose de mí como si le estuvieran dando un móvil a un mono —dijo Terence Burns mientras se tomaba una Coca-Cola a las cinco de la mañana en la sala de interrogatorios de la Sexta Brigada, a un par de manzanas de distancia del lugar de los hechos. Tenía los ojos saltones y una perilla plateada, y andaba casi doblado por culpa de la artrosis, pero de algún modo seguía siendo ágil como un gato–. Como si no fuera a ser perfectamente capaz de distinguir un puto *deutsche mark*. Joder, los vi de sobra, tuve de sobra y gasté de sobra cuando estuve allí con el 40.° Regimiento Blindado en el sesenta y uno.

–¿Estuvo allí? –dijo Billy, sintiendo simpatía por el anciano y necesitado de distracciones.

–¿No lo acabo de decir? Y me lo pasé en grande la mayor parte del tiempo –dijo Burns–. Las putas solían llamarnos hamburguesas y a los chicos blancos hamburguesas con queso. Nos veían llegar en grupo al club y se negaban a montárselo con los paletos: «¡Hamburguesas con queso, no! ¡Solo hamburguesas!».

–¿En serio?

–Oh, yo siempre hablo en serio.

–¿Otra Coca-Cola?

–Mejor Fanta, si tienen –dijo Burns–. De uva o de naranja.

Billy salió de la sala para ir a la máquina expendedora y regresó con un Mountain Dew.

–Bueno, ¿y qué más puede contarme sobre aquella época? –preguntó.

–¿Qué más? ¿No sabe nada de historia? ¿No sabe lo que era el Checkpoint Charlie?

–Algo he oído.

–¿No sabe nada de la crisis de los tanques con los rusos? Yo era ametrallador y me tuvieron asomado a la escotilla de un M-48 mirando de frente el cañón de un T-55 que no podía haber estado a más de veinte metros durante dieciséis putas horas. Se lo juro, ¿con lo acojonado que estaba? Si no hubiera estado tan borracho, habríamos empezado la Tercera Guerra Mundial allí mismo.

Cuando regresó al parque para recoger una copia del informe de la Policía Científica, Billy se percató de que habían empezado a llegar pequeños camiones procedentes de Nueva Jersey y del norte del estado para participar en el mercado de verduras de Union Square; granjeros de aspecto vagamente hippie descargaban sus mesas plegables y sus toldos en la penumbra previa al amanecer. También vio a uno de sus inspectores de refuerzo, Milton Ramos, de la brigada de Dennis Doyle en el 4-6, de pie en los límites de la zona acordonada, observando cómo los técnicos recogían su equipo.

Billy llevaba todo el turno intentando guardar las distancias con él; tal como sucedía con determinado número de voluntarios ocasionales, tenía algo que no acababa de gustarle. Parecía ido y al mismo tiempo en tensión; además, Billy estaba bastante seguro de que había estado escabulléndose regularmente para beber. Tampoco es que Ramos fuera a ser el primer inspector de la Guardia Nocturna que recurría a la botella para endulzar las largas horas y el aburrimiento; los ojos de Feeley a menudo parecían dos guindas en un mar de nata, pero Feeley era Feeley.

Las forenses, mujeres ambas, estaban ahora inclinadas sobre el capó de su furgoneta, rellenando los informes.

—¿Qué tal ha ido con el gran robo del atún? —le preguntó Billy a Ramos—. ¿Alguna pista que dé mala espina?

—Creo que ha sido un golpe desde dentro —dijo Ramos monótonamente.

Era bajo y grueso, pero con una constitución demasiado recia como para calificarlo de gordo. Sus rasgos achinados quedaban ocultos bajo las pobladas cejas y una expresión permanentemente impasible. Billy lo catalogó como un verdadero solitario, dentro y fuera del trabajo, uno de esos tipos poco comunicativos y faltos de sentido del humor que incomodaba con su falta de personalidad a todos los demás miembros de su brigada.

—¿Sabe? —dijo Ramos, paseando la vista por el parque—. Me pasé mis dos primeros años en el turno de medianoche, pero ¿ahora? No sé si sería capaz de volver a hacerlo. ¿Qué tal lo lleva su esposa?

—Es enfermera —dijo Billy—, aguantaría cualquier cosa salvo que le apareciera con una segunda familia.

—¿Ah, sí? ¿Qué clase de enfermera?

—Urgencias, pero con los años ha hecho de todo.

—Hecho de todo, visto de todo… ¿Tolerante?

Billy lo miró de soslayo.

—Se toma las cosas con filosofía —mintió.

—Con filosofía —asintió Ramos, todavía con la mirada perdida—. Lo que tenga que ser, será.

—Algo por el estilo.

Billy vio a Stupak, procedente del homicidio en Irving Place, entrar en el parque y dirigirse hacia las carpas y las mesas, a la espera de que abriera alguien.

Sacó el móvil para llamarla.

—¿Siempre quiso ser enfermera? —preguntó Ramos.

—¿Qué?

—Su esposa.

—¿Qué es esto, una entrevista?

—No, lo siento, es solo que… ¿Mi esposa? Falleció hace siete años.

—Lamento oírlo —dijo Billy, cancelando la llamada.

—Sí, atropellada. El conductor se dio a la fuga.

—Lo siento.

—Tenemos una hija, tiene ocho años —dijo Ramos, y después—: Si la madre ha muerto y uno habla en plural, ¿qué sería más correcto, «tenemos una hija» o «teníamos una hija»?

Decididamente el tipo estaba ebrio, pero estaba hablando de la muerte de su mujer.

—La gramática nunca ha sido mi fuerte —dijo Billy.

—¿Usted tiene hijos?

—Dos niños.

—Dos críos, el doble de líos.

Billy miró impaciente su reloj, eran las seis y cuarto de la mañana, las técnicos forenses seguían encorvadas sobre el capó redactando su informe.

—Cuando éramos niños —Ramos se acercó a él—, mi hermano y yo éramos el terror del barrio.

—¿Ah, sí? —Billy intentó por segunda vez llamar a Stupak—. ¿Qué barrio era ese?

O bien Ramos no le oyó o no quiso contestarle.

—¿Qué haces? —le preguntó Billy a Stupak.

—¿Dónde está?

—Junto a la estatua de Gandhi, esperando a los de la Científica. Tráeme un café con leche y azúcar y un mollete con mantequilla.

—¿Sabe? —insistió Ramos—. Antes de morir, mi esposa fue técnico en radiología durante cinco años en el Beth Abraham, así que algo sé sobre enfermeras. Y lo que sé es que no son como los policías, ¿sabe a lo que me refiero? Una no se hace enfermera porque su madre y su abuela fueran enfermeras, así que disculpe si le hago una pregunta personal y siéntase libre para decirme que no me meta donde no me llaman, pero tengo curiosidad: ¿por qué cree que se hizo enfermera su mujer?

—¿Ahora se supone que debo decir «Porque le gusta ayudar a la gente»?

—En absoluto, simplemente me preguntaba si hubo algún momento concreto que, ya sabe, algún acontecimiento o algo…

Billy le dirigió otra larga mirada.

—Como en mi caso —dijo Ramos rápidamente—. Jamás pensé que acabaría siendo policía, fui un crío problemático, me metía en peleas. Pero a los diecisiete años, perdí a mi madre y a mis dos hermanos en menos de un mes y necesitaba un lugar donde esconderme.

—¿A qué se refiere con esconderse?

—Esconderme no, lo que quiero decir es que necesitaba una estructura, ya sabe, formar parte de algo que me indicara qué hacer y qué no hacer, que me impidiera caer en el lado oscuro. Me costó unos cuantos años, pero aquí estoy.

—Aquí está —dijo Billy, sintiendo un intenso desagrado por aquel tipo con sus abundantes tragedias.

Una de las forenses se acercó por fin a ellos, arrancó una copia del informe para Billy y después se dirigió hacia el mercado de verduras con su compañera.

—Precioso, ¿verdad? —dijo Ramos mientras el sol comenzaba a pintar los terrados de los antiguos edificios de oficinas en el flanco occidental de la plaza.

Billy odiaba los amaneceres; sabía que eran espejismos crueles, cada uno de ellos una falsa promesa de que su turno había llegado a su fin cuando, de hecho, dependiendo de la época del año, todavía quedaban entre una y tres horas para que el teléfono sonara y trajera un nuevo desastre. Los amaneceres, como el mismo Ramos en aquel momento, le ponían tenso.

Le hacían sentir como si alguien se estuviera descojonando a su costa.

—Escúcheme —dijo Billy bruscamente—. Su aliento lleva oliendo a licor toda la noche.

Frunciendo el ceño, Ramos apartó la mirada.

—No voy a expedientarle, pero no quiero volver a verlo nunca en mi brigada. De hecho, puede irse ya, ficharé por usted cuando volvamos a jefatura.

Al principio Ramos no respondió, arrugando aún más el entrecejo hasta torcer el gesto, pero después empezó a asentir con la cabeza como si hubiera tomado algún tipo de decisión.

—Me disculpo —dijo en voz baja, volviéndose hacia Billy para devolverle las llaves del sedán de la brigada—, y le agradezco la cortesía.

Ramos fue caminando hasta la entrada de metro de la calle Catorce sin decir ni una sola palabra más; Billy lo siguió con la mirada todo el trayecto, preguntándose si no habría sido demasiado duro con él.

Después, cansado de esperar a que Stupak le llevara el desayuno, se dirigió él mismo hacia el mercado, donde descubrió que casi todos los policías involucrados en las investigaciones de los tres delitos cometidos aquella noche en la zona estaban ahora examinando los puestos de comida con la misma intensidad que si estuvieran en una convención de armamento.

Cuando entró en casa cargado con dos bolsas biodegradables llenas de magdalenas endulzadas con agave, *crullers* y agujeros de dónut, a Billy le dio la impresión de que el único que se había levantado era Carlos. Su hijo de seis años estaba sentado en el comedor, comiéndose el desayuno que él mismo se había preparado: una taza de té llena de zumo de naranja y un Eggo sin descongelar.

—¿Dónde está tu madre? —preguntó Billy, colocando el gofre en la tostadora—. ¿Todavía duerme?

—No lo sé.

—¿Dónde está tu hermano?

—En casa de Theo. Esta noche se ha quedado a dormir allí.

A través de la ventana de la cocina, Billy vio a su padre sentado en una silla de jardín debajo de una de las cámaras de la URAT en el patio trasero, leyendo, como de costumbre, el *New York Times*.

—¿Qué tal está hoy el abuelo?

—No lo sé —dijo Carlos. Después—: Un profesor de mi escuela se ha expulsado.

—¿Cómo que se ha expulsado, qué quieres decir?

—Que ya no es maestro.

—¿Ah, no? ¿Qué profesor?

—Don Lazar.

—¿Don Lazar se ha despedido? ¿O le han echado?

—No lo sé.

—¿Por qué?

Billy no podía imaginar que la escuela pudiera haberlo largado por ser gay.

—Le hizo daño a un hombre —dijo Carlos.

—¿Cómo que le hizo daño? ¿A quién hizo daño? —dijo Billy, intentando recordar el nombre del potencial chantajista de Lazar.

—Se lo llevaron —dijo Carlos.

—¿A Lazar?

—A don Lazar.

—¿Quién se lo llevó?

—La policía durante el recreo. Voy a bajar al sótano. Dec dice que hay un ratón.

Billy subió al dormitorio, pasó de puntillas junto a su esposa, cuyo perfil se alzaba y se hundía bajo las sábanas como un campo de dunas, y guardó el arma y las esposas en el armario. Después bajó nuevamente a la cocina con intención de telefonear al DP de Yonkers para averiguar qué había sucedido con Lazar.

Pocos minutos después, mientras los inspectores de la brigada del Segundo Distrito mantenían su llamada todavía en espera, sonó el timbre de la puerta. Dando por hecho que se trataría de evangelistas o del revisor de la luz y temiendo que un segundo timbrazo fuera a despertar a Carmen, Billy salió apresuradamente al pasillo y abrió la puerta de par en par para encontrarse frente a frente con Milton Ramos, el cual, adusto y monolítico, escudriñó el interior de la casa con los tajos de cuchilla que tenía por ojos como si Billy ni siquiera estuviera allí.

Pensando que para entonces debía de estar embotado de tanto darle al frasco y furioso por haberse visto expulsado de la Guardia Nocturna tres horas antes, Billy se dispuso a intentar tranquilizarlo con buenas palabras cuando Ramos se llevó una mano a la espalda —Billy supuso que en busca de algún tipo de carta de protesta— y le sacó una Glock.

—Dónde está —dijo Ramos.

Billy dio un paso al frente para salir al soportal de su casa y después levantó exageradamente los brazos para las cámaras de la URAT, aunque no tenía ni idea de si habría alguien monitorizándolas.

—Dónde está —repitió Ramos, haciendo retroceder a Billy con el cañón de su pistola hasta llegar al salón al tiempo que lo cacheaba eficientemente con la mano libre a pesar de que ambos estaban en movimiento.

Así pues, de embotado nada.

—Ramos. —No conseguía recordar su nombre de pila—. ¿Qué estás haciendo?

—Dónde está.

Esta vez Billy oyó la pregunta.

—Dónde está quién.

—Tu mujer.

—¿Mi mujer?

—Tu mujer, tu mujer, tu mujer —dijo Ramos, como si estuviera hasta las narices de hablar con un lelo.

—Espera, espera, he sido yo quien te ha agraviado.

Cansado de estar en el sótano, Carlos entró en la habitación y, sin mirar a Ramos ni a su padre, se sentó en el sofá y cogió el mando a distancia.

—Eh, socio, ahora no —dijo Billy, notando que se le agudizaba la voz—. Sal a la calle.

—Se queda —dijo Ramos, permitiendo que el niño se acomodara y encontrase un canal a su gusto.

—Mira, simplemente —Billy se esforzó por no rogar— dime qué es lo que quieres.

—Ya te lo he dicho —dijo Ramos. Después, señalando con el mentón hacia el ruido de pisadas que les llegó procedente de la primera planta—: ¿Está arriba? Dile que baje.

—Sigue sin reconocerme. —Ramos se había dirigido a Billy, pero sus ojos estaban fijos en Carmen, sentada frente a él al otro lado de la habitación, rígida como un faraón y con la mirada clavada en el suelo—. Cómo puede ser eso.

Carlos, absorto con sus dibujos animados, se hallaba ahora sentado junto a Ramos en el sofá; la automática permanecía oculta bajo una almohada entre ambos.

—¿Para qué necesitas al crío? —dijo Billy, esforzándose por encontrar un tono relajado—. Deja que venga conmigo.

Ignorando a Billy, Ramos se inclinó hacia delante intentando que Carmen lo mirase. Ella siguió sin hacerlo.

—Pero sí te acordarás de Little Man, ¿verdad? —dijo él.

—Eres Milton —musitó Carmen débilmente.

—A lo mejor soy Edgar.

—Edgar está muerto —dijo ella con el mismo susurro apagado.

—O sea que lo sabes —dijo él.

Billy, que apenas les había estado escuchando, se percató al fin de que Ramos y su esposa estaban manteniendo una conversación sin alzar la voz.

—Toda mi familia bajo tierra, donde tú los pusiste —le dijo Ramos a Carmen—, y durante todos estos años nunca he sabido por qué.

Carlos se medio incorporó para volver a coger el mando. Ramos alzó lentamente una mano para agarrarlo en caso de que decidiera salir corriendo, pero el crío volvió a dejarse caer sobre los cojines.

—Milton, estoy delante de ti, aquí mismo. —La voz de Carmen, a pesar del peligro, seguía siendo discordantemente átona—. Por favor, no le hagas daño a mi hijo.

—No le hará daño —dijo Billy con ligereza mientras su corazón se hinchaba como un fuelle—. Él también tiene una hija, ¿verdad?

El sonido de la puerta trasera al abrirse hizo que Ramos medio se incorporara pegándose la automática a un costado, pero cuando vio a Billy Senior de pie en el umbral con los suplementos del fin de semana arrugados y encajados debajo del brazo, volvió a sentarse tranquilamente, ocultando una vez más la pistola debajo del cojín.

—¿Qué haces aquí tan temprano? —preguntó Billy Senior, entrando en el salón—. Esta semana tengo turno de noche. ¿No te lo han dicho?

—Solo he venido a visitar a su hijo —dijo Ramos despreocupadamente—. Vendré a buscarle más tarde.

—En ese caso, nos vemos luego, amigo mío.

El padre de Billy se despidió con la mano y salió de la estancia tal como había entrado.

Al principio Billy se quedó perplejo, pero después se dio cuenta de que su padre había estado hablando con su chófer de reemplazo y que Ramos era el individuo que llevaba semanas torturándoles.

«Milton», le había llamado Carmen.

Sobre el alféizar de la ventana descansaba una bola de nieve de cristal recuerdo de Jiminy Peak; sobre la mesa auxiliar, una palmatoria de metal. La bola de nieve estaba más cerca, pero aun así demasiado lejos.

—Dime por qué lo hiciste —dijo Ramos.

Carmen intentó alzar la mirada hacia Carlos. No pudo.

—Milton, me da miedo mirarle. Por favor.

—Carlos, hijo. Ven aquí conmigo —dijo Billy—. Ramos, sé razonable, deja que venga.

—Dime por qué lo hiciste.

—Nunca fue mi intención —dijo Carmen—. Tienes que creerme.

—Ramos, sé razonable…

—Por qué.

—Ramos, si haces algo aquí, ¿de cuánto tiempo crees que dispondrás para estar con tu hija? Ya ha perdido a su madre, tú mismo me lo dijiste.

—Por qué.

—Porque me partió el corazón —dijo Carmen en un tono de voz tan débil que a duras penas consiguió atravesar el cuarto.

—¿Qué hizo?

Ramos ladeó la cabeza y le pasó un brazo por los hombros a Carlos.

—Piénsatelo bien —dijo Billy, de nuevo buscando un arma con la mirada.

—Me partió el corazón.

—Te partió el corazón —dijo Ramos—. ¿Te dejó embarazada?

—No.

—Pero se te estaba follando. —Más una pregunta que una afirmación.

Carlos empezó a revolverse bajo el peso de su brazo, pero Ramos estaba demasiado absorto como para percatarse.

—Tranquilo, socio —le dijo Billy a su hijo.

—Ni siquiera se dignó a mirarme nada más que una vez —dijo Carmen.

Al otro lado de la ventana, Billy vio un tropel de coches patrulla y una furgoneta de la Unidad de Servicios de Emergencia de Yonkers rodeando la casa; su presencia, por la que anteriormente habría rezado, incrementó ahora su sensación de peligro.

—Tenía quince años —dijo Carmen acongojada—. Me abordaron en los escalones de entrada, él acababa de herir mis sentimientos, estaba enfadada y dije lo que dije.

Asombrosamente, comprensiblemente, Carlos se quedó dormido contra el hombro de Ramos.

—Tenías quince años, acababa de herir tus sentimientos… Y simplemente dijiste lo que dijiste —recitó Ramos para sí mismo—. ¿Hirió tus sentimientos? ¿Eso es todo?

—¿Quieres una historia mejor? —Ahora Carmen había empezado a llorar—. No tengo ninguna.

El teléfono de casa empezó a sonar; negociadores de rehenes, sin lugar a dudas, pensó Billy, pero ninguno de ellos se movió para descolgar.

—¿Sabes una cosa? —le dijo Ramos a Carmen, con la voz colmada de asombro—. Te creo. Quince años… No sé qué esperaba oír después de todo este tiempo.

En el estudio empezó a sonar el fax, seguido por el móvil de Carmen en el recibidor.

—¿Sería mezquino por mi parte decir que llevo rezando por él todos los días de mi vida? —preguntó Carmen apáticamente.

—Sí —Ramos se puso de pie, levantando la Glock en su puño—, lo sería.

Antes de que Billy pudiera arrojarse contra él, su padre reapareció en el umbral de la puerta, esta vez agarrando su viejo 45 con ambas manos y apuntando a Ramos a la nuca. Cuando Ramos se volvió y echó a andar hacia él, Billy Senior apretó el gatillo, aunque para lo que sirvió el puto trasto bien podría haber desenrollado una banderita de BANG. Billy se abalanzó sobre el globo de nieve en el alféizar de la ventana y después dio un paso de gigante para estampárselo en la sien a

Ramos, que se desplomó en el suelo con los ojos en blanco y un costado de la cara cubierto de líquido viscoso y reluciente.

Durante un momento, Carmen permaneció inmóvil como si todavía siguiera perdida en lo que fuera que habían estado hablando; después, saliendo de su ensimismamiento, levantó en brazos a Carlos del sofá, gritó «¡Vamos, Billy!», y cuando este no le hizo caso –después de todo, su padre seguía en la casa–, se quedó en la puerta con las piernas temblándole como martillos neumáticos hasta que su marido la sacó de casa de un empujón, en dirección a la policía.

Como no tenía ni idea de adónde había ido a parar la Glock, Billy le arrebató a su padre el 45 de entre las manos y después se sentó a horcajadas sobre la espalda de Ramos, tan ancha que al intentar abarcarla entera notó un tirón en los tendones de la entrepierna.

Billy Senior empezó a subir la escalera.

–¡Papá! –gritó Billy, pero el anciano siguió subiendo.

Con todos los teléfonos de la casa sonando continuamente como para anunciar una boda real –todos los teléfonos salvo, curiosamente, el de Billy–, Ramos empezó a recuperar el sentido, abriendo y cerrando lentamente los ojos como un ser en un terrario. Billy apretó con fuerza el cañón del 45 contra su cogote y después lo registró en busca de sus esposas. No llevaba.

Tenía que llegar hasta uno de los teléfonos y darles a los agentes de Yonkers la luz verde para que entraran antes de que perdiera el control de la situación, pero no podía arriesgarse a levantarse sin haber inmovilizado antes a Ramos, no podía arriesgarse a que este viera claramente el cañón obturado de su revólver y reconociera su inutilidad, no podía arriesgarse a que encontrara su propia arma caída en algún lugar del salón.

–Hay un puto ejército ahí afuera, ¿vale? –dijo Billy, intentando que no le temblara la voz–. Así que tranquilo, ¿vale?

Ramos hizo una mueca, después se desplazó ligeramente, sin el menor esfuerzo, bajo el peso de Billy, y este supo de inmediato que no era lo suficientemente fuerte como para mantenerlo inmovilizado en caso de verse obligado a ello.

—Milton, ¿verdad? Milton, piensa en tu hija, ¿vale? Solo piensa en tu hija y todo irá bien, ¿vale?

Ramos volvía a estar completamente despabilado, pero no hizo más esfuerzos por moverse, limitándose a quedarse allí tumbado con un costado de la cara medio enterrado en las altas fibras de la moqueta, con la mirada perdida en la distancia como si estuviera pensando en algo que no tenía nada que ver con todo aquello.

—Tu hija, cómo se llama —insistió Billy—. Dime cómo se llama.

Claramente el más tranquilo de los dos, Ramos continuó con la mirada perdida en la distancia, como si la masa de Billy y la presión del cañón del revólver no fueran mayor distracción para él que unos pajarillos picoteando el lomo de un rinoceronte.

—Vamos, Milton, dime cómo se llama.

Ramos se aclaró la garganta.

—Si en tu testamento has nombrado a una persona como tutora de tu hijo —dijo con la voz medio amortiguada por la moqueta— y, en vez de morir, vas a la cárcel, ¿sigue esa persona quedándose con el crío?

—Sí, claro —dijo Billy mecánicamente, agachando la cabeza para escudriñar a derecha e izquierda en busca de la pistola caída.

—¿O ir a la cárcel anula cualquier disposición legal respecto al tutelaje?

A Billy le pareció ver algo que podría ser la automática debajo del sofá, pero igualmente podría tratarse de uno de los juguetes de sus hijos.

—A ella le gusta estar allí, con su tía —continuó Ramos—. No quiero que acabe en una casa de acogida.

—Claro —balbuceó Billy—. Se quedará donde tú decidas.

—Qué sabrás tú —dijo calmadamente Ramos, después se quitó a Billy de encima con tanta facilidad como si estuviera haciendo una flexión.

La Glock, que ahora apuntaba a Billy, había estado debajo de Ramos todo el rato.

—Hacia allí —dijo Ramos—. Sobre la mesa.

Billy obedeció y dejó el revólver de su padre sobre la mesita del café.

—De todos modos el puto trasto está obstruido —añadió Ramos.

«Si lo ha sabido desde el principio —pensó Billy ensoñadoramente— y ha tenido su pistola justo debajo en todo momento...»

—Podemos salir de esta, sin problema —dijo Billy—. Solo tienes que dejar que descuelgue el teléfono. O descolgarlo tú.

—De cara a la pared, ¿por favor?

Billy obedeció, tan atontado por el miedo que se sintió embriagado.

—¿Lo sabías? —preguntó Ramos a su espalda.

—Que si sabía ¿qué?

—Nunca te lo ha contado —se maravilló Ramos.

—Contarme ¿qué? —dijo Billy. Y luego—: Pues cuéntamelo ahora. Quiero saberlo.

—Nunca dijo ni una palabra...

Mientras finas grietas en la pintura de la pared, a escasos centímetros de su rostro, grababan sus trazados en el cerebro de Billy, mientras el interminable e infernal coro de teléfonos se fundía en una débil y empalagosa tonada de carrusel en sus oídos, Ramos retrocedió dos pasos.

—¿Lo ves? —Se le quebró la voz en un lamento lúgubre—. Todos estos años y vosotros hijos de puta simplemente seguís adelante como si nada, como si nada.

Billy intentó aislarse en sí mismo y dejar que llegara el golpe, pero entonces oyó que Ramos seguía retrocediendo. Cada vez más. Después oyó abrirse la puerta principal y el elocuente silencio homicida del exterior irrumpió en la casa como un tornado.

Billy no estaba seguro de qué experimentó antes, las escalonadas detonaciones de la descarga o la visión de Ramos cargando contra los agentes de la USE con el inútil revólver de su padre. En cualquier caso, el resultado fue el mismo.

En cualquier caso, los teléfonos dejaron finalmente de sonar.

Mientras la casa se iba llenando con ruidos de pisadas y graznidos de walkie-talkies, Billy, empeñado en encontrar su móvil, acalló en su cabeza las palabras de sosiego y se quitó de encima las manos de apoyo que rompían su concentración.

—¿Dónde se ha metido?

—¿Qué es lo que buscas, Billy? —dijo alguien.

—Mi maldito teléfono, sé que lo tenía esta mañana.

—Está en tu bolsillo delantero —dijo la voz—. ¿Qué tal si mejor te sientas?

Al sacar su móvil, Billy vio que había alguien al otro lado de la línea.

—¿Quién es?

—Graves, ¿eres tú? —dijo una voz familiar.

—He preguntado quién es —dijo Billy, permitiendo al fin que alguien lo guiara hasta una silla.

—Evan Lefkowitz, de la Segunda Brigada.

—¿Me has llamado?

—En realidad me has llamado, nos has llamado, tú. Hará cosa de una hora. Y te dejaste la línea abierta —dijo Lefkowitz—. Lo hemos oído todo.

—Oye, ya que te tengo a mano —dijo Billy animadamente, alejando a los enfermeros que rondaban a su alrededor con un aspaviento—, quería preguntarte por una cosa que me ha contado mi hijo… ¿Qué ha pasado con Albert Lazar?

Una segunda llamada llegó mientras los enfermeros debatían si inyectarle tres microgramos de nitroprusiato sódico o permitir que su presión sanguínea disminuyera por sí sola.

—Eh, Billy, soy Bobby Cardozo, de la Brigada Ochenta. Por fin hemos identificado las huellas del bate.

—Bien —dijo Billy, observando cómo penetraba la aguja.

—¿Estás sentado? Porque no te vas a creer lo que vas a oír.

Cuando finalmente volvieron a verse en la sala de Urgencias del Saint Joseph, Billy estaba tan mareado por culpa del nitroprusiato y Carmen tan sedada por el Ativan, que durante un rato lo único que pudieron hacer fue contemplarse mutuamente.

—¿Quién tiene a los niños?

—Millie —dijo Carmen, y después—: Billy, lo siento muchísimo.

En el silencio medicado que siguió a este intercambio, fragmentos de la conversación con Ramos empezaron a regresar a la memoria de Billy.

—¿Sabías que vendría a por ti?

—Sabía que algo vendría —dijo ella—. Simplemente no sabía qué.

Billy asintió, luego asintió un poco más.

—Entonces —se aclaró la garganta— ¿quién es Little Man?

Carmen necesitó pasarse prácticamente dos días seguidos durmiendo antes de sentirse preparada para responder a aquella pregunta; anunció su disposición en la tarde del tercer día, descendiendo a la planta baja con un largo camisón blanco, bebiéndose en silencio dos tazas de café y después invitando a Billy a que la acompañase de nuevo arriba.

Una vez en el interior del dormitorio en penumbra, Carmen se refugió de inmediato bajo las sábanas, pero Billy, intuyendo que podría necesitar algo de espacio para lo que fuera que estaba por venir, optó por la única silla, arrastrándola a través del cuarto desde su rincón habitual bajo la ventana más alejada para ponerla junto a la cama.

—Cuando tenía quince años —empezó Carmen— habría hecho lo que fuese, lo que fuese para conseguir gustarle a Rudy Ramos. No tienes ni idea del concepto de mí misma que tenía entonces. Mi padre era un miserable, un ser humano aborrecible que usaba a mi madre como felpudo. Después la abandonó por otra mujer y se mudó a Atlanta. Lo cual sería bueno, pensé yo, porque así las cosas podrían mejorar para nosotros, pero mi madre se convirtió de la noche a la mañana en una especie de viuda amargada. Yo le decía: «Mamá, alégrate, eres libre». Pero ella no, ella erre que erre: «Quién me va a querer ahora». Era una mujer atractiva de treinta y siete años, pero se encerró en sí misma, empezó a chillarnos continuamente a mí y a Víctor sin ningún motivo, por cualquier cosa, no paraba nunca…

A pesar de las maratonianas horas que había dedicado a recuperarse en aquella misma habitación, a Billy le pareció que nunca había visto a Carmen tan agotada, los ojos como almendras hinchadas bajo los párpados caídos.

—Y conocía a Rudy, Little Man, como le llamaba todo el mundo, de nuestro edificio y del instituto. En realidad no lo «conocía», iba un curso por delante de mí, pero… Y nunca dediqué demasiado tiempo a pensar en él, hasta que un día simplemente empecé a hacerlo y ya no pude parar, fue como si me hubiera dado una fiebre, pero yo para él no era nada, apenas un espectro de cría que vivía en su mismo portal y que estudiaba en Monroe… Él era una de las estrellas de nuestro equipo de baloncesto y entre partidos y entrenamientos raras veces salía del instituto antes de las cinco de la tarde, así que cantidad de días buscaba actividades extraescolares a las que apuntarme para poder volver a casa a la misma hora que él. Quiero decir, estaba tan jodida que ni siquiera caminaba por la misma acera, pero siempre me las arreglaba para entrar en el edificio al mismo tiempo que él, para poder subir las escaleras juntos, y odiaba el hecho de vivir un piso más abajo, porque si hubiera vivido en el suyo o en uno superior podría haber estado un momento más a su lado, así día tras día, atormentándome con detalles como si quizá mañana debería subir delante de él en vez de detrás, detrás en vez de delante… Y su cuarto estaba justo encima del mío, 3F y 4F, así que le oía caminar sobre mi cabeza y en ocasiones se masturbaba y los muelles de su cama chirriaban, así que yo también me echaba en la cama y…

—¡Eh, eh!

—Billy, por favor, deja que te lo cuente.

—Carmen, no puedo oír esto.

—¿Por qué? Eres el hombre al que amo, el padre de mis hijos, y te estoy contando cosas sobre mí que jamás había sido capaz de revelarle a nadie.

—Vale, vale, Virgen santa.

—¿Qué pasa, estás celoso? Lleva muerto más de veinte años.

—No seas absurda —se burló Billy, pensando: «Me ha estado engañando con este chaval, lo lleva metido en la cabeza desde el día en que se conocieron».

Después, con la misma rapidez con que le había asaltado, aquel sentimiento lo abandonó y Billy reconoció que lo que realmente le estaba perturbando no eran los celos sino el entendimiento de que, si seguía escuchando hasta el final, aquel desconcertante e invisible dragón del que llevaba protegiéndola todos aquellos años podía tomar al fin forma y existía la posibilidad de que no estuviera preparado para sobrellevar su aparición.

—¿Estás enfadado conmigo? —dijo Carmen—. ¿Quieres que pare? Lo haré, pararé, solo tienes que decírmelo.

—No seas absurda —repitió él.

—Lo digo en serio, Billy, lo haré.

—Yo también lo digo en serio —dijo Billy, después se obligó a añadir—: Quiero oírlo todo.

Durante un largo momento, Carmen lo miró como al mentiroso que era, después continuó.

—Tardé a lo mejor dos meses en reunir el valor para decirle algo, aunque fuese una chorrada, y un buen día decidí que le iba a decir: «Qué jersey tan guay llevas». Estuve dándole vueltas a «tan chulo», «tan chachi», «tan molón», «fetén», «flipante», «fardón», «dabuti», «dabuten», pero «guay» era lo que más me gustaba, así que a la hora del almuerzo finalmente me acerqué a él en el comedor, pero en vez de decir «Qué jersey tan guay llevas», me puse nerviosa y dije «Qué jersey tan guay llevo», y los chavales de su mesa me oyeron y se echaron a reír, y Little Man... Little Man dijo: «¿Tu jersey es guay?», pero mirándoles a ellos, no a mí, «Me alegro por ti», todavía mirándoles a ellos, como para ganarse su aprobación, y en aquel momento, ¿cuando les miró a ellos en vez de a mí con aquella sonrisita estúpida en la cara? Le vi tal como era: un muchacho ensimismado e inmaduro con un pequeño ramalazo de crueldad. Pero yo estaba enamorada, de modo que el descubrimiento me golpeó como una locomotora. No sé si realmente llegué a sentir que lo odiaba, pero... Dios, aquel día me abrió un agujero en el pecho.

Carlos entró en el cuarto, se subió a la cama, se hizo un ovillo al lado de Carmen y rápidamente se quedó dormido. Aunque su hijo todavía no había dicho ni una palabra sobre lo sucedido el otro día, desde entonces llevaba durmiendo casi tanto como su madre.

—Más tarde, después de clase, le vi entrar en nuestro edificio y no quise seguirle, no quise subir las escaleras con él, no quise estar en mi cuarto y oír su cama chirriante encima de mi cabeza, así que me quedé sentada en los escalones de entrada, recordando su expresión cuando dijo «¿Tu jersey es guay?», sin tener siquiera la consideración de mirarme a los ojos. Y allí seguí, sentada sin moverme, sintiéndome cada vez más y más humillada, más y más invisible e insignificante, hasta que en determinado momento alcé la mirada y vi que dos tipos se acercaban a nuestro edificio, y todo en su aspecto me puso nerviosa. Capuchas, gafas de sol en un día nublado, las manos en los bolsillos... parecían fotos de vigilancia de sí mismos, y después se detuvieron a un par de metros, conversaron en voz baja y uno de ellos se acercó a mí y me preguntó: «¿Dónde vive Eric Franco, en qué piso?». Yo sabía, todo el mundo en el edificio lo sabía, que Eric Franco trapicheaba con coca, pero aquellos tipos no tenían pinta de haber ido a pillar, más bien parecían traer malas intenciones.

Carlos empezó a hablar en sueños, palabras sin sentido dirigidas a su hermano. Billy ni siquiera las oyó, pero Carmen esperó hasta que su hijo hubo terminado antes de seguir.

—Solo que en vez de indicarles su piso, el 5C… No recuerdo haber pensado conscientemente qué podría pasar si les decía 4F, pero eso es lo que salió de mi boca.

Billy se levantó.

—¿Adónde vas?

—¿Qué? A ningún sitio.

—¿Te marchas? —dijo Carmen, como si la estuviera abandonando.

—No, solo me estaba estirando —dijo él estúpidamente.

—¿Puedes sentarte?

—Estoy sentado —dijo él—. No me muevo de aquí.

Billy hizo ademán de ir a cogerle la mano, pero después se contuvo, percibiendo que al margen de qué pudiera necesitar Carmen en aquel momento, el contacto físico no estaba en la lista.

—No sé si de verdad oí el disparo desde el cuarto piso o si simplemente lo imaginé… no entiendo cómo habría podido, tratándose de un calibre 22 en el interior de un edificio de seis plantas, pero de repente sentí… sentí que se me encogía el pecho, y uno o dos minutos más tarde los tipos salieron del edificio igual que habían entrado, sin prisas, mirando a su alrededor como si no estuvieran allí. Y cuando hubieron pasado a mi lado, se detuvieron y mantuvieron otra de aquellas conversaciones por lo bajini y supe que estaban discutiendo qué hacer conmigo, la testigo… Me quedé con la mirada clavada en el suelo, habría sido tan capaz de echar a correr como de echar a volar, era completamente suya para que hicieran conmigo lo que quisieran, pero cuando al fin conseguí levantar la cabeza habían desaparecido.

—Carm…

—Lo que pasó fue que llamaron al timbre y cuando Rudy abrió la puerta le dispararon a través del ojo y la bala se alojó en su cerebro.

—Carmen…

—Pero fui yo quien lo mató. Nadie podría convencerme de lo contrario. Supe lo que supe antes de saberlo… 4F, les dije.

—Carmen, escúchame, quienes lo mataron fueron los asesinos.

—Billy, no.

—Los que fueron allí armados.

—Billy, te lo suplico…

—Carmen, eras una niña, quince años, tú misma lo has dicho.

—La policía llamó a nuestra puerta un poco más tarde aquel mismo día, interrogaron a todos los residentes en el edificio, nadie tenía ni la más remota idea de por qué aquel muchacho que a grandes rasgos nunca le había causado el más mínimo problema a nadie había sido ejecutado. Y cuando llegaron a nuestro apartamento, yo me escondí en el baño mientras hablaban con mi madre, y cuando se marcharon le conté que había visto a los asesinos, que había hablado con ellos. Al principio se puso blanca, después, sin ni siquiera darme dos minutos para hacer la maleta o despedirme de mi hermano, me sacó a rastras del piso, me llevó en taxi hasta Port Authority y me metió en un autobús rumbo a Atlanta para vivir con mi padre. Estando allí, me enteré de que Milton y Edgar habían matado a los tipos que mataron a su hermano y más tarde supe que Edgar había sido asesinado en represalia y que su madre falleció poco después y ahora… ahora Milton ha muerto.

—¿Ha muerto? Vino aquí para matarte.

—Y ahora ya sabes por qué.

—Carmen, ¿cuántas vidas has salvado en ese hospital? ¿Cuántas personas siguen todavía en este planeta gracias a ti?

—Al margen de lo que pudiera decir la ley sobre mí, y la ley no dice nada sobre mí en esto, soy perfectamente consciente de lo que hice.

El impulso de Billy fue, una vez más, intentar defenderla de sí misma, pero al final acabó aceptando el hecho de que lo único que iba a conseguir iba a ser causarle más dolor.

—Así pues —dijo Carmen al cabo de un largo rato—, me hablas de Pavlicek, de Yasmeen, de Jimmy Whelan, me cuentas lo que hicieron y por qué. Pero yo debo responder por más vidas que cualquiera de ellos y debo vivir con ello todos los días. Veo a la familia Ramos a diario, les pido perdón tantas veces en mi cabeza desde que amanece hasta que anochece que es como si sufriera un desequilibrio químico.

Billy, cautelosamente, se tumbó al fin a su lado.

—Sé que quieres darme la absolución, Billy, pero no tienes ese poder. Ojalá lo tuvieras. —Y después—: Pero al menos ahora lo sabes.

Demasiado temprano a la mañana siguiente, Billy se encontró sentado a solas a la mesa de la cocina, contemplando por la ventana el tablero de baloncesto torcido en el camino de entrada, su café frío como una charca. Inmediatamente después de haber compartido con él el peso de su papel en la destrucción de la familia Ramos, Carmen se había sumido en un profundo letargo del que aún no había despertado cuando Billy miró el reloj de pared quince horas más tarde. No sabría decir la de veces que había visto aquel mismo comportamiento en asesinos que finalmente habían confesado sus actos, regresando de inmediato a su celda para disfrutar de su primer sueño tranquilo en semanas, meses, años. Ni una granada les habría despertado.

Sonó su teléfono —Redman— y Billy canceló la llamada de inmediato.

El día anterior, Yasmeen y Whelan también habían intentado hablar con él. Si les hubiera cogido el teléfono a cualquiera de los dos, intuía que la conversación se habría centrado estrictamente en preguntar por el bienestar de su familia. Preguntarle respecto a su predisposición a entregarles, tan poco tiempo después de haber pasado por aquella experiencia, habría sido un terrible error de cálculo por su parte y ellos tenían que saberlo. No obstante, quedaba menos de la mitad del período de gracia de una semana que les había otorgado para que pusieran en orden su situación, pero, que él supiera, hasta ahora ninguno había entrado en el despacho de un abogado ni mucho menos se había acercado a una comisaría con idea de confesar. Billy intuía que todos ellos habían decidido jugársela a la carta del trauma, con la esperanza de que, a consecuencia de lo que les había sucedido a él y a su familia, se viera sumido en tal estado de caos emocional que ya no le quedaran tiempo, neuronas ni ganas para cumplir su ultimátum.

Billy oyó el golpe del *New York Times* de su padre al aterrizar sobre el porche, abrió la puerta y vio un Chevy Tahoe aparcado en silencio al inicio de su camino de entrada; Yasmeen le estaba mirando a través del parabrisas.

Al menos había tenido la sensatez de no ir hasta la puerta.

Billy recorrió el camino hasta el coche, llevándose su café consigo, y se acomodó en el asiento del pasajero sin pronunciar palabra.

Yasmeen apenas si se había cepillado el pelo y únicamente llevaba puesto un jersey grueso por encima del pijama. Era la primera vez en meses que Billy la veía sin su abrigo tibetano.

—Hey, te he llamado tantas veces sin conseguir hablar contigo que simplemente tenía que venir.

Billy miró su reloj: las seis menos cuarto de la mañana.

—Lo sé, lo siento, no podía dormir —dijo ella—. Solo quería saber cómo estáis todos.

—Nos las apañaremos.

—No me lo puedo ni imaginar, tiene que haber sido una pesadilla para ti.

—No quiero hablar de ello.

—No, lo entiendo —dijo Yasmeen rápidamente—. Lo entiendo. Debería volver a casa.

Pasó las palmas por la parte superior del volante, pero no hizo ningún intento por encender el contacto.

No había conducido hasta allí para preguntarle por su familia más de lo que lo habría hecho para informarse sobre las últimas estadísticas de la NBA. El olor almizclado de su angustia cobró tal intensidad que Billy tuvo que bajar una rendija la ventanilla.

—Lo siento —dijo ella—. He salido corriendo de casa.

—Esta foto —dijo Billy, dando unos golpecitos con el dedo sobre la foto plastificada de las hijas de Yasmeen que colgaba del espejo retrovisor—, ¿siempre ha estado ahí? ¿O la has puesto esta mañana?

—No —dijo Yasmeen débilmente—, son mis niñas, ya lo sabes.

La primera oropéndola de la estación llamó la atención de Billy, una estela de color frente a la monotonía gris de la primavera temprana.

—Solo mis niñas —murmuró Yasmeen, apartando la mirada.

Billy descolgó la foto de su cadenita y se la arrojó sobre el regazo.

—¿Las ves? ¿En qué diablos estabas pensando?

—Era hacer lo que hice o matarme yo misma. Mejor una madre en Bedford Hills que en el cementerio.

—No puedo oír esta mierda —dijo Billy, agarrando la manecilla de la puerta.

Yasmeen le cogió de la mano.

—¿Crees que no sé lo que hice? —gorjeó—. ¿Crees que no sabía en qué estado iba a quedar después? Pero al menos estoy viva. Era él o yo.

—Cuál de ellos.

—¿Qué?

—Cortez o Bannion.

—Ni me acerqué a Cortez —dijo Yasmeen.

—O sea que en ese tienes las manos limpias, ¿verdad?

Arriba en el porche, Milton Ramos se apoyaba contra la puerta principal en un ángulo imposiblemente bajo, su rígido cuerpo a escasos centímetros del suelo; Billy asimiló lo que acababa de ver y después alzó la mirada hacia la ventana de su dormitorio, hacia Carmen, encerrada allí arriba en un intento desesperado por exorcizar su historia a través de la hibernación.

Lo único que deseaba ahora era unirse a ella.

Lo único que deseaba ahora era liberarse de sí mismo, liberarse de todos los cadáveres y cuidar de su familia.

—¿Qué le ha pasado a tu abrigo? —dijo con la mirada todavía clavada en la ventana.

—¿Qué? Lo quemé.

—Da lo mismo.

—¿Qué quieres decir? —dijo Yasmeen en voz baja.

—Quiero decir que la próxima vez que te compres una chaqueta, que te acompañe una amiga.

—Billy, di lo que piensas.

Yasmeen se inclinó hacia él, tensa como un pájaro.

Billy le dio un sorbo a su café frío, después abrió la puerta y volcó el resto sobre el camino de entrada.

—¿Sabes? —dijo—. A veces, cuando la noche ha sido tranquila y puedo escaparme un poco antes, esta sería precisamente la hora en la que aparecería por detrás de esa curva, acercándome a casa.

—Billy, por favor…

—¿Estar sentado aquí fuera de esta manera? —dijo—. Es como si estuviera esperando la llegada de mí mismo.

—Puto Billy —espetó Yasmeen al tiempo que giraba la llave en el contacto—. Puto Billy.

La inesperada explosión de Mariah Carey en los altavoces del coche la hizo gritar.

Basta.

—¿Has encontrado abogado ya? —dijo Billy, apagando la radio.

—Conozco a un tipo —dijo Yasmeen hoscamente—. Tengo que ir a verle hoy.

—Ahórrate el dinero —dijo él, saliendo al fin del coche.

—¿Qué?

Pero ya sabía qué; Yasmeen se apretó la mano contra la boca como si fuera un bozal y las lágrimas corrieron por encima de sus nudillos.

—Y si tienes que llorar, llora en tu casa.

Carmen entró trastabillando en la cocina una hora más tarde, con la cara desdibujada.

—¿Cuánto tiempo llevo fuera de combate?

—Lo suficiente.

—Entonces ¿por qué sigo estando tan agotada? —dijo ella, yendo atolondradamente a ponerse un café.

—He oído que mañana envían a Víctor a casa —dijo Billy.

—Así es.

—¿Él lo sabe?

—¿Lo de Milton?

—Lo tuyo —dijo Billy.

—¿Qué? No. Nunca fui capaz de contárselo.

—Bueno, quizá ahora puedas.

—Ahora necesito hacerlo.

—Solo espera un poco hasta que se haya habituado a los bebés.

—Por supuesto —dijo ella—. Por supuesto.

—Yasmeen ha venido esta mañana.

—¿Esta mañana? —Se sentó en la silla contigua a la suya—. No he oído nada.

—Se ha quedado en el coche.

—¿Has hablado con ella?

—Sí, hemos hablado.

—¿Y...?

—Y se ha acabado —dijo Billy.

—Acabado. ¿A qué te refieres con «acabado»? —Después—: ¿Solo ella o también los demás?

Billy se encogió de hombros.

Permanecieron un rato sentados en silencio; Carmen se le unió en la contemplación del patio trasero.

—Me alegro —dijo finalmente—. Gracias.

Billy quiso decirle que no lo había hecho por ella, pero ¿quién sabía?

Milton Ramos reapareció, esta vez sentado en el sofá del salón, inmóvil y sin embargo lleno de desesperación asesina.

«Bueno —se dijo Billy—, ¿qué esperabas?»

Y si Carmen no le había visto todavía, empezaría a verlo en breve.

—Creo que me he levantado demasiado temprano —dijo Billy.

—Yo también —dijo Carmen, intentando cogerle de la mano pero fallando—. Volvamos a la cama.

La llamada de Stacey Taylor llegó una semana más tarde.

—Tengo que contarte una cosa.

—Qué cosa.

—Desayuna conmigo. Es una larga historia.

—Adelántame el titular.

—Tú desayuna conmigo —dijo ella—. Te alegrará haberlo hecho.

—Eso dijiste la última vez.

—Esta vez va en serio.

—Tengo sesión de terapia a las dos.

—¿Física?

—Familiar.

—¿Dónde?

—Cuarenta Oeste.

—Pues vente después.

—Tu ballena, ¿Curtis Taft? —le dijo Stacey frente a su desayuno de las cuatro de la tarde en otro de sus diners de hojalata—. Disparó anoche contra su novia.

—¿Novia o esposa? —preguntó Billy, pensando en Patricia Taft, grande y regia, empujando un carrito aquel día por el vestíbulo del hospital.

—Novia.

—Tienes un extraño concepto de buena noticia.

—Vivirá —dijo Stacey, acariciando una cajetilla de Parliaments sin abrir—, pero también disparó contra el primer enfermero que entró por la puerta, así que lo más probable será que lo encierren y pierdan la llave.

En ese caso, sí, buenas noticias, supuso Billy, pero le dejaron frío.

—Se fue de rositas con un triple asesinato —dijo—. Ni el mismísimo Hans Brinker se habría escabullido mejor.

—Los encierras por lo que sea que puedas encerrarlos —replicó Stacey—. Tú mismo me lo dijiste.

—Memori Williams, Tonya Howard, Dreena Bailey —dijo Billy lo suficientemente alto como para que se volvieran algunas cabezas.

Y Eric Cortez, Sweetpea Harris, Jeffrey Bannion, si quería hacer la cuenta completa.

Llegó la comida: dos tortillas tan aceitosas que parecían lacadas.

—Bueno, cambiando de tema —dijo Stacey, echando su plato a un lado—, han llegado a mis oídos ciertos rumores descabellados.

—Sobre…

—Criminales eliminados por policías frustrados.

—Frustrados, ¿eh?

Billy pensó: Quizá el centro sea capaz de sostenerles y quizá no, pero si de verdad Stacey le había convocado allí con la esperanza de que fuera a echarle una mano, estaba soñando. Nunca hablaría sobre ninguno de sus amigos más de lo que ellos habrían hablado sobre él dieciocho años antes.

Ignorando la comida, Billy le dio un sorbo al café.

—¿Dónde has oído eso?

—Sabes que no puedo decirlo.

—¿Ética profesional? —dijo él con más filo del pretendido.

La pulla desinfló a Stacey como un alfiler.

—Ya, bueno, solíamos oír chorradas similares continuamente en el *Post*. Raras veces llegaban a nada.

Billy quiso recordarle que «raras veces» no era lo mismo que «nunca», que dieciocho años antes, cuando era joven y rematadamente ambiciosa, palabras como «raras veces», «improbable», «implausible» jamás la habrían frenado, pero ¿qué sentido habría tenido?

La mujer sentada frente a él —de rostro ceniciento y tan huesuda en la mediana edad que podría haber contado las vértebras de su espalda a través del pulóver— simplemente había perdido el empuje para la batalla; «raras veces», en la actualidad, era la única justificación que necesitaba para recoger el campamento y regresar a casa con su vino, sus cigarrillos y su alcoholizado novio con fantasías suicidas.

—Tengo que contarte una cosa —dijo Billy antes de ser capaz de contenerse.

—¿Contarme una cosa? —Stacey lo miró recelosa, incomodada por su tono repentinamente entrecortado.

—Tiene que ver contigo y conmigo —insistió Billy, pensando: «Con esto podría volver a la palestra. Volver a la palestra y redimir su nombre».

—¿Puedo salir a fumar primero? —casi le rogó ella con ojos atravesados por el miedo.

En un principio, la reticencia de Stacey a escuchar al fin las palabras que reivindicarían las dos últimas y castigadoras décadas de su vida desconcertó a Billy, después le hizo recuperar la cordura. ¿En qué diablos estaba pensando? Las consecuencias para su familia y para sí mismo…

—Olvídalo, no era nada.

Billy sabía que Stacey no insistiría y no lo hizo; ella enmascaró su alivio fingiendo que alguna cosa en la calle le había llamado la atención. Y Billy, interpretando su papel, se abalanzó sobre su tortilla como si fuera comestible.

—Déjame que te pregunte una cosa —dijo Stacey al cabo de un rato—: al margen de que estuvieras o no colocado aquel día, si aquel loco con la tubería se te hubiera echado encima en cualquiera de los dos casos… ¿habrías hecho algo de manera distinta?

—¿Hipotéticamente? —dijo Billy—. No, no lo creo. —Después—: No, habría reaccionado de la misma manera.

Stacey volvió a mirar por la ventana y sus finos rasgos se desvanecieron bajo los oblicuos rayos del último sol de la tarde que entraba por la cristalera.

—O sea, tampoco es que nunca se me pase por la cabeza la idea de volver a trabajar de reportera —dijo, presionando tentativamente las puntas de los dedos contra la garganta—. Pero ¿te acuerdas de esa columna de consejos sexuales para hombres que estoy escribiendo? Hemos tenido nueve mil visitas en el último número. Eso es un aumento respecto a las cinco mil quinientas del número anterior, que fue un aumento respecto a las tres mil del anterior a ese. Así pues, creo que no me equivoco si digo que he ido a dar con algo bueno.

Billy asintió agradecido.

—¿Puedo salir ahora a fumarme el cigarrillo? —dijo ella.

Pavlicek, el único de ellos que no había intentado contactar con Billy en los días posteriores a Ramos, le telefoneó justo cuando salía del diner. Los demás habían dejado de llamar justo después de su charla con Yasmeen. Billy asumió que ninguno quería arriesgarse a mantener una conversación en la que, de usar la palabra o el tono equivocados, pudiera empujarle a cambiar de idea. Sin embargo Pavlicek no le había llamado ni una sola vez, por lo que al tercer intento, que tuvo lugar cuarenta minutos después del primero, Billy se dejó llevar por la curiosidad y descolgó. Pero en vez de la de Pavlicek, la voz que oyó al otro lado de la línea fue la de Redman.

—Es John Junior —dijo—. El funeral será aquí el jueves.

Al contrario que en el sepelio de Martha Timberwolf, en el funeral de Junior no había ni una sola silla desocupada.

Al principio, cuando entró en la ya abarrotada capilla con su esposa e hijos, Billy se preguntó si sería capaz de mantener la compostura, aunque solo fuera por aquel día. Pero cuando vio a Pavlicek, deambulando con mirada de loco entre el féretro y el piano de Redman como un oso encadenado, no pudo evitar abrirse paso entre el gentío para agarrarlo.

—Ya se acabó todo, ¿verdad? —dijo Pavlicek con excesiva animación y el aliento viciado por el dolor—. Todo menos los gritos.

—Eso es —dijo Billy, deseando que ojalá fuera cierto.

—Ven aquí. —Pavlicek cogió a Billy del codo y lo guió hasta el ataúd abierto—. Mira esto, ¿te lo puedes creer? —Tocó el rígido meñique izquierdo de su hijo que asomaba como un tocón de entre sus manos entrelazadas en reposo—. Parece un puto sarasa sosteniendo una taza de té. Y esto de aquí. —Pasó un dedo por el lateral izquierdo de la mandíbula de Junior, cuya piel tenía un matiz tres tonos más oscuro que el derecho—. Y su pelo, no sé en qué estaría pensando Redman, pero mi hijo jamás llevó tupé en su vida.

El tono de Pavlicek era fresco y ágil, discordantemente disociado de las lágrimas que caían por su rostro como una cortina de agua.

—O sea, nunca pensé que nuestro amigo fuese el mejor enterrador del planeta, pero esto es ridículo.

—A lo mejor no está acostumbrado a trabajar con blancos —dijo Billy precavidamente.

—Y mira, he puesto esto. —Señaló su placa dorada encajada en un rincón del ataúd—. Y esto. —Levantó una fotografía enmarcada de padre e hijo tomada en Amsterdam un par de años antes—. Y esto. —Una instantánea de Junior de bebé con su madre antes de que esta intentara ahogarlo—. Tuve muchas dudas sobre si incluirla o no, pero…

La desconexión entre voz y lágrimas continuaba y Billy se preguntó cuánto tiempo sería capaz de mantenerla Pavlicek.

—¿Lo has leído? —le preguntó este, señalando un ejemplar en rústica de *El lobo estepario* junto a los pies de Junior—. El año pasado me dijo que le había cambiado la vida, así que intenté acabarlo unas cuantas veces para entender qué es lo que le había visto —las lágrimas empezaron finalmente a atenazarle la garganta—, pero ¿sinceramente? Me pareció una basura. En cualquier caso, ahora ya se acabó todo, ¿verdad? Todo menos los gritos.

—Johnny —dijo Billy, apartándose del cadáver de Junior—. Me mata verte así.

Avergonzado por su elección de palabras, Billy empezó a disculparse, pero no tendría que haberse molestado, puesto que Pavlicek ya le había dado la espalda para brindarle a Ray Rivera, padre del asesinado Thomas, la misma frenética gira por el féretro y sus contenidos que acababa de ofrecerle a él.

Estaban todos allí con sus familias, aquellos que tenían familia: Yasmeen, Dennis y las niñas; Redman, que únicamente había preparado el cuerpo, dejando la ceremonia en manos de su padre para poder participar puramente como doliente, de pie junto a Nola, Rafer y otros dos de sus seis o siete hijos; y Jimmy Whelan, que al menos por una vez había tenido la sensatez de no traerse a una churri.

Todos establecieron algún tipo de contacto visual con Billy, principalmente sobrios asentimientos de cabeza y un par de lacónicos saludos, aunque Yasmeen llegó al extremo de darle un abrazo a Carmen y alborotar discretamente a los críos. Pero durante la mayor parte del tiempo mantuvieron las distancias, algo que, le pareció a Billy, tenía más que ver con no remover las aguas que con cualquier otra cosa, lo cual le pareció bien. Lo prefería.

—Creo que ha llegado el momento —anunció el padre de Redman con suave autoridad— de sentarnos.

Al parecer Junior había manifestado una absoluta indiferencia ante la idea de cualquier tipo de dios, por lo que Pavlicek, que tampoco tenía nada de meapilas, rechazó la presencia de cualquier tipo de celebrante religioso y dejó el oficio en manos de los amigos de su hijo, que le dedicaron media docena de homenajes bien declamados, un dueto acústico de «I'll Fly Away» y una lacrimógena interpretación de «Angels Among Us», cantada en solitario por una joven que había sido lo más parecido a una novia que tuvo Junior durante su último año de vida.

Cuando la joven regresó a su asiento, un inspector jubilado de Homicidios del Bronx, que no estaba en el programa, se levantó y cantó una espontánea versión a capela de «Tears in Heaven» de Eric Clapton, con la que hizo llorar a la mitad de los presentes como si fueran chiquillos, entre ellos a Carlos y a Declan que, después de todo, lo eran. Billy no sabía qué le ponía más nervioso, si la intuitiva empatía de sus hijos en una situación ajena a su experiencia o la visión del habitualmente cohibido Jimmy Whelan, el eterno soltero sin hijos con su harén del gueto, sollozando más escandalosamente que nadie. En cuanto a Billy, aquel último par de semanas le había dejado seco, por lo que iba a hacer falta mucho más que una triste tonada pop inspirada en un suceso luctuoso para conseguir que abriera la espita.

El padre de Redman, al parecer cantando directamente para el padre de Junior, cerró el concierto con el himno «No es vuestra batalla».

Y entonces llegó su momento: Pavlicek se levantó de la primera fila, dándole la espalda a la sala mientras se inclinaba en silencio sobre el ataúd —Billy se dio cuenta de que le estaba susurrando algo a su hijo, pero fue tan impreciso que nadie alcanzó a escucharlo—, para después volverse hacia los allí reunidos con una expresión poco menos que homicida en el rostro.

—No sé si alguien ha venido hoy aquí con intención de celebrar la vida de John Junior; yo desde luego no —dijo, agarrando el podio como si quisiera hacerlo pedazos—. Yo estoy aquí frente a vosotros, aquí entre vosotros, para maldecir y bramar contra Dios por ser un asesino caprichoso y cabrón, aunque tampoco soy ni mucho menos el primer padre que opina así, y para concederme al menos una tarde en la que el suicidio sea una dificultad logística.

Estimulado por el taco, Carlos alzó la mirada hacia Billy y sonrió.

−¿Sabéis? Cada vez que un joven muere en esta ciudad, luego lees los periódicos y siempre hay alguien que dice: «Justo estaba empezando a poner su vida en orden, justo andaba diciendo que iba a retomar los estudios, a sacarse el graduado, a encontrar un empleo, diciendo que iba a ser un mejor padre para su hija, diciendo que iba a marcharse del barrio, a alistarse, a casarse con su novia, justo estaba a punto de hacer esto, lo de más allá…». Siempre un montón de «justos», tanto si son ciertos como si no, porque todos murieron jóvenes y lo único que tenían era eso, ese «justo estaba a punto de», el mañana. Y lo mismo podríamos decir de mi chico. Estaba «justo» a punto de acabar los estudios, «justo» a punto de encontrar su camino en el mundo, «justo» a punto de demostrarme el hombre que ahora… ahora nunca será, el hombre que con el paso de los años habría compensado y dado sentido a todo el dolor y los sinsabores de mi vida.

Pavlicek hizo una pausa, regresó al ataúd como para realizar una rápida consulta y después se volvió nuevamente hacia el auditorio.

−¿Queréis oír lo buen muchacho que era? ¿Que tenía el corazón de oro? ¿Que adoraba la vida, adoraba a la gente, adoraba los desafíos, el habitual etcétera, etcétera? Para aquellos de entre vosotros que queráis oírlo, dadlo por dicho. El hecho incontestable es que justo estaba a punto de empezar a ser algo y ahora ya no es.

Paseando la mirada por la sala, Billy se percató de que los tres GS estaban llorando, sus rostros en diversos estados de contorsión. Incluso Redman, rey de la cara de póquer y responsable de entre setenta y cinco y cien sepelios al año, se estaba limpiando las mejillas con aquellos dedos kilométricos suyos.

Todos habían asesinado o sido cómplices de asesinato, crímenes de pasión pero con intencionalidad y la cabeza clara, sin embargo no tenían problema en entregarse a su dolor por cualquiera de los otros. Billy casi había perdido la cordura intentando llevarlos ante la justicia, volviéndose contra sus viejos amigos para hacer lo correcto, lo que consideraba correcto, y como resultado aquel día sus ojos estaban secos como la lija. Aun así, habían estado todos tan unidos durante aquellas dos últimas décadas, habían pasado tantas cosas juntos, que por un demencial minuto la ira de Billy hacia ellos por haberlo excluido de sus planes asesinos superó a su indignación por lo que habían hecho. Pero en vez de pasar, la ira persistió, haciendo que Billy se preguntara si aquella furia repentina que estaba experimentando por haberse visto dejado de lado en aquel desesperado pacto entre amigos no había formado parte de su ira hacia ellos desde el principio.

—Hay varias personas en esta sala —dijo Pavlicek— que entregaron veinte años o más de su vida al Cuerpo, entre ellas yo. Lo hemos visto todo, afrontado todo, y cuando un joven muere todos hemos subido las escaleras, llamado a las puertas y dado la noticia, entre todos, a una legión de padres. Los hemos cogido cuando se iban a desplomar en el suelo, los hemos llevado hasta el dormitorio o el salón, para después entrar en sus cocinas y llevarles agua… en todos estos años, un océano de agua, vaso a vaso a vaso. Así que, después de todo eso, creemos que comprendemos lo que debe de sentirse siendo uno de esos padres, pero no es así. No podemos. Yo todavía no puedo. Pero estoy empezando.

Billy miró por reflejo hacia Ray Rivera, esperando verle asentir en acuerdo, pero en cambio solo vio un perfil tallado en piedra.

—Así que mi hijo… —Pavlicek hizo una pausa, mirando a su alrededor como si hubiera perdido algo, después pareció renunciar a encontrarlo—. Creo que solo quiero leer esto —dijo, sacando un sobre del bolsillo de su chaqueta y extrayendo una página arrancada de un libro—. Esto es algo que me ha dado hoy un amigo y es una despedida tan buena como cualquier otra.

Y después, tras haberlo leído en silencio una última vez, Pavlicek empezó a recitar, sin oído para el ritmo de las palabras:

Estos corazones fueron tejidos de alegrías y preocupaciones humanas,
lavados maravillosamente con penas, prestos a la risa.
Los años les habían otorgado bondad. Suyo era el amanecer,
y el ocaso, y los colores de la tierra.

Era «Los muertos», el soneto de Rupert Brooke; «Los muertos (IV)», para ser exactos, algo que Billy sabía porque su padre se lo había leído en más de una ocasión cuando era niño, y luego, cuando creció, en más de una ocasión lo había leído por sí mismo.

> *... deja una blanca*
> *indómita gloria, un cultivado resplandor,*
> *una amplitud, una paz reluciente, bajo la noche.*

Cuando acabó el funeral, Pavlicek optó por colocarse ante el ataúd abierto para recibir nuevamente a los dolientes, la cola de los cuales se extendía desde la parte delantera de la capilla y más allá del pequeño vestíbulo sin ventanas hasta salir a la calle.

—Ya se acabó todo, ¿verdad? —recitó monótonamente Pavlicek para Billy—. Todo menos los gritos.

—Así es, se acabó —dijo Billy—. Todo.

A pesar de su estado, Pavlicek captó de inmediato el matiz.

—Billy, sé lo que te hice. Lo que te hemos hecho entre todos. Y lo lamento.

—Hoy no es día para eso —dijo Billy—. Hoy es hoy, ¿de acuerdo?

—Simplemente sabíamos que si tú... —empezó Pavlicek, después se cortó en seco, dejando en Billy el interrogante de cómo habría pretendido acabar la frase.

—Otro día, ¿vale?

—De acuerdo —dijo Pavlicek—. Otro día.

Cuando Billy se giró para marcharse, Pavlicek lo agarró de la muñeca.

—¿Te has enterado de lo de Curtis Taft?

—Sí —dijo Billy.

—No sé, a lo mejor aquel día le provocamos un estrés postraumático de esos, a lo mejor le impulsamos a ello.

—Hoy no, ¿vale?

—Joder, eso espero —resolló Pavlicek con una especie de negro regocijo.

Billy le miró a los ojos y supo con la certeza más absoluta que si el tiempo se replegara sobre sí mismo y Pavlicek tuviera que volver a hacerlo todo de nuevo, meterle otro balazo en la nuca a Eric Cortez o volver a asesinar a cualquiera de los otros impunes con pistola, cuchillo o las manos desnudas, se aplicaría a ello con alegría.

Volviéndose hacia los dolientes, Billy vio que Whelan, Redman y Yasmeen, cada uno de ellos de pie en distintos lugares de la sala, habían estado observando calladamente la conversación; su expresión, antes de que uno tras otro fueran esquivando su mirada, había sido alerta e impávida, haciendo que Billy pensara: «Y lo mismo harían todos ellos».

Habían dejado el coche aparcado a cuatro manzanas de la funeraria, y mientras subían andando por el bulevar Adam Clayton sus hijos serpenteaban como lunáticos unos pasos por delante de ellos, subiendo a la carrera cada escalera que se iban encontrando y saltando exageradamente por encima de cada fragmento de basura que veían en la acera, por minúsculo que fuera.

—¿Ese poema que ha leído? —le dijo Billy a Carmen—. Es de la Primera Guerra Mundial. Me ha recordado a mi padre.

—Con razón. Ha sido él quien me lo ha dado esta mañana para que se lo diese a John.

—¿Mi padre? ¿En serio?

—Si no ha sido él, ha sido su doble.

—Ni sabía que se hubiera enterado de que había un funeral. —Y después—: ¿Por qué no me lo ha dado a mí?

—Creo que sabía, que sabe, lo tuyo con los otros, así que ha preferido dármelo a mí.

—¿Y cómo diablos puede saber eso?

—A mí no me preguntes —dijo Carmen—, es tu padre.

Más tarde, mientras descargaban a los críos y entraban en casa, Billy recordó que aquella era la noche que se suponía que debía volver al trabajo, su primer turno después de dos semanas de baja.

—Estoy pensando en llamar y decir que estoy enfermo —le dijo a Carmen en la cocina—. No me apetece nada ir.

—Creo que deberías —dijo ella.

—Creo que no estoy preparado.

—Creo que deberías —repitió ella mientras se dirigía al congelador para sacar el vodka, después al armario para coger dos vasos de zumo.

—¿Ah, sí? ¿Y tú qué?

Billy observó cómo su mujer echaba una cantidad excesiva en cada vaso, un indicio claro de persona poco habituada a beber, lo cual, en circunstancias normales, Carmen no hacía.

—Ya he llamado al hospital, les he dicho que me vuelvan a poner turno a partir de mañana.

—¿Estás segura de que estás preparada?

—Mantengan la calma y sigan adelante —dijo ella, levantando su vaso.

—¿Qué?

—Una cosa que leí en un imán para nevera —dijo Carmen, dando un sorbo y haciendo una mueca—. Joder, Billy, ¿qué otra cosa podemos hacer?

Su tercera salida de aquella noche lo llevó a la avenida Madison, un robo con rotura de escaparate en una diminuta joyería situada en la galería exterior de un edificio de oficinas del centro. Casi todo el muestrario había sido sustraído a través de la luna destrozada por un ladrillazo, dejando a la vista poco más que unos cuantos soportes metálicos para pendientes y esquirlas de vidrio.

A aquella hora, la calle era un desfiladero fantasma, y Billy distinguió sin problemas el Nissan Pathfinder último modelo que se acercaba lentamente desde el sur a tres manzanas de distancia. Cuando finalmente se detuvo junto a la acera, una anciana con un enorme casco de pelo naranja escarchado, los labios pintados y un rugoso traje con falda de cuadros, como si llevara toda la noche sentada esperando a que sonara el teléfono, salió con cuidado por la puerta del pasajero. El conductor —su marido, asumió Billy— permaneció sentado al volante sin apagar el motor, mirando fijamente al frente como esperando a que cambiara el semáforo.

La anciana observó inexpresivamente el destrozo.

—Llevo aquí treinta y siete años y nunca había ocurrido nada —dijo en voz baja, engarzando sus palabras con un suave deje de la vieja Europa.

Cuando Billy era niño, todas sus tías llevaban peinados colmena como aquel. Nunca consiguió averiguar cómo eran capaces de dormir.

—¿Tiene seguro?

La mujer se ruborizó.

—Solo cubre las joyas que están en la caja fuerte.

—¿Cuántas guarda en la caja fuerte?

—Tengo artritis. Son piezas pequeñas, sacar y guardar, sacar y guardar, mañana y noche, necesitaría dos horas, no puedo seguir haciéndolo.

La habían desvalijado por completo.

—¿Ese de ahí es su marido? —preguntó Billy.

La mujer miró al anciano sentado al volante, pero calló.

—¿Y sabe dónde ha estado esta noche? —le preguntó Theodore Moretti.

—¿De verdad es necesario que responda a una pregunta como esa? —se dirigió la mujer a Billy, más asombrada que indignada.

Billy no tenía ni idea de cómo había conseguido Moretti volver a incluir su nombre en la hoja de voluntarios después de haber sido vetado justo el mes anterior, pero así había sido.

—Creía que estabas en la 3-2 —le dijo bruscamente Billy.

El móvil de Moretti sonó y este se alejó caminando hasta la esquina, siseando para su hombro.

—¿Qué debemos hacer ahora? —preguntó la anciana.

Billy captó de nuevo aquella inflexión de refugiada casi enterrada en su voz y pensó: «Esto no es nada para ella».

Antes de que pudiera responder, zumbando en dirección contraria por Madison apareció un coche patrulla que fue a detenerse en seco delante de la joyería. Uno de los agentes uniformados se bajó de un salto con una bolsa negra de basura en la mano.

—Hemos cazado al tipo corriendo por Park —dijo señalando al ladrón, esposado y cabizbajo en el asiento trasero—. Me siento como el condenado Santa Claus.

La mujer cogió la bolsa, escudriñó su vida en el interior y después miró a Billy.

—¿Quién haría algo así?

—Odio tener que decírselo —dijo Billy—, pero vamos a tener que incautar temporalmente todo eso como prueba física.

La anciana le miró impertérrita y Billy fue incapaz de dirimir si es que no le había entendido o que no le importaba; en cualquier caso, decidió, se trataba de un final relativamente feliz.

AGRADECIMIENTOS

A mi editor, John Sterling, un tremendamente incisivo y diligente maestro constructor... y tan despiadado como siempre.

A todos los amigos y guías que me han instruido en estos últimos años:

Primero y siempre, John McCormack.

Irma Rivera, Barry Warhit, Richie Roberts, Rafiyq Abdellah, John McAuliffe.

Y para mis héroes de la escritura callejera: Michael Daly y Mark Jacobson.